Eric Walz

Die Sternjägerin

Roman

blanvalet

Bildnachweis:
AKG, Berlin: S. 11, 137, 221, 375.
Ullstein Bild, Berlin: S. 293

FSC
Mix
Produktgruppe aus vorbildlich
bewirtschafteten Wäldern und
anderen kontrollierten Herkünften
Zert.-Nr SGS-COC-1940
www.fsc.org
© 1996 Forest Stewardship Council

Verlagsgruppe Random House FSC-DEU-0100
Das für dieses Buch verwendeter FSC-zertifizierte Papier
München Super liefert Mochenwangen.

1. Auflage
Originalausgabe November 2006 bei Blanvalet,
einem Unternehmen der Verlagsgruppe
Random House GmbH, München.
Copyright © by Eric Walz und Verlagsgruppe
Random House GmbH, München
Umschlaggestaltung: Design Team München
Umschlagfoto: corbis/Francis G. Mayer
MD · Herstellung: Heidrun Nawrot
Satz: deutsch-türkischer fotosatz, Berlin
Druck und Einband: GGP Media GmbH, Pößneck
Printed in Germany
ISBN-10: 3-442-35523-6
ISBN-13: 978-3-442-35523-4

www.blanvalet-verlag.de

Für Moni und Ebi

Prolog

26. September 1679, nachts

In dem Moment, als Elisabeth das Feuer entdeckte, schrie auch schon jemand von irgendwoher: »Die Sternenburg brennt!« Dichter Qualm stieg aus den oberen Fenstern des Hauses Pfefferstadt 15, des größten Gebäudes in Danzig, bedeutender als das Rathaus oder die riesigen Kornspeicher, berühmter sogar als die nahe gelegene Katharinenkirche.

Die umliegenden Gassen waren binnen Augenblicken ein einziges Durcheinander aus Leibern und Geschrei. Mütter zogen ihre Kinder wie Gegenstände hinter sich her, Alte stolperten aus Hauseingängen und fielen auf das Pflaster, Männer hasteten mit Geldkassetten davon, vornehme Frauen trugen Berge von Kleidern und Schmuck mit sich. Ein paar Jüngere und ein halbes Dutzend Halbbetrunkene aus den Schänken bildeten eine Kette und schafften mehr schlecht als recht Wasser aus einem Brunnen herbei, wobei manche lachten und andere es sich anders überlegten und wegrannten. Wo ein halb voller Eimer das Ziel erreichte, klatschte das Nass wahllos ins Erdgeschoss des Hauses, dorthin, wo es gar nicht brannte.

Inmitten des Lärmens der Welt stand Elisabeth vor dem brennenden Haus wie eine einzelne reglose Ameise in einem wirren Haufen.

Er beobachtete sie, eine Frau Anfang dreißig. Sie zog ihre Kapuze herunter, die offenen Haare schimmerten rötlich im Widerschein des Feuers. Was ihr Heim war, was sie mit erschaffen hatte, wofür sie seit mehr als fünfzehn Jahren gelitten und gekämpft hatte, das größte Observatorium Europas, die Sternenburg, stand in Flammen. Im Vorbeilaufen stießen Fliehende sie an, alle schrien und stöhnten, sie jedoch war stumm und starr. Die Dinge geschahen ohne sie. Den Kopf in den Nacken gelegt wie schon unzählbare Male zuvor, wie in Tausenden wacher Nächte, als sie allein mit einem Brot, einer Tasse Tee und dem »Auge Gottes« auf der Sternenburg saß und hinaufblickte, schien sie in einer anderen Welt als die anderen Menschen zu leben, eine Insel im Wind.

Er konnte nicht anders, als sie zu bewundern – obwohl ihre letzte Begegnung nicht gerade freundlich verlaufen war. Überhaupt war das ganze Haus, die Sternenburg und seine Bewohner, in den letzten Wochen in Aufruhr gewesen. Zu viele schlechte Gefühle – Misstrauen, Eifersucht, Neid und simple Boshaftigkeit – hatten sich wie eine Pestilenz hinter jenen Fenstern ausgebreitet, die nun den schwarzen Rauch in den Nachthimmel schickten.

Und er hatte ungewollt dazu beigetragen, ja, vielleicht den letzten Grund für diese Katastrophe geliefert. Wer war es, wer hatte den Brand gelegt?

Elisabeth erwachte aus ihrer Versunkenheit, zurückgeholt von panischen Schreien im Haus. Er folgte ihrem Blick. Zuerst glaubte er an eine Täuschung, aber dann sah er den Umriss eines Menschen hinter dem Fenster. Er hatte angenommen, dass alle das Haus rechtzeitig verlassen konnten, denn so weit oben gab es weder Zimmer für die Dienerschaft noch für die Herrschaft.

»Ein Laken«, schrie einer der Helfer, der ebenfalls den gespensterhaften Schatten bemerkt hatte. »Jemand soll schnell ein Betttuch bringen!«

»Hemma«, murmelte er, und seine Gedanken überschlugen sich. Wieso war die alte Hemma nicht die Treppe nach unten gegangen, sondern hinauf? Und wenn sie beim Ausbruch des

Feuers bereits so weit oben gewesen sein sollte, nahe dem Observatorium, was hatte sie dort zu suchen gehabt, noch dazu bei nachtschlafender Zeit?

Hatte Hemma den Brand gelegt? Dieser Verdacht schien ihm völlig selbstverständlich zu sein, etwas absolut Naheliegendes. Oder war sie – im Gegenteil – das eigentliche Ziel des Brandes? Hemmas Schatten wankte. Sie stieg, umgeben von Qualm, auf den Fenstersims.

Keine Regung in Elisabeths Gesicht verriet ihre Gedanken, und gerade das verriet ihre Gedanken. Sie empfand kein Mitleid. Zu viel hatte diese Frau ihr angetan.

Dann aber, nur einen Lidschlag später, zuckte Elisabeth entsetzt zusammen. Hemmas Körper verwandelte sich in eine Fackel, kippte langsam nach vorn – und schlug nur wenige Meter vor Elisabeth auf. Das dumpfe Geräusch ihres Aufpralls ging im allgemeinen Aufschrei unter.

Mit weit aufgerissenen Augen wich Elisabeth einen Schritt zurück. Sie verschränkte die Arme vor der Brust, ihre Knie wurden weich, und sie konnte sich gerade noch auf einem Kutschrad abstützen. Den Oberkörper vorgebeugt, holte sie tief Luft. Die Tränen drohten sie zu ersticken.

Er verstand sie gut. Ihr Leben mit allen seinen Triumphen und Rückschlägen und Tragödien, ein Leben, das sie trotz allem geliebt hatte, zog in einer gewaltigen Rauchsäule in die Schwärze der Nacht, um dort irgendwo zu verschwinden, sich aufzulösen wie eine abgebrannte Kerze.

Und er konnte nichts tun. Niemand konnte etwas tun. Ihm blieb nur, zu ihr zu gehen und sie zu stützen, damit sie nicht zu Boden sank.

Er nahm ihre Hand. Erst jetzt bemerkte sie, dass er die ganze Zeit in ihrer Nähe gewesen war.

Sie sagte nichts, sah ihn nur an, und in ihren Augen erkannte er das ganze unermessliche Ausmaß ihrer Verzweiflung.

»Das Haus stürzt ein«, schrie jemand und löste damit eine alles zersetzende Panik aus. Die Kette der Wasserträger fiel auseinander, der letzte Rest von Ordnung schwand dahin. Alle Neugierigen, die sich weit vorgewagt hatten, kannten kein Halten mehr, stießen sich gegenseitig zur Seite, stiegen über die Gestrauchelten hinweg. Die Pferde einer soeben eingetroffenen Feuerwache gingen mitsamt dem Pumpwagen durch, der wiederum mit einer Kutsche kollidierte. Mit einem Knall zerbarst das gewaltige Wasserfass, dessen Inhalt sich über das Pflaster ergoss und sogar noch seine und ihre Schuhe benetzte sowie ein Buch, das gleich neben ihnen lag.

Er hob es auf. Es war ein frühes Buch von Galilei. Da Elisabeth keine Bücher aus dem Haus getragen hatte – und das Buch mit ziemlicher Sicherheit keinem der Leute auf der Straße gehörte – musste es wohl ...

Elisabeth und er verstanden gleichzeitig und sahen nach oben.

Das Haus stürzte nicht ein. Was von oben herunterfiel, waren keine Steine, keine Gebäudeteile, sondern Bücher, Schriften, lose Blätter. Ein Band, eine Seite Papier nach der anderen regneten vom Himmel. Jemand versuchte zu retten, was noch zu retten war, Bruchstücke eines Lebenswerks.

Doch wer?

Durch Qualm und Nacht konnte man nichts erkennen.

Lil? Sollte es etwa Lil sein, die auf die Plattform gegangen war, auf die Sternenburg? Jemand dort oben riskierte sein Leben für Bücher, für Zeichnungen von Sternenkonstellationen, Berechnungen von Planetenbahnen, für Sonnenfeuer und Mondmeere.

»Nein, großer Gott«, flüsterte Elisabeth.

Dann, noch ehe er begriff, was passierte, rannte sie in das von Feuer beherrschte Haus, und keiner seiner Rufe hielt sie davon ab.

Erster Teil
Die Insel der ewigen Stille

1

Siebzehn Jahre früher

Elisabeth liebte die Sterne zu sehr, um die Nacht zu fürchten. Inmitten der Dunkelheit fühlte sie sich nicht bedroht, obwohl ihr Herz schneller schlug. Sie irrte barfuß durch den Garten, streifte mit dem wollweißen Nachthemd die knospenden Sträucher und achtete nicht auf das Geraschel der Tiere oder das Wispern des Windes. Ihr Blick war nach oben gerichtet, zu ihren nächtlichen Gefährten. Sie war nicht allein. Sie beobachtete die Sterne, und die Sterne beobachteten sie. Sie gab sich der Tiefe des Unbekannten hin und lauschte auf alles, was es ihr sagte, lauschte auf das Geräusch von Himmel und Erde.

Sie war nicht verrückt. Sie hörte keine Stimmen und sah keine Lichtpunkte tanzen oder sich zu spektakulären Formationen vereinigen, trotzdem wurde sie beim Anblick der Gestirne von einem mächtigen Gefühl durchströmt, und dieses Gefühl wiederum kam ihr wie eine Botschaft vor. Zwischen den Sternen und ihr gab es eine unbestimmte, eine magische Verbindung, so wie eine Musik, die von einem Instrument ausgehend direkt in die Herzen der Menschen dringt. Hier draußen waren ihre Gedanken frei und erhoben sich in schwindelerregende Höhen, dorthin, wo alles möglich war.

Sie stolperte über einen Maulwurfshügel und fiel hin, wobei sie sich mit den Händen abstützte und aufstöhnte. Sofort blickte sie zum Haus, das wie ein monströser schwarzer Schatten von der Nacht eingehüllt wurde, und sie wartete nur darauf, dass die Fenster aufleuchten und sie wie wütende Augen anstarren würden.

Ihre Augen, Hemmas Augen. Hemma war ein Dämon, ein Ungeheuer, und sie beherrschte das ganze Haus.

Doch es blieb ruhig. Verstört darüber, dass ein hässlicher, unterirdischer Bewohner es auf eine recht profane Art geschafft hatte, sie aus weit entfernten Sphären wieder zu Boden zu zwingen, blieb sie auf dem Gras sitzen. Bisher war die Nacht immer ihr Verbündeter gewesen, derjenige, der es ihr ermöglichte, für eine Stunde aus der kleinen Welt ihres Alltags, in der alles seinen Platz hatte und vorherzusehen war, hinauszutreten in eine Welt der Rätsel und Geheimnisse. Sie wusste kaum etwas über das Firmament und über Sonne und Mond, außer das, was jeder spüren und sehen konnte – die Wärme, die Gezeiten, die sich verändernden Positionen am Sommer- oder Winterhimmel – und sie wusste das, was die Geistlichen darüber erzählten. Der Himmel, so sagten sie, sei von göttlichen und teuflischen Gestalten bevölkert, und der Mond, die Sterne und Planeten, allesamt aus reinstem Kristall gefertigt, würden vom Atem Gottes bewegt. So schön dieser Gedanke, der von Malern in den Kuppeln mancher Kirchen verewigt wurde, auch war: Wenn Elisabeth bei einer ihrer heimlichen Nachtwanderungen die Mücken vor dem vollen, gelben Mond tanzen sah, wenn Sternbilder, deren Namen sie nicht kannte, am Horizont aufstiegen und nach Stunden an einem anderen Horizont wieder versanken, wenn sie das unterschiedlich flimmernde Licht der Gestirne, einem Zwinkern gleich, beobachtete, dann fragte sie sich, weshalb Gott Hunderte von fehlerlosen, kristallinen Himmelskörpern geschaffen haben sollte, die nur dazu gedacht waren, eine fehlerhafte Welt wie die Erde zu umkreisen, eine Welt voll von Pestilenz, Hunger, Krieg und Tyrannei.

Im Moment war alles friedlich. Elisabeth lag am Rande des

Gartens, wo er an die Mottlau grenzte. Das Mondlicht glitzerte auf dem ruhigen Wasser des Flusses und spiegelte sich im Blattwerk der Bäume. Die Mottlau-Fischer warfen ihre Netze auf die Wellen. Elisabeth beobachtete das Spiel ihrer jungen Muskeln, wenn sie die Netze wieder einholten, und die von zerrissenen Hosen dürftig umhüllten Beine, die das Boot ausbalancierten. Dieses Schauspiel war es gewesen, das Elisabeth vor einem Jahr erstmalig aus dem Haus in die Nacht gelockt hatte.

Für ein paar Augenblicke frei und unbeobachtet zu sein, übte einen Reiz auf sie aus, wie ihn die Todsünde selbst nicht stärker hätte hervorbringen können.

In jener Nacht im Garten war sie zu froh gewesen, um ängstlich zu sein wegen der Eulenrufe und Fledermäuse. Sie hatte die feuchte Erde unter den Füßen gefühlt und den Nieselregen auf ihren flachsblonden Haaren, die sonst immer mit einer Haube bedeckt waren. Die Kähne der Fischer waren vorübergezogen, ihre leisen Unterhaltungen mischten sich mit dem Plätschern der Wellen, und sie tauschte einen Blick mit einem der Schemen, für den sie auch ein Schemen war. Sie winkte ihm zu, ohne Angst, dass er ihr zu nahe kommen könnte, im Gegenteil, sie wünschte sich, er käme ans Ufer. Diese Männer waren für sie allesamt gut und schön, denn außer ihnen und dem Lehrer und dem Probst gab es für Elisabeth keine Männer.

Erst als die Boote verschwunden waren, hatte sie sich – beinahe zufällig – ins Gras gelegt und zum Sternenzelt aufgeschaut. Von ihrem Fenster aus hatte sie natürlich schon oft in die Nacht geblickt, aber zum ersten Mal überhaupt lag sie damals auf der Erde mit nichts anderem über sich als diesen Myriaden von Lichtern. Da war kein Fensterrahmen, der störte, nicht die leiseste Ahnung von Tageslicht, nur schwarze, unglaubliche Nacht.

Lange hatte sie so dort gelegen. Da geschah es. In ihrem Wechselspiel von Groß und Klein und Hell und Trüb und mit allen ihren Tönen ins Blau, Silber oder Rot schienen ihr die Sterne plötzlich atmende Wesen zu sein, und wenn sie es doch nicht waren, so waren sie zumindest von einer geheimnisvollen, unbegreiflichen Lebendigkeit. Die Sterne erzeugten Gefühle in ihr, also sprachen sie mit ihr.

Nichts davon hatte sich seither geändert, im Gegenteil, ihre Fragen wuchsen ins Unendliche, doch nur ein einziger Mensch in ganz Danzig würde sie beantworten können. Hevelius! Bei diesem Namen pochte Elisabeths Herz schneller. Johannes Hevelius war, außer Stadtrat und Besitzer einer großen Bierbrauerei, nebenbei auch noch der einzige Danziger, der sich mit dem Nachthimmel beschäftigte. Auf dem Dach der Brauerei in der Pfefferstadt, so hieß es, habe er eine Warte gebaut, von der aus er den Lauf der Gestirne beobachtete. Elisabeth brannte seit Wochen in Vorfreude darauf, ihn endlich kennen zu lernen, denn in Kürze sollte sie anlässlich einer kleinen Feier in seinem Haus in die Gesellschaft eingeführt werden. Sie würde unter dem Dach eines Sternenguckers sitzen, eines Mannes, der ihr so viel erzählen konnte vom Himmelsgefüge, so viel zeigen konnte … Sie würde sich bei Tisch nahe zu ihm setzen, ein Gespräch über die Gestirne beginnen und ihn schließlich bitten, einen Blick in die Sternwarte werfen zu dürfen. Natürlich würde er sich ein wenig sträuben, es war ja sein Reich, in das sie eindrang, aber schließlich würde er ihrer ungestümen Begeisterung nicht widerstehen können. Wenn sie erst einmal im Observatorium war, konnte er sie unmöglich wieder hinausschicken, ohne ihr wenigstens ein paar der Fragen zu beantworten, die sie hatte. Und dann, nach einigem Drängen ihrerseits, würde er es endlich hervorholen, das Wundergerät, von dem Gerüchte erzählten, und es einen Atemzug lang in ihre Hände legen: das Auge Gottes.

Elisabeth fuhr auf. Ein Zimmer des Hauses erhellte sich im zuckenden Schimmer einer Kerze.

Elisabeth huschte hinter die Eiben, und das war ihr Glück, denn sie konnte eben noch in Deckung gehen, als die Gestalt mit der Kerze in der Hand ans Fenster trat.

Hemma. Sie hatte es gespürt, gerochen, gewittert. Sie war kein normaler Mensch.

Die Tante trat vom Fenster zurück. Jetzt zählte jeder Augenblick.

Elisabeth rannte quer über den Rasen und sprang über niedrige Beete hinweg, immer in der Hoffnung, dass Tante Hemma nicht zum Fenster hinaussah.

Wo könnte Tante Hemma jetzt sein? Sie hatte nach dem Aufstehen immer Rückenschmerzen und brauchte eine Weile, um aufrecht und in normalem Schritt gehen zu können. Vom Fenster aus musste sie ans Ende ihres großen Zimmers schlurfen, dann hinaus auf den Gang und bis an dessen anderes Ende.

Sie kann noch nicht in meinem Zimmer sein, beruhigte sich Elisabeth, als sie das Dach des Vorbaus betrat und sich an den flachen Zinnen und Giebeln entlanghangelte. Die Ziegel waren glatt von einem kurzen, abendlichen Regenguss, und sie musste aufpassen, um nicht vom Dach zu fallen.

Jetzt, dachte Elisabeth. Jetzt könnte sie mein Zimmer erreicht haben. Wenn ich hineinkomme, steht sie vielleicht schon drin.

Sie rutschte aus. Ihr linker Fuß glitt ab und hing über dem Abgrund, während der rechte Fuß, auf dem das ganze Gewicht ruhte, auf einem Ziegel Halt suchte und ihre Arme eine Zinne umspannten. Mit aller Kraft gelang es ihr, sich wieder zu fangen.

Dann waren es nur noch ein paar Schritte – und sie befand sich in ihrem Zimmer.

Elisabeth hörte, wie sich die Türklinke knarrend bewegte. Sie sprang mit einem gewaltigen Satz ins Bett und zog sich die Decke bis zur Nase.

Das schlurfende Geräusch der Stoffpantoffeln, von dem das Zimmer im nächsten Moment erfüllt war, hörte sich an wie das Zerreißen von Papier. Durch die geschlossenen Lider bemerkte Elisabeth das Kerzenlicht, das auf ihr Gesicht fiel, und obwohl sie vom Laufen und Klettern völlig außer Atem war, musste sie ein ruhiges, leises Luftholen vortäuschen. Ihre Tante kam ihr so nahe, dass sie den warmen Hauch aus Hemmas Mund auf ihrem Gesicht spürte wie den eines Gespenstes.

Eine Weile, die Elisabeth wie eine Ewigkeit vorkam, beugte die Tante sich über sie auf der Suche nach etwas Verdächtigem. Elisabeth konnte sich Hemmas Blick vorstellen, wie er auf ihr hin und her wanderte und nur darauf wartete zuzustoßen, wie er das Fehlen der Nachthaube bemerkte, das offene Haar, die erhitzten Wangen ... Hemma schlug die Decke an den Füßen zurück, leuchtete die Stelle mit der Kerze aus und berührte Elisabeths Füße.

Am liebsten hätte Elisabeth sie einfach weggestoßen.

»Geh weg, du gemeines Biest«, murmelte sie mit geschlossenen Augen, so als träume sie schlecht. »Du bist widerlich. Geh weg, hörst du? Geh weg.«

Elisabeth konnte Hemmas empörtes Stöhnen hören, dann das Schlurfen, und schließlich fiel die Tür ins Schloss.

Vorsichtig wartete sie noch eine Weile, dann öffnete sie behutsam das Lid des rechten Auges und suchte, nur durch einen schmalen Spalt blickend, den Raum ab.

Hemma war gegangen.

Elisabeth lächelte vor sich hin. Es kam ihr vor, als habe sie einen gewaltigen Triumph errungen.

Sein Mund glitt über ihre Brüste. Er ließ sich Zeit, Eile war etwas für Ungeübte oder Ängstliche. Äußerst behutsam setzte er Zähne und Lippen ein, und zwischendurch vergewisserte er sich, dass sie es genoss. Sie murmelte unverständliche Worte, die Augen waren halb geschlossen. Unter seinen Händen wand sich ihr nicht mehr ganz schlanker Körper. Er kannte diese Anzeichen. Sie war in jenem Zwischenreich von Erde und Himmel, in das es alle Menschen wie sie und ihn zog, Menschen, die mit dem Leben auf der Erde haderten und denen der Himmel verschlossen bleiben würde. Dort, in der Welt halb Traum und halb Wirklichkeit, lebte sie jetzt für eine kleine Weile, ungezähmt und selig zugleich.

Seine Lippen glitten über ihren Hals, und gleichzeitig drang er in sie ein. Die Zähne zusammengebissen, packte sie ihn am Nacken, so wie man eine Katze packt, und drückte ihn noch fester an sich. Obgleich er in ihr war, war sie weit weg. Ihre Augen waren jetzt ganz geschlossen, und ihr kastanienbraunes Haar, schon ein wenig feucht, lag wie ein Schleier über ihrem Gesicht. Einmal rief sie seinen Namen, Marek, dann war sie wieder entschwunden. Gelegentlich lächelte sie, um gleich darauf den Mund bis zum Zerreißen anzuspannen.

Das war eine Stunde! Ihr Glück wurde zu seinem, denn er hasste es, allein zu genießen, darin steckte für ihn keine Freude. Und um die ging es hierbei doch, um Freude und um nichts anderes.

Gemächliches Hufgeklapper von draußen erinnerte ihn an die Kindheit auf dem Land. Diese Bilder tauchten immer mal wieder auf, in den seltsamsten Momenten, so wie Ängste sich auch ohne Vorwarnung einschleichen. Erinnerungsfetzen: die Birken am Haus, das galizische Hügelland, gespickt mit Kohleminen, Salzminen, Glashütten, schwarze niedrige Häuser zwischen Felsen, so ewig wie das Elend. Ein Bett neben dem Herd. Glasstaub überall auf dem Boden, auf dem Tisch, auf der Haut des Vaters. Eine Frau, deren Bauch sich einmal im Jahr füllte und wieder leerte und die seine Mutter war. Ihre zärtliche Hand. Seine Flucht.

Das Hufgeklapper wurde ihm jetzt zum Taktgeber. Marek

wurde schneller. Sein Nacken schmerzte unter dem Druck ihrer Finger. Mit seiner ganzen Kraft hob er ihren Oberkörper ein wenig an, und seine Knie pressten sich an ihre Schenkel.

»Mein Gott«, rief sie ekstatisch. Bestimmt dachte sie in diesem Moment nicht an ihn.

Als Kind hatte Marek an Gott geglaubt. Seine Mutter war auf naive und stille Weise fromm gewesen: Das Leben war Schicksal, und das Schicksal kam von oben. Sie ertrug vier Totgeburten, den Tod ihrer elfjährigen Tochter, ertrug Arbeit von Dunkelheit bis Dunkelheit, die Armut, den fortwährenden Staub der nahen Glashütte, einen Mann, der nicht schlecht war, aber auch kein gutes Wort für sie hatte – sie ertrug alles. Sie nahm es auf sich, weil sie glaubte, dass sie eines Tages dafür belohnt würde, dass sie geliebt werden würde. So sehr hatte sie geliebt werden wollen, aber da war niemand, der es tat. Nicht einmal er, das einzige überlebende Kind. Heute, da sie tot war, liebte er sie, ja. Aber damals war sein Mitleid für sie so groß, dass die Liebe keinen Raum hatte. Als sie krank wurde und es zu Ende ging, hatte sein Vater, ihr Mann, schon die nächste Frau ausgesucht, die Schwester eines anderen Glasbläsers. Sie stand mit am Sterbebett und blickte beinahe neugierig auf die Todkranke hinab. Der letzte Blick seiner Mutter galt ihrer Nachfolgerin.

An diesem Tag hatte Marek Gott weggewischt. Es gab keine Liebe, also gab es auch keinen Gott. Hier und da fand man womöglich Überreste davon, so wie der Boden manchmal die Gerippe längst gestorbener Tiere freigab, doch die lebendige, sprühende, fortdauernde Liebe, die tief aus dem Herzen kommt, war nur eine Legende. Diese Überzeugung steckte so unerschütterlich in seinem Herzen wie ein Fels in der gefrorenen Erde.

Aber Freude konnte es geben, Lachen, Genuss und Vergnügen. Man konnte nicht das ganze Leben, jedoch einen Teil des Lebens in die eigene Hand nehmen. Zwei Menschen konnten sich aneinander wärmen, sich beleben, sich berühren, sich Hoffnung geben, sich zum Träumen bringen, die Wünsche für die Spanne einer Nacht greifbar machen, und das alles, ohne festzuhalten.

Er stieß zu.

Einen Atemzug lang war das Zimmer von ihrer und seiner Stimme erfüllt.

Dann war Reglosigkeit. Wenn man sich bewegte, ging eine Spur der Seligkeit verloren, die er und sie empfanden. So verharrten sie, sein Atem an ihrem Ohr, der ihre an seinem. Die Feuchtigkeit ihrer Körper vermischte sich, sie spürten die Knochen des anderen.

Irgendwann küsste er sie auf die Lider. Er wurde von einem Gefühl der Zärtlichkeit überschwemmt und gab es an Romilda weiter. In diesem Moment gab es nur sie und ihn, ein herrliches Gefühl, dessen Lebensdauer, das wussten sie beide, gering sein würde.

Diesmal war es nicht er, der es umbrachte.

»Schließ bitte das Fenster«, sagte Romilda, »die Nacht ist frisch, und ich bin keine junge Frau mehr.«

Sie war Mitte dreißig, zehn Jahre älter als er, und ihre Haut wurde in Schüben von winzigen Hügeln übersät, Gänsehaut, die mit jedem kalten Luftzug kam und ging. Er war durch tausend kühle Nächte abgehärtet. Offizier in der polnischen Armee zu sein, hieß, in einen Krieg nach dem anderen zu ziehen.

»Ich genüge dir wohl nicht mehr als Wärmespender«, scherzte er.

»Schließ es«, sagte sie nur und schlang sich die Arme um ihre Brust wie ein schüchternes Mädchen.

Er glitt erschöpft aus dem Bett. Es fiel ihm schwer, sich aus diesem kleinen, gemütlichen Reich von zwei mal zwei Metern loszureißen, aber er wollte, dass sie sich in seiner Gegenwart wohl fühlte, und gab ihr, was sie wünschte. Bevor er das Fenster schloss, warf er noch einen Blick auf den Rauch über der Stadt, der aus hundert Schornsteinen grau in die Nacht dampfte.

Er fühlte ihren Blick auf seinem Rücken, und eine Weile blieb er so stehen. Dann wandte er sich ihr zu. Die Kerze, die in einem Halter an der Wand steckte, warf ihr schwaches Licht gleichmäßig auf Romilda und ihn. Ihre Augenaufschläge erinnerten Marek an die Reiterattacken tatarischer Horden: Sie waren einschüchternd.

»Gefällt dir Danzig?«, fragte sie überraschend nüchtern. Wie konnte jemand, der solche Blicke aussandte, eine derart belanglose Frage stellen!

»Eine Stadt wie andere auch.«

»O nein, eine Folterkammer«, korrigierte sie ihn. »Hier ist so ziemlich alles verpönt, das mit Hochgefühl zu tun hat, vor allem das, was wir gerade getan haben. Aber wir haben es trotzdem getan, verstehst du, und das ist ein Sieg.«

Marek lächelte. »Wie häufig siegst du pro Jahr?«, fragte er amüsiert.

Sie ließ sich von seinem Lächeln anstecken, und die Falten, die sich auf der Stirn gebildet hatten, glätteten sich.

»Dreimal, viermal«, schätzte sie. »Das brauche ich, sonst gehe ich kaputt in dieser aus Anstand und Gottesfurcht gebauten Festung. Mein Mann weiß nichts davon, er ist ein Äffchen, und falls er doch etwas weiß, hält er den Mund. Deswegen habe ich ihn ja zum Mann genommen.«

Sie richtete sich halb im Bett auf und lehnte sich mit dem Rücken an das Kopfteil. Die langen Haare fielen ihr wie ein kupferfarbener Wasserfall bis zu den Brüsten. Sie war schön, so wie der Spätsommer schön ist, warm, fruchtbar und von verblassender Üppigkeit. Gegen ihre Opulenz wirkte er wie ein magerer Jüngling.

»Und du?«, fragte sie zärtlich.

Ich bin Offizier, hätte er antworten können. Offiziere, überhaupt alle Soldaten, galten als lockere Gesellen. Aber erstens wusste Romilda, dass er Offizier war, und zweitens erklärte das nichts, zumindest nicht in seinem Fall. Anders als Romilda suchte er solche Stunden nicht, um zu siegen. Er bezahlte die Frauen nicht, er eroberte keine Frauen. Wie im Tierreich konnte es Sinnlichkeit nur zwischen ihm und Frauen geben, die von der gleichen Art waren wie er, die dachten, wie er dachte. Es war eine gegenseitige Hilfe wie unter Bekannten, die eine Reise planten, um sich danach wieder zu trennen.

Mit dreizehn Jahren hatte er es zum ersten Mal getan, in der Woche, bevor er von zu Hause weggelaufen und dem Leben unter Glasstaub und Freudlosigkeit entkommen war. In seiner ersten Stunde mit einem Mädchen, eigentlich einer jungen Frau, hatte er verstanden, dass es noch anderes auf der Welt gab als Demut und Arbeit, und er verließ die Heimat um Tarnow in Polens Süden. Die Armee nahm ihn als Trommler auf, in dem Glauben, er sei schon sechzehn Jahre alt, und ohne dass er es beabsichtigt hätte, machte er dort Karriere, oder besser gesagt, die Kriege machten die Karriere für ihn. Die Ukrainer und die Tataren schossen ihm den Weg nach oben frei, indem sie seine Vorgesetzten töteten, und nun war er mit vierundzwanzig Jahren Leutnant und Waffenmeister im Stab des Marschalls. Und in all den Jahren hatten er und ein paar Frauen ihre Freude aneinander gehabt.

»Etwa ebenso oft«, antwortete er Romilda.

»Du könntest öfter«, sagte sie und musterte ihn von oben bis unten. »Wenn du noch ein paar Wochen in Danzig bleibst, würde ich darauf wetten, dass ein paar sittsame Damen schwach werden.«

»Ich kann höchstens noch zwei Wochen bleiben, dann sind meine Einkäufe für die Armee hier beendet, und ich muss meinen Vorgesetzten Bericht erstatten.«

»Wie schade, du verpasst etwas. Gut, auf dem Land ist man

leidenschaftlicher, aber dafür ist es eine weitaus anspruchsvollere Aufgabe, eine verschlossene Danzigerin zu verführen. Der Reiz ist größer, du verstehst, was ich meine.«

Er setzte sich auf die Bettkante und spürte sofort Romildas Hand auf seinem unteren Rücken. »Diese Art von Reiz bedeutet mir nichts«, sagte er.

»Heuchler«, rief sie lachend. »Warum sonst wolltest du wohl, dass ich dich mit Lil Koopman, dem schönsten Fräulein der Stadt, zusammenbringe?«

Marek biss sich auf die Lippe und schmunzelte. Als Romildas Hand auf seine Brust glitt und sie ihn zu sich zog, gab er nach und ließ sich in Romildas Schoß fallen. Sein Blick ging zur Zimmerdecke.

»Lil«, sagte er und ließ sich den Namen auf der Zunge zergehen, »Lil leidet unter diesem enthaltsamen Leben, und sie wünscht sich nichts sehnlicher, als auszubrechen, sei es auch nur für eine Stunde. Als ich sie bei der Gesellschaft sah, die du gegeben hast, merkte ich das sofort. Es liegt in ihren Augen, weißt du? Diese Augen wollen leuchten, dürfen aber nicht.«

»Hast du sie zum Leuchten gebracht?«

»Ein wenig. Ich habe ihr Komplimente gemacht.«

»Wie hast du sie genannt? Eine Rosenranke? Einen Paradiesvogel? Hoffentlich nicht ›italienische Fürstin‹, so hast du nämlich mich genannt, als wir uns kennen lernten.«

Er lächelte sie an. Ja, er gab Frauen gerne Namen, denn es schuf stets eine persönliche, unverwechselbare Beziehung zwischen ihnen. Sicherlich übertrieb er manchmal, aber er sagte nie etwas, was nicht wenigstens ein bisschen passte. Romilda hatte tatsächlich ein italienisches Renaissancegesicht, wenn man den Bildern im Königsschloss zu Krakau glauben durfte.

Er erwiderte: »Lils blonde Locken, ihr zaghafter, schwebender Gang, die blasse, glatte Haut: Sie hat etwas Engelhaftes.«

»Einen Engel hast du sie also genannt, und mehr war nicht?«

»Wenig. Ein kleiner Kuss. Du weißt ja, wir hatten immer nur ein paar Momente für uns. Diese grässliche Tante bewacht sie wie eine heilige Flamme.«

Romilda nickte. »Tante Hemma. Wer sie als Verwandte hat, hat einen Grund zum Sterben. Lils jüngere Schwester, Elisabeth, hat es noch schlimmer erwischt: Sie wird wie eine Gefangene im Haus gehalten. Keine Gesellschaften, keine Besuche.«

Sie spielte mit seinen schwarzen Locken, und er fragte: »Kannst du dafür sorgen, dass ich Lil wiedersehe?«

»Schon, aber du wirst wieder nur wenig Zeit mit dem Engel haben.«

»Das macht nichts. Sie soll nicht denken, dass ich sie schon vergessen habe.«

»Ich sorge dafür, dass du bei Johannes Hevelius eingeladen wirst, dem Stadtrat.«

»Der die Sternwarte auf das Dach seiner Brauerei gebaut hat?«

»Seine Frau und er geben in einigen Tagen eine steife Gesellschaft, und zufällig weiß ich, dass die Koopmans auch dort sein werden. Mehr kann ich nicht für dich tun.«

»Wenn ich dich nicht hätte ...«

»Hättest du eine andere.«

Ihr Gesicht schwebte über seinem, ihre Lippen über seinen Lippen. Sein müder Körper lebte wieder auf, spannte sich noch einmal, zum dritten Mal, zum letzten Mal in dieser Nacht.

2

Das Haus der Koopmans war der Feind des Zufalls. Alles hatte seine Zeit und Abfolge, so als habe Moses persönlich ein elftes Gebot vom Berg Sinai mitgebracht. Alles begann und endete stets zur selben Zeit, das Waschen wie das Beten, das Aufstehen wie das Schlafen, das Lernen wie das Essen.

Nur an jenem Morgen nicht.

Meistens wachte Elisabeth von allein auf, um zu sehen, wie der Morgenstern dicht über dem Horizont funkelte und gleich darauf wieder verschwand. An diesem Tag jedoch wurde sie schon vor der Zeit von Nore, der Zofe, geweckt.

»Guten Morgen, gnädiges Fräulein. Bitte waschen Sie sich gleich, damit ich Sie zurechtmachen kann.«

»Ist Lil denn schon angezogen?« Lil war ihre zwei Jahre ältere Schwester, die nebenan schlief und immer als Erste angekleidet wurde.

»Nein, gnädiges Fräulein.«

Mehr sagte Nore dazu nicht. Mit ihren gewohnt raschen, präzisen Bewegungen stellte sie die Waschschüssel auf den Tisch, holte eines der sieben sehr ähnlichen grauen, braunen oder schwarzen Kleider aus dem Schrank, platzierte es neben die passende Haube auf das Bett, faltete das Nachthemd zusammen und legte es dorthin, wo sie es immer hinlegte und abends wieder herausholte, in das mittlere Fach des kleinen Schrankes, ganz so, als gehöre es zur architektonischen Formel des Hauses.

Ja, alles an Nore war wie jeden Morgen, nur die Reihenfolge stimmte nicht. Zum ersten Mal seit sieben Jahren, seit dem überraschenden Tod des kleinen Frans, als die Ordnung für einige Stunden zusammenbrach, würde Elisabeth nun vor ihrer Schwester angekleidet werden.

Irritiert beugte sie sich über die Schüssel mit Wasser und begann, ihren Körper nach und nach zu benetzen.

»Bist du sicher, dass du zuerst *mich* ankleiden willst?«, fragte Elisabeth nach.

Nores Gesichtsausdruck ließ erkennen, wie überflüssig diese Frage war. Aus dem Haushalt von Tante Hemmas letztem

Mann übernommen, war sie seither fester Bestandteil des Uhrwerks, nach dem der Haushalt lebte.

Seit dreitausend Tagen.

Nach dem Ankleiden der beiden Töchter gingen diese stets zur selben Zeit ins Speisezimmer hinunter, und zwar exakt zum siebten Schlag der Glocke. Dort wurde jedem Hafergrütze gereicht, die wie eine schmutzige Pfütze in den Schüsseln lag und innerhalb einer Viertelstunde verzehrt werden musste. Um halb neun begann für Lil und Elisabeth der Unterricht bei Magister Dethmold, dem Hauslehrer, der sie an fünf Tagen in der Woche vier Stunden lang Deutsch, Polnisch, Mathematik und Geschichte lehrte. Am sechsten Tag teilte er sich seinen Unterricht mit dem örtlichen Probst, der die Koopman-Töchter so lange den Glauben eintrichtern sollte, bis sie vom Scheitel bis zu Sohle damit ausgefüllt wären, zwei wandelnde Gebetbücher in schwarzen Einbänden. Um halb eins wurde ein leichtes Mahl eingenommen, und von eins bis drei herrschte Mittagsruhe, die jeder allein in seinem Zimmer verbrachte. Den Höhepunkt des Tages bildete der nachmittägliche Spaziergang mit Tante Hemma von drei bis vier Uhr, allerdings nur bei schönem Wetter und nur, wenn Tante Hemma sich wohl fühlte – zwei Voraussetzungen, die selten genug gegeben waren. Der kurze Ausflug führte stets den Altstädtischen Graben entlang bis zur Katharinenkirche, niemals weiter, und es war typisch für Tante Hemma, dass sie nicht auf den Gedanken kam, wenigstens einen anderen Weg zum Haus zurückzunehmen. Elisabeth war die Strecke bereits dermaßen häufig gegangen, dass sie jeden Stein und jedes Kräutlein auswendig kannte und sie sich manchmal wunderte, warum sie noch keine Vertiefung in das Pflaster gelaufen hatte. Nach dem Spaziergang gab es eine Tasse Kaffee ohne Kuchen oder Gebäck, danach war eine Stunde Sticken oder Nähen oder Häkeln vorgesehen, jeweils im Wechsel, damit es – wie Tante Hemma sagte – nicht zu langweilig würde. Bis zur Abendtafel um sechs Uhr war auch ihr Vater Cornelius wieder aus seinem Handelskontor am Hafen zurückgekehrt, und nach einer Stunde Beisammensein hatte jede der Töchter unaufgefordert auf ihr Zimmer zu gehen. Alles war eingespielt, alles dem Ablauf unterworfen, das Personal, die Lehrer, die Familie, ja, selbst die Gäste. Unangemeldete Besucher waren unerwünscht, Änderungen des täglichen Hergangs nicht vorgesehen.

Und nun das: Eine Regel wurde einfach umgestoßen.

Elisabeth schlüpfte in das knöchellange graue Kleid, und während Nore es zuschnürte, blickte Elisabeth zum Fenster hinaus. Danzigs ziegelrote Dächer leuchteten in der Morgensonne, umkreist von tausend Möwen, deren vertrautes Geschrei über allem lag. Elisabeth mochte es, da sie es mit Freiheit und Weite verknüpfte, ebenso wie die Masten der Segler unten am Hafen. Täglich liefen mehrere Schiffe aus, beladen mit Eisen, Kupfer und Blei aus den Minen im polnischen Süden sowie Glas aus dem deutschen Reich und Wein aus Frankreich. Umgekehrt fuhren in steter Folge Schoner und Korvetten ein, die außer Salz, Hanf und Häuten aus dem riesigen, unbekannten Russland auch noch Scharen von Matrosen ausspuckten. Die trinkfreudigen Seefahrer waren ein gutes Geschäft für die Wirte, vielen Danzigern jedoch ein Dorn im Auge.

Unglaublich, dachte Elisabeth, dass eine Stadt am Meer so muffig sein kann. Die meisten Einwohner waren Deutsche, denn im Jahre 1309 war Danzig an den Deutschen Orden gefallen und bald darauf Hansestadt geworden. Auch die Rückeroberung durch die Polen hatte daran wenig geändert. Man war eine »Freie Stadt«. Und man war protestantisch. Im Laufe der letzten Jahrzehnte waren vor allem aus dem von Religionszwisten zerrissenen deutschen Reich viele protestantische Zuwanderer hierhergekommen, aber auch aus den spanisch besetzten Niederlanden. Vor allem letztere Bevölkerungsgruppe, beeinflusst von der harten, aller Freuden abgewandten Zucht des Calvinismus, lehnte jedwede Lustbarkeit in der Stadt ab und versuchte, den Handelsplatz Danzig frei zu halten von allen Vergnügungen, die in ihren Augen die Sünde in sich bargen.

»Erledigt«, sagte Nore, als habe sie soeben einen Schießbefehl ausgeführt.

Elisabeth strich sich das schmucklose Kleid glatt und wartete auf das zustimmende Nicken der Zofe. Da Tante Hemma alle Spiegel im Haus abgeschafft hatte, weil sie von ihr als Sinnbild der Eitelkeit erkannt worden waren, musste man sich auf den prüfenden Blick der Zofen verlassen. Nore zerrte noch ein Weilchen an der Haube herum, schnürte sie unter dem Kinn noch etwas fester zusammen als sonst, und erst danach durfte Elisabeth sich auf den Weg machen.

Langsam ging sie den Gang entlang, das Holz der Dielen knarrte leise und vorhersehbar unter ihren Schritten. Sie passierte Lils Zimmer, das Zimmer ihres Vaters, das Zimmer Tante Hemmas, und nirgends war ein menschliches Geräusch zu hören. Von den Wänden starrten die Ahnenporträts sie an, öde, steinerne Gesichter mit leeren Augen, ein Kabinett der Trostlosigkeit. Als sie am letzten Raum vor der Treppe vorbeikam, blieb sie einen Moment stehen, hoffend, ein Geräusch zu hören, und sie dachte an den Kummer, der sich jeden Tag hinter dieser Tür abspielte.

Sie hörte ein Schluchzen.

Mutter, dachte sie. Mutter, halte durch.

»Gnädiges Fräulein«, hallte Nores mahnende Stimme von hinten, »man erwartet Sie im Frühstückszimmer.«

Elisabeth wünschte sich von einem Frühstückszimmer, dass es ein einziges weiches Lichtbündel wäre, ein Liebling der Sonne, ausgestattet mit weißem Damast auf Tisch und Stühlen. Früher, als sie noch ein kleines Mädchen war, hatte sie im Geiste das Haus neu ausgestattet, hatte den schweren, braunen Samt von den Fenstern gerissen, die groben Tücher und Decken durch Spitze ersetzt und statt der strengen niederländischen Ahnenporträts an den Wänden französische Landschaftsmalerei aufgehängt. Auch die hässlichen Kleider hatte sie weggeworfen und die Hauben lockerer in den Nacken gesetzt. In Gedanken war sie die Treppe hinuntergehüpft, statt sie gemächlich zu beschreiten. Sie hatte ihren Vater in den Arm genommen, mit ihrer Mutter Ausfahrten in der Kutsche gemacht und mit Tante Hemma und Lil Karten gespielt.

Nichts davon war je wahr geworden. Das Koopman-Haus glich dem Boden eines vertrockneten Brunnenschachts, und Elisabeth kam sich wie ein Pflänzchen vor, das um jeden Tropfen Licht kämpfen musste. Nirgendwo wurde die Düsternis des Hauses sinnfälliger als im Frühstücksraum, wo einzig durch einen schmalen Schlitz der Vorhänge ein wenig Sonne fiel.

Genauso wie die Tische und Stühle, so standen auch die beiden Menschen, die Elisabeth empfingen, immer am selben Platz: ihr Vater hinter einem Stuhl stehend, aufrecht, mit gepflegtem Oberlippen- und Spitzbart, das Gesicht eine starre Maske. Wie üblich trug er seinen schwarzen, geknöpften Gehrock mit schwarzen Strümpfen, schwarzen Schuhen und weißem Kragen, makellos und unübertroffen in der Schlichtheit, so dass man ihm den Kaufmannsreichtum nicht ansah. Schon Cornelius Koopmans Vater hatte, kaum in Danzig angekommen, sein Geld mit dem Erwerb und der Verschiffung von Waren verdient. Daran hatte sich auch bei Cornelius nichts geändert. Er hatte eine Frau aus einer Kaufmannsfamilie geheiratet, so wie es üblich war, und hatte Söhne haben wollen, die ebenfalls Kaufleute werden und Frauen aus Kaufmannsfamilien heiraten sollten. Doch dann war Frans, kaum fünf Jahre alt, gestorben, und nur die zwei Töchter waren ihm geblieben. An jenem Tag hatte Elisabeth zum letzten Mal ein Gefühl in ihm gespürt.

Hemma saß in der dunkelsten Ecke des Zimmers. Ihr kleines, rundes und unheimlich glattes Porzellanpuppengesicht wurde von der mächtigen Haube verschluckt, und das schwarze, mantelartige Kleid mit dem weißen Tellerkragen schien ein Eigenleben zu führen und eher Hemma mit sich herumzutragen als umgekehrt. Nur ihre Hände schienen zu leben und beschäftigten sich mit einer Näharbeit, wobei die Nadeln wie winzige Pfeile über den Stoff sirrten.

Keinem von ihnen wäre es eingefallen, morgens an einem anderen Platz zu stehen oder zu sitzen, um die übrige Familie zu empfangen. Für Elisabeth war es, als trete sie in ein Gemälde ein.

»Guten Morgen, Elisabeth«, sagte Cornelius und deutete ein Kopfnicken an. Seine rechte Hand hielt er hinter dem Rücken, die Linke lag vor ihm auf der Stuhllehne. »Tritt näher.«

Elisabeth knickste. »Guten Morgen, Vater.«

»Wie ich höre«, begann Cornelius mit dem trockenen Ton eines Kontoristen, »hast du in der letzten Nacht ungehörige Bemerkungen gemacht. Du nanntest das Wort ›Biest‹, und du hast gesagt, jemand solle verschwinden.«

»Ich erinnere mich«, sagte Elisabeth.

Mit dieser Antwort hatten die beiden wohl nicht gerechnet, denn sie sahen einander kurz an. Während Hemma sich jedoch dazu zwang, wieder zu nähen, blieb die steinerne Miene von Elisabeths Vater unverändert.

»Du erinnerst dich also, ja? Das heißt, du hast diese Bemerkungen in voller Absicht gemacht?«

»Ich habe schlecht geträumt, Vater, das wollte ich damit sagen. Da erschien immer wieder ein Ungeheuer. Alt war es und hässlich, an mehr erinnere ich mich nicht. Ich vermute, es war eher ein Sinnbild.«

»Ein Sinnbild wofür?«

»Nun, für irgendeine Gefahr eben, einen Kummer. Vom

Probst wissen wir doch: Gott und die Engel schicken uns die Träume zur Warnung.«

»Du hast also nicht etwa ein Mitglied der Familie in deinem Traum gesehen?«, fragte Cornelius und deutete auf Hemma, die auf ihrem Stuhl zusammengesunken war, ein Ausbund an Bescheidenheit, wie ihn selbst eine Franziskanerin nicht besser hätte verkörpern können. Sie schien stets den Jammer der Welt auf ihren Schultern mit sich herumzutragen, und man verspürte in ihrer Gegenwart unwillkürlich den Zwang, leise zu sprechen, damit die arme Frau nicht zerbrechen möge.

Elisabeth wusste es besser.

Seit sie denken konnte, lebte die Schwester ihres Vaters in diesem Haus, dem Haus der Koopmans. Ihr Gatte, ein Reeder, hatte nach dem Untergang von zwei Schiffen in einer einzigen Sturmnacht kurz vorm Bankrott gestanden und war in die Weichsel gegangen und von ihr wieder tot ans Ufer ausgespuckt worden. Kinderlos und mittellos und sogar um ihre Mitgift gebracht, war Hemma vor zehn Jahren zu ihnen gezogen. Und von diesem Tag an hatte sich das Leben im Haus verändert, jeden Tag ein winziges Stückchen, so als würde es dahinschmelzen.

Die bekümmerte Stimme der Tante drang hinter dem Taschentuch hervor, mit dem sie sich Augen und Wangen betupfte. »Das ist nun der Dank, den ich bekomme für meine jahrelangen Dienste. Aber ich beklage mich nicht, noch trage ich den lieben Kindern irgendetwas nach. Ich bin bloß ein Gast, eine arme Witwe ...«

Elisabeth verzog den Mund vor Abscheu, wenn auch nur ganz leicht, so dass ihr Vater es nicht bemerkte.

»Bestätige mir, Elisabeth«, drängte er, »dass du deine Tante gestern Abend nicht beschimpft hast.«

»Was für ein Gedanke, Vater! Eine solche Tat wäre ja geradezu aufrührerisch, nicht wahr? Wenn die Tante nicht mitten in der Nacht in mein Zimmer gekommen wäre, dann würde sie sich heute nicht betroffen fühlen.«

Noch bevor Hemma etwas erwidern konnte, setzte Cornelius der Diskussion ein Ende. Er warf einen Blick zur neuartigen mechanischen Wanduhr, die er jüngst erworben hatte und seither wie eine Reliquie verehrte. Er ging drei steife, wie abgemessene Schritte nach links, drei nach rechts, atmete kurz und heftig durch die Nase, so als würde er Tabak schnupfen, und sagte: »Lassen wir diesen Traum auf sich beruhen und reden wir über das Gras. Hemma berichtete mir, dass du Gras an den Füßen hattest, feuchtes, grünes Frühlingsgras, und auf dem Boden lag auch etwas davon.«

Elisabeth hielt die Luft an. An das Gras hatte sie nicht gedacht, und selbst wenn, sie hätte gestern keine Gelegenheit mehr gehabt, es abzustreifen. Wie sollte sie das erklären?

»Elisabeth«, sagte ihr Vater, »warst du im Garten?«

Es gab keinen Ausweg mehr. Würde sie jetzt leugnen, stünde sie als Lügnerin da, und dann würde man ihr auch die Geschichte mit dem Traum nicht mehr glauben.

»Ja, Vater«, gestand sie.

»Nachts im Garten?«

»Ja, Vater.«

»Was hast du dort gemacht?«

»Ich bin einfach nur so im Garten gewesen, wegen der Nachtluft.«

»Nachtluft bekommt man auch am Fenster.«

»Schon, aber ...«

»Du verschweigst mir etwas, Elisabeth, und das habe ich nicht gern. Geheimnisse sind der Anfang aller Sünden.«

Wie zur Bestätigung blickte er zu Hemma und fragte: »Was sollen wir in diesem Fall tun, Schwester?«

Die Last dieser Frage schien Hemma niederzudrücken. »Ach je, Bruder, ich bin doch nur eine Verwandte, die zufällig hier lebt, ich habe nichts zu sagen.« Sie wartete einen Atemzug lang, der sich wie ein gedehnter Gedankenstrich ausbreitete, und fügte hinzu: »Aber wenn du mich fragst, gehört eine Lügnerin diszipliniert.«

»Welche Strafe schlägst du vor?«

»Oh, ich würde es nicht Strafe nennen, denn es geschieht ja zum Wohle der Sünderin. Nenne es Hilfe.« Die Uhr tickte dreimal, bevor sie hinzusetzte: »Mir blutet das Herz, aber es ist wohl notwendig, der Sünde keinen Raum zu geben, sich Elisabeths zu bemächtigen.«

Cornelius sah weder Elisabeth noch seine Schwester an, sondern blickte zur Uhr. »Du wirst wissen, wie das zu bewerkstelligen ist«, sagte er, verabschiedete sich rasch und ließ Elisabeth mit Tante Hemma in dem düsteren Raum zurück.

Es ergab sich nur selten, dass sie mit Hemma allein war, meistens waren ihre Schwester oder die Eltern anwesend, zumindest eine Zofe. Sie sprachen so gut wie nie miteinander, Elisabeth hätte auch nicht gewusst, worüber. Hemma hatte weder ein besonderes Interesse noch irgendwelche Talente geerbt oder entwickelt. Wenn doch, so waren diese im Keim erstickt worden. Hemmas Eltern hatten sie mit puritanischer Strenge erzogen, dazu gehörte auch das Verbot, Musik zu machen, zu tanzen, zu malen oder Gedichte zu schreiben. In den zehn Jahren, seit die Tante bei ihnen lebte, war es Elisabeth nicht gelungen, auch nur eine einzige Tätigkeit zu entdecken, an der Hemma Freude fand oder zumindest Gefallen. Stattdessen führte sie unentwegt Wörter wie Sünde und Versuchung im Mund, so als wären es die Namen verfeindeter Nachbarn.

Hemmas Miene, eben noch fleischgewordener Klagegesang, bekam plötzlich einen harten Zug.

Sie holte aus.

Der Schlag traf Elisabeth aus dem Nichts.

Schmerz zuckte über ihr Gesicht.

Sie torkelte, stürzte.

Elisabeth rieb sich die Wange, die wie Feuer brannte.

Hemma zeigte mit dem Finger auf sie. »Immer schon warst du widerborstig und trotzig gegen mich, siehst mich mit diesen teuflischen Augen an, und das, wo ich nur das Beste für euch alle will. Oder habe ich dir je etwas Schlimmes getan?«

»Das weißt du genau«, schrie Elisabeth.

»Bleib mir mit dieser alten Geschichte weg, die ist zehn Jahre her.«

»Ich hasse dich. Dich Biest zu schimpfen, ist noch viel zu nett.«

Hemma krallte ihre Finger in Elisabeths Haube und zog sie an den Haaren, schleifte sie herum mit einer Kraft, die man diesem schmächtigen Körper mit der Totenglockenstimme nicht zugetraut hätte. Ihr Toben war wie eine Eruption aus den finstersten Tiefen.

»Es gibt Mittel«, rief sie, »den Teufel auszutreiben. Und dies hier ist eines davon.«

3

Diese Nachricht würde die Welt erschüttern.

Der Himmel der Menschheit hatte sich ins Endlose gesprengt und war ein Stück feindlicher geworden, fand Johannes Hevelius und vergewisserte sich ein letztes Mal, dass seine unglaubliche Beobachtung kein Irrtum war.

Vor einigen Stunden, nach Einbruch der Dunkelheit, hatte er damit begonnen, sein Fernrohr auf das diffuse, neblige Band am Firmament auszurichten, das die alten Griechen *galaxis* genannt hatten, Milchstraße. Mit dem bloßen Auge betrachtet, schien es aus reinem Licht zu bestehen, angestrahlt von hinten, und nicht Wenige meinten, dass dort Gott zu suchen sei – diejenigen, die das vermuteten, waren natürlich keine Astronomen. Hevelius hatte zwar nicht gewusst, was er mit seinem neuen, verbesserten Instrument finden würde, Gott jedoch stand nicht auf der Liste seiner Erwartungen.

Zunächst war er enttäuscht gewesen. Das Nebelband war mittels des Fernrohrs näher an ihn herangerückt, wie es zu erwarten gewesen war, doch viel mehr als zuvor war nicht erkennbar. Zu schemenhaft war das Gebilde, zu verstreut sein Licht. Wozu, fragte er sich, gab es dieses Band? Es schien zu nichts nutze zu sein, strahlte kaum Helligkeit auf die Erde aus, beeinflusste keine Gezeiten, bildete keine Konstellation ... Nicht einmal die Sterndeuter, von denen er wenig hielt, konnten etwas damit anfangen und es in ihre Voraussagen einbauen. Wenn man nicht annahm, dass Gott dahinter wohnte, und wenn man der antiken Mythologie nicht folgte, dass die Göttin Hera ihre nährende Muttermilch über den Himmel vergossen habe – was beides Unsinn war –, was für eine Erklärung blieb dann noch? Dass es, wie manche Astronomen fantasiereich mutmaßten, das Rückgrat der Nacht sei? Oder die Säule des Himmelszelts?

Diese Erklärungen waren ihm allesamt zu lyrisch und bilderreich. Astronomie war eine der ältesten Wissenschaften der Geschichte, und man durfte sie nicht den Träumern überlassen. Darum hatte er auch nicht aufgegeben, nachdem er gute zwei Stunden nichts als Nebel und Licht und Licht und Nebel gesehen hatte.

Und dann war es plötzlich da gewesen: ein einziges, winziges, isoliertes Strahlen, ein unbedeutendes Pünktchen inmitten der Milchstraße und doch separiert. Hevelius glaubte, seinen Augen nicht mehr trauen zu können. Fast wagte er nicht, sich vom Fleck zu bewegen, doch er musste es. Er musste seinen Augen etwas Ruhe gönnen, nur dann war gewährleistet, dass der

Schein nicht trog, dass ihm keine Phantome vor den Augen tanzten, von der Wunschvorstellung geschickt. Denn er hatte ja zuvor genau das erhofft zu finden, was er nun tatsächlich gefunden hatte.

Viermal, fünfmal lief er im Kreis, maß die große, halb überdachte Dachterrasse ab, blickte vom Rand hinunter auf das schlafende Danzig mit seinem Gassengewirr – dann hielt er es nicht mehr aus und eilte zurück zum Fernrohr, das auf einem Untersatz angebracht war.

Der Lichtpunkt war immer noch da, und zwar an der selben Stelle. Kein Zweifel mehr, er, Hevelius, hatte einen neuen Stern entdeckt. Das Himmelszelt, wie es seit Tausenden von Jahren stand, wie es Babylonier, Ägypter, Griechen, Römer, Araber und Christen aufgebaut hatten, brach heute endgültig in sich zusammen.

Im Januar 1610 bereits hatte Galileo Galilei daran gesägt, als er vier Monde des Jupiter entdeckte, die ersten Monde überhaupt – außer jenem Mond natürlich, der die Erde begleitete. Weshalb, so fragte man sich daraufhin, sollte Gott Monde um andere Planeten kreisen lassen, um unbewohnte Welten? Am 7. November 1631 hatte Pierre Gassendi die Vorstellung vom Himmel weiter beschädigt, indem er Flecken auf der Sonne ausmachte, und das, wo die Sonne nach allgemeinem Glauben eine vollkommene Lichtkugel war. Und heute, am 7. Juni 1662, war der letzte Zweifel beseitigt, dass die Milchstraße eine Ansammlung von Sternen war, so weit entfernt, dass sie mit bloßem Auge nicht erkennbar waren. Wieso erschuf Gott Welten, die von der Erde aus ohne Hilfsmittel nicht gesehen werden konnten? Was ergab das für einen Sinn, wo doch der Himmel für die Erde geschaffen worden war? Viele Jahrtausende lang hatte es die Sterne in der Milchstraße nicht gegeben, jedenfalls nicht für Menschen, und daraus folgerte: Sie waren nicht für die Menschheit gemacht.

Eine Revolution! Hevelius stand eine Weile nur so da, nach oben blickend, und dachte nach. Ein Himmelszelt, wie Aristoteles es gebaut hatte, gab es von nun an nicht mehr. Der enge Raum um die Erde herum dehnte sich plötzlich in eine gewaltige, schwarze Sphäre aus, in der die Erde nur noch eine Provinz des Kosmos darstellte.

Der Raum war feindlicher geworden.

»Johannes?«

Katharina war gekommen. Noch bevor er sich zu ihr umdrehte, wusste er, dass sie ein Tablett voll chinesischem Porzellan vor sich hertrug. Wenn er sich manchmal in der Nacht, während er hier in seiner Sternwarte arbeitete, das Antlitz seiner Gattin in Erinnerung rief, dann war es stets mit einem sanften Lächeln versehen, gütigen Augen – und Händen, die etwas trugen. Katharina musste immer irgendetwas bringen. Sie kam nie einfach nur so bei ihm vorbei, weil sie sich für den Fortgang seiner Arbeit interessierte oder um sich mit ihm über die Sterne zu unterhalten, sondern stets, um ihm eine Tasse Tee zu bringen oder einen Krug Wasser.

»Ich stelle den Tee hier ab, er ist noch schön warm, also bediene dich schnell. Soll ich dir eine Tasse einschenken?«

Sein Blick streifte sie bloß. »Nein, danke«, sagte er. Er spürte wieder diesen unerklärlichen leisen Zorn auf sie in sich wachsen. Das Weltsystem des Aristoteles lag zerschmettert am Boden, die Erde war zu einem verlorenen Glühwürmchen im All geworden – und Katharina brachte ihm Tee. Sie kam nicht einmal auf den Gedanken, nach seinen Forschungen zu fragen.

Während er wieder hinaufblickte, reichte sie ihm eine Tasse, obwohl er sie zuvor abgelehnt hatte. Sanft drängte sie ihm das Porzellan in die Hände und versenkte ihren Blick in seine Augen. Katharina hatte die milde, unaufdringliche Schönheit einer Heiligenstatue, jener Skulpturen, die von den Kirchenfassaden des alten, katholischen Glaubens herablächelten.

»Ich habe heute einen Stern entdeckt«, sagte er.

»Tatsächlich?«

»In der Milchstraße, ja. Die Milchstraße scheint ein riesiger Sternhaufen zu sein, sehr weit von uns entfernt, unermesslich weit. Galilei und Huygens haben so etwas schon geäußert, jetzt ist auch für mich der letzte Beweis erbracht.«

»Dann hast du ja übermorgen Abend ausreichend Gesprächsstoff. Du hast doch die kleine Tafel nicht vergessen, die wir geben, oder? Die Bergs kommen, die Berechtingers, die Melchiors, die Koopmans und der junge Janowicz. Ich decke nur etwas Brot, Wurst und Käse auf.«

Da war es wieder, das, was immer geschah. Er sprach über die Sterne, sie über Käse.

»Wer ist Janowicz?«, fragte er lustlos, und die Enttäuschung über ihr Desinteresse ließ seine Hand zittern.

»Marek Janowicz, ein junger polnischer Offizier, Waffenmeister, glaube ich. Romilda Berechtinger hat mich gebeten, ihn einzuladen.«

»Du weißt, dass ich Offiziere nicht mag. Sie sind fast durchweg Befehlsempfänger von schwerfälligem Geist.«

»Ich setze ihn neben dich, das wird ihn befruchten.«

»Wir haben keinen Platz für einen dreizehnten Gast am Tisch.«

»Koopmans haben für ihre jüngste Tochter abgesagt. Sie ist wohl krank geworden, das arme Ding. Mit fünfzehn in die Gesellschaft eingeführt zu werden, ist schon arg spät, und nun verpasst sie auch noch dieses Ereignis. Ich frage mich, ob man sie jemals gehen lässt. Sie kann einem leid tun.«

Hevelius seufzte. Das Schicksal einer Kaufmannstochter interessierte ihn recht wenig, *alles* interessierte ihn wenig, außer seinem Stern.

»Setze diesen Janowicz meinetwegen neben mich«, sagte er. »Ich werde es überstehen.«

Er stellte die Tasse ab, weil das Zittern zu stark wurde. Da kam ihm eine Idee, eine wunderbare Idee, wie er seine Frau doch noch würde begeistern können für seine Entdeckung.

»Katharina«, rief er enthusiastisch, »bitte gib ihm einen Namen.«

»Marek Janowicz?«

»Vergiss diesen Janowicz. Ich spreche von meinem Stern, Katharina. Gib ihm einen Namen. Stell dir vor, du taufst einen Stern, und noch in tausend Jahren trägt er einen Namen, den du dir nun ausdenkst.«

»Mir fällt so schnell keiner ein.«

»Lass dir Zeit. Ich trinke noch einen Tee, und du überlegst so lange.«

»Also, ich weiß nicht, Johannes.«

»Möchtest du ihn sehen? Vielleicht inspiriert dich das.«

»Ich kenne mich mit Sternen nicht aus.«

»Das macht doch nichts. Man muss sich auch nicht mit Kindern auskennen, um ihnen einen Namen zu geben.«

Sie räumte mit ruhigen, gemessenen Bewegungen Kanne und Tasse auf das Tablett zurück. »Ich möchte das nicht, Johannes.«

Verdutzt betrachtete er sie. »Aber – warum denn nicht?«

»Ich – ich finde es vermessen, einen Stern zu taufen.«

»Vermessen?«

»Oh, frag nicht weiter, Liebster, mir liegen diese Dinge einfach nicht.«

»Was ist denn daran vermessen, einem neuen Stern einen Namen zu geben?«, fragte er gereizt. »Wie soll er denn genannt werden, wenn man über ihn spricht, einfach Stern? Es gibt Hunderte von Sternen, sollen die alle Stern heißen? Stern Nummer eins, Stern Nummer zwei und so weiter?«

»So meinte ich das nicht, Liebster. Ich fühle mich bloß nicht berufen dafür ...«

»Entschuldige«, unterbrach er sie. »Vergiss, worum ich dich

gebeten habe. Ich sehe jetzt, dass es zu viel verlangt war, sich von dir einen Namen ausdenken zu lassen. Du bist sicher müde. Gute Nacht.«

»Gute Nacht«, erwiderte sie in unverändert sanftmütigem Ton, aus dem er heraushörte, dass seine Vorwürfe und sein Ärger sich verloren hatten wie in einem stillen Teich. Sie hatte sie einfach verschluckt, und nichts würde morgen noch an sie erinnern.

Das milderte jedoch sein schlechtes Gewissen nicht, das ihn nun plagte. Er hätte nicht so harsch sein sollen. Katharina konnte nichts dafür, dass sie plötzlich mit einem Astronomen verheiratet war, denn als sie heirateten, war er ein angehender Kaufmann. Die Ehe war seinerzeit, vor sechsundzwanzig Jahren, arrangiert worden. Er war der einzige Sohn eines Danziger Brauereibesitzers und sie das einzige Kind eines benachbarten Brauereibesitzers gewesen, so einfach war das. Gekannt hatte er Katharina kaum, und sie ihn auch nicht, denn fast seine ganze Jugend hatte er an Universitäten in Graudenz und Leiden Mathematik, Jura und Ökonomie studiert und sich nur nebenbei, fast heimlich, während seiner Reisen nach London und Paris mit Astronomie beschäftigt. Der Ruf seines kränkelnden Vaters hatte ihn nach Danzig zurückgeholt, und eilig wurden damals alle Vorkehrungen getroffen, damit er, Johannes Hevelius, die Geschäfte übernehmen konnte. Die Fusion der beiden Unternehmen nach dem Tod der Väter ließ die größte Brauerei der Freien Stadt Danzig entstehen, und schon bald war er in den Stadtrat berufen worden.

Nach und nach hatte er sich jedoch der Himmelskunde zugewandt und schließlich diese Sternwarte auf den Dächern der Brauereigebäude und des Privathauses errichtet. Er hatte ein Buch über den Mond verfasst und den Saturn näher erforscht, hatte Kometen beobachtet, Finsternisse berechnet, neue Winkelmessinstrumente gebaut und damit die Stellung von Sternen am Himmel genau vermessen. In Paris, London und Bologna kannte man ihn einzig als Astronomen, bloß in Danzig sahen die Leute in ihm noch den Kaufmann und Stadtrat, der auch noch ein wenig am Himmel forschte.

Katharina nahm ihm eine Menge Arbeit in der Brauerei ab, führte die Bestelllisten, überwachte die Produktion, kontrollierte den Transport des Bieres in andere Länder ... Den Haushalt meisterte sie ganz nebenbei mit gelassener Hand. Es gab niemanden vom Personal, der sie nicht achtete und sogar liebte. Nie kam ein böses Wort über ihre Lippen, nie war ihr Blick strafend, nie zeigte sie sich bekümmert, weil ihre Ehe keine Kinder hervorgebracht hatte. Wie eine von allen verehrte Äbtissin streifte sie geräuschlos durch die Räume und behielt die Dinge im Auge.

Sie war wunderbar, das wusste er, doch sie war auch leidenschaftslos. Katharinas ganzes Glück schien darin zu bestehen, andere mit Blicken und Gesten froh zu machen – und mit Tee. An einem Abend wie diesem jedoch, wo er eine Welt entdeckt und dadurch eine andere verändert hatte, hätte er mehr als das gebraucht. Er platzte geradezu vor Stolz, und sobald er seine Beobachtung kundmachen würde, träfen gewiss Briefe aus ganz Europa ein, von gelehrten Theologen und Astronomen, die mit ihm die Auswirkungen des weiter veränderten Weltbildes besprechen wollten.

Doch hier, in seinem eigenen Haus, war die Wirkung seiner Entdeckung nicht größer, als wenn er ein Blümlein von einer Wiese mitgebracht hätte. Niemand freute sich mit ihm, niemand gratulierte. Er verlangte ja gar nicht, dass Katharina durch Fernrohre blickte, den Sextanten bediente und mathematische Berechnungen anstellte – im Gegenteil, sie hätte ihn nur durcheinandergebracht und gestört, denn diese Arbeit war nichts für Frauen. Frauen besaßen einfach keinen mathematischen Verstand.

Aber ein wenig Bewunderung! War das denn zu viel verlangt?

Die ganze Erde war in Sünde eingehüllt, und für Hemma lauerte sie überall. Sie konnte sich hinter einem Lachen verbergen, in einem Augenaufschlag, in der Freude über ein Kompliment, im Genuss eines guten Essens, in der Neugier, im Gefallen, den man einem Freund erwies, und da man als Protestant die Sünde nicht einfach im Beichtstuhl abladen konnte – wie bei den Katholiken –, schichtete sie sich zu gewaltigen Ungetümen auf. Im Traum erschienen sie ihr manchmal, diese aus Sünde gebauten Ungetüme, und nahmen entsetzliche Gestalten an, peitschten sie durch die Nacht, bis sie schweißgebadet erwachte und Blut auf der Zunge schmeckte. Kein Kraut und keine herkömmliche Medizin waren dagegen gewachsen.

Ihr Gatte, der Reeder, hatte vor zehn Jahren die Todsünde eines Selbstmordes begangen, und seitdem wurde Hemma von der Hölle gejagt. Vorher war es ihr recht gut ergangen, ihr Gatte war fromm, arbeitsam und geachtet gewesen, und sie hatte jede Nacht den Schlaf des Gerechten geschlafen. Ein Kind sollte dieses vollkommene Sittengemälde komplettieren, doch ein Sturm, eine simple Wetterlage, hatte gereicht, um ihr Leben auf den Kopf zu stellen. Anton, der Ruinierte, hatte nicht mit ihr gesprochen, bevor er sich ertränkte, nein, er hatte ihr noch nicht einmal einen Abschiedsbrief hinterlassen, sondern war einfach so ins Wasser gegangen, als habe er keine Frau zu Hause, mit der er vier Jahre lang zusammengelebt hatte. Sie hatte sich – bestärkt von den stechenden Augen des Pastors – Vorwürfe gemacht, nicht für ihn da gewesen zu sein, als er sie brauchte, nicht auf die Anzeichen der sündhaften Gedanken geachtet zu haben, die in ihm entstanden: seine Pupillen, die nach einem Ausweg suchten, die Papiere in seinen zitternden Händen ... Eine ganze Woche lang hatte sie das gesehen, ohne es *wirklich* zu sehen.

In der Nacht, nachdem man seine nackte Leiche, angeschwemmt wie ein verendeter Fisch, am Ufer der Mottlau gefunden hatte, war sie zum ersten Mal von der Hölle berührt worden. Anfangs hatte sie geglaubt, durch Gebete der Angst Herr zu werden, doch trotz wunder Knie hörten die Albträume nicht auf. Sie konnte sich nicht mehr umdrehen, ohne die ganze böse Welt in ihrem Rücken zu spüren. Die einzige Möglichkeit, von der Angst nicht erdrückt zu werden, war, künftige Sünden zu verhindern. Sie musste sie bekämpfen, jeden Tag, wo sie stand und ging, und zwar nicht nur die eigenen, sondern die aller Menschen um sich herum, nur dann war ihr etwas Ruhe gegeben.

So hatte sie die Spiegel abgeschafft, um der Eitelkeit zu begegnen, das Lachen geächtet, um der Wollust nicht Vorschub zu leisten; die Mahlzeiten hatte sie auf das Notwendigste reduziert, um der Völlerei Einhalt zu gebieten, die Farben bis auf Schwarz, Weiß und Grau verboten, das Ausgehen eingeschränkt und der Kunst, die durchweg verderblich war, den Kampf angesagt.

Cornelius' Frau, Anna, war ihr erstes Ziel gewesen. Anna hatte ein Spinett aufgestellt und Hemmas Elternhaus die Stille genommen. Fidele Musik flutete durch die Räume, und der Spaß, mit dem Anna spielte, war beängstigend. Sie hatte kein Recht, Spaß zu haben. Man war nicht der Freude wegen ein Geschöpf Gottes, sondern um zu dienen.

Hemma hatte Anna vernichtet, oder besser, sie hatte die Sünde vernichtet. Und mit Elisabeth würde sie dasselbe tun. Elisabeths Augen waren alles andere als demütig, waren munter und neugierig wie die eines Eichhörnchens, und ihr Mund drückte Vorwurf und Widerstand aus. Die künftige Sünde lebte in diesem Mädchen, es bedrohte Hemma, bedrohte ihre Seelenruhe und war schuld an den Höllenträumen, die wieder häufiger geworden waren. Solange Elisabeth nicht gebrochen war, blickte die hässliche Fratze des Teufels durch die Fenster dieses Hauses herein und wartete nur darauf einzudringen.

Als Lil hereinkam, entspannten sich Hemmas Gesichtszüge mit der Plötzlichkeit, mit der man ein Betttuch strafft. Elisabeths ältere Schwester hatte eine gänzlich andere Wirkung auf sie, denn sie war gehorsam.

Dieselbe Hand, die Elisabeth zu Boden gestreckt hatte, streichelte zärtlich über Lils Wange, und gleich darauf folgte ein Kuss.

»Mein liebes Kind, du möchtest etwas mit mir besprechen?« Lil knickste. »Zweierlei, Tante. Zum einen meine Verlobung.«

»Deine *mögliche* Verlobung. Noch ist nichts eine ausgemachte Sache. Dein Vater wird sich auf der Gesellschaft von Herrn Hevelius ein wenig mit diesem Offizier unterhalten, dessen Bekanntschaft du gemacht hast. Junge Soldaten kenne ich noch aus meiner eigenen Jugend. Wie Seide schimmern sie in allen Farben, mein Kind, aber sie sind außerordentlich unbeständig, nichts für Menschen wie uns. Außerdem ist er Katholik.«

Hemma sprach dieses Wort aus, als würde sie Kakerlake sagen.

»Oh, er wäre gewiss bereit zu konvertieren«, wandte Lil ein. Hemma verzog den Mund. »Wenn das so schnell geht, bedeutet ihm der Glaube wohl nicht viel! Wie dem auch sei, mein liebes Kind, wir erwarten von dir, dass du dich schicklich benimmst, gleichgültig wie unsere Entscheidung ausfallen wird. Und nun zu deiner zweiten Frage.«

»Ja, Tante«, sagte Lil mit gesenktem Kopf. »Darf ich bitte Elisabeth besuchen? Seit zwei Tagen ...«

»Du darfst«, unterbrach Hemma. »Doch zur dritten Mittagsstunde erwarte ich dich in der Halle. Wir wollen spazieren gehen.«

Noch einmal streichelte sie die samtweiche Wange. »Nur wir beide, du und ich, liebes, liebes Kind.«

Lächelnd sah sie Lil nach. Sie hatte eine genaue Vorstellung von der Zukunft, was Lil betraf – und was Elisabeth betraf.

Für Elisabeth war Lil der schönste Mensch der Welt. Wenn sie keine Haube trug, rahmten ihre goldblonden Locken das Gesicht wie ein Gemälde von Meister Rubens ein, und ihr kleines Grübchen am Kinn war die einzige kleine Unebenheit in einem ansonsten perfekten Antlitz.

Entsetzt blickte die schöne Schwester sie an. »So schlimm hatte ich es mir nicht vorgestellt«, hauchte sie. »Schwesterlein, deine Lippe ist ja aufgesprungen. Und diese Narbe auf deiner Stirn ...« Sie sprach nicht weiter und kuschelte sich zu Elisabeth ins Bett, so wie sie es früher gemacht hatte, während der Winterstürme, die um die dicken Backsteinmauern getost waren. Elisabeth hatte sich gefürchtet, und Lil hatte sie in den Arm genommen und das Heulen der Winde mit Liedern übertönt.

»Die Alte ist ein Monster«, flüsterte Lil ihr ins Ohr. »Sie ist so widerlich, dass es einem die Sprache verschlägt. Vorhin hat sie mich geküsst. Stell dir das vor: der Kuss einer schwarzen Spinne! Ich hätte sie am liebsten gebissen.«

Die Worte sollten Elisabeth trösten, doch sie bewirkten das Gegenteil und legten die Unterschiede zwischen ihr und Lil zutage. Oh, sie waren schon immer verschieden gewesen, doch auf eine andere Weise als heute. Elisabeth erinnerte sich oft an die vergangene Zeit, als Lil und sie noch klein waren und ihre Mutter im Garten mit ihnen spielte. Der Rasen war eine grüne Bühne des Lichts, und ihre Eltern waren das Publikum, doch den Applaus hatte Elisabeth neidlos Lil überlassen. Sie tanzte besser und machte schönere Kunststücke, und sie lachte lauter und fröhlicher. Elisabeth konnte sich an keine ernsthafte Unterhaltung mit Lil erinnern, aber ihr Lachen war unvergesslich. Lil war das heitere Kind, ihr zuzusehen war eine Wonne. Zu ihrem Geburtstag standen die Lilien in voller Blüte – daher hatte sie wohl ihren Namen erhalten –, und sie bekam stets einen ganzen Strauß davon in die Hand gedrückt, so viel, dass ihr Gesicht dahinter verschwand. Sie sah dann immer aus wie eine Prinzessin. In diesen Augenblicken hatte sie ihre Schwester besonders geliebt, und sie hatte nie aufgehört, sie zu lieben. Lil war ein Sonnenkind, für den Tag geboren, für Freude und Genuss.

An ihrem eigenen, Elisabeths, Geburtstag gab es keine Blumen, weil im Januar nun einmal keine Blumen wuchsen, und in den Garten ging die Familie auch nicht, weil es zu kalt war und zu dunkel. Sie war ein Nachtkind, ein Schattenkind, mit einer Haut blass wie Nebel und mit stumpfen Haaren, und wie die Nacht, so war auch sie ernster, ohne humorlos zu sein. Sie konnte träumen, das war ihre schöne Seite. Als jüngere Schwester nahm sie traditionell nur den zweiten Platz ein, und die Natur hatte diese Tatsache deutlich unterstrichen, doch solche Unterschiede machten Elisabeth nichts aus, sie waren nebensächlich. Wichtig war, dass Lil und sie zusammenhielten. Und bis vor fünf Jahren war das auch so gewesen. Nicht einmal Hemma hatte es vermocht, die beiden Schwestern gegeneinander auszuspielen. Kurioserweise wurde ein Akt gemeinsamen Widerstandes zur Wegscheide.

Lil und sie hatten von ihrer Mutter zwei lustige bunte Vögel aus den ostasiatischen Tropenwäldern geschenkt bekommen, Vögel von der Art, wie sie in wohlhabenden Familien gerne verschenkt wurden und darum immer häufiger auf Märkten zu finden waren. Pierre, wie Lil ihren Vogel taufte, und Amelie, wie Elisabeth das Weibchen nannte, schnäbelten unentwegt miteinander, putzten sich gegenseitig und wichen nicht von der Seite des anderen. Sie liebten sich heiß und innig – und sie liebten die Schwestern. Wenn sie sangen, hatte man das Gefühl, dass sie für sie sangen. Ihren Stimmen wohnte bei aller Fröhlichkeit auch etwas Trauriges inne, und so kam es immer häufiger vor, dass Elisabeth und Lil sie für eine Weile fliegen ließen, was Pierre und Amelie in vollen Zügen genossen. Die Vögel waren alles für sie.

Hemma waren die Tiere ein Dorn im Auge. »Ich habe ja hier nichts zu sagen, ich bin ja nur eine Witwe«, begann sie immer wieder bei der Abendtafel, »aber diese Tiere sind schlecht für uns, seelenlose Geschöpfe mit verderblichen Gesängen.«

Einige Wochen später sangen und sprangen Pierre und Amelie mehr als sonst. Vor allem Pierre gebärdete sich besonders lustig, machte die drolligsten Kapriolen, hüpfte im Käfig unermüdlich von Ast zu Ast, und sobald man ihn fliegen ließ, landete er immer wieder auf Amelie. Lil und Elisabeth hatten großen Spaß, den beiden zuzusehen, sie lachten und lachten und unterhielten sich fast nur noch über die Vögel.

Eines Mittags Ende November, als ihre Eltern außer Haus waren, kam Hemma in Lils Zimmer, sah, wie sehr sie sich mit Pierre und Amelie amüsierte, und sagte: »Es reicht jetzt, dieses Geschrei ist nicht länger zu ertragen. Lass sie aus dem Fenster fliegen.«

»Das geht nicht,«, erwiderte Elisabeth. »Der Händler hat gesagt, sie brauchen es warm, sonst sterben sie.«

»Für jedes Geschöpf kommt seine Zeit. Wenn der Herrgott es so richtet, dass sie sterben, dann soll es so sein.«

»Aber hier drin können sie doch *leben*.«

»Sie schreien, dass einem der Kopf platzt. Ich will sie hier nicht mehr haben.«

»Uns stört ihr Gesang nicht. Und überhaupt, du kannst sie ja nur deswegen nicht ertragen, weil sie sich lieb haben und du niemanden lieb hast, auf der ganzen Welt nicht.«

Nach diesen Worten steigerte sich Hemmas Ärger zur Raserei. Sie stieß Lil und Elisabeth beiseite, öffnete den Käfig und wollte die Vögel greifen; Pierre und Amelie waren jedoch flink und entkamen ins Zimmer. Mehrere Versuche Hemmas, sie zu fassen, schlugen fehl, und so zog Hemma erbittert schweigend ab.

Die Schwestern glaubten schon, alles sei überstanden, und waren gerade dabei, das Pärchen zu beruhigen, als Hemma mit einem langen Kehrbesen zurückkehrte.

Sie schlug nach den Tieren, jagte sie, scheuchte sie bis zur Erschöpfung, und alles Betteln und Schimpfen verhinderte nicht, dass Pierre schließlich von einem der Hiebe getroffen wurde und mit verrenktem Flügel zu Boden stürzte.

Hemma ging auf ihn zu und – zertrat ihn wie eine Spinne.

Elisabeth schrie auf, schlug mit den Fäusten auf Hemma ein, und Lil brach neben Pierre zusammen und weinte.

Amelie indessen gelang es irgendwie, aus dem Zimmer zu entkommen. Sie flatterte aufgeregt durch das Haus, immer von Hemma verfolgt, und entschlüpfte durch ein Fenster, das von den Dienern zum Lüften geöffnet worden war.

Nur wenige Stunden später kehrte Amelie zurück. Sie saß auf dem Fenstersims vor Elisabeths Zimmer und versuchte hereinzukommen. Doch Hemma hatte inzwischen die Fenster durch Kettenschlösser versperren lassen, so dass sie nicht geöffnet werden konnten. Lil und Elisabeth saßen auf der einen Seite des Fensters, Amelie auf der anderen, und sie sahen sich an, leidend, zerbrechend.

Am nächsten Morgen lag Amelie tot im Schnee vor Elisabeths Fenster.

Von da an hatte Lil es stets vorgezogen, sich Hemmas Willen unterzuordnen. Sie sagte immer: »Ja, liebe Tante«, schlug demütig die Augen nieder, wenn sie den prüfenden Blick Hemmas auf sich ruhen fühlte, lief unterwürfig, wie eine Novizin es nicht besser gekonnt hätte, durch das Haus, sprach wenig mit ihrer Mutter Anna (weil die Tante das nicht gerne sah) – und hasste Hemma nur heimlich. Jede Form des sichtbaren Aufbegehrens unterdrückte sie mit einer Konsequenz, die fast schon unheimlich war. Sie verstellte sich perfekt und wurde weich wie Watte, um dadurch dem eisernen Zugriff der Tante zu entkommen.

Elisabeth konnte diesen Weg nicht gehen, es war ihr schlicht unmöglich, sich einer Frau zu unterwerfen – und sei es auch nur zum Schein –, die Amelie getötet und ihrer aller Leben Stück um Stück zerstört hatte. Freilich, viel konnte Elisabeth mit gelegentlichen Widerworten, aufmüpfigen Blicken und Träumen von Freiheit nicht ausrichten, aber hätte es einen Spiegel im Haus gegeben, dann hätte sie guten Gewissens in selbigen schauen können.

Elisabeth und Lil liebten sich nach wie vor, sie litten beide die gleichen Qualen und wollten nur das eine: diesen Albtraum eines Hauses hinter sich lassen. Trotzdem gingen sie verschiedene Wege. Es war wie der Knick auf einer Buchseite: Der Inhalt hatte sich nicht verändert, und doch war es nicht mehr ganz dasselbe.

»Wenn ich Hemma nicht bräuchte«, sagte Lil nach einer Weile, in der sie aneinander gekuschelt waren, »dann hätte sie jetzt nur noch ein halbes Ohr, ganz bestimmt. Dich zu schlagen! So weit ist sie noch nie gegangen, sie hätte eine Strafe verdient. Aber Vater traut sich mal wieder nicht, sie in die Schranken zu weisen, er ist sowieso nicht an dem interessiert, was sich hier tut. Manchmal glaube ich, er lässt seinen Körper im Kontor zurück und nur seine Anzughülle sitzt mit uns bei Tisch.«

Diesen Eindruck hatte Elisabeth schon lange. »Und wofür brauchst du Hemma so dringend?«, fragte sie leicht gereizt, was Lil jedoch nicht auffiel.

»Für Marek selbstverständlich. Sie soll meine Verlobung unterstützen, und du weißt, wie schwierig das wird. Vor ihrem kritischen Auge halten nicht einmal Kirchenväter stand, und selbstverständlich wird sie auch an Marek tausend bedenkliche Dinge finden: Seine prächtige Uniform, sein munteres Lächeln, seine vorwitzige Art, all das wird ihr missfallen. Und sein Aussehen noch dazu, obwohl er dafür ja nun wirklich nichts kann.« Lil geriet ins Schwärmen. »Er ist wirklich schön wie der heilige Sebastian.«

»Der heilige Sebastian endete von Pfeilen durchbohrt am Kreuz«, sagte Elisabeth missvergnügt. »Pass nur auf, dass ihm das nicht passiert.«

Lil kicherte. »Wäre das nicht ein romantisches Ende? Man könnte eine Ballade darüber schreiben.«

»Schön für dich, aber ob dein Marek genauso darüber denken würde ...«

»Vater wird ihn bei Hevelius auf eine Verlobung ansprechen, also scheint er ihn bereits akzeptiert zu haben.«

»Ich frage mich, wieso. Vater müsste doch an einer Ehe mit einem Kaufmann interessiert sein.«

»Aber ich bin nur an Marek interessiert.«

»Seit wann spielt das, was wir wollen, in diesem Haus eine Rolle?«

»Was weiß ich! Vielleicht will er an der Mitgift sparen, er kann ja manchmal ganz schön knauserig sein. Einem kleinen polnischen Offizier muss er nur ein Viertel der Summe, die ein Danziger Kaufmann erhielte, zahlen. Und Marek ist das Geld bestimmt egal.«

»Dann scheint er ja wirklich ein außergewöhnlicher Mensch zu sein. Na, ich werde ihn ja morgen kennen lernen.«

Lil runzelte die Stirn. »Hat man es dir nicht gesagt?«

Elisabeth richtete sich im Bett auf. »Was gesagt?«

»Tante Hemma hat verboten, dass du an der Gesellschaft bei

Hevelius teilnimmst. Du darfst das Haus drei Monate lang nicht verlassen.«

Elisabeth stockte das Blut in den Adern. Seit Wochen lebte sie nur noch in der Vorfreude auf diesen Abend bei Hevelius. Sie wollte es endlich in Händen halten, das Auge Gottes. Man erzählte sich, dass man mit diesem Instrument die Farben der Planeten erkennen und ferne Lichter sehen konnte, die dem bloßen Auge verschlossen blieben, man sprach von neuen Mustern am Firmament, gleißenden Sternhaufen und gewaltigen leeren Räumen, von Siedlungen auf dem Mond und von vernunftbegabten Wesen. Doch was davon stimmte, und was war nur Gerücht? Niemand in ganz Danzig konnte Elisabeth etwas darüber erzählen, was sie zufrieden gestimmt hätte, nicht der alte Hauslehrer Dethmold, der die Astronomie als Sekundärwissenschaft abtat, und nicht der Probst, der nichts glaubte, was nicht in der Bibel stand. Dethmold und der Probst, das waren die beiden Autoritäten, auf die Elisabeth angewiesen war. Und die übrigen Danziger plapperten ohnehin nur nach, was Lehrer oder Pröbste ihnen erzählten. Hevelius war der Einzige, der wirklich etwas wusste, ein Weiser, ein Held der Astronomie, der Besitzer von Gottes Auge, und sie hatte das Glück, ganz in seiner Nähe zu wohnen, tausend Schritte entfernt und doch unerreichbar – bisher.

Wie oft würde sich eine solche Gelegenheit noch ergeben, eine Gesellschaft im Haus des Rates Hevelius, bei der auch die Koopmans eingeladen waren? Und nun wollte man sie einsperren, so als sei sie noch nicht eingesperrt genug. Drei Monate! Neunzig Tage an polnische Vokabeln, verdöste Mittagsruhen und bestickte Kissenbezüge verschwenden! Und wer konnte wissen, was danach kam? Morgen schon könnte Hemma die nächste Grausamkeit einfallen.

»Natürlich ist sie eine Hexe«, sagte Lil. »Aber du machst es ihr auch einfach, das muss ich schon sagen. Was hast du denn da draußen im Garten gemacht, mitten in der Nacht und so ganz allein? Du warst doch allein, oder?«

»Kein Mensch war bei mir, falls du das meinst.«

»Wie seltsam du sein kannst! Wer ist schon gerne nachts im Garten allein! Ich würde mich abwechselnd zu Tode ängstigen und zu Tode langweilen. Was machst du da die ganze Zeit?«

»Ich ...« Elisabeth zögerte und sagte dann: »Ich sammle Käfer.«

Lil verzog das Gesicht. »Du sammelst – Käfer? Richtige, lebendige Käfer?«

»Manche stellen sich auch tot.«

»Das ist ja schauderhaft.«

»Mir gefällt es. Käfer sind unglaublich interessant.«

Lil schüttelte verständnislos den Kopf. »Mit dieser Einstellung wirst du sehr, sehr lange brauchen, um einen Mann zu finden, Schwesterlein.«

Elisabeth wollte keinen Mann. Sie wollte Astronomin werden, und sie *musste* Hevelius treffen. Jetzt gab es nur noch einen einzigen Menschen, der ihr dabei helfen konnte.

Immer wenn Elisabeth mit ihrer Mutter zusammen war, hatte sie das Gefühl, sie vielleicht zum letzten Mal zu sehen.

Anna Koopman strömte den milden Duft eines welkenden Blumenstraußes aus. Sie hatte in ihrem Leben viele Verluste erlitten, von denen der erste durch ihre Heirat mit Cornelius verursacht wurde. Dieser Schritt beraubte sie der Freizügigkeit, die sie von ihren Eltern gewohnt war, denn die Oondrachts waren zu Lebzeiten zwar Kaufleute und Protestanten gewesen, doch sie hingen nicht der Meinung der Calvinisten an, dass die Musik nur von der innigen Andacht ablenke und im Übrigen Ausdruck von Eitelkeit sei. Annas Mutter spielte hervorragend Orgel, wenngleich sie allenfalls zwei- oder dreimal im Jahr die Erlaubnis bekam, den Kirchenorganisten zu vertreten. Ansonsten musizierte sie fast jeden Abend am Spinett, sehr zur Freude von Annas Vater und von Anna selbst, und mit fünfzehn Jahren war Anna schon beinahe so gut darin wie ihre Mutter. Drei Jahre später heiratete sie Cornelius Koopman.

Elisabeths Vater fand keinen Gefallen an Musik, sie langweilte ihn, und da sie nie zur gleichen Zeit begann und endete, weil die Stücke unterschiedlich lang waren, irritierte sie ihn auch. Dennoch duldete er Annas Vorliebe in einem gewissen Maß, hatte sie ihm doch den ersehnten Sohn geschenkt und gleich zwei Töchter hinterher. Wenigstens ein Mal in der Woche saß die junge Familie abends beisammen und lauschte Annas Spiel am Spinett, und während des Tages – so erinnerte Elisabeth sich – hellten die zarten, fröhlichen Töne das schon damals ein wenig düstere Haus auf.

Bald nach Elisabeths Geburt war nämlich die verwitwete Tante Hemma in das Haus zurückgekehrt, in dem sie groß geworden war und das sie nach ihrer Heirat verlassen hatte. Nach und nach, beinahe unmerklich, veränderte sie die Freundlichkeit des Hauses, indem sie hier einen hellen Vorhang durch einen dunklen ersetzte und dort ein Bild durch ein Kreuz. Anna kümmerte sich um solche Dinge kaum, sie hatte ja ihre Musik und wollte sich mit der Schwester ihres Gatten nicht um Stoffe streiten. Als Hemma aber merkte, dass man ihr keinen Widerstand entgegensetzte, überredete sie Cornelius dazu, die Musik auf einige Stunden des Tages zu begrenzen – angeblich, weil sie davon Kopfschmerzen bekäme. Von da an durfte Anna nur noch vormittags und abends spielen, nachmittags und sonntags überhaupt nicht mehr.

Mehr hätte Hemma vermutlich nicht durchsetzen können, wäre nicht Frans gestorben, der Stammhalter. Eines Abends, ohne jede Vorwarnung, japste und keuchte er, und obwohl man sofort nach dem Arzt schickte, verbesserte sich sein Zustand nicht. Zwei Tage und Nächte wachte Anna bis zur völligen Erschöpfung neben seinem Bett, und als sie sich am Morgen des dritten Tages kurz auf ihr Zimmer begab, um sich zu erfrischen, konnte sie nicht anders, als eine traurige Melodie auf dem Spinett anzuspielen. In dieser kurzen Zeitspanne, irgendwann zwischen zwei Noten, starb Frans.

Anna machte sich Vorwürfe, weil sie in jenem Moment nicht bei ihrem Sohn gewesen war, und Hemma nutzte ihre Schwäche aus, um Cornelius auf ihre Seite zu ziehen. Sie brachte das Spinett in Zusammenhang mit Frans' Tod, nannte die Musik und alle Künste eine Erfindung des Teufels und ließ das Instrument in ein Lagerhaus schaffen. Annas Zustand verschlimmerte sich dadurch noch mehr. Dass sie Frans verloren hatte und sich mittlerweile die Schuld daran gab, war schon schlimm genug, aber nun verlor sie auch noch das Einzige, was sie ein wenig hätte trösten können. Sie wurde kränklich, ging kaum noch aus dem Haus, aß wenig und war bald in einem Zustand, der selbst Cornelius ein schlechtes Gewissen bereitete. So gestattete er ihr schließlich – gegen Hemmas Widerstand – in der Stunde zwischen elf und zwölf Uhr das Spinett zu benutzen.

An dieser Regelung hatte sich bis heute nichts geändert. Da die betreffende Stunde genau in die Unterrichtszeit fiel, hatte Elisabeth nichts davon, aber manchmal hörte sie leise Musik durch die Türen des Hauses schleichen und sich wie ein Schleier über alles legen. Dann dachte sie an ihre Mutter, und ein feines Lächeln glitt über ihr Gesicht.

Da Elisabeth ihre Mutter manchmal einen ganzen Tag lang nicht sah, waren die Töne, die Anna mit ihren Fingern hervorbrachte, oft der einzige Kontakt zu ihr. Weil die Melancholie sich unerwartet wie der Schatten einer Wolke über Anna legte, erschien sie äußerst unregelmäßig zu den Mahlzeiten, mal fehlte sie beim Frühstück, mal mittags und mal an der Abendtafel. Auch passierte es, dass sie einfach vom Tisch aufstand und sich wieder in ihr Zimmer zurückzog. Es kam vor, dass sie den Kirchgang ausließ, dafür tauchte sie vielleicht überraschend zum Kaffee am Nachmittag auf, den sie sonst fast immer ausließ, oder sie gesellte sich gegen jede Gewohnheit zur Nähstunde. Wochenlang konnte sie sich bei Magister Dethmold nicht blicken lassen, doch dann erschien sie plötzlich und musterte den Lernstoff, den Elisabeth und Lil zu bewältigen hatten. Und wenn samstags der Probst zu Gast war, empfing sie ihn entweder mit einem milden, etwas traurigen Lächeln oder ließ sich einfach durch eine Zofe entschuldigen. So genau wusste das vorher niemand.

Im Hause Koopman war sie der einzige unberechenbare Faktor, ein kleines, machtloses Stück Chaos in einem Ozean der Ordnung, ein Zeiger, der sich gegen die Uhr bewegte. Und auch wenn sie nichts an den Grundsätzen des häuslichen Lebens ändern konnte, auch wenn ihre Unstetigkeit kein bewusstes Zeichen des Protestes war, sondern nur Ausdruck von Leid und Schwäche, so wurde sie von Elisabeth doch für ihre Wechselhaftigkeit und wegen ihrer stillen, poetischen Art aufrichtig geliebt. Kein Mensch im Haus stand ihr so nah wie Anna, und nur im Zimmer ihrer Mutter fühlte sie sich für die wenigen Momente, die sie allein zusammen hatten, aufgehoben.

»Wie geht es dir, Mutter?«, fragte Elisabeth, nachdem sie sacht die Tür hinter sich geschlossen hatte. Im Haus herrschte Mittagsruhe, was eigentlich bedeutete, dass niemand sein Zimmer verlassen durfte. Doch Elisabeth hatte sich auf Zehenspitzen und – wegen der knarrenden Dielen – äußerst langsam zu ihrer Mutter geschlichen.

Anna Koopman saß auf einem Fenstersims, eingetaucht in die Maisonne, die in wenigen Minuten ihr Zimmer verlassen würde, und versuchte, diese letzten Strahlen unmittelbaren Lichts festzuhalten.

»Wie schön, dass du zu mir kommst«, sagte Anna und breitete ihre Arme aus. »Ich war mehrmals bei dir, aber du hast jedes Mal geschlafen.«

Elisabeth lehnte den Kopf an Annas Schulter. »Es tut mir leid, wenn ich dir Kummer gemacht habe«, sagte Elisabeth.

»Kummer, du mir? Du meinst, weil du nachts im Garten gewesen bist? Das weiß ich schon seit einiger Zeit.«

Elisabeth löste sich erstaunt von ihrer Mutter. »Du – wusstest es? Aber wie ... ich meine ... woher?«

Anna lächelte kurz, mehr als dieses Lächeln sah man nie an ihr, und Elisabeth war jedes Mal froh, wenn sie die Ursache davon war. »Das Eckfenster da hinten, ich kann von dort den Garten einsehen, mein Kind. Manchmal stehe ich dort, lange nach Einbruch der Dunkelheit und ohne brennende Kerzen. Ich sehe einfach nur hinaus und schaue zu, wie der Mond unseren nüchternen Garten verzaubert. Ich liebe den Mond. Weißt du, dass das Mondlicht die Gestalt der Dinge völlig verändern kann? Vor ein paar Monaten habe ich dich das erste Mal beobachtet, eine weiße huschende Gestalt. Du hast wie ein niedliches Gespenst ausgesehen und tatest mir furchtbar leid mit deinem dünnen Nachthemd in der Herbstkälte. Aber ich habe dir jeden einzelnen Augenblick gegönnt.«

»Du bist also nicht böse?«

»Böse? Begeistert bin ich. Immer wenn ich dich da draußen gesehen habe, bin ich danach besser eingeschlafen.«

Elisabeth lachte leise. »Wirklich?«

»Aber ja. Der Anblick, wie du barfuß über den Rasen tapst, gehört zum Schönsten, was ich in den letzten Jahren gesehen habe. Das werde ich nie vergessen.«

Einen Augenblick lang begegneten sich ihre Blicke voller Glück, so als gäbe es nur sie beide und dieses lichte Zimmer, nichts anderes. Das verlorene Aschgrau in Annas Augen leuchtete auf, die fahlen Wangen füllten sich mit Leben, und ihre Finger spielten verlegen mit einem Kruzifix auf der Brust, was sie sonst nie tat. Stärker denn je empfand Elisabeth die Nähe zu ihrer Mutter, und sie spürte einen Schub von Kraft, wie sie ihn noch nie von der traurigen Frau bekommen hatte.

Es war bloß ein flüchtiger Augenblick. Die Strahlen der Sonne verließen für heute das Zimmer, und gleichzeitig verdunkelte sich Annas Gesicht, so als habe sie eine weitere Niederlage erlitten, weil sie das Licht nicht hatte halten können.

»Aber du bist von Hemma erwischt worden, und sie hat dich verprügelt. Mein Gott«, sie berührte Elisabeths Lippe, »sie war so brutal wie lange nicht. Ich dachte, diese Zeiten seien vorbei, ich hoffte wirklich, sie ...«

Anna stand vom Fenstersims auf und ging langsam an Elisabeth vorbei zum Spinett. Ihre Hand strich behutsam über den Deckel des Instruments, dann öffnete sie ihn und sah sich die Tasten an, so als wäre jede einzelne ein Kind von ihr.

Elisabeth litt unter dem Unglück ihrer Mutter und traute sich nicht, ihr Problem anzusprechen, obwohl ihr die Worte auf der Zunge brannten.

»Spiel doch bitte etwas«, schlug sie ihr vor. »Das verscheucht trübe Gedanken.«

Anna schüttelte den Kopf. »Es ist keine Musikstunde, weißt du? Hemma könnte ...«

Elisabeth gab ihrer Mutter ein Zeichen, einen Moment zu warten. Dann schlüpfte sie zur Tür hinaus, schlich auf Zehenspitzen den Gang entlang und drückte ihr Ohr an Hemmas Tür. Ein leises, raues Schnarchen bewies, dass die Tante so schnell nicht aufwachen würde, und ein Blick Elisabeths in die Halle hinunter zeigte keine Bewegungen. Was sie nicht überraschte, denn das Personal nahm in der Küche das Mittagessen ein.

Sie schlüpfte wieder in Annas Zimmer zurück und meldete: »Keine Gefahr! Wenn du ganz leise spielst, wird niemand etwas hören.«

Anna zögerte noch, aber ein weiterer aufmunternder Blick Elisabeths überzeugte sie schließlich. Als wolle sie die heutige Laune des Instruments erkennen, legte sie ihre zehn Finger auf die Tasten, schloss die Augen und wartete eine Minute. Dann begann ihr Spiel, langsam und traumhaft, jede Note wie eine Träne. Zerbrechliche Töne fluteten durch den Raum. Sofort entspannten sich Annas Züge und nahmen einen Ausdruck von Frieden an. Sie sah kaum auf das Notenblatt, ihr Blick war nach innen gerichtet.

Elisabeth wagte nicht, die Versunkenheit ihrer Mutter zu stören, aber schließlich war es Anna selbst, die den Faden des Gesprächs wieder aufnahm, ohne allerdings das behutsame Spiel zu unterbrechen.

»Weißt du, deine Schwester ist leicht zu durchschauen, jedenfalls für mich. Schon als kleines Kind hatte sie so eine spezielle Art, ihre hübschen Locken zu betrachten, so ist sie eben, ich finde daran nichts Schlimmes. Dann kam Hemma und verbot Locken und Spiegel. Was Hemma nicht weiß, ist, dass ich Lil vor zwei Jahren einen kleinen Handspiegel geschenkt habe, den sie so gut versteckt hat, dass nicht einmal Nore ihn findet. Und auch ein paar harmlose Schäferromane, in denen es um Liebesglück geht.«

»Davon hat sie mir gar nichts gesagt.«

»Du sagst ihr ja auch nicht alles. Erst kürzlich hat sie mir anvertraut, dass sie nicht die geringste Ahnung habe, was in deinem Kopf vorgeht. Und ehrlich gesagt, geht es mir ebenso.«

Elisabeth schlug die Augen nieder, stellte sich neben ihre Mutter und legte ihre Hand auf deren Schulter. »Ich weiß, ich hätte dir viel früher davon erzählen sollen …«

Anna unterbrach ihr Spiel. »O nein, so habe ich das nicht gemeint, meine liebe Kleine. Ich mache dir doch keinen Vorwurf, weil du etwas für dich behalten willst. Weißt du, als ich in deinem Alter war, war es offensichtlich, was meine Leidenschaft

war, daran bestand nie ein Zweifel. Doch das lag nur daran, dass meine Leidenschaft mit der meiner Mutter identisch war. Sie hat mir ihre Träume übertragen – ich habe sie nicht erfüllt.«
»Sag doch so etwas nicht, Mutter.«
»Es ist wahr, ich wollte öffentlich am Spinett spielen. Ich habe mir vorgestellt, eines Tages nach Warschau zu fahren und der polnischen Königin vorzuspielen – Königin Ludwika Maria war eine große Kunstliebhaberin. Auch hier in Danzig wollte ich spielen, Musikabende geben ... Und was ist davon für mich übrig geblieben? Eine Stunde am Vormittag in meinem Zimmer, mit mir allein als Publikum. Nicht einmal meine Töchter dürfen zuhören. Leidenschaften werden in dieser Familie nicht geduldet, gleichgültig welche, und jeder Traum wird zu Staub zermahlen, sobald er entdeckt ist.«

Sie blickte Elisabeth aufmerksam, beinahe bewundernd an und fügte hinzu: »Aber das hast du ja längst erkannt, nicht wahr? Deswegen vertraust du dich auch so ungern anderen an. Nun, auf diese Weise hat das Beispiel meines Niedergangs wenigstens *etwas* Gutes bewirkt. Für mich ist es ohnehin zu spät, ich komme hier nicht mehr heraus.«

Elisabeth wollte etwas Tröstliches sagen, irgendetwas, doch ihr fiel nichts ein.

»Bitte, Mutter«, bat sie schließlich, »spiel weiter.«

Anna setzte die Melodie dort fort, wo sie geendet hatte. »Ich weiß, du hast Träume, Elisabeth, und du träumst sie in der Nacht, da draußen. Lil habe ich bereits geholfen, so gut ich es vermochte, nun bist du an der Reihe.«

Unbeabsichtigt wurde ihr Spiel lauter und abrupter, verlor seine Verletzlichkeit. »Ich will«, sagte Anna, »dass du das, was du dir vom Leben erhoffst, in Besitz nimmst. Ich will, dass du deine Träume verwirklichst, stellvertretend für mich. Drehen sich deine Hoffnungen um die weite Welt, dann sollst du eines Tages auf Reisen gehen, in den Orient, nach Kolumbien oder sonst wohin. Sind es die Pflanzen, dann sollst du sie studieren dürfen und Botanikerin werden. Oder möchtest du Gärten im Mondlicht malen, dann sollst du die Schülerin eines Malers werden, auf dass deine Bilder eines Tages in Schlössern hängen. Nein, sag mir nichts, Elisabeth, sonst verrate ich es vielleicht irgendwann im Fieber oder im Schlaf an diejenigen, die es auf keinen Fall erfahren dürfen. Bleibe deiner Devise treu: Sag es mir nicht und sag es niemand anderem. Sag mir nur, was ich für dich tun kann. Denn darum bist du doch hier, nicht wahr?«

Elisabeth schluckte. Tatsächlich dachte sie die ganze Zeit über an fast nichts anderes als daran, wie ihre Mutter ihr helfen könnte. Aber das hörte sich plötzlich so egoistisch, so berechnend an. Sie wollte nicht, dass es so klang.

»Aber doch nicht nur deswegen, Mutter«, sagte sie betroffen.

Jäh brach Anna ihr Spiel ab, sprang auf, umarmte und küsste Elisabeth, einem scheinbar unwiderstehlichen Drang gehorchend.

»Nein, mein Kind, nein, natürlich nicht. Jetzt aber schnell, bevor die Mittagsruhe zu Ende ist: Was kann ich für dich tun?«

»Es geht um die Einladung bei Hevelius«, strömte es wie von selbst aus Elisabeths Mund. Sie hätte ihre Mutter lieber davon überzeugt, dass sie sie immer deswegen besuche, weil sie gerne bei ihr war, weil Anna der liebste Mensch in Elisabeths Leben war und die Stunden mit ihr, trotz der Trauer, die über ihnen hing, stets die heitersten Augenblicke waren.

Doch etwas anderes war stärker in diesem Moment, eine Leidenschaft und ein Wille, einen anderen Weg zu gehen als ihre Mutter. Annas Worte, Annas Hoffnungen, Annas Scheitern waren tief in Elisabeth eingedrungen und mahnten: Sie musste weg aus diesem Haus.

Sie musste alle zurücklassen, manchen wehtun, und sie musste sich den Sternen widmen.

Es war eine Schande, dass sie all das, was sie an Vorzügen hatte, unter hässlichen Kleidern verstecken musste, dachte Lil, als die Zofe ihr die Haube über den Kopf zog und das Ankleiden sich damit dem Ende näherte. Eine Maus hätte nicht perfekter grau sein können.

Lil schämte sich jedes Mal, wenn sie in diesem Aufzug an der Seite ihrer Tante spazieren ging, und das, obwohl die meisten anderen Frauen, die sie bei jenen Gelegenheiten im Vorbeigehen begrüßten, nicht anders gekleidet waren als Hemma und sie. Schönes galt als unschicklich, nur Schlichtes und Praktisches wurde akzeptiert. Vereinzelt trafen sie natürlich auch auf Damen in hübschen, pastellfarbenen Kleidern und weit in den Nacken gezogenen Hauben, so dass die Scheitel und sogar die Frisuren zu erkennen waren. Doch solche Damen, auch wenn sie verheiratet waren, wurden von Hemma nicht gegrüßt, und Lil musste aufpassen, diese Objekte ihrer Bewunderung nur unauffällig in Augenschein zu nehmen. In solchen Momenten hätte sie am liebsten weinen mögen, denn da liefen Frauen an ihr vorbei, die weit weniger schön waren als sie, trotzdem aber attraktiver aussahen.

Heute würde es sogar doppelt schlimm werden. Ein Spaziergang, nun gut, das war keine große Sache, da war man nach einer halben Stunde wieder zu Hause. Aber bei einer Tischgesellschaft wie heute …

»Au«, rief sie, als Nore ihr die Schnüre unter dem Kinn zuband.

»Entschuldigung, gnädiges Fräulein. Aber Ihre gnädige Frau Tante hat gesagt, dass eine Haube straff auf dem Kopf sitzen soll.«

»Deswegen brauchst du mich ja nicht gleich zu erwürgen, dummes Ding.«

Sie sah grauenhaft aus. Ihr einziger Trost war, dass die anderen Frauen heute Abend auch nicht anziehender sein würden, einschließlich der Gastgeberin Katharina Hevelius, die immer wie eine Karmeliterin daherkam.

Aber Marek ... Was würde Marek sagen, wenn er sie so sähe? Sie sollte sich nicht verrückt machen. Immerhin hatte sie nicht anders ausgesehen, als sie sich zum ersten Mal begegnet waren. Es war vor zwei Wochen auf einem Stadtjubiläum im Rathaus gewesen. Da waren sie sich sofort aufgefallen und einander vorgestellt worden. Mehr als höfliches Geplänkel war nicht möglich, aber Mareks Blick und Lächeln hätte selbst eine Nonne nicht missverstehen können. Wenige Tage später trafen sie sich erneut, diesmal bei einer Gesellschaft bei den Berechtingers. Romilda Berechtinger, die Hausherrin, hatte offenbar erkannt, dass sie sich eine Weile allein »unterhalten« wollten, und sie in einen abgelegenen Salon geführt. Noch ehe Lil überlegt hatte, wie sie ein Gespräch beginnen sollte, hatte Marek sie geküsst, gestreichelt und einen Engel genannt. Der Abend bei Berechtingers war der schönste ihres Lebens.

Marek – sie formte seinen Namen stumm mit ihren Lippen. Marek Janowicz – Lil Janowicz. Gnädige Frau Janowicz. Und wenn er einmal Stadtkommandant irgendwo in Polen würde: Gnädige Frau Starost Janowicz. Er besaß Kontakte zur obersten Armeeführung, es hieß sogar, er sei ein persönlicher Freund des Marschalls Sobieski. Die Karriere war vorgezeichnet: gnädige Frau Hetman, gnädige Frau Marschallin. Vielleicht würde er irgendwann auch das Militär verlassen, Vaters Kontor übernehmen und Stadtrat werden.

Lil lächelte vor sich hin. Gnädige Frau Stadträtin Janowicz. Dann wäre dieses Haus nur noch eine böse Erinnerung. Hier herauszukommen, darin bestand der Sinn ihrer Tage.

4

Sie hatte es geschafft. Elisabeth saß an Hevelius' Tafel, am Tisch mit einem Astronomen, und einige Stockwerke über ihr befand sich der Ort, den sie erobern wollte.

Die Tante warf ihr Blicke zu, die Blitzen glichen. Elisabeth hatte sie überlistet, und beide wussten das.

Bald nachdem Hemma und Lil das Haus verlassen hatten, hatte Cornelius befohlen, die Kutsche vorfahren zu lassen. Mit Hut und Umhang wartete er in der Halle auf Anna, doch stattdessen kam eine Zofe und bat ihn nach oben in das Zimmer seiner Frau.

Elisabeth horchte an der Tür, als ihre Mutter wie verabredet sagte: »Es tut mir Leid, Cornelius, ich kann nicht mitkommen. In meinem Kopf hämmert es und hämmert es.«

»Aber das ist unmöglich! Wie stehe ich denn jetzt da? Eine Einladung beim Stadtrat, und ich komme statt mit vier avisierten Damen nur mit zweien. Zuerst Elisabeth, jetzt du ...«

»Ich kann es nicht ändern.«

»Du hast dich auf diesen Abend gefreut, meine Liebe. Ich habe es dir angesehen. Wo du doch so selten aus dem Haus kommst.«

»Das ist schon wahr. Ich – ich hätte gerne mal wieder eine Gesellschaft genossen. Aber es soll eben nicht sein. Das Wetter ist schuld, nehme ich an.«

»Du bist zu empfindsam, meine Liebe.«

»In jedem Haus sollte es wenigstens *einen* empfindsamen Menschen geben, findest du nicht?«

Nach dieser Spitze trat eine kleine Pause ein. Dann sagte Cornelius: »Das wird unhöflich wirken, meine Liebe, sehr unhöflich. Darüber bist du dir hoffentlich im Klaren. Den Ausfall einer einzigen Person habe ich ja noch entschuldigen können, aber zwei! Unsere Familie war immer für ihre Korrektheit bekannt. Der heutige Tag wird in dieser Hinsicht ein schwerer Rückschlag werden. Mir ist äußerst unwohl dabei.«

»Aber nein! Am Ende fällst du auch noch aus.«

»Das vermutlich nicht gerade. Ich werde dieses Kreuz tragen müssen. Was bleibt mir anderes übrig?«

»Elisabeth.«

»Wie bitte?«

»Elisabeth, sie bleibt dir übrig. Sie hat keine Kopfschmerzen.«

»Nein, aber sie hat ihre Strafe.«

»Du musst dich entscheiden, Cornelius, was dir wichtiger ist: der Stadtrat Hevelius oder die Bestrafung deiner Tochter.«

In der Halle schlug die Glocke. Die Zeit drängte, eine Entscheidung musste getroffen werden, und Elisabeth konnte ihren Vater geradezu vor sich sehen, wie er schwankte zwischen Korrektheit einerseits und väterlicher Strenge andererseits.

Elisabeth und ihre Mutter hatten sich nicht getäuscht, welcher Charakterzug in ihm stärker ausgeprägt war.

Es gelang Elisabeth mit knapper Not, den Gang entlangzulaufen und in ihr Zimmer zu schlüpfen, bevor Cornelius die Tür aufriss und in die Halle rief: »Nore! Nore, du wirst augenblicklich meine Tochter ankleiden. Mach schnell. Und dann schickst du sie zur Kutsche.«

Der Streich war gelungen. Elisabeth hatte erreicht, was sie wollte. Sie würde das Haus eines Astronomen betreten und dort den Grundstein für ihre Zukunft legen.

Doch jetzt, kaum eine Stunde später, hätte sie ihren Grundstein der Tante am liebsten auf den Kopf gehauen. Hemma war schuld, dass man sie nicht in die Nähe des Hausherrn gesetzt hatte, sondern ans andere Ende der Tafel zu ihr und der Hausherrin Katharina Hevelius. Wie sollte sie von ihrem entfernten Platz aus mit dem Astronomen in Verbindung treten? Sie sah ihn über ein Dutzend Schüsseln, Teller und Käselaibe hinweg an, wie er sich abwechselnd mit einigen Herren unterhielt, die Elisabeth an die tristen Ahnenporträts im Koopman-Haus erinnerten. Hevelius' Äußeres war tadellos und schlicht. Der sorgsam gepflegte Spitz- und Oberlippenbart glich dem von Cornelius, ebenso die schwarze Kleidung mit dem weißen Kragen, und nebeneinanderstehend hätten die beiden tatsächlich einige Ähnlichkeit. Auch fiel Elisabeth auf, dass sie sich vergleichbar präzise ausdrückten und jeden Satz genau abwägten, bevor sie ihn aussprachen.

Doch das Äußere des Gastgebers und sein Verhalten kümmerte Elisabeth nicht, es trat hinter das zurück, was er verkörperte, und für Elisabeth verkörperte er das Wissen über die Sterne. Hevelius war gleichsam ein Schlüssel, der ihr Zutritt zu einem Mysterium verschaffen konnte.

Sie versuchte, seinen Blick einzufangen, machte sich durch gelegentliches Husten oder ungeschickte Bewegungen mit dem Glaskelch bemerkbar, rutschte unruhig auf ihrem Platz umher und musste bei alledem noch darauf achten, nicht Hemmas Argwohn zu erregen. Wie sie ihre Tante kannte, würde die bestimmt dafür sorgen, dass die Familie schon bald nach dem Essen aufbrechen und nach Hause fahren würde. Dann wäre alles vergebens gewesen, die wochenlange Vorfreude, der raffinierte Plan, der Verzicht Annas ...

Elisabeth kamen die Worte wieder in den Sinn, die sie vorhin belauscht hatte: Ich hätte gerne mal wieder eine Gesellschaft genossen. Ja, ihre Mutter hatte sich auf diesen Abend gefreut. Sie begab sich nur selten unter Leute und begleitete die Familie auch nie während der Spaziergänge, weil sie die Blicke der Leute fürchtete. Auch sieben Jahre nach dem Tod des kleinen Frans haftete ihr noch immer der Makel an, musiziert zu haben, während der Sohn im Sterben lag. Die aberwitzigen Übertreibungen, die jedes Gerücht wie ein Fangnetz hinter sich herzieht, taten ein Übriges und stellten Anna in ein unheimliches Licht. Selbst vor übelsten Gedanken schreckte man nicht zurück. Sie soll am Tag der Beerdigung zu Hause getanzt haben, wisperten einige, und andere meinten, sie habe vielleicht sogar aktiv am Ableben des jüngsten Koopman mitgewirkt. Den Verleumdungen war Anna nicht gewachsen gewesen, und schon bald hatte sie sich völlig zurückgezogen. Sie empfing nur selten Besuch, und noch seltener nahm sie Einladungen an, Einladungen wie die von Johannes Hevelius. Er galt als redlicher Mann, der sich von Gerüchten nicht beeinflussen ließ, seine Frau sogar noch weniger. Hier hätte Anna nichts zu fürchten gehabt, hier hätte sie einen Abend lang frei atmen können.

Elisabeth spürte ein dumpfes, drückendes Gefühl in der Brust, als sie daran dachte, dass ihre Mutter in diesem Moment allein zu Hause vor dem Spinett saß und eine ihrer melancholischen Melodien spielte.

Annas Opfer durfte nicht vergebens gewesen sein. Irgendwie musste sie an Hevelius herankommen, ohne dass Hemma bemerkte, um was es ihr ging.

Die Hausherrin Katharina Hevelius lächelte sie wie eine Madonna an. »Sie sehen ein wenig durcheinander aus, Fräulein Koopman. Das ist verständlich. Es ist ja Ihr erster Auftritt in der Danziger Gesellschaft, und alles ist neu für Sie.«

»Ja, das ist wahr«, brachte sie heraus. »Wir leben ein wenig zurückgezogen.«

»Man sehnt sich immer nach dem, was man nicht hat. Johannes und ich haben häufig Gäste, das bringt seine Stellung als Stadtrat mit sich. Ich wünschte mir etwas mehr von der Ruhe, die Sie haben, und Ihnen geht es vermutlich umgekehrt. Dazu noch Ihr Alter, in dem man sich nach Abenteuern sehnt ...«

»Fünfzehn.«

»Fünfzehn! Das ist bei mir lange her. Da war ich noch nicht mit Johannes verheiratet.«

Elisabeth kam der Gedanke, dass sie – wenn schon nicht vom Astronomen persönlich – wenigstens von seiner Gattin etwas über ihn und die Sternwarte erfahren könnte. Katharina war schon seit langem mit ihm verheiratet, außerdem galt sie, nach allem, was Hemma während der Kaffee- und Häkelstunden an Gerüchten über sie berichtet hatte, als ein wenig arglos. Von einer solchen Person ein paar Informationen zu erhalten, dürfte nicht allzu schwierig sein.

Sofort bündelten sich Elisabeths Gedanken, ihr Herz schlug schneller, und sie vergaß alles um sich herum – außer Hemma, die, obwohl sie durch das Essen abgelenkt schien, ganz gewiss die Ohren spitzte.

»Darf ich Sie fragen: Sieht Ihr Gatte sich eher als Bierbrauer, als Stadtrat oder als Wissenschaftler?«

»Eindeutig das Letztere. Stadtrat ist er eher zufällig geworden, man hat ihn dazu gedrängt, und die Brauerei ist für ihn eine Pflichtaufgabe, nicht mehr. Dort oben auf dem Dach ist sein wahres Zuhause, hier unten ist er nur Gast. Manchmal sehe ich ihn eine halbe Woche nicht.«

»Warum?«

»Nun, ein Astronom arbeitet nachts, doch nachts schlafe ich, wie jeder andere auch.«

»Sie ...« Elisabeth konnte es nicht glauben. »Sie sind nicht bei Ihrem Gatten auf dem Dach? Sie helfen ihm nicht bei seinen Forschungen?«

Katharina lachte kurz auf. »Du liebe Güte, nein! Ich wüsste überhaupt nicht, wie ich das anstellen sollte. Alle diese komplizierten Instrumente ...«

»Welche Instrumente?«, unterbrach Elisabeth. »Wie sehen sie aus?«

»Nun ...« Katharina stutzte und versuchte hilflos, mit ihren

Händen die Instrumente in der Luft nachzuformen. »Da ist ein ... großes Dreieck, das wie ein Pendel aufgehängt ist, mit lauter Zahlenreihen. Und dann ist da so ein rundes Ding, das wie eine riesige Münze aussieht, voller Schriftzeichen. Und ein – wie beschreibe ich es am besten – ein Rohr.«
»Wozu sind die Instrumente da?«
»Mit den meisten misst man, glaube ich.«
»Wie wird gemessen?«
»Ich habe keine Ahnung.«
»Und was misst man?«
»Meine Liebe, ich weiß es nicht.«
Die beiden Frauen sahen sich einen Augenblick schweigend an, und jede von ihnen versuchte zu verstehen, was in der anderen vorging.

»Wissen Sie«, sagte Katharina, »mit der Arbeit meines Mannes beschäftige ich mich wenig. Ich habe ja die Brauerei und den Haushalt, das ist Arbeit genug ...« Sie unterbrach sich und seufzte. »Ich will Sie nicht anlügen, mein liebes Kind, es wird viel zu oft gelogen, und Sie sollten bei Ihrer Einführung in die Gesellschaft ein besseres Beispiel bekommen. So gestehe ich Ihnen: An dem, was auf dem Dach geschieht, habe ich kein Interesse. Rote Riesensterne, kosmische Nebelbänder, Mondmeere ...«

Elisabeths Augen weiteten sich, ihr Atem stockte. Ihr war, als lausche sie mythischen Zauberformeln.

»... Supernovae, Merkurdämmerungen, Kometenströme, Iriswolken ... All die Begriffe, die Johannes wie selbstverständliche Vokabeln benutzt, lösen nichts in mir aus. Außer ein bisschen Angst, dass Gott verärgert ist, sich nicht ausspionieren lassen will und unsere gute Erde irgendwann kräftig durchschüttelt. Offen gestanden ist das meine größte Sorge, wenn ich an die Dinge denke, die Johannes allabendlich auf dem Dach bewerkstelligt: Dass er zu weit geht. Dass er etwas entdeckt, das er nicht entdecken darf. Wahrscheinlich ist es dumm von mir, so zu denken, aber ich kann nicht anders.«

Tatsächlich stimmte Elisabeth der Astronomengattin insgeheim zu: Es *war* dumm.

Wenn das alles war, was Katharina zu der faszinierenden Arbeit ihres Mannes einfiel, wenn Furcht das einzige Gefühl war, das sie mit den Sternen verband, dann war sie eine bedauernswerte Frau.

Von diesem Augenblick an verlor Elisabeth jedes Interesse an Katharina, ja, es fiel gleichsam wie ein Kaminfeuer in sich zusammen, und die kläglich glimmenden Reste wurden von ihr mit eigener Hand weggekehrt. Nicht nur, dass sie Katharina auch nicht im Entferntesten verstand, sie war sogar wütend darüber, dass die Frau eines so bedeutenden Mannes sich derart fernhielt von allem, was in ihm vorging und was er vollbrachte. Wie konnte sie nur so ignorant sein! Wie konnte sie Hevelius dort oben allein lassen! Im Stich lassen! Wie konnte sie – und das sprach am meisten gegen sie –, wie konnte sie nur Angst haben vor den Sternen!

Glücklicherweise musste Elisabeth sich nicht länger mit Katharina abgeben, denn die Herren zogen sich mit ihrem Tabak in einen angrenzenden Raum zurück, während die Damen in den Salon strömten. Die Räume waren groß, dunkel getäfelt und mit weichen Teppichen ausgelegt. An der Wand hing ein Porträt von Hevelius' schon vor langer Zeit verstorbenem Vater, wo er in der Pose einer Majestät neben einem Bierfass stand. Nichts erinnerte hier an die wunderbaren Dinge, die nur wenige Stockwerke darüber vor sich gingen.

Das war nicht der Ort, an dem Elisabeth den restlichen Abend verbringen wollte. Romilda Berechtinger, der einzige menschliche Farbfleck im Raum, lächelte ihr zu, gab ihr ein Glas in die Hand, nahm sie am Arm, an der Schulter, schob sie von rechts nach links, von einer zur anderen und stellte sie vor.

So häufig wie an diesem Abend hatte Elisabeth noch nie ihren eigenen Namen gehört. Was Romilda machte, war gut gemeint, nur: Was gab es hier, im Kreise dieser Frauen, schon für Elisabeth zu erfahren? An keiner dieser Frauen, die mit Ausnahme von Romilda allesamt Kopien eines einzigen Modells waren, fand sie Interesse. Sie musste fort, musste die Gelegenheit nutzen, die sich heute bot. Wenn an Hevelius kein Herankommen war und Katharina sich als unfähig herausstellte, dann würde sie eben auf eigene Faust das Geheimnis von Gottes Auge erkunden.

Unter einem Vorwand verließ sie den Salon.

Sie fand sich im Innern des Hauses nur schwer zurecht. Raum ging in Raum über, Türen weckten Hoffnungen, die enttäuscht wurden, Treppen führten zu Fluren, Flure endeten abrupt. Schon von außen, von der Kutsche aus betrachtet, hatte sich das Gebäude wie ein Riese erhoben, ein gewaltiger Backsteinklotz, fünf oder sechs Stockwerke hoch. Gleich daneben ein zweiter, durch einen Gang verbunden. Und schließlich noch ein dritter, in der Form der anderen und ebenfalls mit ihnen verbunden.

Dieses monsterhafte Triumvirat barg Unglaubliches. Auf ihrem Irrgang entdeckte Elisabeth eine Druckerei, in der Hevelius offenbar seine wissenschaftlichen Schriften vervielfältigen ließ. Mächtige Stapel Papiers türmten sich auf, in der Luft hing der säuerliche Geruch von Eisen, Lauge und Tinte. Elisabeth nahm einige Bögen in die Hand, die zwischen den Pressen herumlagen, deren Bedeutung sie jedoch nur erahnen konnte, weil sie in Latein verfasst waren. Das wiederum steigerte ihre Fantasie ins Unermessliche: geheime Entdeckungen in einer geheimen, nur Gelehrten und Geistlichen zugänglichen Sprache geschrieben.

Sie strahlte. Auf einer Schrift erkannte sie den Mond und seine dem Auge des Betrachters vertrauten Schatten, auf einer anderen aufgezeichnete Gerätschaften, von denen manche die Form besaßen, wie die ahnungslose Katharina sie vorhin beschrieben hatte. Konstellationen, Sterne, die mit Linien verbunden waren. Einen alten Julianischen Kalender. Die Darstellung einer Sonnenuhr.

Die Druckerei war eine Schatzkammer. Und doch war es nur totes Papier, das Elisabeth in Händen hielt, und noch nicht die funkelnde, erregende Wahrheit, die nur ganz oben zu finden war, im Himmel des Hauses.

Ihr Weg führte sie hinauf. Sie mied Gänge, durch die man offensichtlich zur Brauerei oder zurück in die Wohnräume gelangte, und verlor sich dabei mehr und mehr in dem Häuserkomplex. Zwei Kerzenstumpen in beiden Händen waren die einzigen Gehilfen ihrer Suche.

Bestimmt wurde sie bereits vermisst, doch das war ihr egal. Jetzt war sie so weit gekommen, dass sie nicht bereit war umzukehren.

Sie gelangte in einen fensterlosen Raum mit zwei Türen. Die eine Tür verbarg einen Gang, der, als sie ihn mit der Kerze ausleuchtete, eine lange, gerade Verbindung zu einem der anderen Häuser bildete.

Hinter der zweiten Tür lag eine breite und steile Treppe, in Dunkelheit ruhend. Elisabeth fühlte, dass sie nahe am Ziel war. Wohin sonst sollte eine solche Treppe führen, wenn nicht auf das Dach?

Sie ließ eine der Kerzen auf dem Treppenabsatz zurück. Langsam, Stufe für Stufe, stieg sie empor. Ihre Schritte hallten in dem tunnelartigen Gewölbe wider, und das karge Licht der Kerze reichte gerade aus, um sie vor dem Stürzen zu bewahren.

Die sternlose Finsternis irritierte sie. Sie sah nicht, wie weit die Treppe sie noch führen würde, und als nach einer Weile noch immer kein Ende zu erkennen war, glaubte sie bereits, auf den Stufen zum Mond hinaufzusteigen.

Beinahe wäre sie gegen die Tür gestoßen, die sich unvermittelt in den Lichtkranz schob. Elisabeth war am oberen Ende der Treppe angelangt. Ganz unten, in scheinbar kosmischer Entfernung, flackerte die Flamme der zurückgelassenen Kerze.

Elisabeth legte die Hand um den kalten, rauen Knauf und drückte – doch nichts geschah. Sie stemmte sich mit ihrem ganzen Gewicht gegen die Tür, zog an ihr, drehte wieder und wieder am Knauf, um wieder und wieder zu scheitern. Mit der Kerze leuchtete sie Winkel oder Hohlräume aus, in denen der Schlüssel deponiert sein könnte, ging ein paar Stufen hinunter und hinauf, suchte erneut, riss ein weiteres Mal am Knauf, ließ sich gegen die Tür fallen – vergebens. Die Tür war verschlossen, und für sie würde sie auch verschlossen bleiben.

Tränen der Wut stiegen ihr in die Augen

Nach einem Moment ungläubigen Besinnens, in dem sie begriff, was dieser Rückschlag bedeutete, schlug sie mit der Faust auf die Tür ein, und als ihr das noch viel zu wenig erschien, trat sie mehrere Male gegen das Holz.

Die Kerze fiel ihr aus der Hand, erlosch und kullerte die Stufen hinab. Erst jetzt bemerkte Elisabeth, dass die andere Kerze näher gekommen war, sich auf sie zubewegte.

»Wer ist da?«, wollte sie fragen, doch die Worte blieben ihr in der Kehle stecken. Mehr als eine Hand und ein Umriss waren nicht zu erkennen.

Hevelius, fiel ihr ein. Wer außer ihm würde den Weg hierher finden? Möglicherweise geschähe doch noch ein Wunder, und die Pforte würde sich für sie öffnen.

Bloß Tante Hemma darf es nicht sein, dachte sie. Oder Vater. Oder jemand vom Personal, der Zeter und Mordio schreien und sie verraten würde.

»Sie?«, entfuhr es ihr, als der Lichtkegel das Gesicht preisgab. »Was haben *Sie* hier zu suchen?«

Marek Janowicz lachte amüsiert. »Finden Sie, dass Sie in der Position sind, mir eine solche Frage zu stellen? Sie schleichen durch ein fremdes Haus, treten gegen Türen, die Ihnen nicht gehören, führen sich wie eine Besessene auf ... Was wollten Sie dort oben?«

»Das geht Sie nichts an. Überhaupt: Was haben Sie hinter mir herzuschnüffeln wie ein Hund! Jetzt stehen wir allein in einem dunklen Gang, nirgends eine Menschenseele – das schickt sich nicht.«

»Das ist meine Schuld ebenso wie Ihre.«

»Gehen Sie«, sagte sie.

»Warum gehen nicht Sie?«

»Sie sehen doch, ich habe kein Licht. Ich könnte stürzen.«

Der zuckende Kerzenschein legte sein keckes Grinsen frei.

»Wenn ich gehe, haben Sie ebenfalls kein Licht, gnädiges Fräulein.«

»Natürlich überlassen Sie mir zuvor Ihre Kerze, das versteht sich doch wohl von selbst.«

»Dann stürze *ich* zu Tode, und danach, mit Verlaub, ist mir heute nicht zumute.«

»Höflichkeit ist wohl nicht Ihre Stärke«, stellte sie fest.

»Wenn sie mich das Leben kostet, nein.«

Sie schnaubte. »Sie sind ein schwieriger Mensch, Marek Janowicz.«

Er deutete eine Verbeugung an. »Vielen Dank für das Kompliment. Kommen Sie, ich leuchte Ihnen den Weg, sonst stehen wir noch an Weihnachten hier herum und zanken.« Ohne ihre Einwilligung abzuwarten, nahm er Elisabeths Arm, so als gehöre er ihm, und führte sie langsam durch die Dunkelheit hinab.

Elisabeth fügte sich. Es war besser, sich für eine Weile einem Frechling unterzuordnen, als tot auf einem Treppenabsatz zu landen. Außerdem hatte er sie vor der Tür der Sternwarte ertappt und könnte sie jederzeit verraten. Das wusste er ebenfalls. Und er wusste, dass sie es wusste. Sie sah es ihm an.

»Wie haben Sie mich überhaupt entdeckt?«, fragte sie, während sie durch das Dunkel tappten.

»Durch Zufall. Ich hatte mich von der grässlichen Tabakrunde der Herren fortgeschlichen, als ich Sie durch einen Flur irren sah. Da bin ich Ihnen gefolgt.«

»Die ganze Zeit?«

»Wie ein Schatten.«

Sie war wider Willen beeindruckt. Normalerweise hatte sie ein feines Ohr und gute Augen. »Ich habe nichts bemerkt.«

»Wenn ich als Soldat noch nicht einmal ein Fräulein täuschen könnte, würde ich nichts taugen.«

»Warum sind Sie mir gefolgt?«

»Warum fliegt ein Falter hinter dem anderen her?«

Elisabeth sperrte den Mund auf. Ihr fehlten die Worte. Sie konnte sich nicht erinnern, jemals ein solches Gespräch geführt zu haben.

»Ich weiß, was Sie dort oben gesucht haben«, sagte er mit völlig veränderter Stimme, die sie verblüffte. Eben noch war Marek Janowicz am Rande der Unverschämtheit flaniert, jetzt stieg er in erstaunliche Ernsthaftigkeit hinab. »Sie wollten den Mond und die Sterne und das Schwarz dazwischen sehen. Mit Hilfe von Gottes Auge wollten Sie zwischen den Planeten spazieren gehen.«

Sie waren auf der untersten Stufe angekommen, wo er den zweiten Kerzenstumpen wiederfand und entzündete. Das wenige Mehr an Licht erhellte seine jugendlichen Züge und spiegelte sich in den dunklen Augen. Sie bemerkte eine Narbe an der linken Schläfe und eine weitere am Hals, die sich wie zwei rosa Fäden über die braune Haut zogen.

Er gab ihr die Kerze in die Hand. Plötzlich musste er lachen.

»Was ist denn so komisch?«, fragte sie.

»Wir stehen hier wie ein Brautpaar vor dem Altar, ein jeder mit einem Licht in Händen, so als würden wir uns gleich etwas schwören.«

Seine Vorstellungsgabe brachte sie in Verlegenheit. »Meiner

Schwester Lil machen Sie den Hof, und vor mir breiten Sie Ihre Anzüglichkeiten aus. Sie sind unverfroren, Marek Janowicz.«

»Sie sind also Lils Schwester?«

»Lenken Sie nicht ab. Sie benehmen sich fortwährend daneben.«

»Ich tue Dinge, die mir und anderen Freude machen, das können Sie nennen, wie Sie wollen. Bin ich deswegen ein Verbrecher? Nicht ich habe Himmel und Erde erschaffen, also bin ich auch zu nichts verpflichtet. Und kommen Sie mir jetzt nicht mit Gott: Er ist bloß eine Erfindung.«

Elisabeth wusste nicht, ob sie empört oder fasziniert sein sollte. In ihrem Elternhaus war Gott überall, er hing über der Pforte, über jeder Tür, um jeden Hals. Sein Wort lag in Schubladen und auf dem Nähtisch aus. Täglich wurde er erklärt, täglich wurde ihm gedankt. Und nun kam Marek daher und meinte, dass man einfach seinen Spaß haben solle und alles werde gut. Für Elisabeth, die in ihrem Elternhaus nie etwas anderem als Feindseligkeit, Gleichgültigkeit oder Traurigkeit begegnet war, kam das einer Revolution gleich.

Sie blieb stehen und sah ihn an. »Reden Sie eigentlich immer so freimütig mit Menschen, die Sie kaum kennen?«

Auch er sah sie an. »Nur mit Menschen, die wie ich denken. Bestreiten Sie es meinetwegen, aber eine junge Frau, die sich von der Gesellschaft absondert, durch ein fremdes Haus schleicht, Türen aufzubrechen versucht, und das alles nur, um das Labor eines Wissenschaftlers in Augenschein zu nehmen, ist nicht weniger unverfroren als ich. Liebes Fräulein, Sie sind im besten Sinne nicht normal.«

Sie sog die stickige Luft in dem Gang ein. Ein größeres Kompliment hätte man ihr nicht machen können, jedenfalls keines, das wahr gewesen wäre: Sie war weder hübsch noch sonderlich gebildet. Nicht normal zu sein, hieß, nicht wie Hemma, Cornelius und ihresgleichen zu sein, und das war viel wert.

Aber statt ihm zu danken, rief sie: »Sie können sagen, was sie wollen, wie Sie bin ich auf keinen Fall. Mit der Liebe spielt man nicht.«

»Liebe«, sagte er, unbeeindruckt von ihren Vorwürfen, »ist ein großes Wort, zu groß für mich. Meine letzte Liebeserklärung habe ich Marja, einer jungen Magd, im Schatten einer Scheune gegeben. Sie war zwei Jahre älter und recht kräftig, und ich war ein schmaler, pickeliger vierzehnjähriger Bursche mit einer Trommel vor dem Bauch.«

»So genau wollte ich es bestimmt nicht wissen.«

Er lachte. »Ich wollte ja nur ausdrücken, dass ich niemandem den Hof mache, nicht im herkömmlichen Sinn.«

Elisabeth stutzte. »Lil hofft auf eine Verlobung.«

Nun stutzte auch er. »Ich habe ihr nie etwas Derartiges in Aussicht gestellt, geschweige denn versprochen. Ich werde überhaupt nie heiraten. Das ist nichts für mich.«

»Dann gibt es ein Missverständnis«, sagte Elisabeth besorgt. »Sie nimmt die Bekanntschaft mit Ihnen sehr ernst. Hat mein Vater denn nicht mit Ihnen gesprochen?«

»Ich nahm Reißaus, kaum dass wir vom Tisch aufgestanden waren. Diese Versammlung von Totengräbern war einfach zu viel für mich.«

Sie lachte, und er fügte lebhaft hinzu: »Ich wollte das Haus erkunden – genau wie Sie. Aber ich gelobe, bei nächster Gelegenheit werde ich mit Lil über das Missverständnis sprechen, einverstanden? So, und jetzt kommen Sie mit. Ich habe etwas, das Sie interessieren wird.«

Elisabeth folgte ihm mit den Blicken, bevor sie ihm – zu ihrer eigenen Überraschung – in einigem Abstand wortlos durch die Gänge nachging. Er drehte sich nicht zu ihr um, sondern vertraute darauf, dass sie ihn nicht verließ. Zahlreiche Gründe hätten sich gefunden, von ihm unbemerkt durch eine der Pforten zu verschwinden: Elisabeth hatte ihre eigene brennende Kerze wieder und fände sich nun ohne Probleme allein zurecht; sie wurde mit Sicherheit bereits vermisst, vielleicht gesucht; und er war Lils Verehrer oder wie auch immer man das nannte. Drei gute Motive, eines besser als das andere, sich von ihm abzuwenden. Sie blieb bei ihm.

Als sie nach draußen ins abendliche Dunkel traten, atmete er tief und erleichtert durch wie jemand, der aus einem modrigen Keller gestiegen ist. Ohne Elisabeth anzusehen, sagte er: »Wenn ich in Armeelagern schlafe, liege ich oft nur so da und springe von einem Stern zum anderen. Nichts ist ergreifender, als den Wechselgesang von Zikaden und Fröschen zu hören und dabei in das violette Schwarz über der Erde Polens zu blicken. Man vergisst alles andere dabei, ist eins mit den Dingen ... Ein Haus könnte nie meine Heimat werden, ich brauche das Land.«

Er stand einen Moment lang, den Kopf in den Nacken gelegt, bewegungslos auf den Stufen vor Hevelius' Haus. Dann riss er sich abrupt vom Anblick des Himmels los und ging eilig zu seinem Pferd, das bereitstand.

Er griff in eine Satteltasche. »Hier«, sagte er und streckte Elisabeth einen Gegenstand entgegen. »Es ist ein schlechter Ersatz für das, was sie auf dem Dach zu finden hofften, aber besser als nichts.«

Sie nahm das röhrenförmige Ding in die Hand. »Oh, wie schwer es ist!«

»Bleiguss. Sie müssen es mit beiden Händen stützen und dort hindurchsehen.«

Mit sanften Bewegungen brachte er ihre Hände, ihren Körper und das seltsame Rohr in die richtige Position und wählte ein Ziel für sie. Der Mond war etwas mehr als halb voll und hing in einem wolkenlosen Raum.

»Es ist so weit. Halten Sie Ihr Auge dicht an die Linse.«

Sie gehorchte in atemloser Spannung.

»Näher«, sagte er, »noch näher.«

Als ihr Lid das Instrument berührte, wäre sie fast zusammengezuckt, doch entschlossen presste sie das Auge an das winzige polierte Glas – und stieß im nächsten Moment einen leisen Schrei aus.

So nahe war der Mond, dass sie meinte, er stürze auf sie zu. Beinahe ließ sie das Rohr fallen, doch Marek, der amüsiert danebenstand, hatte es in kluger Voraussicht festgehalten. Elisabeth fühlte sich, als wäre ihr ein Geist erschienen. Ihr ganzer Körper war von unbekannten Gefühlen durchströmt, ihr Herz pochte unregelmäßig, ihre Brust war schwer und leicht zugleich. Weil sie glaubte, ihre Beine trügen sie nicht länger, stützte sie sich kurz auf Mareks Schulter ab.

Sie sah hinauf, wo der Mond behäbig ruhte, in der beruhigenden Entfernung, die sie von ihm kannte.

»Wie – wie kann das sein?«, brachte sie heraus, nachdem sie begriffen hatte, dass sie einer Illusion erlegen war.

»Beim ersten Mal erging es mir ähnlich, nur, dass ich nicht den schönen Mond sah, sondern einen ziemlich gefährlich aussehenden tatarischen Bogenschützen«, erklärte Marek humorvoll. »Das Rohr holt Entferntes näher an unser Auge heran. In der Armee benutzen wir es seit einigen Jahren zum Auskundschaften der Feinde, aber in privaten Momenten verwende ich es, um damit über die Hügel und Ebenen des Landes zu streifen, Tiere zu beobachten ...«

»Ist es – ist es das Auge Gottes?«

»Eine primitive, verkleinerte Form davon. Ich ziehe den Begriff Fernrohr vor.«

Sie sahen sich einen Moment an, dann hob sie erneut das Fernrohr an das Auge und betrachtete den Mond, der nun wieder zum Greifen nah schien. Die Schatten, die bereits mit bloßem Auge sichtbar waren, nahmen im Fernrohr Formen an, vage Kreise, Striche und Halbkreise in Tönen von fahlem Weiß bis zu dunkelstem Grau, so als sei ein Gesicht durch fürchterliche Schläge entstellt worden oder – auch diese Assoziation stellte sich bei Elisabeth ein – als habe jemand eine Botschaft in unbekannter Sprache graviert.

Elisabeth war hingerissen von der Anatomie des Himmelskörpers. Obwohl ihr die Arme schwer wurden und schmerzten, ließ sie nicht ab von der Betrachtung des Mondes. Sie versuchte, sich so viele Einzelheiten wie möglich einzuprägen, denn sie fürchtete, das Erlebnis würde sich so bald nicht wiederholen, dieses erregende Gefühl von Rausch und Taumel würde vergehen und nie mehr wiederkehren.

Als sie das Fernrohr schließlich doch absetzte, küsste Marek sie, und die gleiche Erregung, die sie eben empfunden hatte, pulsierte noch einmal durch sie hindurch.

»Sagen Sie«, fragte er, »wie heißen Sie eigentlich mit Vornamen?«

5

Wenn Elisabeth sich in den folgenden Wochen an jenen Abend zurückerinnerte, kam es ihr vor, als habe sich eine Blume tief in ihrem Körper entfaltet. Innerhalb einer einzigen Minute war sie zwei neuen, faszinierenden Welten begegnet. Sie war dem Kosmos so nahe gekommen wie nie zuvor, und ein einziger Blick mit dem Fernrohr zum Mond hatte gereicht, ihr Bild von dem, was da oben geschah, völlig zu verändern. Vor ihren Augen hatte sich der Mond von einer schlichten, gelben Kugel zu einer zweiten Erde entwickelt, die darauf wartete, dass man ihr ein Gesicht gab, dass man sie zeichnete, wie man auch die Erde mit ihren geologischen Höhen und Tiefen, ihren Ebenen, Wäldern und Flusstälern gezeichnet hatte. Und was für den Mond galt, traf erst recht auf die Planeten und flimmernden Sterne zu, deren

Licht im großen Fernrohr wohl nicht weiter entfernt scheinen würde als eine Kerzenflamme am anderen Ende des Zimmers. Den ersten Blick in das greifbare, nah herangeholte Universum, den Marek ihr geschenkt hatte, würde sie nie vergessen, aber das allein erklärte nicht die Faszination, die sie in seiner Nähe empfunden hatte. Marek Janowicz, ein Soldat, hatte den allgegenwärtigen Gott, Hemmas Gott, vor dem sich alle fürchteten und wegen dem man die Wissenschaften skeptisch beäugte, mit einem einzigen Satz vom Thron gestürzt. Marek war blasphemisch. Er war ungeniert. Er war selbstgefällig. Er gefiel ihr, gerade weil er ihr eigentlich nicht gefallen durfte. Weil er frei war und tat, was ihm gefiel.

Marek und die Sterne, das war für Elisabeth nicht mehr auseinanderzuhalten, vermischte sich zu einem Ganzen, so wie der ganze Abend bei Hevelius verschmolz, bis nur noch Gottes Auge, der Mond und Marek übrig blieben. Unmöglich, zu sagen, was ihr das eine bedeutete und was der andere. Es war eins. Es war Liebe. Eine einzige, verschmolzene Liebe.

Jedenfalls empfand sie das so in den Tagen, die sie im Koopman-Haus eingesperrt war. Die Strafe war durch ihren geschickt eingefädelten Besuch beim Stadtrat keineswegs aufgehoben worden, im Gegenteil. Tante Hemma passte genau auf, dass keine weiteren Ausnahmen gemacht wurden. Ging sie mit Lil spazieren, hatte Nore darauf zu achten, dass Elisabeth das Haus nicht verließ, nicht einmal für ein paar Schritte im Garten. Stattdessen bekam sie Stickarbeiten aufgetragen, und täglich musste sie ein bestimmtes Quantum an Fortschritten nachweisen, sonst hatte sie nachzubessern und verpasste das Abendessen. Elisabeth hatte keinen freien Moment für sich.

Die Zeit wurde ihr unerträglich, eine Folter. Ihre Neugier und ihr Verlangen drangen vor allem nachts durch die Wände und geschlossenen Fensterläden hinaus ins Freie, irrten durch Danzig auf der Suche nach Hevelius, dem Auge Gottes und

Marek. Wie nah würde das größere Fernrohr des Astronomen den Mond herbeiholen? Was gab es dort oben zu entdecken? Hatten auch die Planeten ein Gesicht, einen Charakter? Gab es eine Verbindung zwischen den Sternen? Wie weit erstreckte sich der Kosmos, und konnte man dessen Ende sehen, ja, womöglich sogar das, was dahinter lag? Welche Geheimnisse barg der Himmel, und welche barg Marek? Was bedeutete sein Kuss?

Alle diese Fragen stürzten jede Nacht auf Elisabeth ein, purzelten wie in einem Schüttelkasten durcheinander und raubten ihr den gesunden Schlaf. Sie kam nicht mehr zur Ruhe, träumte verworren. Marek und Hevelius erschienen ihr, taten und sagten die merkwürdigsten Dinge, vertauschten ihre Rollen ... Marek stand auf dem Dach des Astronomenhauses, vor sich ein riesiges Rohr, und Hevelius küsste sie ...

Danach schrak sie meist stöhnend und schweißgebadet auf und saß aufrecht im Bett.

Elisabeth fürchtete, im Schlaf zu reden. Am Tag ließ sie sich nicht anmerken, dass etwas in ihrem Leben sich verändert hatte, und ertrug sowohl die Strafe der Isolation wie den üblichen Tagesablauf mit größtmöglicher Gleichgültigkeit. Solange sie wach war und ihr Kopf arbeitete, vermochte niemand in sie hineinzusehen. Doch ihre Träume machten, was sie wollten, und sie war ihnen ausgeliefert.

Vielleicht hatte sie schon mehrmals Mareks Namen gerufen oder den des Astronomen, während Hemma neben ihrem Bett stand. Vielleicht hatte sie vom Mond fantasiert und dem Sternenhimmel. Alles war möglich.

Mehr noch als die Tante fürchtete sie nun allerdings jemand anderen im Haus. Natürlich, die Gefahr, dass Elisabeth die Liebe zum Nachthimmel und ihren Wunsch, Wissenschaftlerin zu werden, preisgab, hing drohend über den Tagen und Wochen. Doch für diese Leidenschaften und Ziele im Ernstfall zu kämpfen und einzustehen, das konnte sie wenigstens erhobenen Hauptes tun. Anders verhielt es sich mit Marek. Lil hoffte, dass er offiziell um sie warb, und solange diese Situation nicht bereinigt war, »gehörte« Marek ihr. Oder nicht?

Elisabeth wusste nicht, wie sie sich fühlen sollte. Entweder hatten Mareks Kuss und die Blicke, mit denen er sie bedacht hatte, überhaupt nichts zu bedeuten, oder das Gegenteil traf zu und er empfand dasselbe für sie, was sie zu ihm hinzog: In jedem Fall hätte sie Grund gehabt, sich schlecht und schäbig zu fühlen. Wie konnte sie Lil noch in die Augen sehen, dachte sie – und sah ihr dennoch in die Augen.

Ein paar Mal fragte sie Lil vorsichtig über Marek aus, und ihre Schwester erzählte ihr im Flüsterton bereitwillig von einem Mann, in dessen Augen sie sich verliebt hatte, der ihr Komplimente gemacht, mit ihr gelacht und sie geküsst hatte – alles Dinge, die sie, Elisabeth, auch mit ihm erlebt hatte. Doch mehr wusste Lil nicht zu erzählen, sooft Elisabeth sie auch danach fragte. Den anderen, den ernsthaften, versonnenen Marek, hatte Lil bisher nicht kennen gelernt – oder nicht kennen lernen wollen. Dabei schimmerte unter einer humorvollen, unverfrorenen Oberfläche deutlich ein Mann durch, der sich viele Gedanken machte und dabei das Träumen nicht vergaß. Wie er diese paar Worte ausgesprochen hatte: zwischen den Planeten spazieren gehen. Wie er über Gott geredet hatte; wie er ihr das Fernrohr erklärt hatte; wie schnell er bemerkt hatte, dass sie sich zu den Sternen hingezogen fühlte – das war jemand, der in ihr Herz zu blicken vermochte.

»Glaubst du wirklich«, fragte Elisabeth drei Tage nach der Gesellschaft, »dass Marek Janowicz dir offiziell den Hof machen wird? Immerhin hat er die Gesellschaft verlassen, ohne dass Vater mit ihm hat sprechen können. Hat Marek dir gesagt, dass er dich liebt?«

Lil schüttelte ihre Locken und lachte auf. »Weißt du, es ist

Mode, solche Dinge nicht zu sagen. Und Marek musste wegen eines dringenden Notfalls die Gesellschaft verlassen.«
»Woher weißt du also, dass er dich liebt?«, drängte Elisabeth, um Lil vom Gegenteil zu überzeugen.
»Er hat brieflich darum gebeten, unserer Familie seine Aufwartung machen zu dürfen. Wenn das kein deutliches Zeichen ist ...«
Elisabeth wurde übel, und noch am selben Abend brachte man sie mit Fieber ins Bett.

Marek Janowicz erhielt von Cornelius die Erlaubnis, sich an einem Sonntagnachmittag vorzustellen. Er sollte zum Kaffee eintreffen und eine Stunde bleiben dürfen. Natürlich war das nur ein Anfang, ein allererstes unverbindliches Zusammensein, bei dem das Wort Verlobung noch nicht fallen durfte. Cornelius kündigte an, mit dem Besucher über die Gefahren der Handelsschifffahrt zu sprechen sowie den ständig steigenden Absatz von Glas, zwei Themen, von denen er meinte, sie könnten einen Offizier, der zugleich Sohn eines Glasbläsers war, interessieren. Diesem ersten unverbindlichen Zusammentreffen sollte – bei günstiger Beurteilung – irgendwann ein zweites Treffen folgen, bei dem die Herren dann unter sich verhandeln würden. Doch bis dahin war noch Zeit.
Die ganze Familie versammelte sich zur Kaffeestunde, selbst Anna verließ ihr Zimmer, um den Verehrer ihrer älteren Tochter kennen zu lernen.
Nore empfing Marek mit einem Knicks, und er begrüßte nacheinander Cornelius, Anna, Hemma und Lil mit einem schwungvollen Kopfnicken. Er sprach laut und hell, sein Auftreten war wie eine frische Brise, die in die Schläfrigkeit des Hauses eindrang und dort herumwirbelte. Die polnische Uniform betonte seine Bräune, die er auf den vielen Ritten durch Masuren, Pommern oder Kurland bekommen hatte, und Elisa-

beth, die er zuletzt begrüßte, meinte sogar den Geruch von Meer und Kiefernnadeln zu riechen, so als sei er eben erst von einem Ausflug durch das Haff gekommen. Tatsächlich klebte ein wenig Sand an seinen Stiefeln.

Ihr gegenüber verhielt er sich äußerst zurückhaltend: kein Lächeln zu viel, kein Wimpernzucken, keine deutliche Verbeugung und kein intensiver Blick, nichts, das sie als Geste hätte verstehen können. Er benahm sich so, als begegne er ihr zum ersten Mal.

Cornelius klatschte in die Hände und bat zu Tisch. Während die Familie von der Eingangshalle in das Kaffeezimmer strömte, blieb Marek ein wenig zurück, bis er zusammen mit Elisabeth die Nachhut bildete.

Wortlos griff er in die Innentasche seiner Uniform, lächelte wie ein Schelm, zog einen Brief hervor, überreichte ihn ihr – und sie nahm ihn vor Schreck sogar an sich.

Sie schluckte. War er verrückt geworden! Ein Brief! Wenn das jemand sehen würde!

Noch wandten die anderen ihnen den Rücken zu, aber das würde nicht so bleiben.

Während er so tat, als sei nichts gewesen, musste sie rasch den Brief verstecken.

Sie wollte ihn zurückgeben, doch er dachte gar nicht daran, ihn zurückzunehmen, und amüsierte sich prächtig.

Ihr Vater drehte sich um.

Elisabeth verbarg die Hände hinter dem Rücken und hoffte, dass Nore nicht hinter ihr stand und alles beobachtete.

»Treten Sie doch ein, lieber Janowicz«, sagte Cornelius. Und mit einem heftigen Winken fügte er hinzu: »Elisabeth, was stehst du denn da so herum! Setz dich!«

Sie sah sich um. Keine Nore weit und breit.

Erleichtert atmete sie aus.

Schon wartete die nächste Schwierigkeit auf sie.

Eine Hand nach wie vor auf dem Rücken haltend, schob sie sich an ihrem Vater vorbei zu einem Stuhl, wobei sie die ganze Zeit darauf achtete, niemandem den Rücken zuzudrehen. Glücklicherweise zog Marek, der Gast, alle Aufmerksamkeit auf sich, und Elisabeth, der keine andere Lösung einfiel, weil sie keine Taschen in ihrem Kleid hatte, setzte sich auf den Brief.

Ihre Augen blitzten ihn empört an.

Marek unterdrückte ein Lachen.

»Ich kann Ihnen allen gar nicht sagen«, äußerte er gut gelaunt, »wie sehr ich es genieße, hier zu sein.«

Ohne anzuklopfen, huschte Elisabeth in Annas Zimmer. Wie erwartet, schlief ihre Mutter nicht. Sie saß auf der Bettkante, eingehüllt in das weiche Licht der Kerzen, die überall im Raum verteilt waren. Rhythmisch glitt der Kamm durch ihr Haar; es war zum Teil zu einem Zopf geflochten, doch zahlreiche Strähnen standen noch wirr von ihrem Kopf ab. Das milde, verlorene Lächeln, das Elisabeth sonst begrüßte, fehlte auf Annas Gesicht. Neben ihr lag ein Buch, aus dem wie ein Lesezeichen der Brief herausragte.

Oh, dieser Brief! Elisabeth verwünschte den Brief seit dem Moment, wo sie ihn zugesteckt bekommen hatte – und war gleichzeitig unsagbar froh, dass es ihn gab.

Eine Ewigkeit hatte sie am Nachmittag auf dem Umschlag gehockt, sich kaum bewegt, vor Angst, eine Ecke davon freizugeben, während die anderen über die Gefahren der Handelsschifffahrt und die Ausfuhr von Glaswaren gesprochen hatten. Hemma lobte das schlichte Glas, das in Danzig hergestellt wurde, und sie verdammte die farbigen Kirchenfenster der Kathedralen des alten Glaubens, um zu prüfen, wie Marek auf diese Attacke gegen die Katholiken reagierte. Zur allgemeinen Erleichterung stieß er sich nicht daran und bestand seinen ersten Auftritt als Freier mit Bravour.

Die Kaffeetasse in der Hand, steif und vor Aufregung leuchtend wie eine Laterne, war Elisabeth nur eine einzige Frage durch den Kopf gegangen, wieder und immer wieder: Was stand in dem Brief?

Es war grotesk. Wie eine Glucke saß sie auf den ersten Zeilen, die ihr ein Mann geschrieben hatte, und kam nicht an sie heran. Die Wartezeit wurde ihr dermaßen unerträglich, dass sie sogar hoffte, Marek würde endlich gehen, damit sie Gelegenheit bekäme, seine Worte zu lesen.

War es ein Liebesbrief, den sie unter ihrem Körper begraben hielt? Oder entschuldigte er sich für den Kuss und wollte damit alles vergessen machen? Spielte er nur ein weiteres Spiel? War er wie einer der Verführer in Lils geliebten Schäferromanen, ein Schmetterling, der von Blume zu Blume flog und sich nichts dabei dachte? Tatsache war, dass er die prekäre Situation, mit zwei von ihm geküssten Frauen an einem Kaffeetisch zu sitzen, mühelos und sogar fantasievoll beherrschte.

Und auch sie war über sich hinausgewachsen. Als sie aufgefordert worden war, dem Gast einen Likör anzubieten, hatte sie ein unglückliches Stolpern vorgetäuscht und den Brief ihrer Mutter zugesteckt, deren Kleid eine Außentasche besaß. Anna hatte es natürlich bemerkt, aber Elisabeth konnte sich auf ihr Schweigen verlassen. Sie war die einzig verbliebene Verbündete im ganzen Haus.

»Ich habe ihn nicht gelesen«, empfing Anna sie so leise, wie die meisten Menschen nachts sprechen. »Er ist noch verschlossen. Trotzdem ahne ich natürlich, wer ihn geschrieben hat.«

Elisabeth senkte den Kopf. In keinem Zimmer des Hauses spürte sie ihre Schuld stärker als in diesem – und in keinem spürte sie stärker den Drang, schuldig zu werden, um dem Haus, dieser Insel der ewigen Stille, zu entkommen.

»Ist dir klar, was passiert wäre, wenn Hemma den Brief gefunden hätte?«, fragte Anna mit tadelndem Unterton.

»Viel schlimmer als jetzt kann es nicht werden, Mama.«
Anna legte traurig den Kamm beiseite. »Für dich vielleicht. Du denkst nur an dich, liebes Kind. Was ist mit Lil? Hast du eine Ahnung, wie sehr sie diese Liaison verletzen könnte!«
»Es gibt keine Liaison.«
»Es gibt einen Brief. Das ist der Anfang jeder Liaison.«
»Aber ich weiß ja noch nicht einmal, was darin steht.«
Anna blieb regungslos auf dem Bett sitzen, während Elisabeth den Umschlag aus der Bibel zog und sich in den silbrigen Lichtkegel des Mondes begab.
Mit feuchten Fingern entfaltete sie das Papier.

Elisabeth, Elisabeth, Elisabeth ... Ich habe Deinen Namen lange jongliert, ihn gewogen, abgewogen, beiseite gelegt und immer wieder aufgenommen. Ich konnte ihn nicht vergessen, ich konnte Dich nicht vergessen.

Tagelang habe ich Dich gesucht und nirgends gefunden, nicht tags auf der Spaziermeile und nicht abends bei den Gesellschaften.

Also musste ich ein wenig zaubern, um Dich wiederzusehen, und Zauberer sind immer auch ein Stück weit Betrüger. Sie halten andere zum Narren, sie schwindeln und täuschen und lügen, und trotzdem meinen sie es nicht böse.

Wir sind Zauberer, Elisabeth. Wir täuschen die Menschen. Wir tun es, weil wir keine andere Wahl haben. Glaubst Du, wir hätten uns jemals wiedergesehen, wenn ich Deinem Vater den wahren Grund meines Besuches mitgeteilt hätte, nämlich dass ich nur deinetwegen gekommen bin? Das hätte Lil verletzt. Und hätte es eine andere Möglichkeit gegeben, Dir diese Zeilen zu schicken? Ganz sicher nicht! Sind wir niederträchtig, weil wir so denken? Sind wir heimtückisch, egoistisch, verletzend? Vielleicht. Sogar wahrscheinlich. Aber wenn es für uns nur die eine Luft zum

Überleben gibt, dann müssen wir eben diese einzige Luft einatmen.
Sag mir nicht, dass Du anders darüber denkst. Du bist eine Zauberin, Elisabeth, das habe ich gefühlt, als ich mit dir sprach.
Ich muss für eine ganze Weile fort aus Danzig. Das hat den Vorteil, dass Lil mich bis zu meiner Rückkehr vergisst, denn wie ich Dir schon versicherte – ich habe ihr nie den Hof gemacht, geschweige denn von Heirat gesprochen, und bei meinem Besuch bei euch war ich distanziert genug zu ihr.
Der Nachteil ist, dass auch wir beide, Zauberin, uns längere Zeit nicht sehen werden.
Am Holzmarkt gibt es eine Backstube, dort arbeitet eine Cousine von mir, Luise Zolinsky, der wir absolut vertrauen können. Sie wird Deine Briefe an mich weiterleiten – und die meinen an Dich aufbewahren, bis Du sie abholst.
Schreibe mir bald, Zauberin
M.

Elisabeth überreichte den Brief unaufgefordert ihrer Mutter und tauchte ein in das Dunkel einer Ecke. Nie hätte sie gedacht, jemals solche Zeilen geschickt zu bekommen, Worte, die wie für sie geschaffen waren. Der Mann, der sie geschrieben hatte, war *ihr* Marek, nicht der von Lil; der Marek, der nachts in den Feldlagern den Himmel über Polens herrlicher Erde betrachtete, der die Wälder und die Weite liebte, der ihr den Mond »vorgestellt« hatte, der eine Welt ohne Götter, Sünden und quälende Gewissensbisse erschuf, der Geheimnisse in sich verschloss und in seinem Innern ein Leben führte, von dem Hemma, Cornelius und Lil keine Ahnung hatten. Und – der sie eine Zauberin nannte.

Ja, sie war eine Zauberin, sie wollte eine sein. Sie wollte Freude über die Begegnung mit Marek verspüren, keine

Schuld. Natürlich war es unvernünftig, über ein ganzes Land hinweg jemanden zu lieben, aber in einem Käfig der Vernunft war die Unvernunft doppelt reizvoll. Ja, sie wollte ihn lieben und an ihn denken, ihn erforschen, ein paar seiner Geheimnisse lüften und andere unentdeckt lassen.

Es war keine Frage für sie, ob sie ihm antworten sollte, sondern nur, wie. Er hatte keine Ahnung von ihrem Ausgehverbot, weder bei der Gesellschaft bei Hevelius noch bei seinem Besuch im Haus war die Sprache darauf gekommen, und in seinem Brief zeigte er sich irritiert, weil er sie tagelang nicht wiedergesehen hatte. Das Ausbleiben einer Antwort könnte er als Desinteresse ihrerseits deuten.

»Ein schöner Brief«, sagte Anna, die ihn zu Ende gelesen hatte und Elisabeth zurückgab. »Zumindest für dich. Für Lil sind diese Zeilen eine Ohrfeige.«

»Er ist nicht für Lil gedacht«, erwiderte Elisabeth.

»Nein, aber sie muss davon erfahren.«

»Du hast gelesen, was Marek schreibt. Lil hat sich nur eingebildet, dass er sie liebt. Sie ist Opfer ihrer Eitelkeit geworden.«

»Das Wort Liebe kommt in dem Brief überhaupt nicht vor, auch nicht dir gegenüber. Ich will ihm nichts unterstellen, aber er könnte ein Abenteurer sein, dem nichts heilig ist, und ich muss mich wundern, wie leicht du auf ihn hereinfällst, Elisabeth.«

»Und ich muss mich darüber wundern, dass es alle Welt verständlich findet, wenn man Lil begehrt, aber nicht, dass man mich begehrt. Ich weiß, ich bin nicht so hübsch wie sie ...«

»Das habe ich nie gesagt.«

»Trotzdem bist auch du dir darüber im Klaren. Ihr alle erwartet doch, dass ich eine alte Jungfer werde. Und da kommt nun jemand und schreibt mir einen Brief, und alles, woran du denkst, ist, wie wohl Lil zumute sein wird. Ich will es dir sagen, es ist mir egal, schlichtweg egal.«

»Elisabeth! Ich kann nicht glauben, dass du dich so benimmst.«

»Wie benehme ich mich denn?«

»Wenig schwesterlich!«

Annas Stimme fuhr wie ein Blitz in sie hinein.

Elisabeth wurde plötzlich bewusst, dass ihre Mutter noch niemals derart erbittert zu ihr gesprochen hatte, und umgekehrt hatte sie ihr noch nie trotzige Antworten gegeben. Zwischen ihnen hatte es stets eine stille Verbindung gegeben, die sich über die Klänge des Spinetts übertrug, über wenige Gesten, ein Lächeln, einen Blick, eine Berührung, ein Kerzenlicht. Dass sie sich jetzt gegenüberstanden und einen Wortwechsel führten, der einem Artillerieduell glich, beschämte Elisabeth. Binnen eines Atemzuges brach ihre Aufsässigkeit zusammen.

Sie schluckte, und dann spürte sie, wie ihr Tränen in die Augen stiegen.

»Du hast ja Recht«, sagte sie. »Ich will auch nicht, dass Lil weiterhin denkt, Marek liebe sie. Aber ich kann ihr doch nicht einfach diesen Brief zeigen. Hast du nicht selbst gesagt, das wäre wie eine Ohrfeige.«

Anna seufzte, so als wäre ihre Brust mit Steinplatten beschwert, und ihre Lebendigkeit, die sie eben noch gezeigt hatte, floss mit einem gedehnten Atemzug aus ihr heraus. Übrig blieb die zerbrechliche, verlorene Frau, die man kannte. Sie griff sich an die Schläfen und setzte sich.

»Eine andere Möglichkeit sehe ich nicht, mein Kind.«

Im Nu, so schnell, dass sie selbst überrascht war, schlug Elisabeth vor: »Ich werde Marek bitten, dass er es Lil selber sagen soll.«

»Marek ist doch gar nicht in Danzig, wie könnte er also mit ihr sprechen?«

»Er soll ihr schreiben«, schlug Elisabeth vor. »Mit Worten kann er doch hervorragend umgehen. Sicher findet er einen

Weg, alles so hinzustellen, dass er nicht gut genug für sie wäre oder etwas in der Art. Das verwandelt die Ohrfeige in einen Triumph für Lil.«

»Es ist aber gelogen.«

»Für eine gute Sache, Mama.«

»Und wie erfährt Marek, dass er deiner Schwester schreiben soll?«

»Durch mich, selbstverständlich. Ich schicke ihm den Brief, auf den er wartet. Damit ist Lil geholfen und mir auch.«

Dieser Vorschlag, das spürte Elisabeth, kam aus zwei Teilen ihres Herzens: der eine Teil, hell und verheißungsvoll wie ein Zukunftslicht, unschuldig und liebend, auf der berechtigten Suche nach Glück – der andere dunkel wie ein Verlies. Sie dachte keinen Augenblick lang an Lil.

»Da ich Ausgehverbot habe«, fuhr Elisabeth fort, »müsstest du den Brief in die Backstube am Holzmarkt bringen, Mama. Ich schreibe ihn gleich, ja? Dann kann er morgen schon abgehen.«

Während ihre Mutter händeringend im Zimmer auf und ab lief, schrieb Elisabeth den Brief. Sie fand ihn nicht halb so gut wie den von Marek, aber schließlich war es spät und alles musste schnell erledigt werden. Ganz am Ende fügte sie, sachlich und lustlos, die Bitte an, er möge Lils Hoffnungen brieflich ein Ende setzen.

Dann nahm sie das Papier und überflog das Geschriebene noch einmal.

Auf wenigen Zeilen hatte sie Marek verdeutlicht, wie einverstanden sie mit ihm war, und weil er sie eine Zauberin genannt hatte, wollte auch sie ihm einen Namen geben und taufte ihn Nachtfalter – die Vorlage dazu hatte er ihr selbst geliefert, als er bei der ersten Begegnung geantwortet hatte: Warum fliegt ein Falter hinter dem anderen her? Sie fand Gefallen an dieser gegenseitigen Namenstaufe wie auch an der ganzen Situation.

Es war ein Spiel, ein Wagnis, und es war Liebe. Sie wusste das, weil sie etwas Ähnliches schon einmal erlebt hatte – mit den Sternen.

6

Der nächste Morgen war ausersehen, die Entscheidung zu bringen. Bevor der Unterricht bei Magister Dethmold begann, warf Elisabeth einen Blick aus dem Fenster, wo die Welt gelassen im frischen Morgenlicht lag und wo die Tauperlen, die in den Spinnweben zwischen den Gräsern hingen, in den frühen Sonnenstrahlen blitzten.

»Was für ein herrlicher Tag«, murmelte sie und war natürlich in Gedanken bei dem Brief, der genau über ihr, im Zimmer ihrer Mutter, darauf wartete, nach draußen getragen zu werden.

Daher konnte sie auch nur schwer dem Unterricht folgen. Wie sollte sie sich auf die Schriften der Reformatoren konzentrieren, wenn die ersten Zeilen, die sie jemals einem Mann geschrieben hatte, jeden Moment das Haus verlassen würden? Die gleiche Nervosität überfiel sie, die schon vor zwei Wochen von ihr Besitz ergriffen hatte, als die Sternwarte des Hevelius' und das Auge Gottes greifbar nahe waren und nur eine Tür sie davon trennte.

Sie lauschte auf jedes Geräusch. Wenn Nore vor dem Unterrichtsraum vorbeilief, hielt sie die Luft an, und alle paar Lidschläge schaute sie aus dem Fenster, was völlig unsinnig war, denn es führte zum Garten und nicht zur Gasse hinaus.

Sie stellte sich vor, wie ihre Mutter sich ankleidete. Natürlich würde sie das schwarze Kleid mit dem hohen Kragen wählen, denn die wenigen Male, wenn Anna das Haus verließ, kleidete sie sich immer in Schwarz. Lena, ihre Zofe, würde ihr die Haare hochstecken und den feinen, netzartigen Gesichtsschleier daran befestigen. Den Brief würde Anna im Ärmel verstauen, wo er während des Spaziergangs am sichersten war und in der Backstube am unauffälligsten hervorgeholt werden konnte. Sie ginge vielleicht ein bisschen schneller, als schicklich war, fast etwas gehetzt und ganz sicher mit pochendem Herzen. Ein paar andere Frauen blickten ihr womöglich nach, weil man Anna Koopman so gut wie nie sah, und sie würden sich den Mund zerreißen, wie desolat die Frau wirkte.

An dieser Stelle bekam Elisabeth ein schlechtes Gefühl, weil ihre Mutter sich ihretwegen einer solchen Situation aussetzte.

Aber dann hätte Anna es endlich geschafft. Sie wäre in der Backstube und würde nach Luise fragen, die natürlich über den Brief im Bilde war und ihn so schnell in ihrer Schürze verschwinden ließe, dass niemand etwas davon mitbekäme.

»Danke für Ihre Bestellung«, würde Luise vielleicht sagen, um andere Anwesende zu täuschen. »Ich gebe Ihnen Nachricht, wenn ich eine Lieferung für Sie habe.«

Erleichtert verließe Anna die Backstube.

Und nun war Elisabeth stolz auf sie und dankbar. Und sie versuchte, sich Mareks Gesicht vorzustellen, irgendwo in der Weite Polens, wenn er in der Nacht den Brief las …

»… geeint sind die sonst zerstrittenen Kirchen zum Beispiel darin, den unverschämten Versuch mancher Astronomen zu bekämpfen, die Welt Gottes auf den Kopf zu stellen.«

Die Erwähnung der Astronomie durch Magister Dethmold drang in Elisabeths Gedanken und holte sie augenblicklich in die karge Unterrichtsstube zurück.

»Allen voran waren die Herren Nikolaus Kopernikus und Johannes Kepler so anmaßend, ihr vermeintliches Wissen über die Vernunft von tausend Weisen aus dreitausend Jahren zu stellen, und wer es ihnen heute gleichtut, muss mit der Züchtigung durch die beiden Kirchen rechnen.«

Zum ersten Mal, seit sie denken konnte, hing Elisabeth gleichsam an Magister Dethmolds Lippen.

Er war ein kleiner dünner Mann von Ende dreißig im Körper eines Fünfzigjährigen. Man konnte ihm täglich beim Altern zusehen. Die Haare waren ihm in den vergangenen zwei Jahren ausgefallen, und nun waren nur noch ein paar hellbraune Strähnen auf dem Hinterkopf übrig, die ihm wie Pferdehaare weit in den Nacken hingen. Beiderseits der Nase gruben sich tiefe Falten ins Gesicht, und etwas höher passierte dasselbe zwischen den Augen. Trotz seiner ungesunden Gesichtsfarbe – wenn man das noch Farbe nennen konnte –, war er als Hauslehrer unentwegt in Bewegung wie ein Wasserrad, und er hatte nie auch nur einen einzigen Tag gefehlt.

Da seine Stimme für einen Mann viel zu hell und schwach war, presste er die Worte unnatürlich stark hervor, was den Eindruck vermittelte, ein Zwerg schreie gegen einen Wald von Riesen an.

»Die Gefolgsleute der Scharlatane«, quetschte er hervor, »sind isoliert und fast überall auf der zivilisierten Welt geächtet. In den Ländern unseres protestantischen Glaubens droht ihnen Bußgeld und hohe Besteuerung sowie Ausschluss von allen öffentlichen Ämtern, in den papistisch-katholischen Ländern werden sie vertrieben oder eingesperrt und mit allen Mitteln zum Widerruf ihrer Irrungen gedrängt. In Spanien, Portugal und Italien enden manche von ihnen sogar auf dem Scheiterhaufen, wie Giordano Bruno, der dreist behauptete, die Sterne seien keine Löcher in der Kristallsphäre, durch die das Himmelslicht auf die Erde falle, sondern Sonnen. Sonnen!«

»Und worin«, fragte Elisabeth, »liegen die Irrtümer der Herren Kopernikus und Kepler?«

Magister Dethmold war Rückfragen von Elisabeth nicht gewöhnt. Sie war keine schlechte Schülerin, oftmals sogar besser als ihre ältere Schwester, aber sie brachte dem Lernstoff meist keine Zuneigung entgegen. Insbesondere Glaubenslehre schätzte sie etwa so sehr wie vergorene Milch.

»Nun«, antwortete der Magister zunächst zaghaft, um sofort wieder in seine übliche Stimmlage zu fallen, »der Irrtümer gibt es Hunderte. Der erste Satz einer Schrift von Kopernikus lautet: Die Erde bewegt sich um ihre Achse und täuscht damit die Himmelsbewegung nur vor.«

»Und?« Elisabeth zuckte mit den Schultern. »Wäre das nicht möglich? Dass die Erde sich dreht?«

»Wenn das wahr wäre, Fräulein Elisabeth, warum spüren wir dann nicht die enorme Windbewegung, die ein Kreisen der Erde verursachen würde? Windstille dürfte es nicht geben, ebenso dürfte der Wind immer nur aus einer Richtung kommen. Sehen Sie, so simpel lassen sich die Thesen dieses Kopernikus widerlegen. Und was Kepler angeht, so wollte er der Welt glaubhaft machen, die Erde kreise um die Sonne, und zwar nicht in einer runden Bahn, sondern in einer abgeplatteten.«

Magister Dethmold malte mit dem Lineal ein Oval in die Luft und drückte ein Lachen hervor. »Wie ein Ei, haha. Ellipse nennt er das.«

»Und was ist mit Herrn Galilei und seinem Fernrohr?«, fragte Elisabeth.

Der Magister wunderte sich über Elisabeths Wissen. »Ihre Kenntnisse auf diesem Gebiet sind erstaunlich, gnädiges Fräulein.«

»Ich habe keine Kenntnisse, nur Fragen. Was meine letzte Frage angeht …«

»Ach ja, das Fernrohr. Das ist ganz einfach: Herr Galilei war ein Betrüger. Was durch das sogenannte Auge Gottes zu sehen war, spielte sich in Wahrheit *im* Instrument selbst ab. Ein Betrug! Eine absichtliche Täuschung! Ein Theaterspiel in Blei gegossen! Galilei hat widerrufen.«

Dann schien Magister Dethmold sich an etwas zu erinnern.

»Gewiss«, räumte er ein, »einige Planetenkonstellationen lassen sich nicht mehr damit erklären, dass sich die Sonne samt allen anderen Himmelskörpern um die Erde dreht. Doch auch dieses Problem wurde gelöst. Der dänische Astronom Tycho Brahe konnte glaubwürdig darlegen, dass zwar nach wie vor die Sonne die Erde umkreist, einige Planeten jedoch die Sonne. So wie also der Mond unsere Erde umkreist, so umkreisen diese Planeten die Sonne, die wiederum die Erde umrundet ...«

»Das hört sich an«, wandte Elisabeth vorsichtig ein, »als wäre das letzte Wort in diesem Streit noch nicht gesprochen.«

Magister Dethmold stellte sich auf die Zehenspitzen, um einige Zentimeter zu wachsen. »Fräulein Elisabeth, Sie können doch nicht ernsthaft die Theorie eines Menschen in Betracht ziehen, der behauptete, eines Tages würden Luftschiffe von der Erde zu den Planeten fliegen. Damit hatte Herr Kepler sich unzweifelhaft als Scharlatan oder Verrückter enttarnt.«

Elisabeth musste zugeben, dass diese Idee Herrn Keplers sehr unwahrscheinlich klang, wenngleich sie unerhörten Reiz besaß. Zu den Sternen fliegen, das war ein Traum, der sich wohl nie erfüllen würde.

Vor der Tür zum Unterrichtsraum ging etwas vor sich, laute Stimmen drangen heran, und das mitten auf der Insel der ewigen Stille, wo nie geschrien wurde. Wo das Leben normalerweise wie ein Rinnsal tröpfelte, tosten unversehens Emotionen.

Obwohl Magister Dethmold mit dem Lineal mahnend auf das Pult klopfte, hielt es die Schwestern nicht auf ihren Stühlen.

In der Eingangshalle, am Fuß der Treppe, standen sich Anna und Hemma gegenüber.

»Du bist seit einer Ewigkeit nicht spazieren gegangen«, stellte Hemma gereizt fest. »Warum ausgerechnet heute?«

»Warum nicht heute?«

»Du kannst dich von mir aus meinem Nachmittagsspaziergang anschließen.«

»Sehr großzügig, aber ich möchte jetzt ins Freie.«

»Du kannst jetzt nicht hinaus, nicht in deinem Zustand. Weißt du denn nicht, wie alle Welt über dich redet? Welchen Ruf du hast? Die wenigen Wohlmeinenden nennen dich eine melancholische Frau, aber die meisten schimpfen dich eine Rabenmutter, manche sogar noch Schlimmeres.«

»Ich muss mich vor niemandem rechtfertigen.« Anna versuchte, sich an ihrer Schwägerin vorbeizudrängen, aber Hemma stellte sich ihr erneut in den Weg.

»Willst du uns alle zum Gespött machen, indem du wie eine ausgebrochene Irre durch die Gassen läufst?«

»Du bist hier die Irre«, schrie Anna. »Wie ein Dämon lebst du in diesem Haus, erstickst alles Leben ...« Unvermittelt brach Elisabeths Mutter in ein tonloses, keuchendes Lachen aus, und ihr Gesicht verzerrte sich vor Verzweiflung. »Im wahrsten Sinne des Wortes erstickst du das Leben. Glaubst du, ich wüsste nicht, dass du meinen Frans auf dem Gewissen hast?«

Elisabeth hatte Tante Hemma noch nie so erschreckt gesehen wie jetzt, als ihre kleinen, scharfsichtigen Augen sich unter der Haube grotesk weiteten.

»Du – du bist verrückt«, hauchte sie. »Völlig verrückt.« Sie wandte sich Lil, Elisabeth und Magister Dethmold zu, die Zeugen der Beschuldigung waren. »Sie ist endgültig wahnsinnig geworden.«

»Du hast ihn hochgehoben und geschüttelt«, rief Anna. »Ich hatte dich einige Tage zuvor beobachtet, wie du es schon einmal getan hast, ganz kurz nur, weil er geschrien hatte und nach dem Schütteln sofort ruhig wurde, aber an dem Tag, als Frans plötzlich keine Luft mehr bekam, musst du ihn wieder und wieder geschüttelt haben, wer weiß, wie lange. Du hast ihn getötet. Ich habe es nicht gesehen, ich war nicht dabei – Gott weiß, wie viele Vorwürfe ich mir deswegen schon gemacht habe –, und dennoch weiß ich, dass du es warst. Ich habe es Cornelius erzählt, aber er glaubte mir nicht, schrieb es einer Verwirrung zu und verbot mir, je darüber zu sprechen. Aber es muss raus, zu viele Jahre liegt es wie Mörtel in meiner Brust. Sooft schon habe ich versagt, als eigentliche Herrin dieses Hauses, als Mutter ... Einmal wenigstens will ich das tun, was ich möchte und was gut für meine Kinder ist.«

Sie warf Elisabeth einen Blick zu, dann drängte sie sich an Hemma vorbei und schritt entschlossen zur Tür.

Hemma hielt sie am Arm fest. »Du wirst nicht gehen, hörst du? Den kleinen Frans, den hast du selbst umgebracht. Du hast ihn geschüttelt, nicht ich. Du warst es. Du, Anna. Du! Und dein kranker Geist bildet sich ein, dass ich es war.«

»Mein Gott«, rief Anna. »Wie abscheulich du sein kannst. Deine Niedertracht kennt wirklich überhaupt keine Grenze.«

Hemma baute sich wie ein Wächter vor der Tür auf. »Du verlässt das Haus *nicht*, das ist mein letztes Wort. Hier ist etwas im Gange, das rieche ich.«

»Mir ist egal, was du riechst, Hemma. Du kannst mich nicht aufhalten.«

Anna versuchte, ihre Schwägerin zur Seite zu schieben, was diese nicht zuließ. Ein Handgemenge entstand, das immer heftiger wurde. Nore kam hinzu und hielt Annas rechten Arm, während Elisabeth ihrer Mutter beistand und Hemmas Linke fasste. Magister Dethmold stand hilflos daneben und mahnte vergeblich, Ruhe zu bewahren. Die Einzige, die völlig unbeteiligt blieb, war Lil.

Plötzlich holte Hemma zu einem Schlag aus und traf Anna an der Wange. Auf der Stelle ließen sich alle los. Anna torkelte und stützte sich auf Magister Dethmold, um nicht zu stürzen.

Der Kampf war entschieden.

»Ich – ich schicke sofort nach Cornelius«, keuchte Hemma und strich ihr Kleid glatt. Abwechselnd sah sie alle an. »Er und ich – wir werden uns beraten, aber ich denke, es wird das Beste sein, Anna einem Arzt anzuvertrauen, der – der sich mit solchen Gemütern auskennt. Das war es wohl. Alle gehen an den Platz zurück, den sie gemeinhin um diese Uhrzeit einnehmen. Alles ist wieder – normal.«

Inzwischen waren zwei Diener gekommen, die Hemmas Anweisung folgten und Anna wie eine Gefangene flankierten und die Treppe hinaufbegleiteten.

Elisabeth blickte ihrer Mutter nach, bis sie in ihrem Zimmer verschwunden war.

Der weitere Tag und die folgende Nacht waren furchtbare Stunden für Elisabeth. Anna, Frans, Hemma, Lil und Marek, der Brief, der Streit, die Ohrfeige, die Vorwürfe – das alles ging kreuz und quer durch Elisabeths Gedanken. Unmöglich, sich auf eine Sache zu konzentrieren, dafür war zu viel passiert und zu vieles lag in der Schwebe.

Doch nicht nur ihr ging es so. In einem Haus, in dem sonst nie etwas geschah, hallte die Erschütterung des Ereignisses in den Menschen nach und machte sie noch schweigsamer als sonst. Cornelius traf mit ernster Miene ein und verließ mit noch ernsterer Miene Annas Zimmer; ein herbeigerufener Arzt spitzte ständig die Lippen und zog die Augenbrauen hoch, ohne etwas zu sagen; und Nore und Lena, die beiden Zofen, die immer etwas zu schwatzen hatten, blieben stumm. Jeder ging den anderen aus dem Weg, wo es möglich war. Selbst Hemma blieb im Hintergrund, und zwar – wie Elisabeth glaubte – aus Unsicherheit. Sie hatte einen Sieg errungen. Anna war gedemütigt und in die Schranken gewiesen worden, und für jedermann sichtbar hatte Hemma sich als die Herrin des Koopman-Hauses präsentiert. Das lag ihr überhaupt nicht, ihr, die gerne aus den Kulissen heraus die Fäden zog. Es war nun völlig ungewiss, wie es weitergehen würde. Das Uhrwerk des Hauses war gestört, und wo alles seine Ordnung gehabt hatte, waren die Verhältnisse vom einen Moment zum anderen durcheinandergewirbelt. Dazu kam die ungeheure Anschuldigung gegen sie, die im Raum stand.

»Was meinst du?«, fragte Lil. »Hat Hemma den kleinen Frans bewusstlos geschüttelt? Also, ich traue es der alten Hexe zu. Sie hat meinen Pierre zertreten und deine Amelie erfrieren lassen. Wer so etwas tut, kann auch ein Kind umbringen. Andererseits hat sie mit Mama nicht ganz Unrecht.«

»Lil ...«

»Na ja, sie ist doch wirklich etwas schwermütig geworden, unsere Mutter. Es würde mich nicht wundern, wenn sie eines Morgens einfach zerbröselt und nichts von ihr übrig bleibt als ...«

»Lil ...«

»Dieser plötzliche Wunsch, allein spazieren zu gehen, in einer schwarzen Robe mit Gesichtsschleier. Vielleicht wollte sie ins Wasser gehen, und Hemma hat sie davor bewahrt. Wenn du ehrlich bist, weißt du das nicht. Man kann der alten Hexe vorwerfen, was man will, aber eine feine Nase hat sie schon. Wenn sie meint, dass etwas vorgeht, glaube ich ihr das, wenngleich ...«

»Lil, bitte«, unterbrach Elisabeth, »ich möchte jetzt lieber ein wenig allein sein.«

Beim Kaffee, zu dem auch Cornelius anwesend war, wurde nicht gesprochen. Das Klappern der Tassen und Silberkännchen und ein gelegentliches Schlürfen Hemmas waren die einzigen Geräusche. Die Diener servierten eine Kirschgrütze, die keiner anrührte, außer Lil, die zusätzlich noch Elisabeths Portion verschlang.

Als die Tafel aufgehoben wurde, sagte Cornelius: »Es ist nur billig, wenn ihr erfahrt, dass es eurer Mutter nicht gut geht. Wir werden sie wohl« – dabei sah er Hemma an – »in Obhut geben.«

In ihrem Zimmer wurde Elisabeth schlecht. Es war ihre Schuld, sagte sie sich, dass es so weit gekommen war. Sie hatte ihre Mutter gedrängt, den Brief abzugeben, hatte sie zu etwas überredet, das nicht ihre Sache war. Ihr fielen die frühen Tage ihrer Kindheit ein, als sie und Lil Kunststücke und Tanzschritte geübt hatten, um ihrem Vater etwas vorzuführen. Ganze Tage und Nächte hatten sie dazu gebraucht, und Anna war immer dabei gewesen, um zu helfen. Sie hatte es gerne gemacht, aber sie war auch viel in Anspruch genommen worden. Ihre Liebe war immer selbstverständlich für Elisabeth gewesen, daher hatte sie sich daran gewöhnt, diese Liebe zu benutzen. So auch gestern.

Während der Nacht ließ sie der Gedanke daran nicht in Ruhe, der Gedanke, dass sie ihrer Mutter nie etwas zurückgegeben hatte von dem, was ihr geschenkt worden war. In Annas stiller, sehnsüchtiger, leidender Art hatte für Elisabeth stets ein Ansporn gelegen, das Träumen zu wagen, doch dabei kraftvoller zu sein als ihre Mutter. In ihrer Nähe hatte sie sich geborgen gefühlt, und wenn sie auch nicht alle geheimen Gedanken mit ihr geteilt hatte, so waren sie trotzdem Verbündete im Geiste gewesen. Anna war Elisabeths Heimat und Gewissen.

Kurz vor Morgengrauen schlich Elisabeth wie schon in der Nacht zuvor aus ihrem Zimmer, um Anna aufzusuchen und all das zu sagen, was sie ihr nie gesagt hatte. Man hatte den Töchtern verboten, zu ihr zu gehen, da sie angeblich Ruhe brauchte, aber Elisabeth scherte sich nicht darum. Eine unglaubliche Zufriedenheit durchströmte sie, weil sie ein Risiko auf sich nahm, das sich nicht für sie selbst auszahlen sollte, sondern für einen anderen Menschen, den liebsten, den sie hatte.

Als sie in Annas Zimmer trat, bemerkte sie zwischen den Mondtupfern an Boden, Wand und Decke einen Schatten.

Ihre Mutter, gekleidet in jenes weite, schwarze Kleid, hing von der Zimmerdecke herunter.

7

Anna war tot, doch in den ersten Tagen danach blieb sie für Elisabeth so präsent wie je. Sie hielt sich oft stundenlang in Annas Zimmer auf, wo sie sie gefunden hatte, und weinte. Am ersten Tag war Anna dort aufgebahrt, schon am zweiten allerdings war die Bestattung, und am dritten waren die Möbel mit riesigen weißen Tüchern abgedeckt, so als seien auch sie Leichen. Elisabeth meinte, hier Annas Stimme zu hören, nicht wirklich, sondern etwa auf dieselbe Weise, wie sie manchmal die Sterne hörte, ein unbestimmbares Flüstern in ihrem Innern. Sie hatte noch Annas Schritt in den Ohren, wie sie auf und ab lief, den Saum des Kleides auf dem Boden schleifend, meinte, sie in jenem Winkel sitzen zu sehen, in den die Sonne besonders lange fiel, sah ihre Finger den Deckel des Spinetts anheben ...

Elisabeth tat es für ihre Mutter. Sie hob einmal am Tag zwischen elf und zwölf Uhr den Deckel hoch, der die Tasten bedeckte. Der Duft von Annas traurigem, herzlichem Wesen schien dem Instrument zu entsteigen, so wie der Duft getrockneter Kräuter aus dem Schubfach weht, wo sie verwelkt und vergangen sind. Und dann klimperte Elisabeth ein wenig auf dem Spinett herum, anfangs ohne Melodie, einfach nur des Klanges wegen, doch mehr und mehr wurden daraus Liedminiaturen, die Anna ihr in frühester Kindheit beigebracht hatte und die Elisabeth jetzt aus den Tiefen ihrer Erinnerung schöpfte.

Die Dienerschaft besaß genug Herz, um das an sich verbotene Spiel auf dem Spinett nicht zu verraten, und Hemma und Cornelius waren oft nicht im Haus. Elisabeths Vater ging schon am Tag nach der Bestattung ins Kontor, als sei nichts gewesen, und Hemma spazierte stundenlang durch Danzigs Pfefferstadt und erzählte jedem, der es wissen wollte, und auch manchen, die es nicht wollten, von Annas Wahnsinnstat. Im Haus jedoch durfte man nicht mehr über sie sprechen. Der Stuhl bei Tisch, auf dessen leerem Platz sie wie ein Gespenst zu sitzen schien, wurde entfernt, und ihr Zimmer wurde eines Abends von Hemma persönlich verschlossen, so als fürchte sie, die Tote könne herauskommen und sie anklagen. Einige letzte Gegenstände, die Anna einst in die Ehe eingebracht hatte und die von ihrer früheren Heiterkeit zeugten, wurden eingesammelt und in den Keller verbracht: eine Spieldose, eine Bildminiatur ihrer Hände, drei oder vier hübsch illustrierte Bücher, ein silbriges Kleid, in dem Elisabeth sie nie gesehen hatte.

Alles, was Anna verkörpert hatte – ihr Geist, ihre Träume –, schwand jeden Tag ein Stück mehr dahin. Niemand außer Elisabeth schien sie wirklich zu vermissen. Lil trauerte zwar auch, doch in ihre Trauer mischte sich ein Gefühl von Unverständnis und peinlicher Berührtheit wegen der Art des Todes.

»Wieso hat sie sich *aufgehängt?*«, fragte sie Elisabeth in einem günstigen Moment. »Ich könnte mich nie aufhängen. Die Pulsadern öffnen, vielleicht. Oder ins Wasser gehen, aus Liebeskummer, du verstehst? Das hätte wenigstens etwas Edles. Aber aufhängen! Und ganz ohne Grund! Ich glaube, wir haben sie nie richtig verstanden.«

Elisabeth verstand Anna. Nicht alles an ihr, nicht jedes Detail, aber sie verstand, was diese Frau ausgemacht hatte, was sie erfüllt hatte. Und schon bald verstand sie auch, warum sie gegangen war.

Als Cornelius eines Morgens am Frühstückstisch, zwischen zwei Löffeln Hafergrütze, erläuterte, welche Pläne er für seine Kinder habe, tat sich eine entsetzliche Zukunft vor ihr auf.

»Hemma hat mir einen Vorschlag gemacht«, erklärte er, »den ich angenommen habe. Es ist Tradition, dass die jüngste Tochter beim Vater bleibt, wenn die Mutter nicht mehr lebt. Es kommt daher dir zu, Elisabeth, uns ab sofort den Haushalt zu führen. Du bist konfirmiert, also voll arbeitsfähig. Im Übrigen bist du nicht hübsch genug, um zu heiraten. Niemand wird dich wollen, allenfalls für eine sehr hohe Mitgift, die ich nicht zu zahlen bereit bin.«

So sah für Elisabeth die Hölle auf Erden aus: herumkommandiert von schlecht gelaunten, freudlosen Menschen, eingequetscht in dieses Haus wie in eine Mauerspalte, ohne sternenvolle Nächte, ohne Liebe. Alle ihre Träume würden in trüben, eiskalten Stunden verschwimmen und sich auflösen, so wie sich Annas Träume aufgelöst hatten. Der Himmel, das Universum, würde für Elisabeth für immer eingepasst sein in das Viereck des Fensterrahmens.

Und Marek wäre verloren.

Ja, Elisabeth verstand, was ihre Mutter getan hatte. Auf ihre Art war es Anna gelungen, sich von dem Haus zu lösen, gleichsam einem Blatt im Wind, das sich im Herbst vom Ast löste und zu Boden sank, weil seine Zeit gekommen war. Dies zu tun, war die einzige und letzte Kraft, die sie noch besessen hatte.

Elisabeths Weg sah anders aus. Sie würde Geschick brauchen und Kühnheit und eine gesunde Portion Eigensucht, um das drohende Schicksal abzuwenden.

Sie würde eine Zauberin sein müssen.

Nur wenige Tage später schickte der Himmel die Gelegenheit zum Zaubern. Hevelius machte seinen Kondolenzbesuch bei den Koopmans. Er wirkte erschöpft, so als sei er selbst der Witwer, und erzählte, dass seine Frau Katharina krank sei.

In das obligatorisch bedauernde Gemurmel der anderen platzte Elisabeth mit dem Satz: »Wie betrüblich, Herr Hevelius. Dann werde ich Ihre Frau morgen besuchen, wenn es Ihnen recht ist.«

Elisabeth wusste hinterher nicht mehr, woher sie diesen blitzschnellen und blitzgescheiten Einfall hatte; die Worte waren ihr einfach aus dem Mund geströmt, so wie es ihr in der Vergangenheit schon manchmal ergangen war, wenn es um die Sterne ging.

Hevelius blickte sie aus seinen wässrigen grauen Augen an. »Sie kennen meine Frau, gnädiges Fräulein?«

»O ja«, rief Elisabeth und versuchte, die Sprache der vornehmen Danziger Gesellschaft zu imitieren. »Ja, gewiss. Ich habe ein angenehmes Gespräch mit ihr geführt, wirklich sehr angenehm. Katharina ist eine ganz und gar« – sie zögerte, denn sie fand überhaupt nichts Interessantes über Katharina Hevelius zu bemerken – »eine ganz und gar beneidenswerte Frau«, ergänzte sie, glücklich über die Phrase. »Wir waren Freundinnen nach wenigen Augenblicken.«

Hevelius zog die Augenbrauen hoch. »Nun, wenn das so ist ... Katharina würde sich wohl über ein wenig Abwechslung freuen, die eine Freundin ihr bringt.«

Niemand konnte in diesem Moment das Ausgehverbot ins Spiel bringen. Elisabeth lächelte zuerst die Tante und dann den Astronomen an. »Die Freude ist ganz auf meiner Seite.«

Jetzt war sie eine Zauberin.

Lil dachte höchst selten über ihre Schwester nach, denn sie fand sie rätselhaft, und Rätsel hatte sie noch nie gemocht, ja, Rätsel machten sie geradewegs aggressiv. Die Dinge hatten offen vor ihr zu liegen wie ein zu Ende gelesener Schäferroman, alles andere war Zeitverschwendung, und Zeit war ein kostbares Gut. Wenn sie sich ausrechnete, wie viele Stunden sie an Nachmittage mit Tante Hemma verschwendet hatte oder an Vormittage mit Magister Dethmold, stiegen Tränen der Wut in ihr hoch. Das Leben war viel zu kurz, um es für Näharbeiten aufzubrauchen, für Lernstoff, für Tristesse – und für Rätsel.

Heute jedoch machte sie eine Ausnahme. Während sie Elisabeth in der Kutsche auf dem Weg zu Hevelius begleitete, warf sie ihr gelegentlich einen Seitenblick zu, musterte ihr Profil und versuchte zu ergründen, was in diesem Kopf wohl vor sich ging. Wie konnte jemand wie sie, Lil, eine Schwester haben, die sich das Leben im Haus durch ihren Trotz derart schwer machte und die im Garten Käfern nachstellte. Und nun das: Elisabeth besuchte aus eigenem Antrieb die wohl uninteressanteste Person von ganz Danzig, von der alle wussten, dass sie langweilig war. Katharina Hevelius sprach nie über andere, was bedeutete, dass sie in Gesellschaft so gut wie überhaupt nichts sprach, und ihr ewiges sanftes Lächeln wurde als Dummheit ausgelegt. Niemand wusste so recht etwas mit ihr anzufangen, den einen war sie zu still, den anderen zu entrückt, und wieder andere glaubten sogar, sie halte sich für etwas Besseres und suche darum die Distanz. Hevelius, so munkelte man, habe sie nur geheiratet, um die Brauerei ihres Vaters mit der eigenen zu vereinen.

Lil ließ den nutzlosen Gedanken an Katharina Hevelius wieder fallen und sann erneut über Elisabeth nach. Es gab nur eine Erklärung für ihr merkwürdiges Verhalten: Sie schlug nach Anna, ihrer beider Mutter. Sie trug deren Trübsinnigkeit seit Jahr und Tag in sich, darum diese Sehnsucht nach Einsamkeit, darum auch die Vorliebe für seltsame Beschäftigungen – Käfer, man denke sich nur! –, und nun, nach Mutters Tod, gleichzeitig an der Grenze zum Erwachsensein entfaltete sich dieses Erbe vollständig. Elisabeth würde sich einer religiösen oder aufopfernden Aufgabe widmen. Sie hatte sich ihrem Schicksal ergeben und bereitete sich auf eine Zukunft als Pflegerin von Hemma und Cornelius vor. So gesehen ergab diese Anwandlung, eine Kranke besuchen zu wollen, einen Sinn.

Lil seufzte leise vor sich hin und sah zum Kutschenfenster hinaus, wo die ordentlichen Backsteinfassaden der Handelsstadt vorbeizogen. Im Grunde tat ihr Elisabeth ein wenig leid. Wenn es irgendwie möglich war, müsste ihr geholfen werden, dachte

Lil. Und sie hatte auch schon eine Idee: Wenn sie erst mit Marek verheiratet wäre, würde sie Elisabeth in den Haushalt holen. Cornelius und Hemma hätten Lil dann nichts mehr zu sagen, und wenn sie ihre Schwester als Gouvernante für die Kinder oder als Gesellschafterin anstellte, war das ihre Sache. Es war also beschlossen: Elisabeth würde ihre Angestellte werden.

Zufrieden über diese prächtige Lösung, lehnte Lil sich zurück und ließ den ungeliebten Gedanken an Elisabeth ziehen, um den Kopf frei zu haben für Marek.

Elisabeths Plan war simpel: Der Krankenbesuch sollte nicht viel Zeit einnehmen, was kein Problem darstellte, da der Gesprächsstoff zwischen Katharina und ihr äußerst begrenzt war. Was hatten sich eine Frau, die Angst vor den Sternen hatte, und eine, die den Himmel und die Nacht liebte, schon zu sagen? Natürlich würden einige Höflichkeiten ausgetauscht werden, und sie brauchte ein Thema, das nicht viel Zeit in Anspruch nahm und dennoch dem Anstand Genüge tat. Schon bald würde Elisabeth aufbrechen, selbstverständlich nur zum Schein, und sich von einem Diener zu Hevelius bringen lassen. Dann – endlich! – wäre sie mit ihm allein und könnte fragen, was ihr seit einem Jahr auf der Zunge brannte. Sie hatte sich sogar eine Liste geschrieben, damit die Fragen ihr nicht allzu durcheinander herauspurzelten und sie dem Meister nicht wie ein nervenschwaches Mädchen erschiene. Der wahre Grund ihres Besuches musste auch vor ihm verborgen werden.

»Meine Liebe, kommen Sie doch näher«, rief Katharina, richtete sich im Bett auf und streckte die Hände nach ihr aus. »Nur keine Sorge, der Arzt sagt, es sei nicht ansteckend.«

Elisabeth konnte keine Anzeichen einer Krankheit an Katharina entdecken. Wenn man einmal davon absah, dass das Haar nur notdürftig gesteckt war, sah die Bettlägerige genauso aus wie bei der Abendgesellschaft.

»Seien Sie mir willkommen«, sagte Katharina, deren Stimme ebenfalls nichts Schwächliches an sich hatte, sondern eher dem Klang einer Porzellanuhr ähnelte. »Seit mein Gatte mir sagte, Sie würden mich besuchen kommen, habe ich nur noch an Sie gedacht. Wissen Sie, dass Sie meine erste Besucherin sind – einmal von der Gattin des Propstes abgesehen.«

Elisabeth versetzte sich kurz in die Lage einer Frau, die seit zwei Wochen mehr oder weniger allein geblieben war, und sie fürchtete, mit einer Flut von Worten übergossen zu werden

»Sie sehen genesen aus, gnädige Frau«, sagte sie, um Höflichkeit bemüht.

»Es geht mir von Tag zu Tag besser«, wiegelte Katharina rasch ab und ergriff Elisabeths Hand. »Und nun, da Sie gekommen sind, meine Liebe, habe ich einen Grund mehr, mich gut zu fühlen.«

Über ihre Lippen huschte das engelsgleiche Lächeln, das ihr eigen war.

»Ich *musste* einfach kommen«, sagte Elisabeth. »Da gab es für mich nichts zu überlegen. Wenn ich Ihnen damit eine Freude mache, umso besser.«

Katharina schloss ihre Hand fester um Elisabeths. »Das tun Sie. Ja, das tun Sie wirklich. Denken Sie nicht, dass ich nicht wüsste, wie man in der Stadt über mich spricht. Nein, meine Liebe, streiten Sie es nicht ab. Sie meinen es gut, aber ich kenne die Danziger. Wäre ich nicht die Frau des Stadtrats, würden sie noch schlimmer über mich reden. Doch das kümmert mich nicht. Ihr Besuch, Elisabeth, wiegt tausend schlechte Gedanken auf.«

Elisabeth bekam ein mulmiges Gefühl im Bauch. Ihr wäre es lieber gewesen, nicht gelobt zu werden.

»Bitte, nennen Sie mich Katharina«, fuhr sie fort. »Mein Gatte hat mir berichtet, dass Sie mich als Ihre Freundin ansehen. Ich habe über das ganze Gesicht gestrahlt, als ich das hörte, und auch Johannes hat daraufhin einen kurzen Augenblick lang gelächelt – er lächelt selten, müssen Sie wissen. Sie sehen, Elisabeth, Sie haben uns beide glücklich gemacht. Sie sind ein Stern.«

Elisabeths Herz verkrampfte sich bei diesem Vergleich.

»Nicht doch!«

»Rein und klar.«

»Ach, Unsinn«, entgegnete sie ärgerlich. Es passte ihr nicht, dass Katharina Hevelius – ausgerechnet sie! – so über sie sprach.

»Sie kommen hierher, Elisabeth, und unterhalten eine kranke Frau. Nach allem, was ich über die Menschen weiß, ist das nicht selbstverständlich.«

Elisabeth wäre am liebsten aufgesprungen und aus dem Raum gelaufen. Für einen kurzen Augenblick wurde sie sogar von Wut beherrscht, und ein Zittern ging durch ihren Körper, das Katharina, die noch immer ihre Hand hielt, zu spüren schien.

»Ich habe Sie in Verlegenheit gebracht, nicht wahr? Verzeihen Sie einer dummen Person wie mir.«

Elisabeth zog ihre verräterische Hand zurück. »Es gibt nichts zu verzeihen.«

»O doch, Elisabeth. Ich kenne viele Leute, die nicht kritisiert werden wollen, aber nur sehr wenige wollen nicht gewürdigt werden. Zu denen gehören Sie, und das habe ich nicht erkannt. Nun sind Sie mir noch lieber geworden, nun sind wir wahrhaftig Freundinnen.«

Elisabeth sprang auf, wobei der Sessel laut scharrend ein Stück nach hinten rutschte. Sie sah sich im Raum um, suchte nach irgendetwas, was ihre Hände umklammern konnten, suchte nach einem Thema, einer Ablenkung. Alles, alles war besser, als dieses Gespräch fortzuführen.

»Sie lesen?«, fragte Elisabeth und steuerte auf ein Buch zu, das auf dem Nachttisch lag. Sie nahm es, ohne auf den Titel zu achten, blätterte darin, ohne die Zeilen zu überfliegen, bloß um ihren Blick auf etwas richten zu können und Katharina nicht ansehen zu müssen.

»Ein wenig«, antwortete Katharina. »Wissen Sie, ich bin ja fast immer allein, denn mein Gatte hat derzeit tausend Dinge zu tun. Jetzt, wo ich im Bett liege, muss er sich verstärkt um die Brauerei kümmern, und das, wo gerade ein Komet am Himmel steht und er auch in der Nacht wach bleiben muss.«

»Ein Komet?«, fragte Elisabeth, die sofort hellwach wurde.

»Ja, meine Liebe. Das ist so ein – ein fliegender Lichtpunkt. Der Probst sagt, es sei ein unheilvolles Omen Gottes.«

Von Kometen hatte Elisabeth schon gehört. Tatsächlich galten sie als böses Vorzeichen für bevorstehende Missernten, Kriege und Seuchen. Sie wusste jedoch nicht, woher sie kamen und wohin sie flogen, und ihre genaue Bedeutung vermochten wohl nur die Kundigen zu entschlüsseln, die Astronomen.

»Was weiß Ihr Gatte über den Komet?«, wollte sie wissen.

»Nach dem zu urteilen, wie viel Zeit er mit dessen Erforschung verbringt, sicher einiges.«

»Hat er einen Namen?«

»Danach habe ich mich nicht erkundigt. Wenn ein Geist einen heimsucht, hat es keinen Sinn, ihm einen Namen zu geben. Sicher ist, dass der Komet nichts Gutes bringt. Katharina holte tief Luft.

»Lassen Sie uns von etwas anderem reden.«

Elisabeth unterdrückte mühsam das Bedürfnis, Katharina zu widersprechen, und erwiderte: »Wenn Sie es wünschen. Aber vielleicht schlafen Sie jetzt lieber? Sie sehen müde aus.«

»So? Ich schlafe andauernd. Ich will lieber mit Ihnen zusammen sein. Lesen Sie mir doch ein wenig aus dem Buch vor, wenn es Ihnen nichts ausmacht.«

Es machte ihr etwas aus. Sie dachte an den Kometen. Irgendwo da oben auf dem Dach standen die Instrumente, mit denen die Himmelskörper erforscht werden konnten, und womöglich war auch der Mann dort oben, der sie bediente. Instrumente, die den Kometen »heranholen« konnten, die zur Quelle seines Lichts vordrangen, dem Geheimnis seiner Herkunft nachspürten, seinen Lauf verfolgten ... Und sie, sie saß hier bei einer Frau herum, die wegen eines Unwohlseins im Bett lag.

»Wenn Sie es wünschen«, wiederholte Elisabeth monoton und schlug das Buch auf. Es war ein einfältiger Roman von der Qualität jener Stoffe, die Lil bevorzugte, nur dass hier keine Liebelei stattfand, sondern eine junge Frau auf der Suche nach frommen Taten war. Eine unsägliche Geschichte, die Elisabeth etwa so interessant fand wie die Moralvorstellungen Melanchthons. Ihre einzige Hoffnung war, dass Katharina bald einschlafen würde und sie sich dem eigentlichen Zweck des Besuchs widmen konnte.

Katharina schlief nicht ein. Nach einer Weile las Elisabeth bewusst gleichförmig, damit Katharina sie bat, damit aufzuhören, aber wiederum erreichte sie ihr Ziel nicht. Katharinas Blick ruhte unentwegt auf Elisabeths Gesicht, so als wolle sie es sich einprägen. Einem gütigen Engel gleich, lächelte sie.

Elisabeths Wunsch zu gehen verstärkte sich mit jeder Seite, die sie umblätterte, und während sie immer stockender und lustloser vorlas, überdachte sie die verschiedenen Möglichkeiten, sich zu entziehen: eine Nackenverspannung, Müdigkeit, irgendwelche Verpflichtungen. Nichts davon setzte sie in die Tat um. Sie las weiter, obgleich alles in ihr nach dem Gegenteil davon verlangte.

Dann, endlich, sie hatte schon geglaubt, es käme nie mehr dazu, endete das Kapitel. Das war ihre Gelegenheit. Sie wollte soeben demonstrativ das Buch zuschlagen, als Katharina sagte: »Was für eine schöne Stimme Sie haben, Elisabeth. Ich danke Ihnen für Ihre Mühe. Jetzt ist es an der Zeit für Sie aufzubrechen. Sehen Sie nur, es dämmert bereits.«

Elisabeth blickte überrascht zum Fenster. Tatsächlich leuchteten die Wolken über Danzig in jenem pfirsichfarbenen Licht, mit dem so viele Spätsommertage zu Ende gehen.

»O nein«, entfuhr es ihr. Die Zeit war schneller vergangen, als sie geglaubt hatte, und die Kutsche, die sie abholen sollte, war gewiss schon auf dem Weg.

Elisabeths verärgerter Blick streifte die Kranke, die jedoch nichts zu bemerken schien.

Katharina läutete nach einer Dienerin. »Gehen Sie nur, meine Liebe, damit man sich nicht um Sie sorgt.«

Das ließ Elisabeth sich nicht zweimal sagen. »Auf Wiedersehen, gnädige Frau«, sagte sie kurz.

»Katharina«, verbesserte die Kranke mild.

Elisabeth wartete nicht, bis die Dienerin kam. Überstürzt verließ sie das Zimmer, blickte sich um, orientierte sich, suchte den Weg zu Hevelius, zum Dach, zum Himmel, zum Kometen. Sie raffte ihr Kleid, lief schnell um ein paar Ecken, viel zu schnell für eine junge Dame in einem fremden Haus. Nur nicht wieder ergebnislos abziehen, nur nicht diese einmalige Gelegenheit verpassen, den Sternen einen Schritt entgegenzugehen!

Zwei Stufen auf einmal nehmend, sprang sie die lange, dunkle Treppe hinauf, wo sie Marek begegnet war. Sie hätte stürzen können, ausrutschen, doch das bedachte sie nicht. Sogar in dieser beinahe vollkommenen Dunkelheit ahnte sie die Pforte, warf sich dagegen – und fiel gleichsam in das Observatorium.

Johannes Hevelius wandte sich um. »Fräulein Koopman«, sagte er verwundert.

Sie schloss die Pforte hinter sich. »Oh«, rief sie atemlos vom Laufen. »Da muss ich mich wohl verirrt haben. Wenn ich aber schon einmal hier bin: Darf ich eintreten?«

Er machte eine steife, angemessene Verbeugung »Aber bitte, Sie sind ja schon drinnen.«

Ja, das stimmte. Mit einem einzigen Blick erfasste sie den Raum und seine gewaltige Fülle an Details, ganz so, als hätten ihr Verstand und ihr Herz genug Platz, um diese vielen Dinge aufzunehmen und zu verstehen. Vor ihr tat sich eine überdachte Fläche von etwa zwanzig Schritten im Quadrat auf, eine Art Halle, die von einigen Holzsäulen gestützt wurde und an der gegenüberliegenden Seite offen war. Dahinter war nur der Horizont; er hatte seine Farbe verloren und glitt in anthrazitgrauen Kontrasten in die Nacht.

Im Licht der Lüster schimmerten geheimnisvolle Instrumente wie Schätze in kühlem Blei oder warmem Messing. Rohre, Winkel, Bögen, Kugeln, Stäbe und Sicheln lagen herum, so als gehörten sie zur Werkstatt eines Alchimisten oder Hohepriesters. Und tatsächlich, in Elisabeths Augen war Hevelius spätestens jetzt ein Hohepriester der Wissenschaft. Überall um sie herum stapelten sich dicke Bücher auf Tischen, einige lagen auch auf dem Boden. Zeichenrollen quollen aus Truhen. Auf dem Pult bewegte sich ein Brief der Universität von Bologna im leichten Luftzug.

Dieser Ort, aus Rätseln und Geheimnissen gebaut, war so weit, so unendlich weit von dem tristen Koopman-Haus entfernt, dass er selbst ihre Träume überflügelte. In mehr als einer Hinsicht schwebte das Observatorium über den Dächern der Stadt. Von hier aus war die Welt des Geistes und der Wissenschaft zum Greifen nah. Jedes Buch, jeder Brief warf neue Fragen auf, die beantwortet werden wollten, und so gab es Arbeit für Jahrhunderte und Utopien für die Ewigkeit. In dieser Schatzkammer würde es ihr nie langweilig werden.

Wie durch eine Frühlingswiese aus altem Wissen, Schriften und Folianten schritt Elisabeth auf eine goldene Scheibe an der Wand zu. Sie hatte die Form des Mondes und die Größe ihres

Kopfes, war kunstvoll verziert und durchbrochen und schien mit den Ornamenten eher eine kultische denn wissenschaftliche Bedeutung zu haben.

Fasziniert von ihrer Schönheit und Form, blieb sie vor der Scheibe stehen.

Leise, beinahe andächtig, drang Hevelius' Stimme von hinten an sie heran. »Ein arabisches Astrolabium« erklärte er. »Etwa vierhundert Jahre alt. Gefällt es Ihnen?«

»Es ist – es ist wundervoll. Fast wie Schmuck. Oder nein, es *ist* Schmuck.«

Hevelius lächelte verständnisvoll. »Man hat es zur Winkelmessung benutzt, um die Position der Sterne zu bestimmen. Heute hat es selbstverständlich nur noch geschichtlichen Wert. Wir verfügen über Sextanten und andere Messgeräte, die wesentlich genauer sind als ein Astrolabium. Ich selbst habe diverse Messgeräte entwickelt.«

Jedes Wir und Ich näselte er ein wenig, was Elisabeth normalerweise gestört hätte, in dieser Stunde jedoch kaum auffiel.

»Und dies?«, fragte sie. »Ist das ein solches Messgerät?«

Er freute sich und spitzte die Lippen. »In der Tat, gnädiges Fräulein, das haben Sie richtig erkannt. Das Modell eines von mir verbesserten Sextanten. Im kleinen Maßstab, versteht sich.«

Sie betastete das schmucklose, gusseiserne Dreieck mit den eingravierten Zahlen und fragte sich, wie man damit wohl einen Stern vermessen könnte.

Es gab so viel, was zu erfragen wert gewesen wäre, dass sie sich nicht entscheiden konnte, womit sie anfangen sollte. Doch dann entdeckte sie dort, wo die Halle nicht mehr überdacht war und zur Terrasse wurde, ein Rohr, weit länger als das, welches Marek ihr gezeigt hatte.

»Das Auge Gottes«, flüsterte sie.

Hevelius hatte sie gehört. »Ach, Sie kennen es?«

»Vom Hören.« Sie schluckte. »Darf ich – darf ich einmal hindurchsehen?«

Hevelius spitzte erneut amüsiert die Lippen und verschränkte die Arme hinter dem Rücken. »Sehr gerne, Fräulein Koopmann. Ich wusste ja gar nicht, dass Sie sich für die Arbeit von uns Astronomen interessieren.«

Von der Terrasse aus gesehen, spann sich der blauschwarze Himmel über der ganzen Danziger Bucht von Pommerellen bis zum Ermland. Tausende Sterne blinzelten in dieser Nacht zur Erde, nur gelegentlich wurden einige von ihnen von einer Wolkenkarawane verdeckt und dann wieder frei gegeben. Wie lange hatte Elisabeth diesen Blick entbehren müssen! Wie lange war sie ohne die Nacht gewesen, ohne die Kühle, die Weite. Sie glaubte den Blick ihrer Mutter auf sich zu fühlen und wie sie sich mit ihr freute, diesen Moment zu erleben, hier oben, über den Dächern, umgeben vom Firmament wie von einem unendlichen schwarzen Mantel.

»Mein Gott«, hauchte sie, »diese Warte ist wie eine Burg, eine Sternenburg.«

Hevelius ließ sich diese Bezeichnung auf der Zunge zergehen. »Sternenburg. Sie haben eine poetische Ader, gnädiges Fräulein, zweifellos. Nun, Sie sind ja noch sehr jung – und eine Frau dazu –, Sie dürfen so reden. Sternenburg, sagen Sie? Das ist gar nicht einmal so übel. Wenn ich« – hier näselte er wieder – »wenn ich es ins Lateinische übertrage, was angebracht wäre, heißt es ›Stellaeburgum‹. Bisher hatte ich noch keinen Namen für meine Warte, also will ich sie fortan ›Stellaeburgum‹ nennen. Ihnen zum Vergnügen.«

Für Elisabeth blieb es die Sternenburg.

Vorsichtig näherte Sie sich dem Auge Gottes, dem Fernrohr, wie Marek es auch genannt hatte. Das Instrument war in die Höhe ausgerichtet, irgendwo mitten hinein in das alles überspannende Sternenzelt. Als sie nahe genug gekommen war, kristallisierte sich aus einem zunächst noch verschwommenen, orangegelben Punkt eine scharf umrissene Perle heraus, die einsam in der tiefen Finsternis leuchtete, die sie umgab.

»Jupiter«, näselte Hevelius.

Ohne den Blick von der Perle abzuwenden, flüsterte sie: »Wie schön er ist.«

»Schön?« Hevelius wippte auf den Füßen. »Nun ja, vielleicht ist er schön, in erster Linie aber ist er interessant. Können Sie neben Jupiter noch einige weitere Punkte erkennen, ganz klein? Man muss schon sehr genau hinsehen, sich konzentrieren, Geduld haben. Nein? Zugegeben, das Wetter ist leider nicht ideal. Im Winter, wenn kein Schleier über der Stadt liegt, erkennt man mit etwas Glück die vier Monde Jupiters. Ja, da staunen Sie, gnädiges Fräulein. Monde! Galilei hat sie entdeckt. Sie brachten zu der Zeit, als ich geboren wurde, das alte Weltbild ins Wanken. Unser Mond ist nicht der einzige, also ist unsere Erde auch nichts Besonderes.«

»Das habe ich immer gespürt«, unterbrach sie seinen Redefluss. »Mir stellte sich die Frage, warum eine Welt wie die unsere von so viel Schönheit und Perfektion umkreist werden sollte.«

Ihr Argument ließ ihn unbeeindruckt. »Nicht gerade eine wissenschaftliche Erklärung«, näselte er. »Doch immerhin, Sie haben sich mit dem Thema befasst und die für Sie bestmögliche Schlussfolgerung gezogen. Noch dazu die richtige.«

»Die Planeten kreisen also nicht um die Erde?«

»Keinesfalls! Kopernikus, Galilei und Kepler hatten Recht«, bestätigte er. Dann atmete er tief durch. »Jedoch – der Kampf zwischen dem alten und dem neuen Weltbild ist noch nicht entschieden. Da gibt es die komplizierte Theorie von Tycho Brahe – Sie haben davon gehört? – und etliche andere Versuche von Gottesleuten, der Erde ihren zentralen Charakter zu belassen. Und da gibt es Gott, dessen unsichtbare Hand als Erklärung für jede Bewegung am Firmament von den Feinden der Astronomie ins Feld geführt wird. Es wird noch vieler Forschungen und großer Überzeugungsarbeit bedürfen, um über liebgewordene Mythen und den Aberglauben der Ungebildeten zu siegen. Das ist unsere wahre Herausforderung, Fräulein Elisabeth, die Menschheit aufzuklären.«

Elisabeth lächelte. Hatte er sie soeben in diesem »unser« eingeschlossen? Sie war erregt, so als habe man sie geküsst. Nur jetzt nicht aufhören, nur jetzt nicht den Faden, an dem die Wunder des Universums aufgereiht waren, reißen lassen.

»Der Komet ist so ein Aberglaube, nicht wahr?«, sagte sie

»Oh«, rief er gedehnt, »ein sehr gutes Beispiel. Unheilsbringer werden sie geschimpft. Teufelsfeuer. Die Wohlmeinendsten nennen Kometen eine Störung der Ordnung des Universums. Dabei wissen wir noch sehr wenig über sie.«

»Wo ist er jetzt?«

»Er steht erst tief in der Nacht am Himmel.«

Elisabeth war ein wenig enttäuscht. Den Kometen würde sie zwar heute nicht beobachten können, doch sie hatte den Jupiter gesehen, so nah, als läge er wie Schmuck auf einem schwarzen Samtkissen und sie müsse nur die Hand nach ihm ausstrecken, und das vertraute Gesicht der Nacht mit seinem Frieden und seiner Stille war ihr nach langer Zeit wieder begegnet.

Da fiel ihr ein, wie ihre Mutter einmal gesagt hatte, dass sie den Mond liebe.

»Und was gibt es über den Mond zu wissen?«, fragte sie, so als höre Anna zu und sie tue ihr einen Gefallen.

»Der Mond, gnädiges Fräulein, der würde uns die ganze Nacht beschäftigen, was sage ich, sogar tausend Nächte. Vergessen Sie alles, was Sie bisher über ihn gehört haben. Er hat nichts mit Wolfsgeheul und satanischer Besessenheit zu tun, wie die Massen des Volkes glauben, selbst aufgeklärte, vernünftige Leute.«

Er ließ einen Atemzug verstreichen, der die Wichtigkeit der kommenden Aussage unterstreichen sollte. Sie merkte ihm die Freude an, mit der er sagte: »Der Mond ist einfach ein Himmelskörper, Fräulein Elisabeth, wie die Erde auch, mit Meeren, Wäldern und Bergen. Wenn Sie möchten, überlasse ich Ihnen mein Buch über den Mond, nebst einigen anderen. Nun sollte ich allerdings meine Lust am Argumentieren zügeln. Sie langweilen sich bestimmt entsetzlich, Fräulein Koopman.«

»Überhaupt nicht! Ich langweile mich kein bisschen und verstehe alles.«

Das meiste verstand sie wirklich. Ihr kam es vor, als seien bruchstückhafte Informationen über alle astronomischen Erkenntnisse tief in ihrem Innern bereits vorhanden und warteten nur auf Ergänzung, etwa wie bei jemandem, der als Säugling immer wieder eine Melodie vorgespielt bekam und sie Jahre später auf geheimnisvolle Weise pfeifen oder auf der Flöte wiederholen konnte. Von sich aus hätte Elisabeth nichts von allem, was Hevelius berichtete, erzählen können, allerdings kam ihr alles bekannt und irgendwie selbstverständlich vor.

Wenn das Wissen über den Mond, angefangen von den alten Kulturen bis zum heutigen Tag noch nicht gebündelt und vollständig war, dann würde das ihre erste Aufgabe als Astronomin werden.

Sie war glücklich und wusste, dass ihre Mutter mit ihr glücklich war.

Hevelius fühlte sich sichtlich geschmeichelt, so viel Aufmerksamkeit zu bekommen, doch bald zog es ihn zu seiner Arbeit. Er bot Elisabeth seine Kutsche an, aber sie lehnte ab. Sie wollte allein durch die Gassen gehen, zwischendurch nach oben schauen, die Mondsichel und den orangegelben Jupiter eine Weile begleiten und die Sterne auf sich ruhen fühlen.

»Darf ich wiederkommen?«, fragte sie.

Hevelius war in Gedanken schon halb abwesend. »Sicher, sicher dürfen Sie das. Ich würde mich geehrt fühlen. Guten Abend, Fräulein Koopman, guten Abend.«

Noch einmal blickte sie sich um, sah die Kerzen rußen, die Metalle der Astrolabien und Sextanten glänzen, das Papier der Bücher im sanften Licht schlummern, und alles atmete so viel Harmonie, Geheimnis und Erkenntnis, dass sie sich nur ungern davon trennte.

Einmal über all dieses Wissen verfügen, dachte sie, für eine einzige Nacht diese Instrumente besitzen, diese ungeheuren Möglichkeiten haben, etwas erfahren, das kein anderer Mensch zuvor erfahren hat ... Bei dieser Vorstellung stockte ihr der Atem.

»Ach ja, was ich Sie noch fragen wollte«, rief ihr Hevelius nach, als sie schon fast zur Tür hinaus war. »Wie geht es meiner Frau?«

Elisabeth hatte nach dieser Stunde auf der Sternenburg Mühe, sich an die Begegnung mit Katharina zu erinnern. Sie deutete ein Schulterzucken an. »Gut«, sagte sie. »Ich glaube, es geht ihr gut.«

Elisabeth erwartete, dass sie zu Hause gescholten würde. Sie hatte immerhin die Kutsche ignoriert und kehrte erst lange nach Einbruch der Dunkelheit zurück. Ihr Vater und Hemma warteten bereits auf sie, als Nore ihr die Tür öffnete. Cornelius wies mindestens dreimal darauf hin, dass es eine Viertelstunde bis zehn war, während Hemmas Augen immer kleiner und funkelnder wurden. Elisabeth musste detailliert begründen, weshalb sie derart spät kam, wobei sie das Gespräch mit Katharina überbetonte und bis weit nach Sonnenuntergang ausdehnte, die Begegnung mit Johannes Hevelius jedoch zu einer winzigen Minute degradierte.

Hemma holte ihr Taschentuch hervor und tupfte sich damit die – trockenen! – Augen, jammerte, dass sie ja nur ein Gast sei, eine arme Witwe, die vor Sorgen fast ohnmächtig geworden wäre, was wohl niemanden kümmere, am wenigsten Elisabeth. Als sie sogar einen Schwächeanfall bekam, der sich in plötzlichem, krampfhaftem Atmen bemerkbar machte, schimpfte Cornelius noch wütender als zuvor mit Elisabeth.

Das hätte das Ende aller weit gespannten Hoffnungen sein können, wenn nicht am nächsten Morgen ein Bote erschienen und eine von Johannes und Katharina unterschriebene Einladung für Elisabeth überbracht hätte.

Die Tante wollte jeden weiteren Besuch verbieten, aber Cornelius wagte nicht, den Stadtrat und nebenbei auch noch einen der reichsten Kaufleute Danzigs derart vor den Kopf zu stoßen, schon zweimal nicht, wenn es um eine fromme Sache wie die Aufmunterung einer Kranken ging. Hemma konnte so starke Atemprobleme bekommen, wie sie wollte, zum ersten Mal seit Jahren setzte sie ihren Willen nicht durch.

Und so nahm Elisabeth am nächsten Nachmittag in der Kutsche Platz – natürlich erst, nachdem sie sich mit dem liebreizendsten Lächeln der Welt von der Tante verabschiedet hatte.

8

In den kommenden Wochen fühlte Elisabeth sich wie von Zauberhand in die Höhe gehoben. Sie spürte endlich den ersehnten frischen Wind des Lebens statt der Verdrießlichkeit des Koopman-Hauses, denn sie erhielt Einblick in die Geheimnisse der Welt, und es gelang ihr außerdem, mit Marek in Kontakt zu kommen.

Elisabeth hatte einen Weg gefunden, ihm zu schreiben. Auf der Fahrt zu Hevelius dirigierte sie die Kutsche einfach über den Holzmarkt und lies sie vor der Backstube halten. Natürlich war ihr klar, dass der Kutscher von Tante Hemma beauftragt war, jede Besonderheit zu melden, trotzdem ließ sie ihn einmal pro Woche den Umweg machen und betrat das Geschäft.

Mareks Cousine, Luise Zolinsky, war eine Polin aus Grudziadz, die nach Danzig geheiratet hatte und dort ihren Mann ernährte, der mehr oder weniger nichts arbeitete, was sie jedoch nicht störte. Sie war eine lustige, kräftige Frau von siebenundzwanzig Jahren, die viel kicherte und den Duft von Zucker und Eiern verströmte. Ihre Wangen waren rot, füllig, fest und gesund wie Äpfel. Diebisch freute sie sich über den ersten Brief, den Elisabeth ihr übergab.

»Was für ein Abenteuer, gnädiges Fräulein! Ist es nicht wunderbar, Verschwörerin zu sein? Ich leite Ihr Brieflein weiter, verlassen Sie sich ganz auf mich. Aber es wird eine Weile dauern, bis Marek es bekommt. Ich kann den Brief nur jemandem zustecken, der bei der Feldpost ist.« An dieser Stelle kicherte sie. »Ein ziemlich aufregender Mann. Und den sehe ich leider erst nächste Woche wieder.«

»Wie lange wird es dauern?«, fragte Elisabeth.

»Marek ist weit weg, an irgendeiner Grenze. Man munkelt, die Schweden erklären bald den Krieg, und der Komet ist der Vorbote.«

Elisabeth wollte nicht über einen Krieg reden und legte Luise eine Münze in die Hand.

»Nicht doch, gnädiges Fräulein«, sagte Luise. »Wenn ich zwei Liebende glücklich machen kann, nehme ich doch kein Geld dafür.«

Dann kicherte sie und steckte die Münze zusammen mit dem Brief in ihre von Teig verschmierte Schürze.

Um gegenüber dem Kutscher – und damit der Tante – keinen Verdacht zu erwecken, kaufte Elisabeth gefüllte Apfeltaschen für Katharina.

In der Kutsche klopfte ihr Herz vor Aufregung. Nun, wo die

Zeilen nicht mehr in ihrem Besitz waren, blieb ihr nur zu hoffen, die richtigen Worte gefunden zu haben. Der erste Brief an Marek, den Elisabeth noch in Gegenwart ihrer Mutter verfasst hatte, war nie wieder aufgetaucht, vermutlich weil Anna ihn vor ihrem Selbstmord vernichtet hatte. Elisabeth hätte ihn mühelos erneut zu Papier bringen können, stattdessen hatte sie einen völlig neuen Brief geschrieben.

Mein lieber Nachtfalter,
die Zauberin hat lange gebraucht, Dir zu antworten. So viele Dinge sind passiert, vielleicht hast du ja schon vom Tod meiner Mutter gehört. Ich möchte nicht davon sprechen, nicht jetzt.
Zauberer müssen stark sein, das hast Du selbst geschrieben, und ich habe mir vorgenommen, stark zu sein, einfach weil ich sonst kaputtgehe.
Wo bist Du, Nachtfalter? Wie lange bleibst Du fort? Und was passiert, wenn Du zurückkommst?
Ich bin dem Himmel so nahe gekommen wie nie zuvor, jetzt möchte ich auch Dir nahe kommen.
Deine Zauberin.

Es war ein kurzer Brief, überraschend kurz, wie sie selbst fand. Doch sie hatte darin alles ausgedrückt, was sie bewegte. Lil erwähnte sie mit keinem Wort, so als gäbe es sie nicht, und sie sprach Marek auch in den zwei anderen Briefen, die sie ihm in den nächsten Wochen schrieb, nicht darauf an.

Als sie von Marek über Luise eine Antwort erhielt, noch dazu Worte, die seine Sehnsucht nach ihr bekräftigten, spürte sie, wie ihr ganzer Körper sich verwandelte. Bisher war Marek ihr auf eine eigentümliche Art wie ein Stern erschienen, ein faszinierendes, geheimnisvolles Wesen, schön und strahlend inmitten der kalten Nacht. Was sie zu ihm hingezogen hatte, war nicht körperlich. Später war die spielerische Freude an dem Abenteuer hinzugekommen, doch nun, ganz plötzlich, auch ein konkretes Verlangen nach diesem Mann. Sie wollte ihn spüren, mit ihren Händen berühren, von ihm berührt werden. Ja, sie wollte seine Zauberin bleiben, wollte seine Briefe lesen und den Reiz des Spiels aufrechterhalten, doch gleichzeitig merkte sie, dass ihr das nicht genügen würde.

Elisabeth bekümmerte kaum etwas in jenen Tagen, weder Hemmas schlechte Laune oder die Düsternis des Koopman-Hauses, noch die Tatsache, dass Lil sich zu empören anfing, weil sie keine Briefe von Marek erhielt. Die Zukunft war ein niedriges Hindernis, das leicht zu überspringen sein würde. Alles würde sich irgendwie und irgendwann zur Zufriedenheit aller regeln.

Das einzig Ärgerliche für sie war, dass sie die berechtigten Hochgefühle ausgerechnet Katharina und deren Zerbrechlichkeit zu verdanken hatte, denn ohne Katharinas permanente Unpässlichkeit wäre es unmöglich gewesen, das Haus zu verlassen. Während der folgenden Wochen, in denen Elisabeth jeden Montag und Donnerstag im Haus von Hevelius zu Gast war, konnte sie an der Astronomengattin keine Veränderung ihres Zustandes feststellen; manchmal empfing Katharina sie im Bett liegend, an anderen Tagen angekleidet auf der Chaiselongue, doch immer lächelte die Dame auf die gleiche nonnenhafte, leidende Weise, gerade so viel Leiden, dass es erkennbar war. Elisabeth hätte ihr dankbar sein müssen, aber sie wollte einfach nicht von ihr abhängig sein. Mehr noch als das störte sie, dass sie ständig von ihr gelobt wurde. Katharina sah in ihr ein Universum von Tugenden vereinigt, nannte sie anständig, hilfsbereit, aufmerksam, intelligent, wissbegierig, gutherzig, fraulich, freundlich ... Die Aufzählung der edlen Attribute nahm kein Ende, und bei jedem, das ihr angeheftet wurde, stach es Elisabeth in die Haut.

Sie betrachtete das Zusammensein mit Katharina als Pflichtstunde, gleichsam als steinigen Anstieg auf einen Hügel, bevor sie die Aussicht genießen durfte. Die Astronomengattin sprach mit ihr über alles, was Elisabeth gleichgültig war: über die Brauerei, über den guten Ruf des Bieres am deutschen Kaiserhof, über Haushaltsführung, architektonische Besonderheiten des Gebäudes, ihre verstorbenen Eltern und Hevelius' verstorbene Eltern ... Welches Thema auch immer Katharina aufgriff, zielsicher war es das falsche, ja, konnte nur das falsche sein.

Denn wenn Elisabeth ankam, war sie in Gedanken noch bei Marek, und je länger sie blieb, sehnte sie sich auf die Sternenburg hinauf, die sie immer zu Beginn der Dämmerung betrat und zusah, wie ein Licht nach dem anderen sich gegen den schwindenden Tag durchsetzte und am Himmel aufflammte. Angesichts des Mondes und der Sterne entzündete sich ihre Leidenschaft aufs Neue.

Wenn sie Hevelius nicht bei irgendeiner Arbeit zusah, las sie eine Stunde in einem der Bücher. Die *Selenographia* des Danziger Astronomen war, mit ihren sechshundert Seiten voller Beobachtungsergebnisse der Planeten und vor allem des Mondes, in mehr als einer Hinsicht schwergewichtig und hatte nichts mit der Leichtigkeit zu tun, mit der die silbrige Scheibe über den Schornsteinen der Stadt schwebte. Von dem aus feinem Urstoff bestehenden, göttlichen Gebilde, wie die Kirchen den Mond sahen, ließ Hevelius nichts mehr übrig. Falls Gott den Mond tatsächlich am vierten Tag erschaffen haben sollte, hatte er auf Ästhetik keine Rücksicht genommen. Unregelmäßig sei der Trabant, schrieb Hevelius, von fester Masse, vernarbt und vermutlich ausgesprochen heiß. Kepler vermutete dort gar gigantische Reptilien, die tags in der Tiefe der Mondmeere Kühlung suchten. Zwischen Berechnungen des Mondumfangs, der Entfernung von der Sonne, des Umlaufs und der vorhersehbaren Finsternisse, die Elisabeth weniger interessierten, leuchteten immer wieder Begriffe wie Mondmeere, Inseln und Berge auf. Eine regelrechte Landkarte des Mondes hing der *Selenographia* an, reich verziert und mit vielen Details versehen, dennoch ein wenig plump gezeichnet und zudem mit irdischen Entsprechungen versehen. So nannte Hevelius eines der Meere »Adria«, ein anderes »Mittelmeer«, und die Inseln trugen Namen wie »Kreta« und »Sizilien«. Ihr juckte es in den Fingern, eine eigene Karte zu zeichnen, eine genauere, schönere und intelligentere. Und da sich in der *Selenographia* kein einziges Wort fand über die Kräfte des Mondes und seinen Einfluss auf Mensch und Natur, bekräftigte dies Elisabeths Plan, in dem Trabanten das erste Ziel ihres Forschens zu sehen.

Hevelius zögerte anfangs, sie in Gesprächen mit seiner Wissenschaft bekannt zu machen, doch das lag nur daran, merkte sie, dass ihn ihre Fragen störten. Er wurde nicht gerne ausgefragt, lieber steuerte er selbst das Gespräch. Sobald Elisabeth das begriffen hatte – was nicht lange dauerte –, gab sie ihm nur ein Stichwort und ließ ihn dann einfach erzählen. Von jenem Tag an schüttete er sein Wissen wie ein Füllhorn über ihr aus. Er sprach von Bogenminuten, Oktanten, Doppelsternen und Kometen, von Kepler und Kopernikus, vom ersehnten Untergang des alten Weltbildes und welchen Anteil er daran tragen wollte, von Fernrohren und Okularen, den Linsen aus venezianischem Glas, das er selbst schliff, von seinen Beobachtungen des Mondes, Merkurs und Saturns. Er zeigte ihr, dass die Himmelsmechanik nicht von einem göttlichen Wort, sondern eher von einer Art Uhrwerk angetrieben wurde und dass die Bewegungen der Planeten mittels einer magnetischen Kraft erfolgten, so wie bei einem Uhrwerk alle Bewegungen durch Gewicht bewirkt wurden.

Hevelius drückte sich meist nüchtern und präzise aus, ähnlich den Uhrwerken, von denen er sprach, doch nicht einmal ihm gelang es, dem Mond und den Sternen ihre Magie zu nehmen. Sicher haftete Bogenminuten, für sich betrachtet, nichts Mystisches an, doch wenn Elisabeth sich vorstellte, wie sie mit Hilfe eines Zahlenwerks zu jeder Nachtstunde jeden Stern wiederfinden konnte, und sei er auch noch so klein und unscheinbar, wurde selbst die Bogenminute zu einer faszinierenden Sache.

Alles andere war während der Zeit auf der Sternenburg vergessen, nur Marek war dort oben noch präsent und tauchte immer wieder auf, manchmal zwischen einem Blick auf die leuchtende Venus und einer Theorie über die Entstehung von Sternschnuppen, ein anderes Mal bei der Berührung des bleiernen Fernrohrs oder dem Mondaufgang.

Sie wünschte sich Marek nach Danzig, wünschte, hier oben mit ihm zu stehen, in der Sternenburg, nur sie beide. Dann hätte Elisabeth alles gehabt, was sie zum Leben und Atmen brauchte. Dann hätte sie alles gehabt, was sie wollte.

Als Elisabeth an einem Oktobernachmittag das Zimmer Katharinas betrat, zuckte sie vor Schreck kurz zurück und blieb dann wie erstarrt stehen. Die Herbstsonne brachte die makellose Bettwäsche zum Leuchten, und mittendrin lag Katharina mit bleichen Lippen und schwarzen Schatten unter den Augen.

Wie war das möglich? Sie hatte Katharina erst vor drei Tagen besucht, und da hatte sie keine Veränderung bemerkt. Bei einer Tasse Tee hatten sie über den bevorstehenden Winter gesprochen und dass die Vorratskeller bald wieder mit Salzheringen und Räucherschinken gefüllt werden mussten. Danach hatte Elisabeth ihr wie üblich etwas vorgelesen und war beim fünften Schlag der Uhr gegangen – auf die Sternenburg, natürlich.

Eingefallene Wangen, eine farblose Haut, eine düstere Stirn; für einen Moment kam es Elisabeth vor, als läge eine völlig andere Person im Bett. Das immerwährende Lächeln war erstorben, und damit hatte ihr freundlicher Gesichtsausdruck sich verändert, war gleichsam zusammengebrochen.

Katharina hatte sie nicht kommen hören. Mit halb geschlossenen Augen blickte sie zur Decke und bewegte sich wenig. Doch dann ging ein Luftzug durchs Zimmer, den sie spürte.

Mühsam richtete sie sich ein klein wenig auf und streckte Elisabeth einen Arm entgegen, der allerdings sofort wieder auf ihren Körper niedersank. »Sie schickt der Himmel«, sagte sie halblaut. »Immer haben Sie etwas dabei, das mich aufmuntert. Sind es wieder Spezereien?«

Elisabeth hatte nicht mehr an das kleine Paket in ihrer Hand gedacht, das sie Luise wie üblich abgekauft hatte. »J-ja«, sagte sie und trat an Katharinas Seite. »Apfeltaschen.« Sie hatte ihr nie etwas anderes als Apfeltaschen mitgebracht.

»Wie viel Mühe Sie sich meinetwegen machen. Der Umweg zum Bäcker, die Kosten ... Sicher gibt Ihr Vater Ihnen wenig Geld zur persönlichen Verfügung. Sie denken zu viel an mich, Elisabeth, viel zu viel, das sollten Sie nicht.«

Elisabeths Kehle schnürte sich zusammen, und bevor sie etwas erwidern konnte, kam Johannes Hevelius herein. Sein Blick streifte Elisabeth nur kurz, bevor er auf seiner Frau ruhen blieb.

»Wie geht es dir, meine Liebe?«

»Sehr viel besser«, sagte Katharina, aber Elisabeth wusste sofort, dass das eine Lüge war.

»Keine Magenkrämpfe mehr?«

Katharina schüttelte den Kopf und gewann einen Atemzug lang ihr Lächeln zurück. »Nein, keine.«

»Und die Übelkeit?«

»Fast weg. Sieh, Elisabeth hat mir Apfeltaschen mitgebracht.« Sie nahm eine und steckte sie sich in den Mund, zum Beweis dafür, dass sie wieder Appetit verspüre. Erneut lächelte sie.

»Das ist gut.« Hevelius nickte.»Sehr gut.« Auch hier hörte Elisabeth sofort heraus, dass Hevelius es besser wusste.

Er blickte ihr lange in die Augen, bevor er durchatmete und sagte:»Fräulein Koopman, da ist ein Diener Ihres Vaters, der sie sprechen möchte. Er wartet draußen.«

Elisabeth wunderte sich, weil sie noch nicht lange von zu Hause weg war. Kaum hatte sie den Raum verlassen, als Hevelius hinter ihr herkam.

»Auf ein Wort, gnädiges Fräulein«, sagte er.»Es ist kein Diener für Sie gekommen, ich wollte Sie lediglich sprechen. Es geht um Katharina.«

»Ihr Zustand ist besorgniserregend, Herr Hevelius. Sie sollten unbedingt einen Arzt kommen lassen.«

»Der Arzt kommt bereits seit vier Monaten. Katharina hat eine Geschwulst im Bauch. Wussten Sie das nicht?«

Elisabeth zögerte.»Nein, ich ... Ich glaubte immer, Ihre Frau sei nur ein wenig unpässlich.«

»Wer sie kennt«, erwiderte er,»weiß, dass sie sich Unpässlichkeit niemals gestattet hätte.«

Hevelius hatte ohne jeden Vorwurf gesprochen, dennoch meinte Elisabeth einen zu hören. Sie kam seit mehr als acht Wochen hierher und verbrachte stets eine bis zwei Stunden mit Katharina, trotzdem war ihr nie der Gedanke gekommen, dass sie ernstlich krank sein könnte. Nein, sie kannte sie nicht. Wie sollte sie auch, da sie Katharina nie wirklich hatte kennen lernen wollen. Sie hatte sich mit ihr unterhalten und dabei immerzu an Marek und die Sternenburg gedacht, hatte sie nie *ange*sehen, sondern durch sie *hindurch*gesehen. Wangen fielen nicht innerhalb von drei Tagen ein. Katharina war abgemagert, ganz allmählich, ohne dass Elisabeth etwas aufgefallen wäre. Im Grunde war es so, als sei sie nie bei ihr gewesen.

»Die Apfeltaschen, die Sie ihr gebracht haben, waren in den beiden letzten Wochen beinahe alles, das sie gegessen hat.

Doch auch die hat sie wieder erbrochen, sobald Sie fort waren. Fräulein Koopman, Sie sind sehr freundlich gewesen, und es zeichnet Sie aus, dass Sie sich Katharina gegenüber nie haben etwas anmerken lassen.«

»Anmerken?« Elisabeth schluckte.

»Dass Sie sie stets wie eine Gesunde behandelt haben, meine ich. Und auch mich nicht über Katharinas Zustand ausgefragt haben. Sie besitzen Takt, Fräulein Koopman, ich weiß das zu schätzen.«

Elisabeth begann, sich mit jedem Atemzug elender zu fühlen.

»Meine Bitte wäre«, fuhr er fort, »dass Sie heute so lange wie möglich bei ihr bleiben. Sie hat zwischendurch Krämpfe. Nachher wird der Arzt noch einmal kommen, und natürlich sind die Dienstboten da, aber das wäre nicht dasselbe, als wenn Sie ihre Hand halten, Elisabeth. Bitte gestatten Sie, dass ich Sie so nenne. Sie sind Ihre Freundin. Katharina hat Sie lieb gewonnen und …«

»Natürlich bleibe ich bei ihr«, unterbrach Elisabeth ihn, weil sie ihm einfach nicht länger zuhören konnte. »Ich bleibe die ganze Nacht.«

Er nickte dankbar. »Ich werde einen Diener zu Ihrer Familie schicken. Ich schätze, man wird dort nichts dagegen haben angesichts dieser – Situation.«

»Und Sie, Herr Hevelius? Bleiben Sie nicht bei Ihrer Frau?«

»Sie schickt mich immerzu weg, sagt, ich solle gefälligst arbeiten. Der Komet, wissen Sie, kann nur noch heute beobachtet werden, und Katharina lässt einfach nicht zu, dass ich meine Zeit bei ihr verbringe. Sie nennt das eine Vergeudung.«

Für einen Moment verlor er die Kontrolle über sein Gesicht. Daraufhin wandte er sich ab und ging davon, eiliger, als man das von ihm kannte.

Elisabeth zitterte vor dem, was sie erwartete. Die Auseinandersetzungen mit Hemma, das Abenteuer mit Marek, der Gedanke an ein Leben im Koopman-Haus, ja, selbst der Tod ihrer Mutter hatten nicht das Gleiche in ihr ausgelöst wie das, was sie jetzt empfand. Sie hatte Angst, Katharinas Zimmer zu betreten, entsetzliche Angst vor dieser Frau, die im Grunde nichts anderes tat, als zu leiden und dabei für jeden ein gutes Wort zu haben. Vor keinem Gegner und vor keiner Herausforderung hatte Elisabeth je eine größere Ehrfurcht verspürt wie vor der Nacht, die vor ihr lag – und vor dem Spiegel, den Katharina ihr unwissentlich vorhielt.

»Da sind Sie ja wieder«, murmelte Katharina, als Elisabeth sich auf den Sessel neben dem Bett setzte. »Man wird Sie mir doch nicht fortholen, Elisabeth? Sagen Sie mir, dass das nicht passiert.«

»Keine Sorge, ich bleibe bei Ihnen. Es war nichts weiter.«

Erleichtert sackte Katharina in das große Daunenkissen zurück. »Dann ist es gut. Hat Johannes Ihnen erzählt, dass ich ihn fortgeschickt habe?«

»Ja.«

Katharina lächelte. »Er beschwert sich, aber im Grunde ist er nicht unglücklich darüber. Wissen Sie, Elisabeth, er hat zwei Seelen in seiner Brust, die Seele des Gatten und die Seele des Wissenschaftlers, und welcher er auch immer den Vorzug gibt, eine von ihnen ist unzufrieden. Ich käme nie auf den Gedanken, ihn schlecht zu nennen, weil er sich für einen Kometen ebenso interessiert wie für mich. Ein Vater liebt seine Kinder doch auch zu gleichen Teilen, nur dass es bei Johannes um seine Gattin und den Himmel geht.« Sie sah Elisabeth tief in die Augen, als sie hinzufügte: »Er ist ein guter Mann, glauben Sie mir. Nach einer Weile findet man das heraus.«

In ähnlicher Weise äußerte Katharina sich noch mehrmals im Laufe der folgenden Stunden. Sie erzählte viel von Hevelius und dem Zusammenleben mit ihm, und in jedem Satz, selbst einem kritischen, erklang die Liebe, die sie für ihn empfand. Nicht alles, was er tat, konnte und wollte sie begreifen, nicht alles hieß sie gut, und sie teilte keine Leidenschaften mit ihm – trotzdem hätte Katharina keinen anderen Mann auf der Welt lieber gehabt als diesen.

Zwischendurch wurde sie von Krämpfen geschüttelt. Ihr ganzer Körper geriet dann in Aufruhr, so als hänge er an Fäden, die ein anderer zieht. Es war entsetzlich, das mit anzusehen, ohne etwas tun zu können.

Kurz vor Einbruch der Dunkelheit kam der Arzt vorbei und flößte ihr eine Tinktur ein; später brachte man ihr eine Hühnersuppe, die Elisabeth ihr mit einem kleinen Silberlöffel nach und nach einflößte. Bald darauf erbrach Katharina alles. Sie hatte Mühe zu sprechen und bat darum, vorgelesen zu bekommen. Elisabeth kam ihrem Wunsch nach, aber weder verstand sie, was sie da las, noch hörte Katharina ihr wirklich zu. Es war gespenstisch, es war das Warten darauf, dass irgendetwas passiert.

Hevelius sah gegen Mitternacht noch einmal nach seiner Frau, doch weder sie noch er schienen sich dabei wohl zu fühlen, dass er neben dem Bett stand und nichts sagen und tun konnte. Nachdem er gegangen war, rannen Tränen aus Katharinas Augen. Sie griff Elisabeths Hand und ließ sie von da an nicht mehr los, selbst im Schlaf nicht.

Lautlos verstrich die Zeit. Elisabeth rührte sich kaum noch. Der Nacken und der ganze Rücken schmerzten, und der Arm, den sie Katharina gereicht hatte, kribbelte, wurde gefühllos und kribbelte erneut. Die Zunge klebte ihr am Gaumen. Wie gefesselt kam sie sich vor, wie in einem Kerker. Die Luft war heiß und stickig. Oder bildete sie sich das ein? Die Stille bedrückte sie, denn umso lauter vernahm sie die Stimme des Selbstvorwurfs in ihrem Innern. Und die zermürbte sie.

Eingerahmt vom Fenster, zog draußen der zunehmende

Mond seine Bahn, verschwand, tauchte in einem anderen Fenster wieder auf und verschwand erneut, so als würde er Elisabeth locken wollen. Gerade jetzt sehnte sie sich nach seinem Anblick, nach frischer Luft, weiß schimmernden Wolken in blauer Nacht, und doch durfte sie ihren Platz nicht verlassen und wollte es auch nicht. Die Hand, die sie festhielt, brauchte sie.

»Sie lieben die Nacht, nicht wahr?« Katharina war erwacht und lächelte. »Das Fenster, Johannes ist ebenso davon fasziniert. Fenster bannen ihn, ob beim Abendessen oder am winterlichen Kamin. Bei uns werden die Läden deshalb nie geschlossen.«

Elisabeth nickte. »Ich liebe die Nacht, das ist wahr. Ich liebe die Sterne und den Mondschein. Und eines Tages möchte ich den Himmel erforschen wie Ihr Mann.«

Sie hatte noch niemandem in dieser Deutlichkeit davon erzählt, keinem Menschen, nicht einmal ihrer Mutter oder Marek. Doch dieser Frau gegenüber wollte sie sich keine Unehrlichkeit mehr leisten. Viel zu viel hatte sie ihr vorgespielt, viel zu sehr hatte sie sie benutzt.

Elisabeth schluckte. »Ich bin nicht der Mensch, den Sie in mir sehen, Katharina. Ich bin anders …«

»Leidenschaftlich sind Sie, das habe ich vom ersten Moment an gespürt«, unterbrach sie Katharina. »Was für mich nicht schwierig war: In Ihnen wohnt dasselbe wie in Johannes. Ich lese es in ihren Augen, Elisabeth, so deutlich, als stünde es in einem Buch, in diesem dort drüben zum Beispiel, das Sie so wenig mögen. Erschrecken Sie nicht, meine Liebe, dazu haben Sie keinen Grund. Ich habe Ihnen nichts zu verübeln, denn ich habe durch Sie nichts verloren, im Gegenteil. Ich wünschte sogar, ich wäre ein kleines bisschen so wie Sie.«

Elisabeth senkte den Kopf. Ihre Lippen zitterten. »Wie können Sie so etwas sagen?«

»Weil es stimmt. Es hätte meine Ehe reicher gemacht. Zwar

war es keine schlechte Ehe, aber eine schlichte. Ich konnte Johannes nichts von dem geben, was er sich am meisten wünschte. Wie sehr habe ich es versucht, Gott ist mein Zeuge, doch es lag nicht in meiner Natur.«

Der Wille, aufrichtig zu dieser Frau zu sein, erfasste Elisabeth. »Ich wünschte auch, ich hätte etwas von Ihnen.«

Katharinas Augen leuchteten auf. »Sie machen sich Gedanken, ob sie gut genug sind vor den Augen des Herrn? Ein Mensch, der den Mondschein liebt, kann nicht schlecht sein.«

Elisabeth schluckte. »Und doch – manchmal ...«

Katharina unterbrach sie. »Etwas Schöneres als Sie hätte mir niemand sagen können. Dass sie ein wenig so sein wollen wie ich, das gibt meinem Leben einen Sinn. Sie haben mir etwas Wunderbares gegeben, Elisabeth, und ich glaube, das wird Ihnen einmal vergolten werden.«

Plötzlich ging ein weiteres Beben durch den Körper der Kranken, stärker als zuvor. Sie riss die Augen auf, zog Elisabeth zu sich heran, umschlang sie und hielt sie in einer verzweifelten Umarmung fest.

»Gehen Sie nicht!«, rief sie.

»Ich gehe nicht.«

»Bleiben Sie, Elisabeth.«

»Ich bleibe.«

»Ihr Platz ... ist hier. Ihr Platz ist ...«

Ein entsetzliches Röcheln entstieg ihrer Kehle, zweimal noch holte sie Luft. Dann, ganz langsam, lösten sich ihre Arme von Elisabeths Schultern, und ihr Kopf sank nach hinten.

Leblose Augen starrten Elisabeth an.

Elisabeth konnte nicht atmen. Sie konnte sich nicht bewegen. Dann riss sie sich los und stolperte durch das Zimmer. Mit einem gewaltigen Ruck zerrte sie das Fenster auf und atmete die kalte Oktoberluft ein. Eine Bö schlug ihr entgegen und spielte mit den Läden.

Elisabeths zitternde Faust ballte sich vor ihrem Mund, die andere Hand umklammerte den Fensterrahmen.
Sie traute ihren Augen nicht. Die Welt schien keine Notiz von dem zu nehmen, was sich gerade ereignet hatte. Gelassen blinzelten die Sterne, sorglos streifte der Orion über Danzigs Dächer. Ein erster, blässlicher Schein im Osten kündete vom Nahen eines neuen Tages.

Elisabeth war wütend auf die Sterne, die Augen des Himmels, weil sie ungerührt blieben angesichts des Elends auf diesem Planeten, auch angesichts *ihres* Elends. Menschen kamen, wuchsen und vergingen, wuchsen und vergingen, wuchsen und vergingen in unentwegter Folge, und die Sterne blieben. Ewig und unsterblich wie die olympischen Götter thronten sie gleichmütig in höchsten Höhen und sahen zu, wie sich ganze Generationen in Kriegen verschlissen, wie Völker und Kulturen versanken, wie Krankheiten umherschlichen und wie selbst die Besten unter den Menschen eines unwürdigen, gemeinen Todes starben. Die Unbeflecktheit der Sterne, des Göttlichen, hatte etwas Provozierendes, und Elisabeth wünschte sich einen Augenblick lang, sie mit dem Dreck der Erde bewerfen zu können.

Doch mit jedem Lidschlag fiel ein Funken des unsinnigen Zorns von ihr ab, und bald strömte wieder die gewohnte, tröstliche Atmosphäre von der Himmelskuppel nieder.

Tief durchatmend strich sie ihr Kleid glatt. Sie nahm sich ein Herz und schloss Katharina die Augen, faltete ihre Hände auf der Brust und strich ihr eine Haarsträhne zurück, die sich aus dem lockeren Knoten gelöst hatte.

Mit weichen Schritten stieg sie auf die Sternenburg hinauf. Hevelius arbeitete auf der Terrasse. Abwechselnd blickte er durch das Fernrohr und machte sich Notizen. Er wirkte erschöpft, trotzdem hatte er offensichtlich die ganze Nacht den Himmel beobachtet.

Elisabeth bewunderte diese Beharrlichkeit. Die Vorstellung,

selbst in den Nächten zu arbeiten, wenn die Welt schlief, und inmitten andächtiger Ruhe ihr Werk zu tun, behagte ihr.

Über die Mondtupfer auf den Steinkacheln schreitend, näherte sie sich. Als er aufblickte, sah sie in seine entzündeten Augen.

Hevelius verstand sofort.

Er wandte sich von ihr ab dem westlichen Horizont zu. »Der Komet ist gegangen«, sagte er mit belegter Stimme. »Ein kurzes, stilles Aufleuchten, dann war er verschwunden. Er ist für immer fort.«

Zweiter Teil
Das Meer der ersten Nacht

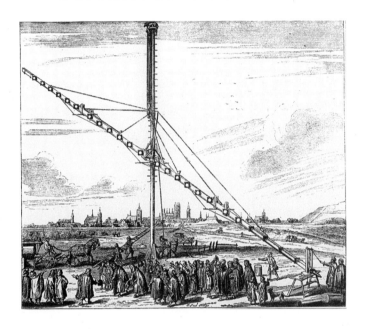

9

Er lag in einem Heuschober, neben ihm diese Frau. Die Luft war staubig und von Spreu durchsetzt, die ihm in der Kehle juckte. Schon lange hatte er sich nicht mehr so unwohl gefühlt wie an diesem Morgen. Aber warum? Es war ein heiterer Sonnenaufgang nach einer heiteren Nacht, die Schwalben bauten emsig ihre Nester in der Scheune, der Krieg gegen die Schweden war weit weg. Und doch war diese friedliche Stunde für Marek voller Unruhe, so als fliehe er vor etwas.

Der schlanke Körper der jungen Frau streckte sich zu ihm hin, den Kopf dicht bei ihm und die Füße weit weg. Er hatte gestern Abend in diesem Gehöft nur um ein Quartier für die Nacht ersucht, und herausgekommen war nun das. Die Frau – wie hieß sie noch? – hatte ihm bei der Vesper erzählt, dass ihr Mann, der Besitzer des Gehöfts, vor einer Woche gestorben sei, dass sie von ihm sechs Jahre lang behandelt worden sei wie die dreihundert Stück Vieh, die er sein Eigen genannt hatte, und dass sie schon gar nicht mehr wisse, was Vergnügen bedeutete. Er hatte keine Ahnung, ob sie die Wahrheit sagte. Sie wirkte nicht wie eine Frau, die sich unterdrücken ließ, im Gegenteil. Vielleicht hatte sie ihren Mann mit dem unstillbaren Wunsch nach Lust und Liebe ins Grab getrieben, vielleicht hatte sie ihn umgebracht, um das Gut zu erben und bald einen anderen Mann zu ehelichen. Doch das war ihm gestern gleichgültig gewesen. Zum ersten Mal, seit er denken konnte, schlief er nicht deswegen mit einer Frau, weil sie es wollte, sondern weil er es wollte, nur er allein. Sie war entzückt gewesen, wie rasch er auf ihr Werben einging, und vielleicht spürte sie auch, dass sie keine Rolle spielte und dass er auch mit jeder anderen Frau die Nacht verbracht hätte, aber das alles kümmerte ihn so wenig wie sie. Das waren keine Liebenden und keine Genießer, die da die Nacht zusammen verbrachten, sondern zwei Fliehende, die es nötig hatten zu vergessen.

Marek erkannte sich selbst nicht wieder. Vor einem Jahr, vor Danzig, hatte er Freude an anderen Frauen. Mit dieser hier, die seinen Wein aus dem Schlauch getrunken hatte, als wäre es der letzte ihres Lebens, die ihm Lügengeschichten erzählt, ihn in die Scheune geschleppt und in seine Hose gegriffen hatte, hätte er sich damals nicht zusammengelegt. Ohne Freude hatte er in der Nacht sein Können gezeigt, so wie man einen eingeübten Schlachtplan befolgt, und dieser Frau – ihm wollte der Name absolut nicht einfallen! – alles gegeben, was sie erwartete. Jetzt schämte er sich dafür. Er, Marek Janowicz, schämte sich, mit einer Frau geschlafen zu haben!

Elisabeth, das war der Name, vor dem er davonlief. Fünfzehn Jahre, fast noch ein Mädchen, auf den ersten Blick unscheinbar – aber auf den zweiten! Ihre Lust an der Heimlichkeit, ihr Aufbrausen, als sie nicht bekam, was sie begehrte, der Trotz, mit dem sie ihm antwortete, obwohl sie das Gegenteil dachte, ihre Begeisterungsfähigkeit ... Anfangs war es die übliche Verbundenheit gewesen, die ihn zu ihr hinzog: Sie freiheitsliebend, er ebenfalls, das schrie geradezu nach einer gemeinsamen Nacht. Er hatte ihr einen Kosenamen gegeben, einen Brief zugesteckt und sie in eine kleine Verschwörung hineingezogen, in ein Spiel, bei dem er und sie die Spieler waren und die übrige Welt das Spielfeld, ein Spiel, das er schon hundertmal gespielt hatte mit anderen Frauen als Komplizinnen. Auf seine Weise war er aufrichtig zu Elisabeth gewesen: Er hatte sie wirklich wiedersehen, sie in seiner Nähe haben wollen. Jetzt war er sich dessen nicht mehr so sicher.

So schnell billigte er niemandem zu, einen beherrschenden Platz in seinem Kopf oder sonstwo in seinem Körper einzunehmen. Er fühlte sich stark zu Elisabeth hingezogen, so weit war das noch in Ordnung. Am liebsten wäre er wie der Goldregen des Zeus durch das Fenster in ihr Zimmer eingedrungen und hätte eine Nacht mit ihr verbracht. Vor allem anderen hatte er Angst. Er hatte Angst vor diesen Briefen, die sie ihm schrieb, denn die Worte setzten sich wie die Glieder einer Kette zusammen und fesselten ihn. Sie schrieb, ihre Mutter sei gestorben: Er bekam Mitleid. Sie schrieb, die Verhältnisse im Haus seien noch schlimmer geworden: Er spürte das Bedürfnis, dort vorbeizugehen, sie auf sein Pferd zu zerren und mit ihr fortzureiten. Sie schrieb irgendetwas: Er hörte ihre Stimme. Jeder Brief hallte wieder und wieder in ihm nach, ein ewiges Echo, das ihn nach Danzig rief. Er war drauf und dran nachzugeben, aber er kämpfte dagegen an. Darum hatte er sich bis vor kurzem auch geweigert, Lil den von Elisabeth gewünschten Brief zu schreiben und ihr einen Korb zu geben. Noch nie hatte er einer Frau zuliebe eine andere enttäuscht. Nur Verliebte machten so etwas, warum also sollte *er* es tun? Solange er Lil nicht geschrieben hatte, war auch seine Beziehung zu Elisabeth noch offen. Doch dann, vor wenigen Tagen, hatte er Lil in einer schwachen Stunde, in der ihm Elisabeth so sehr gefehlt hatte, geschrieben. Bereits am nächsten Tag hätte er sich dafür ohrfeigen wollen. Alles, was in den vergangenen Stunden geschehen war, war im Grunde eine Ohrfeige für ihn gewesen, sein Kampf gegen das, was mit aller Macht entstand.

Zwei nach dem Essen des Vorabends riechende Hände krochen schläfrig über seine spärlich behaarte Brust, und gleich darauf hob sich müde ein Kopf aus dem Stroh.

»Du bist noch da?«, sagte sie enttäuscht, und ihr Atem, der den billigen Armeewein ahnen ließ, streifte ihn. »Ich dachte, du wärst schon fort.«

»Wieso sollte ich?«, fragte er, obwohl er keine Lust hatte, ein Gespräch mit ihr zu beginnen.

»Mein Mann kommt heute von einem benachbarten Gut zurück, auf dem er gestern ausgeholfen hat. Besser, du gehst, bevor er dich sieht.«

Er war nicht überrascht, dass der Gutsherr, der gestern tot gewesen war, heute lebendig aus seinem Grab stieg. Sie war eine Lügnerin, eine Betrügerin, und hatte ihn ausgenutzt, das war ihm von Anfang an klar gewesen.

Sie lachte rau. »Das wäre ein Fest, dich und ihn kämpfen zu sehen. Er ist dreimal so breit wie du und hätte keine Hemmungen, dich mit der Mistgabel aufzuspießen. Da hilft dir auch deine Uniform nicht – mein Mann würde sogar den König aufspießen, wenn er ihn mit mir sähe.«

Sie lachte und hustete, während sie sich ihr Kleid griff und das Scheunentor aufstieß. Fast schien sie enttäuscht, dass statt ihres Mannes mit der Mistgabel ein breiter Sonnenstrahl eindrang. Ein letzter Blick von ihr, bevor sie verschwand, sagte alles: Er war für sie ein räudiger Köter, sie war die Hündin, und die ganze Welt war nichts als ein fauler Apfel, auf dem man sein Geschäft verrichten durfte.

Ekel packte ihn, mehr vor sich selbst als vor ihr. So sehr unterschied er sich gar nicht von dieser Frau. Auch er log und betrog, auch er hinterging Menschen, und obwohl er glaubte, es für eine gute Sache zu tun, nämlich für die Lust und die Freude, tat er es, wenn er ehrlich war, am Ende nur für sich selbst, für *seine* Bestätigung. Solange er mit einer Frau schlief und damit die Regeln der Gesellschaft brach, war er in den Augen der Frau ein Held. Um ihn ging es. Um seine Besonderheit. Nur dann war er zufrieden, wenn er bewundert und begehrt wurde. Er war das Maß, und die anderen waren die Dinge.

Betont langsam zog er seine Uniform an. Die Jacke ließ er offen, weil das bequemer war und männlicher aussah und weil er im Fall eines Kampfes beweglicher sein würde. Tatsächlich wartete er geradezu auf den Gatten, dem er die Hörner aufgesetzt hatte. Ein Held war er eigentlich nur in Liebesnächten, der nächste Morgen machte ihn ein gutes Stück gewöhnlicher. Weder als Soldat noch als Mensch lieferte er herausragende Leistungen, und offenen Konfrontationen ging er lieber aus dem Weg, denn sie schüchterten ihn ein. Aber heute nicht. Heute drängte es ihn zu einem Kampf gegen Goliath, dem er entweder den Schädel einschlagen oder – was wahrscheinlicher war – von ihm den Schädel eingeschlagen bekommen würde. Er würde um eine Frau streiten, für die er nichts empfand, ja, deren Namen er sich noch nicht einmal merken konnte.

Plötzlich war er mutig. Plötzlich war er streitbar. Plötzlich bedeutete ihm das, was er als Einziges beherrschte – die Nächte mit Frauen – nichts mehr, während das, was er immer geleugnet hatte, von ihm Besitz ergriff: Liebe.

Nannte man das nicht Liebe, wenn es jemand zustande brachte, dass man alles für ihn tun würde? War es nicht die Liebe, die mutig machte und auch ein wenig irrsinnig? Brachte die Liebe nicht völlig neue Seiten in einem Menschen zum Vorschein, Seiten, von denen man nichts gewusst, die man selbst nie in sich gesehen hatte?

Als Marek die näher kommende Gestalt auf der Weide sah, wusste er mit einem Mal, dass er Elisabeth liebte. Sie hatte hiermit nichts zu tun, und doch war sie die Ursache davon. Wäre es nicht verrückt, dachte er, wenn er in dem Moment, wo er zu lieben begann, von einer Mistgabel niedergestreckt würde?

Er saß auf sein Pferd auf und ritt über die Weide der Gestalt entgegen.

Elisabeth hatte einen harten Winter erlebt. Der Tod Katharinas hinterließ Spuren, einerseits tief in ihr, zum anderen äußerlicher Art: Sie war des einzigen Grundes beraubt, das Haus allein verlassen zu dürfen. Obwohl sie auch in den vergangenen Monaten nur an zwei von sieben Wochentagen diesen Vorzug genossen hatte, war es ihr häufiger vorgekommen. Bereits dienstags hatte sie sich auf den Donnerstag gefreut und freitags schon auf den Montag. Die Zeit dazwischen war kurzweilig und leichter zu ertragen gewesen.

Davon war nichts mehr zu spüren. Übergangslos endete die schöne, spannende Zeit; mit Katharina war auch Elisabeths erkämpfte Freiheit ins Grab gesunken, und die eiserne Hausordnung von Hemma und Cornelius hatte sie wieder in den vier Wänden festgeschmiedet.

Dieser Rückschlag traf sie härter, als wenn sie nie das Haus hätte verlassen dürfen. Da sie die Sternenburg kannte und alles, was sie enthielt, die Bücher und Instrumente, fehlte sie ihr, und da sie die Güte Katharinas kennen gelernt hatte, kam ihr das Koopman-Haus ohne Anna unwirtlicher vor denn je. Die Menschen, die sie lieb gehabt hatten, waren verschwunden, zuerst ihre Mutter, nun Katharina, und bei beiden hatte sie zu lange nicht erkannt, was sie ihnen verdankte. Nun war nur noch Lil übrig. Lil und viele, viele Träume.

Der Raum um Elisabeth wurde kälter und leerer.

Zu allem Übel kam noch hinzu, dass der Plan, sie solle den Haushalt führen, Gestalt annahm. Sie spürte, wie sich die Schlinge um ihr Leben enger zuzog, und zeitweise fragte sie sich, ob das nicht die gerechte Strafe für all ihre Lügen und Betrügereien war. Andererseits war sie nur dadurch auf die Sternenburg gekommen und hatte Marek getroffen, zwei Begegnungen und Leidenschaften, von denen sie in den dunkler werdenden Tagen zehrte.

Einen einzigen Nutzen zog Elisabeth allerdings aus ihrer neuen, ungeliebten Aufgabe als Haushälterin, und diesen konsequent.

Nach Katharinas Tod war ihre Verbindung zu Marek vorübergehend abgerissen. Bei den wenigen Spaziergängen durch das feuchte Danziger Novemberwetter waren immer Hemma und Lil dabei, und mit welcher Begründung sollte Elisabeth eine Abweichung der Route über den Holzmarkt bewirken und dann auch noch ohne die anderen in die Backstube gelangen? Die einzige Möglichkeit, allein Ausgang zu bekommen, hätte darin bestanden, einen Besuch an Katharinas Grab vorzugeben. Elisabeth rang mit diesem Plan. Die Vorstellung, Mareks Briefe würden sich bei Luise stapeln, machte sie fast wahnsinnig; umgekehrt schrieb sie selbst einen Brief nach dem anderen, nur um ihn gleich darauf zu verbrennen, aus Angst, Nore könnte ihn finden. Doch Katharina ein weiteres Mal zu missbrauchen, noch dazu im Tod, kam Elisabeth widerwärtig vor. Und widerwärtig wollte sie niemals werden, denn das hieß, so zu werden wie Hemma.

Von jenem Tag an, da Elisabeth unversehens mit dem Kontakt zu Lieferanten beauftragt war, entstand für sie auch die Notwendigkeit, gelegentlich das Haus zu verlassen. Sie durfte es nicht übertreiben, aber einmal jede Woche für zwei Stunden war akzeptabel, ohne dass Hemma misstrauisch würde. Manchmal nutzte Elisabeth die knapp bemessene Zeit, indem sie an der Sternenburg vorbeilief und hinaufschaute. Den Astronomen zu besuchen wäre allerdings nicht schicklich gewesen – Damenbesuch in der Trauerzeit hätte ein korrekt denkender Mensch wie Hevelius sicher nicht geduldet.

Die meisten Abstecher führten Elisabeth also zu Luise. Es war für sie, die Zauberin, die schönste Stunde, Marek ein paar Seiten zu schreiben. Sie berichtete ihm von den weniger schönen Seiten ihres Lebens, aber auch von den anderen, von Hevelius und der Sternenburg, von den Büchern und Instrumenten, vom Jupiter, dem Kometen und vom Mond. Marek hingegen schrieb nur wenige Briefe, die gegenüber den ersten deutlich abfielen. Nicht, dass er unfreundlich oder kurz angebunden gewesen wäre, aber er traf nicht mehr denselben Ton wie früher. Sie schrieb es den Umständen zu, den Vorbereitungen eines Feldzuges. Die Schweden hatten tatsächlich den Krieg erklärt, und man vermutete ihren Angriff für kommendes Frühjahr im polnischen Nordosten, irgendwo im Großfürstentum Litauen. In der Vergangenheit hatten Kriege an Polens Grenzen gegen die Schweden, Türken, Tataren und ukrainischen Kosaken mitunter ganze Dekaden gedauert, und manche Offiziersfrauen sahen ihre Männer für Jahre nicht.

»Wenn man einen Mann hat«, sagte Lil während der Adventszeit zu Elisabeth, »will man doch auch, dass er zu Hause ist. Darum hoffe ich für Marek auch auf eine Stadtkommandantur. Als Starost braucht er nicht herumzuziehen wie ein Barbar.«

»Noch ist er nicht dein Mann«, entgegnete Elisabeth ungeniert. Es störte sie, dass Lil so tat, als stehe ihre Hochzeit unmittelbar bevor, obwohl sie nur ein paar Worte mit Marek gewechselt und seit Monaten nichts von ihm gehört hatte.

»Er muss«, entgegnete Lil. »Er hat mich geküsst. Er hat mich einen Engel genannt. Er liebt mich. Ich liebe ihn.« Diese Sätze sprach sie aus, als wären es die göttlichen Gebote. Als Weihnachten vorüberging und noch immer keine Nachricht gekommen war, wurde Lil allerdings ruhelos. Sie ahnte, dass etwas nicht nach ihren Wünschen verlief, und solche Zustände hasste sie wie nichts anderes auf der Welt.

Es hielt sie nicht mehr im Haus, und da Hemma bei Schnee und Regen keine Spaziergänge machte, schloss sie sich einfach Elisabeths »Lieferantengängen« an. Für Elisabeth wurde es mal wieder unmöglich, bei Luise vorbeizuschauen. Wochenlang, bis in den März, konnte sie keine Briefe abholen und abgeben, und das, obwohl Marek bestimmt Post von ihr erwartete, und umgekehrt natürlich sie von ihm. Zu den unmöglichsten Tageszeiten konnte sie versuchen, aus dem Haus zu schleichen, immer lauerte Lil schon auf sie, ausgehfertig von der Haube bis zu den Schuhen, und spazierte mit ihr an der Mottlau entlang durch Danzigs Händlerviertel. Sowohl die Sternenburg als auch der Holzmarkt blieben für Elisabeth tabu.

Bis sie eines Tages alles auf eine Karte setzte und Lil zur Backstube mitnahm.

Gerne tat sie das nicht, und zwar aus zwei Gründen. Zum einen war es gewagt, in Lils Beisein Briefe mit Luise auszutauschen, zum anderen war es auch pikant, ja, geradezu infam. Während Lil sehnsüchtig auf eine Nachricht von Marek wartete, würde sie, Elisabeth, einen ganzen Packen von Nachrichten in Empfang nehmen, noch dazu buchstäblich hinter Lils Rücken.

War es nicht an der Zeit, Lil die Wahrheit zu sagen und an ihr Verständnis zu appellieren? Was, wenn sie Lil die Briefe zeigte? Wenn sie sie inständig bitten würde, ihr zu verzeihen und ihr zu helfen? Lil wäre gekränkt, ganz bestimmt, aber würde sie so weit gehen, sie zu verraten? Natürlich war es vorerst einfacher, alles zu belassen, wie es war. Aber war es deswegen auch richtig? Außerdem: Wie sollte Elisabeth jemals Mareks Frau werden, wenn kein deutliches Wort gesprochen würde?

Als Elisabeth über den Holzmarkt ging, wusste sie noch immer nicht, was sie tun sollte, obwohl sie während der ganzen letzten Nacht und noch während des Spaziergangs mit Lil gegrübelt hatte, bis ihr der Kopf schmerzte. Mit Betreten der Backstube musste sie eine Entscheidung fällen, und so beschloss sie, alles dem Schicksal zu überlassen. Falls Lil etwas von den Briefen bemerken oder Luise, die Situation verkennend, etwas Ungeschicktes sagen würde, dann sollte es eben so sein. Dann käme zum Vorschein, was an die Oberfläche drängte.

Der Geruch von frischem Brot und Rosinen schlug Elisabeth

entgegen. Hinter einer verblichenen Holztheke stand Luise mit einem Berg Laibe in den großen Händen.

»Guten Morgen, Luise«, sagte Elisabeth mit unsicherer Stimme.

»Oh, guten Morgen, Fräulein. Ich habe Sie ja so lange nicht gesehen!« Sie kicherte, ihre Wangen röteten sich. »Es warten schon zwei neue ...« In diesem Moment bemerkte sie die Frau an Elisabeths Seite und stockte.

»Nicht allein?«

»Meine Schwester Lil begleitet mich heute.«

Luise erstarrte. »Ihre ...« Sie schluckte.

Lil schien nicht geneigt, sich näher mit der Verkaufshilfe einzulassen, nickte nur knapp und wandte sich dann den Spezereien in der Auslage zu. Das meiste davon bekam man im betont bescheidenen Hause Koopman nicht zu sehen, und so lief ihr beim Anblick der Quarkrollen und Honigtörtchen das Wasser im Mund zusammen.

Elisabeth zog sieben mit einer Schnur zusammengebundene Briefe aus ihrem Mantel und reichte sie Luise, ohne mit der Wimper zu zucken, so als übergebe sie ihr eine Bestellung. »Bitte sehr«, sagte sie beinahe übertrieben laut. »Das möchte ich unbedingt loswerden. Man wartet ja auch schon darauf, nicht wahr?«

Luise überwand den ersten Schreck, zuckte vor stummem Kichern und hielt sich die Hand vor den Mund. Die Situation belustigte sie.

»Ich habe auch etwas für Sie, gnädiges Fräulein. Mit ihren mehligen Händen wühlte sie in der Schürzentasche. Zwei gefaltete und versiegelte Briefe tauchten auf, wenig für drei Monate, doch immerhin.

Gerade als sie Elisabeth das Päckchen reichen wollte, blickte Lil auf.

»Diese Rosinenbrötchen hier, Elisabeth! Du hast das Geld,

kaufe bitte zwei Stück, wir essen sie auf dem Rückweg. Hemma muss ja nichts davon merken.«

Elisabeth nahm die Briefe in Empfang, doch ihre Sicherheit war plötzlich wie weggewischt, und bei einer ungeschickten Bewegung fiel ihr das Päckchen zu Boden, geradewegs vor Lils Füße. Auf dem Umschlag, der nach oben zeigte, stand groß und in Mareks burlesker Handschrift: Elisabeth.

Lil bückte sich danach.

Luise schlug die Hand vor den Mund, und Elisabeth konnte sich nicht von der Stelle rühren.

Es war also so weit. Deutlicher konnte das Schicksal nicht werden.

Die Worte stürzten durch Elisabeths Kopf. Wo anfangen? Wie anfangen?

Es ist gut, dachte Elisabeth, gut, dass das passiert ist. Zu lange schon trug sie diese Last mit sich herum. Ihrer Liebe wohnte etwas Unanständiges inne, nicht der Liebe an sich, sondern der Art, wie sie und Marek damit umgingen. Sie hatte sich verführen lassen vom Spiel und vom Wagnis, und sie hatte es geliebt. Sogar jetzt noch hielten sich das Unbehagen über die Situation und die gespannte Erregung darüber die Waage.

»Lil«, sagte sie mit zittriger Stimme, »ich muss dir etwas erklären.«

»Schon gut«, sagte Lil. »Ich begreife schon. Du bist feige.«

»Feige?«

»Du hast Angst.«

»Nun ja, ich ...«

»Angst vor Hemma.«

»Das war sicher einer der Gründe, weshalb ich ...«

»Nicht einmal ein billiges Rosinenbrötchen traust du dich zu kaufen.«

»Rosinenbrötchen?«

»Als würde die Welt untergehen, wenn Hemma erführe, dass

wir uns *einmal* etwas geleistet haben. Ich würde dir beistehen, falls es dazu kommen sollte. Ich würde meinen Teil der Schuld gerne übernehmen. Oder zweifelst du daran? Glaubst du, ich ließe dich im Stich, ich, die sogar beschlossen hat, dich eines Tages aus dem elenden Haus herauszuholen?«

Elisabeth schwirrte vollends der Kopf. »Aber es geht doch überhaupt nicht um Rosinenbrötchen.«

»Doch, genau darum geht es.« Lil drückte ihr beiläufig die Briefe in die Hand, so als handele es sich um eine Einkaufsliste. »Darum, dass du undankbar bist. Darum, dass du dich aufführst wie eine Gouvernante, nur weil du von Hemma den Geldsäckel bekommen hast.«

Lils Ton wurde nadelspitz, und sie verzog den Mund zu einem breiten, unnatürlichen Grinsen. »Weißt du, Elisabeth, du könntest eigentlich mal dafür sorgen, dass häufiger süße Dampfklöße serviert werden. Ich muss sagen, die Küche hat bei uns stark nachgelassen, seit du bestimmst, was auf die Tafel kommt. Was wohl Tante Hemma dazu sagen wird, wenn ich mich bei ihr darüber beschwere?«

Es trat eine kleine Pause ein, nur gefüllt vom Rascheln des Papiers zwischen Elisabeths Faust.

Ihre Augen verengten sich. »Wenn du nur Rosinenbrötchen willst, sollst du auch nichts als Rosinenbrötchen bekommen. Und Dampfklöße.« Und in Gedanken fügte sie hinzu: mehr jedoch nicht. Nie.

Als hätte Lil sie gehört, sagte sie süßlich: »Mehr wollte ich auch gar nicht.«

Eine Woche nach diesem Vorfall traf er endlich ein, der von Lil ersehnte Brief. Natürlich war es Hemma, die ihn öffnete und nicht ohne Genugtuung weiterreichte. »Marek Janowicz, dein junger Soldat, entpuppt sich als das, was ich vorhergesehen habe. Er ist unzuverlässig.«

Ungläubig las Lil den Brief, in dem Marek alle Schuld auf sich nahm: Er habe einen Fehler begangen, ihr ein falsches Gefühl vermittelt, sich missverständlich verhalten, und im Übrigen könne er ihr sowieso nicht das bieten, das sie verdiene. Es täte ihm entsetzlich leid, dass er Hoffnungen in ihr geweckt habe, die er nie würde erfüllen können. Am Ende bat er sie um Verzeihung.

Diese zu gewähren, war Lil weit entfernt. »Er ist ein niedriger, gemeiner Schuft, mich derart zu brüskieren«, schimpfte sie, sobald sie mit Elisabeth allein war.

»Du solltest nach vorn blicken«, schlug Elisabeth vor, die zwar erleichtert war, dass Lil nun endlich einen Teil der Wahrheit kannte, auf der anderen Seite jedoch ihre Schwester nicht gerne leiden sah. »Hat sich neulich nicht der Herr von der Draacht, der Reeder, bei Vater um dich bemüht?«

»Draacht? Was soll ich mit so einem alten Zausel?«

»Er ist meines Wissens knapp unter vierzig.«

»Marek ist knapp über zwanzig, das hätte mir viel besser gepasst. Willst du mich kränken, mir einen solchen Vorschlag zu machen?«

»Lil! Dass du so etwas von mir denkst! Ich meine doch nur, dass es keinen Sinn macht, sich an etwas Verlorenes zu klammern. Sicher gibt es einen Haufen junger Männer, die sich um dich reißen werden.«

»Du machst dich über mich lustig. Es freut dich, dass ich mit dir hier eingesperrt bleibe. Gib es doch zu: Du wolltest nie, dass ich Marek heirate.«

Das kam der Wahrheit nahe, verkehrte allerdings das Motiv.

»Wenn du jemanden finden würdest«, sagte Elisabeth diplomatisch, »der dich heiratet, wäre ich mit dir glücklich.«

»Soll das heißen, mich will niemand?«

»Du verdrehst mir das Wort im Mund. Ich sagte doch ...«

»Kümmere dich um deine eigenen Angelegenheiten.«

Nach diesem Brief wurde Lil vollends unerträglich und fantasierte sich alle möglichen Erklärungen für Mareks Absage zusammen: die geringe Mitgift, der Krieg, sein noch niedriger Rang … In Lils Vorstellung kam Marek zu ihr zurück, sobald er befördert und der Krieg vorbei war, aber da sie ahnte, dass sie sich selbst belog, lud sie ihre Verdrossenheit dort ab, wo sie es sich erlauben konnte, nämlich beim Personal und bei ihrer jüngeren Schwester.

Die Gereiztheit der einen steigerte die Gereiztheit der anderen. Wie bei einem See ohne Abfluss, in den es ständig nachtröpfelte, stieg mit jedem Tag Elisabeths Ärger über ihre Schwester, die einfach nicht von Marek lassen wollte.

Elisabeth bekam keine weitere Nachricht von Marek, was sie dem Krieg zuschrieb. Natürlich sorgte sie sich um ihn, denn die Schweden waren im April unerwartet nicht in Kurland und im Litauischen eingefallen, sondern mit Schiffen in Ermland gelandet, nicht weit von Danzig entfernt. In der alten Handelsstadt mit ihren zahlreichen wirtschaftlichen Verbindungen nach Skandinavien wurde heftig diskutiert, ob man im Fall eines militärischen Vorstoßes der Schweden die Tore schließen oder sie willkommen heißen sollte. Das protestantische Danzig stand den ebenso protestantischen Schweden in Glaubensfragen näher als dem katholischen Polen; andererseits war die kulturelle und politische Verflechtung mit Polen unleugbar.

Vorerst waren die Schweden noch zwei Tagesmärsche entfernt, und es war unklar, ob sie die Weichsel entlang nach Süden stoßen oder zunächst die Küsten und Häfen in und um Danzig sichern würden. Die Bevölkerung deckte sich für alle Fälle mit Kohl und Salzfisch ein, auch Elisabeth hatte viel zu tun mit dem Auffüllen der Vorräte und klapperte von früh bis spät die Händler ab.

Als eines Abends die Sturmglocken der Stadt in die Schweigsamkeit während des Abendessens einbrachen, ging Cornelius auf die Gasse, wo bereits allgemeine Verunsicherung herrschte: die Männer befragten sich gegenseitig, und die Frauen standen an den Türen und drückten ihre Töchter an sich.

»Die Schweden«, sagte Cornelius, als er zurückkam. »Sie stehen vor den Mauern. Die Tore sind auf Befehl des Stadtrates geschlossen worden.«

Wenn die Schweden vor Danzig standen, dachte Elisabeth, war Marek womöglich in der Nähe oder würde es bald sein. In ihrem Zimmer wurde sie von Nervosität gepackt. Sie betrachtete von ihrem Fenster aus, wie die Schatten über den Garten zogen und die Konturen des Hauses über seine eigentliche Größe hinaus verdoppelten. Die kühle Aprilluft schlug ihr entgegen, machte ihren schnellen Atem sichtbar. Der Mondschein schimmerte auf dem Kies und tauchte alles in jenes Licht, das ihre Mutter so sehr geliebt hatte. Fast ein Jahr war es her, dass Anna ihr gestanden hatte, sie im Garten gesehen zu haben, fast ein Jahr, dass Anna sich gewünscht hatte, Elisabeth solle ihre Träume verwirklichen. Sie schienen ihr manchmal ganz nah, diese Träume, so wie Sterne durch das Auge Gottes betrachtet, doch im nächsten Moment wieder unerreichbar.

Als sie ein seltsames Geräusch hörte, wie das Zirpen einer Grille und doch menschlich, lehnte sie sich über den Sims, fixierte Stämme und Sträucher und wartete auf eine Bewegung, einen Schatten. Für einen kurzen Moment hatte sie die Hoffnung gehabt, dass Marek ... Doch Unsinn! Eine Amsel flog auf. Ein paar Nachtfalter flatterten surrend vorüber. Windstöße rüttelten an den erst spärlich belaubten Zweigen. Von weit her, von den Befestigungen der Stadt, ertönten Rufe.

Wieder hörte sie das Zischeln, und wieder suchte sie den Garten ab. Diesmal sah sie einen Schatten, der sich zwischen den Bäumen dem Haus näherte. Ein Schwede, der über den Kanal in die Stadt eingedrungen war? Ein Fischer?

Plötzlich sprang der Schatten hinter einen Baum, und im gleichen Augenblick legte sich von hinten eine Hand auf ihre Schulter.

»Noch wach?«

Lil stand hinter ihr. Die eine Hälfte ihres Gesichts war in blasses Nachtlicht getaucht, der andere Teil lag im Finstern wie bei einer venezianischen Maske. Für den winzigen Teil einer Sekunde meinte Elisabeth Tante Hemmas Gesicht durch jenes ihrer Schwester durchschimmern zu sehen, so als läge es hinter Lils Schönheit auf der Lauer.

»Ich konnte nicht schlafen«, sagte Elisabeth und bemühte sich, ihren Blick vom Garten zu lösen. »Hast du auch Angst, weil die Schweden vor den Mauern stehen?«

»Nein, im Gegenteil. Nun wird die polnische Armee kommen, und mit ihnen Marek Janowicz. Hoffentlich kommt es zur Schlacht, und hoffentlich spießt ihn jemand auf oder erschießt ihn wie einen Köter.«

»Das kannst du nicht wollen, Lil«, sagte Elisabeth erschrocken.

»Und ob. Er hat mich gedemütigt, das hast du wohl schon vergessen. Wie stehe ich denn jetzt da, vor Vater, vor Romilda Berechtinger! Die haben doch mitgekriegt, dass er sich für mich interessierte. Vor allem Romilda wird herumerzählen, dass mich ein Mann hat sitzen lassen. Dieser Makel wird bis ans Ende meines Lebens an mir kleben.«

Der finstere Zug in Lils Miene verstärkte sich. So hatte Elisabeth ihre Schwester, das Sonnenkind, noch nie gesehen, nicht einmal, nachdem Pierre und Amelie getötet worden waren und sie der Tante insgeheim die Pest wünschte. Damals war Lil noch klein gewesen, heute war sie fast neunzehn Jahre alt, eine junge, blühende Frau, die eine vielversprechende Zukunft vor sich hatte. In dieser Nacht jedoch tat sie, als gäbe es das alles nicht, als habe Marek ihr die Schönheit und die Zukunft gestohlen. Obwohl Elisabeth nicht der Adressat dieser Flüche war, durchlief sie ein Schauer angesichts so vieler düsterer Gedanken in Lils Kopf.

Lil musste nur einen tiefen Atemzug tun, um den Zorn von ihrem Antlitz zu verbannen und sich wieder von ihrer gewohnten Seite zu zeigen.

»Ich war in letzter Zeit ein wenig gemein zu dir, Schwesterlein«, gab sie zu. »So etwas soll es nicht mehr zwischen uns geben. Wollen wir wieder Freundinnen sein?«

Elisabeth senkte den Kopf. »Ja«, sagte sie. »Freundinnen.«

»Kein Mann soll je zwischen unserer schwesterlichen Liebe stehen.«

Elisabeth zögerte und zwang sich schließlich ein Lächeln ab, das wirkte, als habe sie soeben eine gallenbittere Medizin eingenommen. »Nein. Natürlich nicht.«

Lil seufzte erleichtert. »Ach, so eine Aussprache ist doch etwas Feines, findest du nicht? Was machst du eigentlich hier am Fenster? Beobachtest du mal wieder Käfer?«

Elisabeth nickte halbherzig.

»Wenn das so ist«, sagte Lil mit vor Ekel verzogenen Lippen, »wünsche ich dir eine gute Nacht.«

Nachdem Lil gegangen war, trat der Schatten wieder hervor, und Elisabeth erkannte ihn sofort.

Er wartete auf sie unter den Bäumen. Irgendwo dort, wo sie vor einem Jahr im Gras gelegen und die jungen Fischer beobachtet hatte, lehnte er an einem Stamm und flüsterte ihren Namen.

Er wirkte ernsthafter als sonst. Zwar verlor seine Ausstrahlung nie ganz das Dreiste und Spielerische, doch irgendwelche Erfahrungen oder Erlebnisse – und sei es die Gefahr durch die Schweden – ließen ihn erwachsener wirken.

Vorsichtig schloss er sie in seine Arme. Sie erwiderte den sanften Druck, und so blieben sie sieben, acht Atemzüge lang stehen, dicht beieinander, ohne ein Wort zu sprechen, sich gegenseitig wärmend, stützend. Dann küsste er sie, und ohne zu wissen, was sie tat, weil sie es niemals zuvor geprobt hatte, erwiderte sie seinen Kuss.

Diese wenigen Sekunden veränderten ihr Gefühl für ihn, und sie wusste nicht, ob das gut oder schlecht war.

Bisher war Marek ihr noch nie so nahe gewesen. Sie hatte ihn auf der Gesellschaft des Stadtrates als faszinierenden Kavalier erlebt, der freche Paraden schlug und die Welt – die brave Danziger Welt zumal – auf den Kopf stellte. Sein damaliger Kuss war der Anfang ihrer Liaison gewesen, und doch nur ein flüchtiger Augenblick von körperlicher Intimität. Bei seinem offiziellen Besuch im Koopman-Haus schaffte er es, sie erneut zu überraschen und zu begeistern, und seine Briefe übertrafen jede Hoffnung, die sie gehegt hatte, sie ermunterten und stärkten Elisabeth. Trotzdem: Er *war nicht da* gewesen. Er berührte sie nicht körperlich, er sprach nur durch Briefe, er war bei ihr, ohne vor ihr zu stehen, und wenn sie versucht hätte, ihn mit den Händen zu fassen, so hätte sie bloß in der Luft herumgefuchtelt.

Und jetzt lag er neben ihr auf der Erde.

Sie liebte den Atem, der über ihre Haare strich, und den rauen Stoff seiner Uniform, der an den Wangen rieb. Sie liebte, wie er ihren Namen flüsterte, liebte die Hitze auf ihren Lippen und die Kraft, die aus ihrem Innern in die Arme floss, die ihn festhielten.

Sie liebte Marek. Doch sie liebte ihn anders als noch vor einer Stunde. Er war kein ferner Stern mehr, sondern ihr nahe, angreifbar, verletzbar. Er war wie sie.

Sie öffneten sich gegenseitig die Schlaufen der Kleidung. Ihre Bewegungen waren wie aufeinander abgestimmt, und keiner von ihnen zögerte auch nur einen winzigen Moment, bevor sie die bloße Haut des anderen mit den Lippen berührten.

Durch die Umhänge, auf denen sie lagen, drang die Nässe der Erde, und das kalte Laub des letzten Jahres klebte an Elisabeths Körper, doch sie achtete auf all das nicht. Sie spürte nur Marek, spürte seine Augen über ihr, die sie nicht mehr losließen, die Wärme seiner Brust und den feinen Film von Feuchtigkeit, der seinen Rücken überzog. Zum ersten Mal in ihrem Leben spürte sie ihren Leib, die Brust, Zunge, Schenkel, den Unterleib. Näher war sie ihrem Körper nie gewesen. Näher war sie auch Marek nie gewesen, trotzdem erschien vor ihrem geistigen Auge immer wieder das Bild ihrer ersten Begegnung, als er ihr das Fernrohr hielt. Das war der perfekte Augenblick gewesen, denn damals hatte sie beides gehabt, Marek und den Himmel.

Sie löste sich kurz von dem schwarzen Funkeln seiner Augen, um das Funkeln der Gestirne zu sehen, doch Äste, junge Blätter und Wolken verschworen sich zu einem undurchdringlichen Dunkel.

Mareks Bewegungen waren wie sanfte Wellen, die auf und ab wogten und Elisabeth mitnahmen. Sie vertraute sich ganz den Armen an, die sie hielten, ließ sich treiben wie auf einem Meer. Diese Nacht war mit keiner anderen zu vergleichen, ja, sie kam Elisabeth vor wie die erste Nacht überhaupt, so als würde ein Teil von ihr erst heute geboren. Rausch und Triumph erfassten sie. Die Zeit spielte keine Rolle. Endlich einmal hatte sie bekommen, wonach sie sich sehnte, endlich einmal wurde sie geliebt.

Als Marek sich neben sie sinken ließ, sprachen sie lange nicht ein Wort. Er zupfte ihr stumm das Laub aus den Haaren und sah sie liebevoll an, sie hüllte sich in ihren Umhang und drückte sich so dicht an Mareks Körper, dass sich der Nebel ihres Atems vermischte. Sie konnte es nicht fassen, dass er bei ihr war. In dieser Nacht sollte sich etwas ganz Neues anbahnen, und ihre Freude darüber verdrängte eine Weile alles andere.

Dann blickte sie ihm lange in die Augen und erkannte eine Veränderung gegenüber den Augen, die sie von früher kannte.
»Was ist mit dir passiert?, fragte sie zärtlich.

»Da war eine Frau«, antwortete er so schnell, als habe er nur darauf gewartet, von ihr erzählen zu können. »Sie war – ich habe nichts für sie empfunden, aber ich habe bei ihr gelegen.«
Elisabeth rührte sich nicht. »So wie wir beieinander liegen?«
»Nein, nicht so. Ich war bei ihr, weil ich mich dagegen gewehrt habe, dich zu lieben. Ich habe noch nie geliebt, weißt du? Es hat mir Angst gemacht, plötzlich zu lieben.«

»Weiter«, sagte sie.

»Aber durch diese Frau habe ich entdeckt, dass ich keine Angst vor der Liebe haben muss, sondern vor dem Nichtvorhandensein der Liebe. Die Frau war mir zu ähnlich, das hat mich entsetzt. Und dann war da noch dieser Mann – ihr Ehemann, ein Bulle von einem Kerl. Er hätte Grund und Gelegenheit gehabt, mich umzubringen. Ich bin ihm entgegengegangen und habe ihm gesagt, was ich getan habe. Das war dumm, aber ich wollte alles in eine Waagschale werfen. Wenn er mich nicht niederstreckte, dann hat das Schicksal gewollt, dass ich liebe. Wie gesagt, es klingt dumm.«

»Nein, gar nicht. Was hat der Mann getan?«

»Er hat einen zornesroten Kopf bekommen, richtig gefährlich sah er aus, und dann hat er mich einfach stehen lassen. Nach alledem habe ich beschlossen, mein Leben zu ändern. Für dich und für mich selbst. Für uns.«

Elisabeth ging nicht weiter auf die Geschichte, die eine Beichte war, ein. »Was du in den Briefen geschrieben hast, war das die Wahrheit?«

»Jedes Wort«, beteuerte er. »Aber es war nur ein Teil von mir, der diese Zeilen geschrieben hat. Der andere hatte sich noch nicht hervorgetraut. Deswegen bin ich hier. Ich konnte meine Vorgesetzten überzeugen, mich als Gesandten nach Danzig zu schicken, um mich der Loyalität der Stadt zu versichern. Aber in Wahrheit bin ich nur hier, um mich zu entschuldigen.«

»Weil du mit mir gespielt hast!«

»Das habe ich nur ganz am Anfang und ohne böse Absicht getan.«

»Wie bei Lil.«

»Das ist ein anderer Fall.«

»Sie hat schlimme Dinge über dich gesagt«, flüsterte Elisabeth. »Sie wünscht dir den Tod. Jemand, der so hasst, muss vorher geliebt haben.«

Marek sagte nichts dazu, aber Elisabeth spürte, dass er seine übergroße Leichtfertigkeit einsah. Sie konnte ihm vergeben. Er wäre nicht er selbst, und sie würde nie angefangen haben, ihn zu lieben, wenn er nicht ein wenig leichtfertig wäre. Im Übrigen spielte sie ja ebenfalls. Die Gesetze der Welt zwangen zur List.

»Wenn die Schweden die Stadt erobern«, sagte sie, »und Lil dich irgendwie entdeckt, wird sie dich als polnischen katholischen Offizier denunzieren, auch wenn du die Uniform wegwirfst.«

»Ich will jetzt nicht über meinen Tod sprechen.«

»Und ich will nicht, dass es dazu kommt.«

»Also liebst du mich, trotz allem?«

»Ich werde dich immer lieben«, sagte Elisabeth ohne jede Schwärmerei, so sicher, als würde sie über ein Naturgesetz sprechen. Sie nahm seine Hände und drückte sie an sich. »Du wirst der beste Teil meines Lebens werden, und weder deine noch meine Fehler werden etwas daran ändern. Wir sind Schufte, Marek Janowicz, wir müssen uns lieben.«

Sie wusste, was er nun sagen würde, und hätte diesen Moment am liebsten festgehalten und eingerahmt.

»Ich will«, sagte er leidenschaftlich, »dass du meine Frau wirst, Zauberin. Ich liebe dich und will mit dir zusammenleben.«

Elisabeth erblickte einen Stern zwischen dem Geäst über ihr und lächelte. »Sag mir, warum.«

»Die schwierigsten Fragen beginnen mit warum. Ich soll erklären, warum ich dich liebe?«

»Bevor ich den ersten und einzigen Heiratsantrag meines Lebens annehme, will ich wissen, warum du ihn mir gemacht hast. Und ich will sicher sein, dass du diesmal ganz genau weißt, was du tust.«

Er nahm sie in die Arme. »Warum ich dich liebe! Weil wir zusammengehören«, flüsterte er. »Weil wir wie die Vögel sind, wir fliegen hoch und weit und führen ein Leben, von dem die meisten keine Ahnung haben, ein geheimes Leben. Die Welt, in der wir uns mit den Beinen bewegen, ist nur ein kleiner Teil unseres Raumes. Das meiste findet in unseren Köpfen statt, in den verborgenen Wünschen, die wir haben. Ein Teil von uns ist frei, Zauberin, und das ist mehr, als viele andere von sich sagen können. Wir erlauben uns unerhörte Dinge, verbotene Dinge. So kennen wir beispielsweise keinen Gott, sind Spieler und Hasardeure, Zauberer und Nachtfalter. Du und ich, wir sehnen uns nicht nach gewöhnlichen Dingen wie teurem Schmuck oder schnellen Pferden oder einem dicken Sack voll Geld, nicht nach einer Häkelarbeit oder Tabak am Kamin, auch nicht nach so genannten Abenteuern, nicht nach der Absolution der Priester und dem direkten Weg ins Himmelreich. Solche Träume können uns gestohlen bleiben. Deine Gedanken sind in den Sternen zu Hause, Zauberin, das weiß ich, und meine in der Weite Polens, auf den Hügeln da draußen, in den Wäldern ... Ich hätte nie Glasbläser werden können, so wenig wie du eine Haushälterin bist. Wir werden viel herumkommen, Elisabeth, die halbe Welt kennen lernen. Ich werde hier und dort arbeiten, und du wirst am Nachthimmel spazieren gehen. Ich werde dir alle Geräte kaufen, die du brauchst.«

Mareks Worte waren so kraftvoll wie seine Briefe, jeder Satz kam Elisabeth wie eine Verheißung vor. Ja, er hatte Recht, das war das Leben, das sie führen wollte, an seiner Seite fortgehen aus Danzig, mit einem Fernrohr die Sterne und den Mond erforschen, in Prag, Paris, Kassel und London auf Astronomen treffen, von denen sie in Hevelius' Büchern gelesen hatte – Huygens, Picard, Cassini, Horrox –, Beobachtungen mit ihnen austauschen, ganze Nächte in der schwarzen Kühle verbringen ... Und immer wieder Marek um sich haben. Mehr wollte, mehr *konnte* sie nicht vom Leben verlangen, und wenn ihr dieses Glück nur zehn Jahre vergönnt wäre, so würde sie es tausendmal mehr schätzen als fünfzig Jahre ohne Marek und die Sterne.

»Du hast mich überzeugt«, sagte sie mit gespielter Nüchternheit, die er natürlich durchschaute.

»Ich habe ja auch alles gegeben. Wann darf ich Gnädigste also zum Altar bitten?«

Die Spuren von Ernst waren nun vollständig aus seinem Gesicht verschwunden. Die jugendliche und listige Art, die sie so sehr liebte, färbte auch auf sie ab.

»Ich nehme an«, sagte sie, »du hast schon einen Plan, wie wir eine Heirat bewerkstelligen könnten.«

»Habe ich. Plan Nummer eins: Ich entführe dich.«

»Dieser Vorschlag erinnert mich sehr an eine antike Tragödie. Mir wäre eine weniger theatralische Lösung lieber.«

»Schade. Der zweite Plan ist wesentlich komplizierter.«

»Komplizierter als die Entführung einer Frau aus einer belagerten Stadt?«

»Urteile selbst, Zauberin. Uns beiden ist wohl klar, dass ich mir nicht die Mühe machen muss, nochmals bei deinem Vater – oder gar der Tante – vorstellig zu werden.«

»Das wäre nur unter Lebensgefahr möglich«, stimmte sie zu.

»Du giltst – nicht ganz zu Unrecht – bei uns als Hochverräter.«

»Deshalb benötigen wir einen Fürsprecher, einen, dessen Wort Gewicht bei deinem Vater hat.«

»Wen meinst du? Gott?«
»Nicht ganz. Ich ziele auf den Stadtrat mit der Sternwarte ab.«

»Hevelius?«, rief sie ein wenig zu laut und musste sich von Mareks Hand zum Schweigen bringen lassen.

»Eben jener«, flüsterte er. »Überlege doch, Zauberin. Hevelius ist dir verpflichtet, weil du seiner Frau in ihren letzten Stunden beigestanden hast. Wenn du ihn um einen Gefallen bittest, wird er ihn nicht abschlagen.«

»Einfach wird das trotzdem nicht.«

»Ich sagte ja, es ist kompliziert. Andererseits – du bist eine Zauberin. Wenn es jemand schafft, ihn zu gewinnen, dann du.«

Er verschloss ihre Lippen mit einem Kuss, jeden Einwand erstickend. Sie konnte sich nicht erklären, warum, aber seltsamerweise war ihr unwohl bei dem Gedanken, zur Sternenburg gehen zu müssen.

10

Elisabeth sank auf die Knie.

»Mein Gott«, rief sie, »hilf mir.«

Die Katharinenkirche war leer und dunkel, es war Nacht. Vor der Sakristei brannte eine einsame Kerze, deren Licht vom gewaltigen Raum verschluckt wurde.

»Mein Gott«, wiederholte sie lauter und verzweifelter, so dass ihre Stimme durch das Gewölbe hallte, »hilf mir.« Schwer kamen ihr die Worte über die Lippen, denn seit sie die Sterne entdeckt hatte, war Gott, der Gott der Kindertage, mehr und mehr aus ihrem Leben verschwunden, und Marek hatte den letzten Rest von ihm weggewischt.

War das nun Gottes Rache dafür?

Zwanzig Stunden waren vergangen, seit Marek und sie auseinandergegangen waren, zwanzig Stunden, die alles verändert hatten. Hätte sie nur sofort der »Entführung« zugestimmt! Wäre sie nur in derselben Nacht mit Marek geflohen! Stattdessen war sie in eine Hölle geworfen worden. Sie erinnerte sich der unerklärlichen Unruhe, die sie gestern gespürt hatte. Das war der erste Vorbote gewesen, eine Warnung, der weitere folgten.

Kaum dass der erste Sonnenstrahl die Firnisse berührt hatte, waren die Geschosse der Schweden eingeschlagen. Den ganzen Vormittag über hatten ihre Kanonen die Stadtmauer unter Beschuss genommen. Dumpf wie fernes Donnergrollen waren die Detonationen bis in die Wohnstube der Koopmans gedrungen, wo sich alle versammelt hatten. Cornelius hatte im Takt der Uhr den Raum von links nach rechts durchmessen, während Hemma, Lil und Elisabeth an einer Häkeldecke arbeiteten. Bei jedem Rumpeln ließ Elisabeth eine Masche fallen. Irgendwo da draußen, dachte sie unentwegt, focht Marek seinen Kampf. Und sie hatte den ihren zu fechten. Noch heute.

Es war Wahnsinn, während eines Beschusses auf die Straße zu gehen, doch sie war nicht bereit, ihren Besuch bei Hevelius hinauszuzögern. Immer stärker wurde ihre Unruhe, wenn sie daran dachte, und sie wollte endlich vollendete Fakten schaffen. Marek kämpfte Seite an Seite mit der Stadtwache auf den beschossenen Mauern, und ihm konnte jederzeit etwas zustoßen, da hatte sie kein Recht zu zaudern. Sie wollte einfach nur noch seine Frau werden und diese grässliche Stadt verlassen.

Erst nachmittags schwiegen die Geschütze endlich, und so durfte jeder auf sein Zimmer gehen und etwas ruhen.

Elisabeth ruhte nicht. Geübt darin zu schleichen, gelangte sie, ohne bemerkt zu werden, aus dem Haus. Doch schon nach wenigen Atemzügen im Freien zögerte sie. Es war, als verlangsame eine unsichtbare Kraft ihre Schritte. Waren es nur die äußeren Umstände, die sie zurückschrecken ließen? Gewiss, die Straßen waren wie leergefegt, Schwaden von Nebel zogen um die Ecken, und erneut setzte Kanonendonner ein, fern zuerst, dann näher kommend. Doch da war noch etwas anderes, wieder die Unruhe, wieder ein merkwürdiger Zweifel, eine innere Stimme wie ein unverständliches Wispern. Doch wieso? Sie liebte Marek, es gab keinen Menschen, den sie mehr liebte. Und wenngleich unsicher war, ob Hevelius ihr den Gefallen täte, und es noch unsicherer war, ob seine Fürsprache genügen würde, um Cornelius und Hemma zu überzeugen, musste sie es trotzdem versuchen.

Aber war Hevelius überhaupt zu Hause? Würde er nicht viel eher mit den anderen Stadträten im Rathaus sein und die ernste Lage beraten? War es unter diesen Umständen nicht besser umzukehren?

Sie ärgerte sich über ihr neuerliches Zaudern und bekämpfte es, indem sie schneller ging, geradezu durch die Gassen hetzte. Über den Dächern spann sich ein Netz von gelbem Rauch und Nebel, das sich unheimlich mit der hereinbrechenden Dämmerung vermischte, und Elisabeth huschte mit ihrem langen Umhang, das Haupt unter einer Kapuze verborgen, wie ein Gespenst um die Ecken. Sie atmete schnell und immer schneller, so als ginge es um ihr Leben.

Und dann klopfte sie an die Pforte der Sternenburg.

Als der alte Diener öffnete, brachte sie zuerst kein Wort heraus. Das alles war zu viel für sie: die Kanonen, Marek in Lebensgefahr, die Wichtigkeit dieses Besuches, die Verantwortung, die Heimlichkeiten. Sie hätte weinen mögen.

»Sie?«, rief der Diener und wunderte sich über die fehlende Kutsche. »Gnädiges Fräulein sind doch nicht etwa zu Fuß gekommen? Bei dieser Lage!«

»Ist Herr Hevelius da?«, brachte sie mühsam über die Lippen.

»Nun ja, Sie haben Glück, er ist oben. Soll ich Sie melden?«
»Nicht nötig, Jaroslaw.«
Ohne den Umhang abzulegen, eilte sie durch das Haus, die Gänge entlang und Treppen hinauf. Sie dachte nicht mehr nach, sie wollte das alles nur noch hinter sich bringen, sich ein Ja oder ein Nein abholen und wieder gehen. An Marek denken, das wollte sie, für ihn beten, so verrückt es klang. Ja, sie, Elisabeth, wollte beten.

Das Erste, was sie sah, als sie die Sternenburg bestiegen hatte, war ein riesiges Instrument auf der Terrasse, hinter dem Hevelius beinahe verschwand. Die halsförmige Holzkonstruktion war gewiss zehn Meter lang, an manchen Stellen verkleidet, an anderen unterbrochen, und ragte diagonal gen Himmel. Am unteren Ende besaß sie ein Okular wie bei einem Fernrohr.

Hevelius bemerkte Elisabeth nicht, und so blieb ihr ausreichend Zeit, den Apparat zu studieren. Auf den ersten Blick erkannte sie, dass er phänomenal war, ein Unikum, etwas nie Dagewesenes. Allein seine Länge war atemberaubend. An den durchbrochenen Stellen bemerkte sie Linsen, drei, vier Stück zusätzlich zum Objektiv, das die Konstruktion am oberen Ende abschloss. Damit mussten sich Vergrößerungen ergeben ...

Kein Wunder, dachte sie, dass Hevelius sich nicht um die Schweden kümmerte. So als befände Danzig sich im tiefsten Frieden, ging er hier seinen Forschungen nach. Um ihn herum wankte die Welt, doch er bewegte sich in einer ganz anderen. Die meisten Menschen würden ihn nicht verstehen, wenn sie ihn so sehen könnten, weder Cornelius noch Hemma, weder Lil noch Luise oder sein alter Diener Jaroslaw, ja, und auch Katharina hätte ihn nicht verstanden, obwohl sie ihm jeden Moment gegönnt hätte. Aber Elisabeth, sie verstand ihn. Sie *bewunderte* ihn. Oder genauer, sie bewunderte seinen Forschergeist.

Als sie auf sich aufmerksam machte, war er nur kurz erstaunt, dann tat er so, als sei es das Selbstverständlichste von der Welt, dass sie mehr als ein halbes Jahr nach ihrer letzten Begegnung wieder bei ihm auftauchte.

»Sie erscheinen und verschwinden stets wie ein Engel, Fräulein Elisabeth. Wie machen Sie das bloß?«

»Ich – ich bin eine Zauberin«, antwortete sie zögerlich lächelnd.

Hevelius nickte steif, wenig angetan von ihrer unpräzisen Antwort. Er war älter geworden in diesen Monaten und noch ernster. »Sie haben sich einen ungewöhnlichen Zeitpunkt für Ihren Besuch gewählt.«

»Dieser Zeitpunkt ist nicht ungewöhnlicher als derjenige, die Sterne zu beobachten, Herr Hevelius.«

Er rang sich noch immer kein Lächeln ab. »Der Stadtrat hat alles getan, was zu tun war: die Tore geschlossen, die Feuerwache mobilisiert, Boten zum polnischen Heer nach Süden entsandt ... Ich hatte die Wahl, mit vier verängstigten Kollegen im Rathaus zu hocken, Unmengen Kaffee zu trinken und zum Fenster hinauszustarren. Oder mich in den Mond zu vertiefen. Sagen Sie selbst, was hätten Sie an meiner Stelle getan?«

Statt eine Antwort zu geben, kam sie näher. »Ich bin hier, um Sie um einen Gefallen zu bitten.«

Endlich lächelte er, ja, er wippte sogar ein wenig auf den Füßen auf und ab. »Ich bin nicht erstaunt, dass Sie das sagen, Fräulein Elisabeth. Um genau zu sein, habe ich Ihren Besuch sogar erwartet. Nun, vielleicht nicht gerade heute, aber ich wusste, dass Sie nicht widerstehen könnten. Dass ich ein neues Teleskop habe, hat sich also bis zu Ihnen herumgesprochen? Das war meine Hoffnung. Gewissermaßen habe ich das Instrument Ihnen zu verdanken. Ihr – wie soll ich sagen? – frauliches Interesse für den Mond hat mich dazu bewogen, ein noch präziseres Teleskop zu bauen, um unseren Trabanten neu zu kartografieren. Heute wollte ich damit anfangen, denn heute ist der erste Tag nach Neumond. Und es ist mir selbstverständlich eine Ehre, dass Sie einen Blick hinaufwerfen. So etwas haben Sie noch nie gesehen. Ich verspreche Ihnen nicht zu viel, Elisabeth, kommen Sie, zieren Sie sich nicht.«

Mit den Gedanken halb bei Marek und ihrem Vorhaben und halb in gespannter Erwartung dessen, was sie gleich vorfinden würde, setzte sie sich auf den Schemel. Glücklicherweise zogen hier oben in Höhe des Daches nur wenige Nebelschwaden und Rauchfahnen vorüber, der Rest des Himmels war klar. Im Westen, wo die Sonne eben untergegangen war, leuchtete die klare Kontur des Horizonts, und ein Stück entfernt hob sich die schmale Sichel nur wenig von der Resthelligkeit ab.

»Der erste Tag nach Neumond ist ein enorm schwieriger Tag zur Beobachtung«, erläuterte Hevelius näselnd. »Es gibt noch fast keine Kontraste. Somit ist der Terminator kaum ausgeprägt.«

»Terminator?«

»Die Grenze zwischen Sonnenlicht und Erdschatten auf dem Mond. Nur dort sind die Konturen der Mondlandschaft zu erkennen. Bitte beachten Sie …«

Seine Stimme verklang, und alles andere versank hinter dem, was Elisabeth erblickte, sobald sie ihr Auge gegen das Okular presste. Es war, als würde sie angehoben, ihr Körper Hunderte Kilometer in den Himmel versetzt, fern von Danzig, dem Krieg, dem Glauben, den Eitelkeiten der Menschen. Fast schwebte sie im Raum, so nah erschien ihr Luna, der Mond. Entlang der Linie zwischen Licht und Schatten konnte sie deutliche Umrisse erkennen. Da war eine gewaltige Rundung, die Andeutung eines Kreises, der sich dunkel abhob und in seinem Innern eine glatte Fläche bildete wie ein Meer, umrahmt von Klüften. Weiter südlich war deutlich eine Erhebung zu sehen, ein gigantischer Berg, dessen Spitze im Sonnenlicht glühte, während der Fuß verhüllt blieb, und nur wenig von ihm entfernt schimmerte ein weiterer Kreis in schiefernen Tönen, worin sich eine Insel abzeichnete – optisch gleichsam ein Tropfen, der auf eine Wasseroberfläche fiel. Nur leicht angedeutet blieb dagegen der komplette Schemen des Mondes mit all dem, was er heute noch für sich behielt.

Und *das* war der *ungünstigste* Abend? Meere, Berge, Inseln; graue und schwarze und vereinzelt bräunliche Töne; ein deutliches Schattenspiel – und das alles nur mit einem einzigen Blick, kaum fünf Atemzüge lang! Was könnte sie entdecken, wenn sie eine volle Stunde zur Verfügung hätte! Eine ganze Nacht! Was bargen die nächsten Mondnächte entlang der Lichtgrenze an Sensationen? Mit welcher Art von Himmelskörper hatte sie es hier zu tun, mit einer zweiten Erde, einem riesigen Garten?

Noch einmal warf sie einen Blick auf das Meer, das Meer der ersten Nacht, wie sie es im Stillen nannte.

»... von mir *Mons Climax* getauft. Ein wenig darüber der afrikanische Kontinent, schwer zu erkennen. Er besitzt eine unregelmäßige ...«

Hevelius' Stimme erreichte wieder ihren Verstand, und langsam kehrte Elisabeth nach Danzig zurück.

Das Erlebnis jedoch beeindruckte sie tief. Dieses Instrument, vor dem sie saß, war ein Wunder, ein doppeltes Wunder im Vergleich zu den anderen Augen Gottes, die hier herumstanden, und ein Zehnfaches verglichen mit Mareks kleinem Fernrohr. Hiermit war es wahrhaftig möglich, zwischen den Sternen spazieren zu gehen, nach Mars zu greifen und gleich darauf nach Jupiter, den Kometen auf die Schliche zu kommen und bis in die Täler Lunas vorzudringen. Das neue Auge Gottes war, wenngleich ungelenk aussehend, das eleganteste Reisegefährt einer neuen Zeit.

Noch halb versunken erhob sie sich – und stieß dabei mit der Schulter gegen das Okular und Teile der Holzkonstruktion.

»Vorsicht, bitte«, rief Hevelius entsetzt. »Ist etwas verbogen? Die Linse beschädigt?« Er nestelte an dem Teleskop herum und seufzte schließlich erleichtert auf. »Zum Glück ist alles intakt. Das ist gerade noch einmal gut gegangen. In dieser Linse stecken vier Monate Schleifarbeit, Elisabeth, von den enormen Kosten gar nicht zu reden.«

Über Geld hatte Elisabeth noch nie nachgedacht. »Ist – so ein Instrument denn teuer?«

»Teuer ist kein Ausdruck, meine Liebe. Das Holzgerüst muss gezimmert, Seilzüge eingebaut, eine Drehvorrichtung installiert werden, und natürlich muss man auf alles ein Auge haben, weil die Zimmerleute glauben, auf Kleinigkeiten käme es nicht an. Dabei ist jeder Millimeter wichtig. Die Linsen fertige ich selbst an, schleife und poliere sie, und trotz meiner Präzision – wie ich unbescheiden anmerken darf – brauche ich sechzehn Linsen, um am Ende sechs brauchbare herauszubekommen. Mal ist das Spiegelglas zu dünn, mal zerbricht es beim Abkühlen, mal ist es trüb. Nur mit Geduld und unerschütterlicher Genauigkeit erhalte ich ein zufriedenstellendes Ergebnis.«

»Und wie viel – kostet ein Instrument nun?«

»Lassen Sie mich so sagen: Ihr Vater, Elisabeth, ist ein wohlhabender Kaufmann, aber ein Instrument wie dieses würde ihn in Bedrängnis bringen. Und da sind die Wartungsarbeiten noch nicht eingerechnet. Die Astronomie ist« – hier näselte er wieder – »eine Wissenschaft der Gelehrten, nicht der Dilettanten.«

Er legte stolz seine Hand auf das Teleskop und lachte kurz, was man selten bei ihm hörte. Wie ein König stand er neben seiner Schöpfung, die er einem Szepter gleich umfasste, und tatsächlich war er ja ein König der Astronomie. In Mitteleuropa galt er als der Erbe Keplers, seine Sternwarte war eine der größten, wenn nicht *die* größte. Hevelius regierte nicht nur eine Burg, sondern von dieser Burg aus ein Reich, ein Universum.

»Meine Liebe, da wir gerade von Sternen sprechen ... Vorhin

sagten Sie, Sie seien eine Zauberin. Das stimmt nicht. Sie sind keine Zauberin, nicht für mich. Vielmehr sind Sie ein Stern. Katharina hat das stets über Sie gesagt, und ich habe ihr insgeheim zugestimmt.«

O nein, dachte Elisabeth. Bitte nicht.

»Astronomie ist eine einsame Beschäftigung, und Sie haben mir damals wie heute die Lasten dieser Einsamkeit leichter gemacht.«

Sie hatte es geahnt. Tief in ihr hatte sie diese Situation kommen sehen, diese Worte vorab flüstern hören.

»Ihre Gegenwart, meine Liebe, hat die Stunden überstrahlt, und Ihr Licht drang uns ins Herz, meiner seligen Frau und mir. Ich weiß, Katharina wäre einverstanden mit dem, was ich sage.«

Sie hätte jetzt sprechen müssen. Was ihr auf dem Herzen lag, hätte aus ihr heraussprudeln sollen wie ein zu lange verschlossener Quell.

Marek. Die erste Nacht. Die Zauberin und der Nachtfalter. Die Heirat. Sie hätte über die Heirat sprechen müssen.

»Elisabeth«, sagte Hevelius und vollführte eine Verbeugung, so wie eine alte Weidenrute sich zur fruchtbaren Erde neigt. »Elisabeth, bitte gestatten Sie mir, Ihren Vater um Ihre Hand zu bitten.«

Das habe ich nicht gewollt. Gott weiß, ich wollte das nicht.

Gott hüllte sich in Finsternis und Schweigen, selbst hier, in der Katharinenkirche. Er antwortete ihr nicht. Er half ihr nicht. Tiefe Nacht umgab Elisabeth. Und sie war allein.

Sie blieb die ganze Nacht allein und leckte ihre Wunden. Ein klarer Gedanke war ihr nicht vergönnt. Alles ging durcheinander, vermischte sich, die Überraschung, die Atemlosigkeit, die vernünftigen Argumente und alles durchdringenden Gefühle.

Gewiss suchte ihre Familie sie bereits, doch das war ihr geringstes Problem. Sie stand am Scheideweg ihres Lebens, wo Hevelius auf der einen Seite wartete und Marek auf der anderen.

Ziellos lief sie in der Gotteshalle umher. Die Engel und großen Kirchenmänner starrten auf sie herab, manche mitleidig, andere mahnend. In dem Taufwasserbecken spiegelte sich weder das Gesicht einer Zauberin noch das Antlitz eines Sterns; ihr Gesicht wirkte blass, gespensterhaft, scheu. Sie versuchte, durch ihre eigenen Augen so tief in sich hineinzusehen, dass sie bei einer Entscheidung bestärkt würde, doch zu ihrem Erschrecken war es in ihrer Seele schattiger, als sie sich das je vorgestellt hatte.

Sie meinte Geräusche zu hören, doch die Kirche war und blieb dunkel. Aber von irgendwoher wisperten Stimmen wild durcheinander. Die eine gehörte Katharina, die keine zwanzig Schritte entfernt in der Krypta begraben lag. Was hatte sie in ihren letzten Atemzügen gewispert: »Gehen Sie nicht, Elisabeth. Ihr Platz ist hier.« Hatte Katharina damit mehr gemeint, als nur an ihrer Seite zu bleiben? Hatte sie den heutigen Tag vorausgesehen, ja, sich gewünscht, Elisabeth solle ihren Platz einnehmen?

Sie öffnete die Seitentür zum Kirchhof. Unter ihren zaghaften Schritten knirschte der Kies, und eine Bö schüttelte den alten Walnussbaum, dessen Äste sich schützend über die Gräber spannten.

Elisabeth blieb vor Annas Grab stehen. Eine mächtige Platte, die Anna nicht gefallen hätte, erinnerte an die Frau, die viel zu früh gestorben war. Außer der Liebe, die Elisabeth ihrer Mutter entgegenbrachte, empfand sie auch heute noch die Verpflichtung, die Verwirklichung von Träumen nicht auf irgendwann aufzuschieben. Denn das Problem mit irgendwann war, dass irgendwann niemals kommt.

Die Frage war nur, welchen Traum sie leben wollte. Sie hatte zwei. Zwei geliebte Träume, die beide das Paradies versprachen und sich dennoch gegenseitig ausschlossen.

Man müsste zwei Leben haben, dachte sie. Eines, in dem man ehrgeizig war, und eines, in dem man nur liebte.

Als sie den Kirchhof verließ, graute bereits der Morgen. Der Nebel war dicker und feuchter als gestern und kroch über das rutschige, von Moosen durchzogene Pflaster. Absichtlich ging Elisabeth bis nahe an die Stadtmauer, wo eine Wache sie aufhielt.

»Die Tore sind noch nicht wieder geöffnet«, erklärte der blutjunge Soldat, der nicht älter als sie war.

»Gab es viele Tote?«

»Keinen einzigen.« Er lachte. »Die Nordmänner zielen schlecht, oder sie wollten uns nur einen Schrecken einjagen. Jetzt rücken sie ab, weil ein polnisches Heer sich nähert.«

Sie nickte dem Burschen zu und setzte erleichtert ihren Weg fort. Marek war unversehrt.

Zu Hause öffnete Nore die Tür und bekreuzigte sich. »Beim Leib des Herrn, Sie sind am Leben.« Mit aller Kraft schrie sie durch das Haus: »Gnädiges Fräulein sind gekommen, gnädiges Fräulein sind wieder da.«

Aus allen Löchern schienen sie herauszuströmen, Cornelius, Hemma, Lil, die Diener und die Köchin.

Cornelius fasste seine Tochter an beiden Schultern. »Elisabeth, du hast uns einen riesigen Schrecken eingejagt. Sag mir, wieso läufst du ständig draußen herum, nachts, sogar in Kriegstagen?«

Hemma wusste eine Antwort. »Weil sie ein ungehorsames, sittlich verlottertes ...«

»Hemma, bitte«, wies Cornelius sie dieses eine Mal in die Schranken. »Elisabeth, warum machst du solche Dinge?«

Elisabeth zog ihre Kapuze vom Kopf. Die zerzausten flachsblonden Haare fielen ihr in die Stirn. »Sieh, Vater«, antworte-

te sie müde vom Nachdenken und der schlaflosen Nacht, »mich zieht es eben aus dem Haus, unter den freien Himmel.«
»Damit bewegst du dich ausnahmsweise dicht an der Wahrheit. Herr Hevelius war hier. Er ging, kurz bevor du kamst. Du weißt, was er mir mitzuteilen hatte?«
Sie nickte mit gesenktem Kopf.
»Ich war überrascht, natürlich war ich überrascht, und ich hasse dieses Gefühl. Mir ist unklar, wie es zu diesem Antrag kommen konnte, doch er stand in der Luft, und ich war gezwungen zu reagieren. Angesichts des enormen gesellschaftlichen Gewichts von Herrn Hevelius habe ich den Antrag angenommen, allerdings unter dem Vorbehalt deiner Zustimmung. Herr Hevelius sagte, du hättest dich nicht klar geäußert. Es wird Zeit für eine Entscheidung, Elisabeth.«
Ein Dutzend Augenpaare waren auf sie gerichtet. Elisabeth wollte nur ins Bett. Sie war jung und sollte eine Entscheidung für das ganze Leben treffen, bei der sie etwas gewinnen und etwas verlieren würde, egal, was sie tat.

Jeder schien sich an diesem Tag, dem Hochzeitstag ihrer Schwester, über Lil lustig zu machen.
Die Glocken der Katharinenkirche läuteten heller und munterer denn je, wie ein höhnisches Gelächter dröhnten sie in Lils Ohren. Die Gesellschaft, die aus den Kutschen in das Gotteshaus strömte, hatte nie festlicher ausgesehen, die spitzenbesetzten Roben waren weit und rauschten wie Böen im Wald. Im Vorübergehen, so kam es Lil vor, bedachten die Damen sie mit einem mitleidigen Schmunzeln, während die Herren sie vollständig mieden. Und dann das Wetter: Kein Junimorgen war jemals prachtvoller gewesen als dieser. Die Sonne stieg goldgelb über den Dächern auf, doch eine leichte Brise vom Meer würde den Tag nicht zu heiß werden lassen – genau das Wetter, das Lil sich immer schon für *ihre* Hochzeit ausgemalt hatte.

Sogar die Braut war eine einzige Ironie, ein Schlag in Lils Gesicht. In ihrem ganzen Leben hatte Elisabeth nicht reizvoller ausgesehen als heute. Cornelius hatte seine Tochter wie eine Fürstin ausgestattet, mit einem Kleid, in dem Seide, Spitze und Brokat ineinanderflossen und in dem selbst eine Kuh noch gut ausgesehen hätte. Elisabeths Haare waren unter dem Schleier mit weißen Blütenranken hochgesteckt, die Haut war gepudert, und den Hals zierte oberhalb des bestickten Kragens eine Perlenkette, die früher Anna gehört hatte.

In einer Stunde würde Lil noch immer ein Fräulein sein, doch Elisabeth wäre verheiratet, mehr noch, wäre die Frau Stadträtin, eine Grande Dame Danzigs, wohlhabend, reich sogar. Sie würde Teegesellschaften geben und ihr chinesisches Porzellan vorführen, zehn, zwölf Diener und Zofen haben, Lakaien auf der Kutsche, einen Raum voller Kleider und einen Schmuckkasten, gegen den Annas Perlen sich vergleichsweise lächerlich ausnahmen. Hevelius mochte alt sein – zweiundfünfzig war wirklich *sehr* alt – und als Mann wenig begehrenswert, doch er vertrat nicht die strenge, calvinistische Ausprägung des Protestantismus, bei der Genuss und Vergnügen verdammt waren. Elisabeth würde einen prächtigen Haushalt führen können.

Wie hatte es nur dazu kommen können? War Elisabeth damals ins Haus des Hevelius gegangen, um sich dem ältlichen Stadtrat und Kaufmann zu empfehlen? Hatte sie um den Zustand der kranken Katharina gewusst und sie deshalb so oft besucht? War sie nach deren Tod noch häufiger bei Hevelius gewesen, zwischen ihren Besorgungen vielleicht, und hatte den Witwer endgültig für sich eingenommen?

Natürlich hatte sie ihre Schwester danach befragt, doch herausbekommen hatte sie nichts. Elisabeth gab sich verschwiegen, so wie es ihre Art war, und Lil wäre bereit gewesen zu glauben, dass Elisabeth gerissener war, als es den Anschein hatte, würde dem nicht ein entscheidendes Argument widersprechen: Elisabeth schien sich nicht uneingeschränkt auf diese Ehe zu freuen, jedenfalls nicht wie jemand, der lange darauf hingearbeitet hatte. Etwas bedrückte sie.

Das Choralvorspiel setzte ein, die Orgelklänge wehten leise wie ein Säuseln zwischen den Säulen und Pilastern hindurch.

Lil warf aus den Augenwinkeln einen abschätzigen Blick auf das Profil ihrer Tante, das halb von der Haube verborgen wurde. Mehr denn je fand sie das alte Weib abstoßend, weil ihr angesichts der Pracht um sie herum die Armseligkeit ihres Zuhauses noch deutlicher wurde.

Hemma schenkte ihr ein Lächeln, das Lil hässlich und grotesk fand. »Du bist ein gutes Kind, wie eine Tochter für mich«, sagte Hemma. »Du und ich, wir haben von heute an die Tage für uns allein.«

Nicht für lange, altes Biest, dachte Lil und sah sich nach Herrn von der Draacht, dem Reeder, um. Sie fand ihn viel weiter hinten und nickte ihm offenkundiger zu, als es erlaubt war, er jedoch kommentierte ihre Geste, indem er den Blick abwandte.

Seltsam, dachte Lil. Kürzlich war er doch noch so aufmerksam gewesen!

In diesem Moment ertönte ein vielstimmiger Knabenchor, und die Töne der Orgel brausten wie eine Woge durch das Kirchenschiff. Lil wurde von ihrer Tante angestoßen, bevor sie sich der Zeremonie zuwandte und so tat, als würde sie mitsingen.

»Du wirst nicht heiraten. Ich erlaube es nicht.«

Sie standen im Freien vor dem Kirchenportal und warteten auf die Kutsche, die sie zur Hochzeitstafel bringen sollte. Von drinnen fächelten nach Abschluss der Zeremonie leichte Orgelmelodien heran, die Sonne schien noch heiterer als zuvor, und die Vögel hüpften lustig von Ast zu Ast. Nur Lil fühlte sich, als stünde der Weltuntergang bevor. Soeben hatte Cornelius ihr verkündet, dass er mit Herrn von der Draacht gestern ein Gespräch geführt hatte.

»Ich habe ihm erklärt, er solle sich keine Hoffnung auf dich machen, denn sie wäre vergebens. Ich brauche eine Tochter, die mir den Haushalt führt. Nach guter Sitte ist das immer die Jüngste ...«

»Ich bin nicht die Jüngste«, rief Lil.

»Elisabeth gehört von heute an nicht mehr zu meiner Familie, folglich bist du die Jüngste.«

»Das kannst du nicht machen«, klagte sie.

»Nicht so laut, die anderen sehen schon herüber.«

»Aber ich habe ein Recht darauf, dass ...«

»*Ich* bin das Recht, denn ich bin der Vater«, unterbrach er sie unwirsch.

Auch Lils Ton verschärfte sich. »Als du Elisabeth die Heirat erlaubt hast, hörte sich das aber ganz anders an«, zischte sie. »Da hast du kein Machtwort gesprochen.«

»Du wirst deinen Ton augenblicklich mäßigen«, fuhr er sie an. Lil, die merkte, dass sie dabei war, zu weit zu gehen, senkte angesichts der gefährlichen Röte im Gesicht ihres Vaters den Kopf.

Cornelius, Hemma und Lil nahmen in der Kutsche Platz. Als Lils Vater sah, dass sie sich wieder beruhigt hatte – jedenfalls äußerlich –, erklärte er: »Hevelius' Antrag war eine Ausnahmesituation. Der Mann ist einflussreich, über Danzig hinaus anerkannt. Sein Ruf ist exzellent. Ihn abzuweisen wäre töricht gewesen. Im Übrigen hat er auf die Mitgift verzichtet, was ein außerordentlich nobles Angebot ist. Wir brauchen nicht länger darüber zu sprechen, meine Entscheidung bezüglich deiner Zukunft steht fest, und Hemma ist ganz meiner Meinung.«

Das verstohlene Grinsen auf dem Gesicht ihrer Tante ließ Lil auf den erschreckenden Gedanken kommen, dass Hemma zufrieden mit der Situation war, ja, dass sie sie insgeheim vielleicht sogar herbeigesehnt hatte. Sie hatte Lil immer schon Elisabeth vorgezogen, hatte sie nie bestraft, stets besser behandelt, mehr Zeit mit ihr verbracht und an Festtagen reicher beschenkt. Aufmerksam hatte Hemma darüber gewacht, dass Lil möglichst wenig mit ihrer Mutter zu tun hatte, und die Einzigen, denen Lil jemals starke Liebe entgegengebracht hatte, Pierre und Amelie, hatte sie ermordet. Damals hatte Hemma vorgegeben, dass die Vögel ihr zu heiter gewesen wären, aber war das der einzige Grund, oder besser, war das *überhaupt* der Grund gewesen? Welches andere Motiv für all die kleinen Aufmerksamkeiten und für die Zerstörung von Lils Neigungen und Bindungen könnte es geben als Eifersucht? Kalte, heiße Eifersucht! Womöglich betrachtete sie Lil als das Kind, das sie in ihrer Ehe bekommen wollte, aber nie bekommen hatte.

Und jetzt, eine vertrocknete, verbitterte, heuchlerische Alte, war sie drauf und dran, sich diesen Lebenstraum zu erfüllen. Wie hatte sie vorhin in der Kirche gesagt: Nur wir beide, du und ich ...

Lil graute es, und sie hätte angesichts dieser neuen Erkenntnis beinahe aufgeschrien. Abrupt wandte sie ihr Gesicht dem Fenster der Kutsche zu, die soeben anfuhr, und unterdrückte Wut und Abscheu.

Als das Gefährt den Platz vor der Kirche verließ, meinte sie die Uniform eines polnischen Offiziers zu sehen. Für einen kurzen Moment glaubte sie, Marek zu erkennen.

Doch das war wohl nur Einbildung gewesen, der geheime, brennende Wunsch einer Gefangenen nach Freiheit.

11

Johannes Hevelius ... Elisabeth nannte ihn vom ersten Tag ihrer Ehe an nur Hevelius, so als sei er ein Berg. Mit seinem Wissen über Astronomie, Mathematik, Jura und Ökonomie stand er über allem, und seine immergleiche, unanfechtbare Höflichkeit ihr gegenüber stellte sie vor ein Problem, denn sie wusste nicht, wie sie mit ihm umgehen sollte. Er war ihr Ehemann, doch im Grunde war er ihr fremd, da sie keine Bindung zu ihm hatte außer über den galaktischen Umweg über die Sterne. So seltsam es klang: Selbst Tante Hemma kannte sie besser, denn mit der Tante war sie aufgewachsen, sie war Teil ihrer Kindheit gewesen – wenn auch ein unangenehmer Teil. Von jeher hatte sie gewusst, was sie von Hemma zu halten hatte, und dementsprechend hatte sie sich benommen. Doch Hevelius war nicht Hemma, Lil oder Anna – und er war schon gar nicht Marek. Am ehesten glich er mit seiner Präzision, dem zeremoniellen Benehmen – er siezte sie! – und der sorgsamen Wortwahl noch ihrem Vater, und da sie ihn nicht gut wie einen Fremden behandeln konnte, beschloss sie schon bald, ihn vorerst wie einen Vater zu behandeln – freundlich, respektvoll und gutwillig.

Tagsüber bekam sie Hevelius ohnehin nicht zu Gesicht. Wenn sie am späten Vormittag aufstand, war er schon gegangen. Er hielt sich meist in seiner Schreibstube auf oder im Rathaus, wo er auch seine Mittagsmahlzeit einnahm, während sie nach und nach den gesamten Komplex des Hauses erforschte, *ihres* Hauses, wie ihr erst nach einer Weile bewusst wurde. Sie sah den Druckern bei der Arbeit zu, die ständig etwas für Hevelius zu Papier bringen mussten. Gelegentlich nahm sie irgendeinen Stapel zur Hand und blätterte darin, wobei sie nur die bildlichen Darstellungen betrachtete, denn die Texte waren lateinisch verfasst und darum für sie nicht lesbar. Und auch die

Werkstatt ihres Gatten, mitsamt integrierter Gießerei, war für sie ein Ort der Rätsel, verstand sie doch weder die Bedeutung all der Schrauben, Metalle und Werkzeuge noch die verstreut herumliegenden Konstruktionszeichnungen.

Oft langweilte sie sich tagsüber. Im Haus fand sie nichts zu verändern. Katharina hatte es mit milder Hand unaufdringlich und behaglich eingerichtet, mit breiten Webteppichen über den knarrenden Dielen und mit Schränken aus duftenden Hölzern.

Die Täfelungen und düsteren Bilder machten die Räume zwar unnötig dunkel, doch Elisabeth hatte Hemmungen, Katharinas Vermächtnis aus dem Haus zu tilgen. Irgendwie schien sie noch immer hier zu leben.

Jede Woche erhielt Elisabeth Einladungen zu irgendwelchen Gesellschaften vornehmer Danziger Damen, und kaum dort angekommen, wurde sie mit Fragen bedrängt: Was halten Sie vom neuen Probst? Was sagen Sie zur Predigt vom letzten Sonntag? Finden Sie die neue französische Mode nicht zu gewagt? Für Elisabeth waren das in doppelter Hinsicht anstrengende Stunden. Die älteren Damen suchten mit ihren ewigen Fragen nach Fehlern bei Elisabeth, über die sie später lästern konnten. Die jüngeren Frauen wiederum, die sich von der allzu schlichten protestantischen Lebensweise lösen wollten, suchten nach Orientierung und nahmen sich hierzu stets die jüngste Gattin eines der fünf Stadtratsmitglieder zum Vorbild.

Elisabeth schloss weder Freundschaften mit den einen noch mit den anderen. Sie hasste die hundert musternden Blicke, die darauf aus waren, etwas an ihrem Kleid oder der Frisur oder der Wortwahl zu beanstanden, hasste das Getuschel, die heimliche Empörung oder gespielte Freundlichkeit, wenn sie sich in der Öffentlichkeit bewegte. Und sie stand den Erwartungen der Jüngeren mit Unverständnis gegenüber. Die Aufregung darum, ob ein Haarband nun über dem Ohr, unter dem Ohr oder überhaupt nicht angebracht werden sollte, konnte sie ebenso wenig nachvollziehen wie die weltbewegende Frage, ob eine Haube immer weiß oder auch einmal blau sein dürfe.

Diese Dinge interessierten sie einfach nicht, ganz abgesehen davon, dass ihre Erziehung sie auch nicht in die Lage versetzt hatte, eine Vorbildfunktion einzunehmen.

Elisabeth sehnte die Abende herbei und öffnete sich wie eine Nachtkerze erst zur Dämmerung der Welt. Sobald die Sonne sich den Pomerellen und der Ostsee zuneigte, stieg sie auf die Sternenburg, blickte erwartungsvoll zum dunkler werdenden Horizont und begrüßte nacheinander den Abendstern, den roten Riesen Beteigeuze sowie Capella und Pollux. An den Abenden mit guter Sicht durfte sie Hevelius über die Schulter blicken, wenn er das große, ungelenke Teleskop unter der Mitarbeit von Gehilfen in Stellung brachte und in die Tiefen des Universums vordrang.

»Wann darf ich es benutzen?«, fragte sie ihn mehrmals. »Ich möchte die Mondlandschaft zeichnen.«

Er vertröstete sie stets auf ein anderes Mal. Ihr standen einige der kleineren Fernrohre zur Verfügung, die sie eifrig benutzte und hierhin und dorthin ausrichtete, die jedoch nicht stark genug vergrößerten, um eine exakte Mondkarte anfertigen zu können.

Bei dichter Bewölkung zog Hevelius sich in seine Schreibstube oder in die Werkstatt zurück, wo er an Schriften arbeitete und Instrumente baute, während sie sich, auf Wetterbesserung hoffend, in einen Mantel hüllte. Stundenlang stand sie manchmal dort oben zwischen Astrolabien, Jakobstäben und Sextanten und wartete, selbst wenn keine Hoffnung mehr bestand. Erst tief in der Nacht, wenn Hevelius schon lange schlief, schlich sie sich in ihr gemeinsames Ehebett.

Er bedrängte sie nicht. Zu ihrer Erleichterung bestand er nicht auf seinem Gattenrecht und nahm es hin, wenn sie nachts oder am frühen Morgen seine vorsichtig tastende Hand ignorierte oder ihr auswich und, den Rücken ihm zugewandt, einschlief. Körperlich zog Hevelius sie nicht an. Nicht gerade, dass sie ihn hässlich oder unerträglich fand, aber er war für sie – nun ja – eben ein Berg, ein graues Monument, wuchtig, packend und ehrfurchtgebietend durch seine Präsenz und das Wissen über die Ewigkeit, aber körperlich betrachtet ... Wenn er sonntags vor dem Spiegel seine Kleider und Röcke richtete und sich dabei öfter hin und her drehte als Lil seinerzeit, wenn er ein riesiges Aufhebens um seinen Oberlippen- und Kinnbart machte und selbst dann noch mit dessen Form unzufrieden war, als der Barbier nichts mehr zu schneiden fand, wenn er mit seinen dünnen, unbehaarten, bleichen Beinen, die nur halb vom Nachthemd bedeckt waren, auf der Suche nach dem Nachttopf durchs Zimmer stakste, dann wurde er für sie vom Wissenschaftler zum Menschen, zum Mann, und geriet damit zwangsläufig in einen Vergleich zu Marek – den Hevelius chancenlos verlor.

Sie hatte etwas Brutales getan, als sie sich für das Leben als Astronomengattin entschieden hatte. Ja, sie hatte sich *für* etwas entschieden, nicht gegen Marek. Aber da beides nicht zu haben war, hatte sie eine Wahl getroffen, die Wahl zwischen dem Himmel und dem Himmel auf Erden. Beides war ihr gleich wichtig. Doch hätte ihr Vater jemals einer Heirat mit Marek zugestimmt? Würde Hevelius, wenn sie ihn abgewiesen hätte, noch ein gutes Wort für sie eingelegt haben? Elisabeth wollte die Möglichkeiten des Lebens beim Schopf packen, und wenn sie bei der Überlegung gezaudert hätte, welcher Schopf ihr besser gefiel, hätte sie am Ende ohne die Astronomie und ohne Marek dagestanden. Es war nicht das Herz gewesen, das die Entscheidung für sie getroffen hatte, sondern der Kopf.

Sie hatte Marek nicht wiedergesehen. Noch am Tag des angenommenen Antrags von Hevelius war in der Stadt die Verlobung verkündet worden, und Marek blieb verschwunden.

Auch Luise wusste nicht, wo er war, oder gab es nicht preis. Ein Brief, der alles erklären sollte, war vermutlich ungelesen zerrissen oder verbrannt worden. Sie hätte dasselbe getan.

Elisabeth quälte sich mit dem, was sie getan hatte, und weil sie sich quälte, erwartete sie einen Ausgleich dafür, etwas, womit sie ihr Gewissen beruhigen konnte. Es musste sich bald lohnen, Frau Hevelius zu sein.

Doch das entpuppte sich als schwieriger als gedacht. Solange sie dem Gatten bei seinen Forschungen bloß zusah oder sich ihre eigenen Sterne ausguckte, war alles in Ordnung. Auch erzählte er gerne von seinen neuen Beobachtungen und den daraus resultierenden Schlussfolgerungen, doch nur bis zu einem gewissen Punkt. Ihre Nachfragen beantwortete er mit einem leicht verzogenen Mund und starkem Näseln, und sobald sie in seine Arbeiten eingriff und Hand anlegen wollte, schüttelte er sie ab wie eine Stubenfliege. Dabei wurde er nie – niemals! – unhöflich.

»Liebe Elisabeth«, sagte er in solchen Augenblicken, »hätten Sie die Güte, mir etwas Speise zu bringen. Ich bin sehr hungrig, aber ich muss unbedingt diese Berechnung der Merkurbahn zu Ende bringen.«

Natürlich brachte sie ihm Essen aus der Küche, natürlich holte sie ihm warme Mäntel und Mützen, weitere Kerzen und Fackeln, ein bestimmtes Werkzeug aus der Werkstatt, Papier und Dokumente, Tinte und Feder, Zirkel, Bücher … Sie schrieb bisweilen, wenn er unentwegt durch das Teleskop blickte, nach seiner Maßgabe Zahlen auf, die er ansagte und deren Bedeutung sie nicht verstand; sie schrieb seine komplizierten Tabellen ins Reine; sie hielt seine Notizen oder Bücher anderer Astronomen hoch, wenn er aktuelle Messungen mit früheren verglich; sie hielt ihm geschwärztes Glas vor das Objektiv, wenn er Sonnenuntergänge beobachtete, und sie putzte die Instrumente. Wie ein Lüster stand sie bisweilen mit einer Kerze in der Hand neben ihm, stumm und steif, und sah zu, wie er etwas reparierte.

Das alles tat sie ohne Murren in der Erwartung, er werde sie früher oder später stärker in seine Wissenschaft einbeziehen. Doch die Monate verstrichen, und anstatt dass er sie als Schülerin ernst nahm, verzichtete er mehr und mehr auf ihre Hilfe und ließ schließlich sogar die einfachsten Notizen und Handlangerarbeiten von Jerzy und Piotr ausführen, zwei halbwüchsigen polnischen Burschen aus armen Familien, die in seinen Diensten waren. Anstandslos überließ er ihr weiterhin die kleineren Fernrohre, aber ebenso selbstverständlich nahm er sie ihr wieder weg, wenn er diese Instrumente »für etwas« brauchte – wofür, erwähnte er nicht.

Zwei Jahre nach der Hochzeit blieben ihr von einer erhofften Zusammenarbeit nur noch Hevelius' mündliche Berichte während der Abendtafel. Diese teilte er unvermindert mit ihr, wobei er eine Stunde lang redete und sie eine Stunde lang zuhörte. Vieles verstand sie nicht, doch wenn sie nachfragte, schlich sich ein abschätziger Zug in seine Mundwinkel. Auch wenn sie ihm von eigenen Beobachtungen erzählte – die sie mit allen Farben und aller Begeisterung anreicherte –, bekam sie den Eindruck, er wolle nichts davon hören, weil er das alles natürlich selbst bereits gesehen hatte. Eingeschüchtert von seinen Kenntnissen, den neuesten Entdeckungen und den Zahlen, mit denen er jonglierte wie ein Zirkusmann, blieb ihr nichts, als ihn anerkennend zu bestaunen – und den Mund zu halten.

Ihre Enttäuschung wuchs wie ein Geschwür, langsam und unerbittlich, und erste Zweifel über die Richtigkeit ihrer Entscheidung für *dieses* Leben schlichen sich in ihre Gedanken. Nicht ernst genommen zu werden nagte an ihrem Selbstverständnis. Liebte sie die Sterne nicht ebenso wie Hevelius, ja, stärker noch, wenn sie seine kalte Präzision mit ihrer farbigen Leidenschaft verglich? Blickte sie nicht ebenso häufig wie er ins

All? Entdeckte sie nicht auch Schätze, ihre eigenen Schätze, auch wenn diese der Wissenschaft längst bekannt waren? Nahm sie nicht Sterne ins Visier und ordnete sie Sternbildern zu, begegnete sie nicht Venus, Mars und Jupiter, beobachtete sie nicht eine halbe Mondfinsternis über Danzig? Tat sie nicht all die Dinge, die Hevelius auch tat, mit Ausnahme der Konstruktionsarbeiten und dem vielen Geschreibsel? Womit hatte sie es verdient, vom großen Auge Gottes fern gehalten zu werden? Was unterschied sie denn von einem Astronomen?

So durfte es nicht weitergehen, sie glaubte verrückt zu werden, zu verzweifeln, und sie dachte an das, was ihrer Mutter in der Jugend widerfahren war. Eilig begann sie daher, alles Wissen über den Mond zu sammeln, den Himmelskörper, der sie immer stärker anzog. Sie erinnerte sich an die erste Stunde auf der Sternenburg, als Hevelius erwähnte, dass die Kenntnisse über den Mond und seine Wirkungen noch nicht gesammelt und gebündelt vorlägen. Hier erkannte sie eine Aufgabe. Wenn es ihr gelänge, ein beeindruckendes Werk vorzulegen, würde Hevelius sie nicht länger als Partnerin seiner Forschungen ignorieren können.

Da sie kein Latein beherrschte, blieb ihr nur ein Drittel von Hevelius' umfangreicher Bibliothek als erste Grundlage übrig. Nach und nach arbeitete sie die Folianten durch. Viel fand sie nicht heraus, denn nicht jedes der Bücher beschäftigte sich mit dem Trabanten, und im Übrigen erfuhr sie ohnehin nur das, was sie schon wusste: Umlaufzeit, geschätzte Größe, Beobachtungsergebnisse von Finsternissen und dergleichen. Von den vielen, kleinen, kreisrunden Reifen nahm man an, dass es sich um Bauten handelte, errichtet von »Seleniten«, den Mondbewohnern. Ergiebiger war ihre Suche nach den Geheimnissen Lunas nicht.

Siebzig, achtzig lateinische Bände standen ungelesen in der Bibliothek, und mit einigem Aufwand ließ sich die gleiche

Menge weiterer lateinischer Bücher über verschiedene astronomische Themen auftreiben, Bücher, die Hevelius nicht besaß. Dazu kamen noch Schriften aus anderen Bereichen der Wissenschaft, die sich zwar nicht direkt mit dem Mond befassten, wohl aber mit vereinzelten Wirkungen des Nachtgestirns auf Menschen und Natur. Die Erkenntnis, all dieses Wissen nicht bündeln zu können, nur weil sie die lateinische Sprache nicht beherrschte, regte Elisabeth furchtbar auf. Natürlich könnte sie die Sprache studieren, doch wie quälend lang würde das dauern! Ein Jahr, zwei Jahre, vielleicht sogar drei, die verloren waren, in denen sie ihrem Gatten Mäntel holen, Kerzen halten und Essen in den Mund schieben musste.

Und so kam ihr eines Nachts die Idee mit Magister Dethmold. Er beherrschte Latein, und nach allem, was sie hörte, war er nach der Entlassung als Hauslehrer der Koopmans bei einer anderen Familie angestellt worden, die ihn weit schlechter bezahlte. Ein Zusatzgehalt käme ihm gewiss gelegen, überlegte Elisabeth und plante, dass er aus lateinischen Büchern die den Mond betreffenden Passagen übersetzen sollte.

Es zeigte sich, dass sie Recht hatte. Gegen eine Nebentätigkeit hatte er nichts einzuwenden, im Gegenteil, er freute sich, für das Haus des Stadtrats tätig sein zu dürfen – wenn auch in geheimer Mission, denn Elisabeth erlegte ihm Schweigen auf.

Jede Woche am Freitagnachmittag kam er vorbei, wenn Hevelius eine Ratssitzung hielt, lieferte gewissenhaft die Übersetzungen ab und nahm seinerseits einige Bücher mit, die Elisabeth und er gemeinsam auswählten. Die Arbeit begann mit den Folianten in der Bibliothek, schwere, teils staubige Wälzer von mehreren hundert Seiten, doch nach einigen Wochen ging dieses Reservoir zur Neige, und so besorgte der Magister über seine Kontakte zu Universitäten in Polen und dem Reich weitere astronomische Schriften.

Wie bei einem alten, in alle Teile zerborstenen Mosaik, das

wiederhergestellt werden sollte, setzte sich für Elisabeth langsam ein Bild des Mondes zusammen, oder besser gesagt, ein Bild dessen, was den Mond und seine Magie ausmachte. Noch waren es bloß Konturen, die etwas ahnen ließen, doch gerade das ließ viel Platz für Fantasie, Spekulationen und Hoffnungen, die Elisabeth so liebte.

Kurioses fand sich unter den Schriften, beispielsweise Theorien, wie man eines Tages zum Mond gelangen könne. Der englische Bischof Francis Godwin hatte vor etwa dreißig Jahren vier Methoden »entwickelt«: mit Hilfe von Geistern und Engeln; mit Vögeln, die man sich gefügig macht; mit angeschnallten Flügeln; mit einem fliegenden Wagen. Die Methoden waren in der Wissenschaft lange diskutiert worden, doch man wusste weder, wie man Engel noch wie man Vögel für eine solche Reise gewinnen könne – an den Flügeln und dem Wagen jedoch wolle man arbeiten.

Einige Astronomen wollten beobachtet haben, dass es auf der Erde stürmte, wenn der große Mondfleck sichtbar wird, und dass der abnehmende Mond einen schlechten Einfluss auf alles habe, der zunehmende jedoch einen guten. Auch wurde darauf aufmerksam gemacht, dass die umgekehrte Sichel des Mondes, also mit den Hörnern nach unten, dem griechischen Omega ähnele, dem Symbol für Ende und Tod. Der Grieche Anaximander vermutete den Mond als glühendes Feuerrad, Heraklit als Schale, und Pythagoras meinte in ihm die Heimat für die Seelen der Verstorbenen zu sehen. Später kamen Theorien über Silberplatten, Wasserbecken oder einen gigantischen Spiegel auf, der das Antlitz der Erde reflektiere.

Sie forschte nun in alle Richtungen. Über Magister Dethmold besorgte sie sich Bücher über Medizin und Naturerscheinungen, Berichte von Reisenden und Meinungen von Astrologen, um dem Phänomen des irdischen Begleiters auf die Spur zu kommen, immer mit dem Gedanken, eines Tages die große

Mondkarte zu zeichnen und ein umfassendes, alle Aspekte berücksichtigendes Werk über Luna zu veröffentlichen.

Elisabeth las von den Türkvölkern, die ihren Pferden Symbole des Mondes um den Hals hängten, von der allgemeinen Verehrung des Mondes als Kraftspender im Islam, weil die Sichel Bullenhörnern glich, und davon, dass die Form der Königskronen ihren Ursprung in den Hörnern des Mondes hatte.

Sie erfuhr vom Bemühen der Alchimisten, Mondlicht zu sammeln, indem sie den nächtlichen Tau von den Gräsern einsammelten, um ihn Tinkturen beizumischen, und sie hörte von Kräuterfrauen, die nur bei Vollmond Blüten, Blätter und Wurzeln sammelten, weil deren Säfte nur dann wirkten.

Alle diese Vorstellungen bewiesen Elisabeth, dass der Mond schon seit Jahrtausenden eine unglaubliche Faszination hervorrief, viel sinnlicher und geheimnisvoller als die Sonne. Nur physisch gesehen war er ein Himmelskörper, tatsächlich jedoch ging seine Wirkung weit über ein bisschen Licht in der Nacht und den Einfluss auf Ebbe und Flut hinaus. Er bildete eine Fläche für tausend Anschauungen, Einsichten und Utopien, und er wirkte in beinahe alle Bereiche des Lebens hinein.

Eines Tages erschien Dethmold bei ihr und trat verlegen von einem Fuß auf den anderen. Er habe bei einer Übersetzung etwas Neues erfahren.

»Nun, was ist es?«, fragte Elisabeth und streckte begierig die Hände aus. »Geben Sie mir das Blatt.«

»Ich – ich habe es nicht aufgeschrieben, gnädige Frau.«

Der kleine Mann senkte den Kopf, so dass Elisabeth auf seine wenigen, zotteligen Haare blickte. So kannte sie ihn nicht, den Magister, der früher in den Unterrichtsstunden selbstsicher aufgetreten war und sich auch während ihrer bisherigen Arbeit stets beflissen und selbstbewusst gezeigt hatte.

»Nun«, sagte sie, »dann teilen Sie mir Ihre Erkenntnis doch einfach mündlich mit.«

Er wurde rot. »Das ist ganz und gar unmöglich, gnädige Frau. Ich werde Folgendes tun. Ich schreibe Ihnen eine Notiz, lege sie auf diesen Tisch, gehe fort und komme erst morgen wieder. Sie, gnädige Frau, werden bitte kein Wort darüber verlieren. Es wird sein, als habe unsere heutige Unterhaltung nie stattgefunden.«
Obgleich sie seine Aufregung nicht verstand, ließ sie sich darauf ein.

Er schrieb die Notiz – wobei er sie dreimal neu formulierte und die vorhergehenden Zettel in winzige Fetzen zerriss, die er sorgsam in seiner Weste verstaute. Elisabeth beobachtete ihn mit einer Mischung aus Amüsement und Neugier.

Endlich schien er mit der Formulierung zufrieden zu sein. Mit der Schrift nach unten legte er das Blatt auf den Tisch und verließ das Haus.

Was mochte Dethmold derart in Verlegenheit gebracht haben?

Staunend und amüsiert zugleich las sie seine Notiz.

Kein Wunder, dass er sich so umständlich verhalten hatte: Ein weiteres Mal zeigte sich die erstaunliche Kraft und das Mysterium des Mondes, denn konnte es ein Zufall sein, dass die 29,5-tägige Umlaufzeit des Trabanten nahezu identisch war mit dem Zyklus weiblicher Blutung?

Endlich, nach zwanzig Monaten und dem Studium mehrerer Dutzend Bücher von lebenden oder toten Astronomen, Medizinern, Pflanzenkundlern, Alchimisten, Mönchen und Nonnen, Entdeckern, Reisenden und Romanciers, war Elisabeths Textsammlung so weit gediehen, dass sie sie auf neues Papier abschrieb, thematisch gegliedert in Mappen sortierte und diese eines Morgens in Hevelius' Arbeitsstube legte.

Natürlich war sie nicht so naiv zu glauben, dass ihr Gatte sich für die Blutung von Frauen und den Halsschmuck türkischer Pferde interessierte, daher legte sie die gebündelten Erkenntnisse über die astronomischen Aspekte des Mondes oben drauf. Vom alten Plutarch bis zum Zeitgenossen Riccioli, der im Mond ein von Gott bedientes Steuerungsinstrument für die Erde sah, umfassten die zweihundert Seiten den Wandel der Ansichten und Kenntnisse über das Nachtgestirn innerhalb von zweitausend Jahren, zusammengefasst wie wohl noch nie zuvor.

Dazu kamen über dreihundert Seiten imposanter Kulturgeschichte des Mondes, voller faszinierender Details, die vielleicht den Astronomen nicht berührten, die aber immerhin zeigten, dass das derzeitige astronomische Interesse am Mond auch nur ein Ausdruck der Epoche war, ein Teil der neuen Kultur des Kontinents, die Wissen anstelle von Magie und Glauben setzen wollte – oder sich sichtlich und bisweilen ein wenig verkrampft bemühte, beides in Einklang zu bringen.

Nun endlich käme Hevelius nicht mehr daran vorbei, ihren Fleiß zu erkennen. Sie erfüllte eindeutig die Voraussetzung, ihm mehr als bisher zu helfen.

Am Abend, nachdem er die Mappe vorgefunden hatte, bemerkte sie seine Verwunderung. Über die Tafel hinweg sah er sie zwischendurch länger an als gewöhnlich, auch beobachtete sie seinen größeren Respekt ihr gegenüber.

Selbstverständlich sprach sie ihn nicht darauf an, über die Mappe wurde nicht geredet. Hevelius war ein viel beschäftigter Mann, der gewiss zwei, drei Wochen für eine erste Durchsicht benötigen würde, und sie wollte ihn nicht unter Druck setzen wie ein kleines Kind, das möchte, dass man endlich seine Zeichnung begutachtete.

Auch wenn sie sich das nicht anmerken ließ: Sie wartete ungeduldig auf ein Wort von ihm. Sie zählte die Tage. Bewusst hatte sie auf Sauberkeit der Schrift und Präzision der Zitatverweise Wert gelegt, so dass Hevelius darin keinen Vorwand für eine Missbilligung finden würde. Alles hatte sie selbst abgeschrieben, nicht einmal Magister Dethmold durfte ihr dabei helfen, und wenn sie sich irgendwo verschrieben hatte, hatte sie eine neue Seite begonnen.

Nach zwei Wochen hatte Hevelius sich noch immer nicht geäußert, und es fiel ihr zunehmend schwer, nicht über ihre Sammlung zu sprechen.

Hatte er sie am Ende nicht vorgefunden? Das war nicht möglich, denn sie hatte sie deutlich sichtbar auf seinem Schreibtisch platziert.

Und wenn er sie versehentlich zur Seite gelegt hatte, ohne sie zu beachten? Woher aber dann dieser aufmerksame Blick an der Abendtafel?

Jenen Blick hatte sie allerdings nur ein Mal beobachtet, danach nicht wieder. Wich er ihr aus? Andererseits war es nun einmal seine Art, sich erst dann zu etwas zu äußern, wenn er sich eine Meinung gebildet hatte.

Nach einigen weiteren Tagen glaubte Elisabeth, vom Warten wahnsinnig zu werden. Sie musste endlich mit jemandem darüber sprechen.

Als Lil den Salon des Hevelius-Hauses betrat, wurde sie wie immer von einem Gefühl der Erleichterung durchströmt. Nach der Hochzeit ihrer Schwester vor vier Jahren, hatte sie erwartet – befürchtet! –, Elisabeth werde den Prunk vorführen, mit dem sie das Haus neu ausgestattet hatte: französische Gobelins, englische Landschaftsmalerei, deutsches Kristallglas und chinesisches Porzellan. Sie hatte Angst gehabt, ihrer Schwester in einem simplen, wollfarbenen Hauskleid gegenüberzutreten, während diese in einen Ballonrock und ein figurbetonendes Schnürdekolleté gekleidet sein würde. Das hätte sie einfach nicht ertragen.

Doch diese Sorge erwies sich als unbegründet. Natürlich! Wie hatte sie auch nur einen Moment glauben können, Elisabeth gäbe sich nicht mit dem zufrieden, was sie vorfände. Ihre Schwester pflegte den schlichten Stil Katharinas – und den des ältlichen Gatten. Zu Elisabeths seltenen Besuchen in das Koopman-Haus hatte sie nicht einmal die Kutsche benutzt, sondern war zu Fuß gekommen, und gab sie eine Gesellschaft, kleidete sie sich unscheinbar. Vermutlich trug sie sogar Katharinas Kleider. Was für ein Gedanke!

Lil lachte kurz auf.

»Was hast du?«, fragte Elisabeth.

»Nichts. Ich freue mich nur, dass ich dich besuchen kann, das ist alles. Mich hat in letzter Zeit einiges belastet, und jetzt, wo ich hier bin, geht es mir gleich viel besser.«

Eine Küchenmagd brachte Tee und Gebäck. Lil musste sich eingestehen, dass die Silberkanne und die Tassen recht stilvoll waren, und nur die Tatsache, dass die Küchenmagd unangenehm roch und sich plump bewegte, tröstete sie wieder ein wenig.

»Wieso entlässt du sie nicht?«, fragte Lil, noch bevor die Magd den Salon verlassen hatte.

Elisabeth zuckte zusammen, errötete und warf ihrer Hausangestellten einen peinlich berührten Blick zu. Als die Tür geschlossen war, antwortete sie: »Warum sollte ich?«

»Sie riecht.«

»Sie arbeitet in der Küche, da riecht es nun mal.«

»Aber dann kannst du *diese Frau* doch nicht zum Servieren hernehmen.«

Elisabeth lehnte sich in ihren Stuhl zurück und seufzte. »Um solche Dinge mache ich mir wenig Gedanken. Hier im Haus geht alles seinen Gang ...«

»Ja, das denkst *du*. Wenn *ich* hier das Sagen hätte ...« Lil führte den Satz nicht zu Ende, denn er stach ihr in die Brust.

Da Elisabeth völlig ihre Gastgeberpflichten vergaß, übernahm Lil das Eingießen des Tees und genoss die Schwere des

Silbers in ihren Händen. Als sie die Kanne abstellte, tat es ihr beinahe leid, sie wieder loslassen zu müssen.

»Ich habe, wie du weißt, deine Aufgaben bei uns zu Hause übernommen«, sagte sie und presste kurz die Lippen aufeinander, bevor sie fortfuhr, »die Lieferanten, die Haushaltsführung, die Einteilung des Personals. Seit vier Jahren mache ich nichts anderes. Ich weiß also, wovon ich rede, wenn ich dir rate, mehr auf die Dienstboten zu achten.«

»Ach, Lil«, seufzte Elisabeth und blickte in den grüngelben Tee in der Tasse. »Ich habe ganz andere Sorgen.«

»Geht es dir etwa nicht gut?«

»Mir geht es miserabel.«

»Ist Hevelius als Ehemann anders, als von dir erwartet?«

Elisabeth strengte sich bei ihrer Antwort sichtlich an. »Ich bin mir nicht sicher, ob ich überhaupt etwas von ihm als Ehemann erwartet habe.«

»Schwesterlein, das gibt es doch nicht! Du musst doch eine Hoffnung gehabt haben, irgendeine.«

»Schon, aber – nicht über Hevelius als Ehemann. Auch dass er Stadtrat ist, hat nicht den Ausschlag gegeben. Mich interessiert nur der Wissenschaftler, der Astronom, der Erforscher des Himmels. Ich möchte, dass er mich als seine Helferin ansieht, doch er ignoriert mich. Ansonsten ist er die Liebenswürdigkeit in Person. Er lässt es mir an nichts fehlen, macht mir keine Vorschriften, redet anständig mit mir. Ich habe Freiheiten, Lil, die bei uns zu Hause nicht einmal mit Namen genannt werden durften. Ich darf mich kleiden, wie ich will, darf Parfüm benutzen ... Aber das alles würde ich ohne Zögern hingeben, wenn er mir nur die eine, die einzige Freiheit gäbe, mich als seine Schülerin anzunehmen, als Astronomin. Ich darf mit den kleinen Instrumenten hinaufschauen, aber das reicht mir nicht. Ich will mehr. Ich will den Mond. Ich will den Jupiter. Ich will das ganze All. Ich bin ratlos, Lil, ich bin unglücklich,

ich weiß nicht, was ich tun soll. Hunderte von Seiten meiner Studien habe ich ihm zukommen lassen, doch er spricht nicht darüber. Ich musste jemandem einfach davon erzählen, sonst platze ich noch. Wem sonst, wenn nicht dir, kann ich mich anvertrauen! Wir sind unser Leben lang zusammen gewesen, du kennst mich.«

Lil hatte nicht diesen Eindruck. Mit immer größer werdenden Augen war sie der Klage gefolgt.

»Du willst – forschen?«

Elisabeth nickte. »Das und nichts anderes. Für die Astronomie habe ich doch alles andere aufgegeben.«

»Also so viel hast du wirklich nicht aufgegeben. Ein miefiges Haus. Eine Zukunft als Gesellschafterin alter Leute. Was *mir* bevorsteht, *das* hast du aufgegeben. Wir können gerne tauschen.«

Lil merkte, dass ihr Ton bitter geworden war, aber sie verabscheute es, verbittert zu wirken. Diese Blöße wollte sie sich nicht geben.

»Ich bekomme den Eindruck«, fügte sie nach einem Schluck Tee so gelassen wie möglich hinzu, »dass du immer schon an Sternen interessiert warst und nie an Insekten. Ich erinnere mich noch gut, wie du mir erzählt hast, du würdest im Garten Käfern nachstellen.«

Elisabeth knabberte an ihrer Lippe. »Das war erfunden, ich gebe es zu. Ich wusste doch nicht, ob du mich verstehen würdest, Lil. Du warst immer so hübsch und leichtlebig und verspielt, du warst die Prinzessin.«

War, dachte Lil. Sie sagt – war. »Du hast mich also getäuscht?«

»Es stimmt, du hast jedes Recht, mir Vorwürfe zu machen. Niemand wusste von meiner Leidenschaft, außer …« Sie führte den Satz nicht fort. »Nicht einmal Mutter habe ich davon erzählt. Vielleicht war es mir peinlich, weil Mädchen sich ja normalerweise anderen Dingen zuwenden, oder vielleicht hatte ich damals bereits Angst vor dem, was mir jetzt widerfährt, nämlich, nicht für voll genommen zu werden. Oh, Lil, es tut mir ja so leid, nicht nur der Schwindel mit den Käfern, sondern auch« – sie biss sich wieder auf die Lippe – »alles andere.«

Langsam beugte Elisabeth sich nach vorn, zuerst mit todunglücklicher Miene, dann tröstlich lächelnd, und ergriff Lils Hand. »Ich werde es wiedergutmachen, versprochen. Ab jetzt lade ich dich jede Woche zum Tee ein, und dann reden wir und werden lachen wie in früheren Tagen, fahren mit der Kutsche aus, gehen Stoffe einkaufen. Nur sei mir nicht mehr böse.«

Elisabeths Trost wirkte auf Lils Unmut wie Sonnenschein auf Essig: Es verschärfte die Säure noch. Gleichzeitig verstand sie, dass Elisabeth nicht für die Situation verantwortlich war. Ihre Schwester hatte etwas ganz Natürliches getan, nämlich geheiratet, während Lil sich der unsinnigen Hoffnung hingegeben hatte, ein leichter Vogel wie Marek würde ernsthaft über eine Ehe mit ihr nachdenken.

Sie seufzte. »Mach dir bitte keine Gedanken, ich bin nicht böse. Ich verstehe mich leidlich gut mit Tante Hemma, und Vater wird bestimmt irgendwann wollen, dass jemand über seinen Tod hinaus die Kontorei weiterführt. Gewiss werde ich bald einen jungen, reichen Kaufmann heiraten, der mich auf Händen tragen wird. Du siehst, deine Hilfe ist völlig unnötig, so schlecht geht es mir wirklich nicht.« Und sie ergänzte mit zartem Schmelz in der Stimme, der sie selbst erstaunte: »Jedenfalls nicht so schlecht wie dir momentan.«

Lil erinnerte sich an etwas, das sie kürzlich von ihrem früheren Lehrer Magister Dethmold gehört hatte, der immer noch ein- bis zweimal im Monat vorbeischaute. Sie fand ihn schrecklich langweilig und interessierte sich nicht im Mindesten für das, was er zu erzählen hatte. Doch diese eine Information kam ihr nun zugute.

»In London wurde kürzlich die Royal Society gegründet, die

Königliche Akademie der Wissenschaften. Sie nehmen Forscher aus allen Ländern und Bereichen ehrenhalber in die Royal Society auf.«

»Worauf willst du hinaus?«, fragte Elisabeth verdutzt.

»Nun, wenn du eine Wissenschaftlerin sein willst, solltest du einen Mitgliedsantrag stellen, natürlich ohne Wissen deines Gatten. Sagtest du nicht, du hättest bereits mit kleineren Instrumenten gearbeitet? Und Studien betrieben? Also bitte, wenn das keine Empfehlung ist.«

»Du meinst …«

»Wenn die Royal Society dich erst einmal aufgenommen hat, kann Johannes nicht umhin, dich als gleichberechtigt anzusehen.«

Über das Gesicht ihrer Schwester glitt ein Sonnenstrahl der Hoffnung. »Lil, du bist ein Engel.«

So hatte Marek sie immer genannt, einen Engel. Lil hasste Engel mittlerweile, aber sie zeigte Elisabeth ihr schönstes Lächeln und schenkte sich eine weitere Tasse Tee ein.

Elisabeth dachte wochenlang über den Vorschlag ihrer Schwester nach. Die Royal Society schien eine beeindruckende Einrichtung zu sein, doch Elisabeth lag vorerst weniger daran, von der Welt als von Hevelius anerkannt zu werden. Ihr ging es um die Sternenburg und das große Teleskop, um die Mondkarte, die sie nur mit den Möglichkeiten ihres Gatten erstellen konnte. Die gewünschte Anerkennung direkt und unmittelbar zu bekommen, war allemal besser, als sie über den Umweg einer Akademie zu erhalten. Im Übrigen würde Hevelius sich zu Recht übergangen fühlen.

Andererseits war sie nicht bereit, noch länger auf ein Wort von ihm zu warten. Sie sprach ihn also darauf an.

Er war gerade dabei, das große Teleskop auszurichten, und gab Jerzy und Piotr, den beiden Gehilfen, Anweisungen, wie sie die Seile zu ziehen hatten. Er selbst betätigte Hebel und öffnete die Klappe des Okulars.

»Es ist ein wenig verschmiert. Können Sie es sauber machen?«, bat er sie.

Sie wischte mit einem feinen Tuch langsam über die kleine, dunkle Glasfläche, und er stand daneben und gestikulierte nervös.

»Vorsicht«, sagte er immer wieder. »Ganz vorsichtig. Geben Sie Acht, dass Sie keinen Kratzer auf das Glas machen. Langsamer. Ist es schon sauber? Es ist noch nicht sauber. Langsamer! So ein Okular braucht Liebe.«

»Nicht nur ein Okular«, erwiderte sie, doch er hörte nichts. Gebannt blickte er auf die kreisenden Bewegungen ihrer Hand.

Endlich war er zufrieden. »Gut«, freute er sich, »gut geputzt.«

Von diesem Moment an war sie Luft für ihn. Sie trat einen Schritt zur Seite und sah eine Weile zu, wie er durch das Okular blinzelte.

»Was beobachten Sie?«, fragte sie.

Er benötigte für seine Antwort mehr Zeit, als man brauchte, um die Treppe zur Sternenburg hinaufzusteigen.

»Plejaden«, murmelte er, ohne sie anzusehen. »Siebengestirn.«

»Erkennen Sie mehr als sieben Sterne in den Plejaden?«

Vergebens wartete sie auf eine Antwort. Endlich fasste sie sich ein Herz und fragte: »Konnten Sie schon meine Sammlung über den Mond durchsehen?«

Er bewegte sich nicht. Unverändert starrte er die Plejaden an, so als könnten sie jeden Moment weglaufen und für immer verschwinden.

Sie holte tief Luft, und gerade als sie ihre Frage wiederholen wollte, antwortete er: »Neun.«

»Wie bitte?«

»Ich sehe neun.«

Sie seufzte. »Meine nächste Frage galt der Sammlung, die ich Ihnen übergeben habe. Was halten Sie davon?«

Eine Ewigkeit verging. Piotr und Jerzy hatten eine kleine Meinungsverschiedenheit, und der eine gab dem anderen einen Stoß, so dass das große Teleskop wackelte. Derart unterbrochen, richtete Hevelius sich auf.

»Nun?«, fragte sie.

»Nun was?« Er klang ungeduldig, doch sie wollte nicht locker lassen. Bei der Geschwindigkeit, mit der er ihre Fragen beantwortete, würde sie noch morgen früh hier stehen, am Boden festgefroren.

»Meine Sammlung«, drängte sie.

Er notierte sich zuerst eine Zahl, sah Elisabeth dann an und sagte: »Sie ist – nett.«

Er widmete sich wieder den Plejaden, und für Elisabeth stand fest, was sie als Nächstes tun würde.

Als Hevelius das Siegel des in London aufgegebenen Briefes brach, erwartete er, in den erlauchten Kreis der Royal Society aufgenommen worden zu sein. Naturwissenschaftler aller Bereiche, Mathematiker und technische Entwickler aus ganz Europa waren berufen worden, die ersten Mitglieder der Gesellschaft zu werden, die sich zum Ziel gesetzt hatte, die neuen Erkenntnisse über die Welt zu sammeln, zusammenzubringen und irgendwie nutzbar zu machen. Für die Wissenschaft im Allgemeinen war die Society das lang ersehnte Forum, bei dem man gegenseitig Wissen austauschen, diskutieren und streiten würde, und für die Astronomie im Speziellen würde es der Durchbruch des neuen Weltbildes sein. Vorbei waren die Zeiten, als sich Scharen von Astronomen bemühten, die Widersprüche des alten Weltbildes mit der Erde als Mittelpunkt irgendwie gerade zu biegen, nur um dem Papst einen Gefallen zu tun; vergangen war die Epoche devoter Astronomen, die so lange herumrechneten und die irrwitzigsten Modelle entwarfen – wie beispielsweise ein komplexes Labyrinth von Bahnen, Kurven und Schnörkeln –, nur damit die Planeten endlich wieder um die Erde kreisen durften. Künftig würde die Society – eine Institution, ein Sprachrohr, in das hundert Wissenschaftler gleichzeitig schrien – die machtvolle Stimme der beiden Kirchen übertönen und im liberalen England keine Repressalien fürchten müssen. Frei, nur der Wahrheit verpflichtet, würde die Wissenschaft das Licht der Erkenntnis in die Welt tragen.

Und er, Johannes Hevelius, wäre einer der ersten Fackelträger dieser neuen Zeit.

Ergriffen von der Erhabenheit des Augenblicks straffte er sich, und wäre es nicht noch früher Vormittag gewesen, hätte er sich ein Glas Amontillado gegönnt.

Behutsam, damit nur ja kein Riss das Papier verunstaltete, entfaltete er den Brief. Weil seine Augen, getrübt durch viele Jahre der Sternenbeobachtung, nicht mehr die besten waren, zog er seine Augengläser aus dem Gehrock und suchte den richtigen Abstand, um lesen zu können.

Schon der erste Blick auf den Brief, der das Datum vom zweiten Dezember 1667 trug, ließ sein Herz schneller schlagen. Wann erhielt man schon einmal einen in Latein verfassten Brief? Selbstverständlich beherrschte er außer seiner deutschen Muttersprache auch Polnisch, Englisch und Französisch, doch Lateinisch war mehr als nur Sprache, es war eine Sprachebene, ein Wehrturm gegen die Gewöhnlichkeit.

Er las.

Und dann gefror ihm das Lächeln.

Keiner konnte ihm einen Vorwurf machen. Er hatte Elisabeth nie schlecht behandelt und zu nichts gedrängt. Eine junge Frau sah die Dinge selbstverständlich nicht wie er, ein über Fünfzigjähriger, der den Zenit seines Lebens längst überschritten hatte und als Entschädigung dafür weit mehr von der Welt verstand. Seine Frau war naturgemäß jugendlich unbedacht. Er verzieh ihr die Schüchternheit im Ehebett, die einfältigen Fragen und Kommentare zu seiner Arbeit, die Vernachlässigung ihrer Haushaltspflichten, ignorierte die Klagen der Danziger Damenschaft, dass sie ungenügend repräsentiere, zeigte Verständnis für ihre Sehnsucht nach Einsamkeit, ja, er bemühte sich sogar redlich, über den schrecklichen Dilettantismus hinwegzusehen, der ihr »Forschen« prägte – wobei ihm das regelrecht wehtat. Doch das hier ging entschieden zu weit. So wie bisher konnte es nicht mehr weitergehen.

Bevor er damals um Elisabeths Hand angehalten hatte, hatten ihn die merkwürdigsten Gefühle beschäftigt, denn er war es nicht gewohnt gewesen, tiefen Emotionen zu begegnen. Seine Eltern hatte er geachtet, und Katharina war er stärker zugetan gewesen als irgendeinem anderen Menschen. Das stärkste Interesse allerdings brachte er seiner astronomischen Arbeit entgegen, dem Zusammenschmelzen von Zahlen und Kreisen und Ellipsen und Körpern und Chronometern und Konstellationen zu einem Ganzen, einem Bild von allem. Das Universum eines Tages in Skalen und Tabellen zu gießen, die alles erklärten, war sein größter Traum.

Und dann war dieses Fräulein gekommen. Sie hatte ihn, den Astronomen, beachtet, hatte an seinen Lippen gehangen, wenn er vom Mond sprach, hatte in seinen Büchern gelesen, seine Instrumente bewundert, sein Schaffen zu etwas Außergewöhnlichem erhoben. Gewiss war sie naiv und kindlich gewesen, doch genau darin lag das Reine, das Unverfälschte ihrer Begeisterung. Nach Katharinas Tod, als das Haus in schwarzer Stille versunken war, stand ihm deutlicher denn je vor Augen, wie sehr er einen Menschen brauchte, der *ihn* brauchte.

Elisabeth brauchte ihn, jedenfalls hatte er das damals gedacht. Und tatsächlich, anfangs folgte ihm ihr Staunen auf Schritt und Tritt, und darum genoss er es, sie während der Arbeit in der Warte im Hintergrund zu haben, wo sie ihm ein wenig zur Hand gehen konnte. Dann jedoch stellte sie Fragen, viele Fragen, schaute ohne ihn durch Teleskope, und mit jedem Tag spürte er stärker, dass sie nicht *ihn* brauchte, sondern die Sterne, nicht *seine Arbeit* bewunderte, sondern das Universum. Sie überging ihn. Sie übersprang ihn als Instanz und wandte sich direkt und unmittelbar an die Schöpfung.

Diese Tatsache verletzte ihn tiefer als die Misere im Ehebett und alle anderen Unzulänglichkeiten seiner jungen Gattin. Und als reiche ihr das nicht, machte sie ihn jetzt auch noch vor aller Welt lächerlich.

Hevelius schwankte.

Er hätte Elisabeth am liebsten sofort zur Rede gestellt, aber die Stimme der Vernunft riet ihm, noch ein paar Stunden zu warten. Und Hevelius hörte immer auf die Stimme der Vernunft.

Eine Platte mit Brot, Wildschweinschinken und kaltem Braten war alles, was sie trennte, dazu noch zwei Weinkelche, die an diesem Abend jedoch leer blieben. Die Diener hatten einige Kerzen angezündet, denn obwohl es draußen bereits dämmerte und nur zwei kleine Wolken träge über Danzig zogen, blieben Hevelius und Elisabeth ungerührt an der Tafel sitzen, statt auf die Sternenburg zu gehen.

»Die Royal Society hat mich also abgelehnt«, murmelte Elisabeth und blickte ihren Gatten unglücklich an.

»Abgelehnt!«, stieß Hevelius hervor, und zum ersten Mal bekam seine Stimme etwas Sarkastisches. Sachlich und schnörkellos hatte er bisher wiedergegeben, was in dem Brief stand, der auf seinem Schoß ruhte. Nun merkte er, dass seine Frau nichts, aber auch gar nichts begriffen hatte.

»Abgelehnt! Abgelehnt! Wer immer Ihnen den Hinweis auf die Royal Society gegeben hat, wusste wohl nicht, dass man sich nicht bei der Society bewirbt wie ein Geselle beim Schuster. Man wird erhoben, berufen.«

»Ich wollte nur auf mich aufmerksam machen. Wenn die Leute der Society nichts von mir wissen, wie könnten sie mich dann jemals berufen?«

Er stöhnte auf. »Sie *wollen* überhaupt nichts von Ihnen wissen, ist das denn so schwer zu verstehen!« Hektisch nahm er sich zwei Scheiben Wildschweinschinken und zerpflückte sie auf seinem Teller. Dann rief er: »Schon allein Ihre Sprache. Sie haben ihnen auf Deutsch geschrieben.«

»Ich kann nur Deutsch und Polnisch. Hätte ich ihnen auf Polnisch schreiben sollen?«

»Das hätte noch gefehlt«, murmelte er und kaute auf einem Stück Schinken herum. »Sie haben wirklich wenig ausgelassen, um mich vor den Wissenschaftlern der Welt lächerlich zu machen. Diese Geschichte wird natürlich die Runde machen, und die Herren werden sich köstlich amüsieren, in erster Linie über mich, dass ich eine solche Kapriole zugelassen habe.«

»Die Society hätte *mir* schreiben sollen. Wieso der Weg über Sie?«

»Begreifen Sie das endlich, Elisabeth, Sie *existieren* nicht für die Royal Society. Sie sind eine Frau, und die Society beruft keine Frauen.«

Seine Worte nahmen den Charakter von Schlägen an, und kurze Zeit war ihr danach zumute wegzulaufen, in ihr Zimmer, auf die Sternenburg ... Doch dann stachelte ein innerer Zorn sie auf, nicht gegen die Society, die sich als olympischer Götterhimmel gebärdete und nur berief, statt Bewerbungen zu prüfen, sondern gegen ihn, Hevelius, für den sie so vieles aufgegeben hatte.

»So, ich existiere also nicht?«

»Nicht als Wissenschaftlerin. Nicht für die Royal Society.«
»Aber Sie, Sie existieren, ja?«
Er blickte sie überrascht an. »Was ist denn das für eine Frage? Natürlich existiere ich für die Royal Society.«
»Warum? Weil Sie einen Brief von ihr bekommen haben, der *mich* betrifft?«
»Ich ...« Nun verschlug es ihm fast die Sprache. »Ich habe mein Leben lang geforscht. Sie waren noch nicht geboren, da habe ich Schriften verfasst, die in ganz Europa gelesen wurden, habe mit Descartes, Riccioli und Huygens korrespondiert ...«
»Dann werde ich eben auch Herrn Huygens schreiben.«
»Das werden Sie tunlichst unterlassen. Wollen Sie mich vollständig blamieren? Soll mir die Anerkennung der Royal Society auf ewig verwehrt bleiben, weil ich ein närrisches Weib im Hause habe?«

Auf eine solche Bemerkung hatte sie nur gewartet. »Das ist es also, was Sie stört, nicht wahr? Ich bin Ihre Frau, *eine* Frau, und als Frau darf ich allenfalls Ihr Genie widerspiegeln. Im Verlauf meiner Studien bin ich mehrfach auf abfällige Äußerungen über Frauen in der Wissenschaft gestoßen. Sie, Johannes, sind nicht besser als diese eingebildete Society, die der unerschütterlichen Meinung ist, dass nur ihr Männer einen naturwissenschaftlichen Verstand besitzt, mit dem ihr leuchtet, und dass wir Frauen gerade gut genug sind, euer Leuchten zu reflektieren.«

»Das war nie meine Denkweise«, rechtfertigte er sich. »Aber Ihre Sammlung ist zum übergroßen Teil eine Anhäufung von Geschwätz und veraltetem Denken. Alchimie! Kräuterpflückung! Mythologisches Zeug! Fünfhundertneunundsechzig Seiten Papier voller Küchentratsch, Phrasen und faulem Zauber, Wissenschaftler zitierend, die nie welche waren, sondern die nur blindgläubige Narren sind, die Ansichten wiederkäuen, die es längst nicht mehr gibt. Fünfhundertneunundsechzig Seiten, die selbst den tolerantesten Astronomen bestenfalls zum

Schmunzeln bringen, viel wahrscheinlicher allerdings zur Weißglut treiben. Fünfhundertneunundsechzig Seiten voller Unsinn.«

Jeder Satz tat ihr weh, doch sie nahm alle Kraft zusammen, um ruhig sitzen zu bleiben. »Sie vergessen den astronomischen Aspekt meiner ...«

»Den astronomischen Aspekt! Wie könnte ich den vergessen? O ja! Heraklit. Pythagoras. Sogar den heiligen Thomas von Aquin haben Sie zitiert, der ausschloss, dass es Leben auf dem Mond gibt. Ja, Sie haben sich mit Namen geschmückt, mit so vielen Namen, dass sie wie Glitter an Ihrem Kleid hängen. Was für eine Leistung!«

»Sie sind ungerecht«, rief sie. »Was bleibt mir denn übrig, als mich an andere zu halten, solange ich nicht an das große Teleskop herankomme? Ich bin Astronomin, aber Sie nehmen mich nicht ernst.«

»Weil ...« Er erhob sich langsam und betonte jedes einzelne Wort, »weil Sie keine Astronomin sind.«

Sie funkelte ihn an. »Sondern?«

»Sie wollen es wirklich wissen?«

»Ich bin schon sehr gespannt. Was bin ich in Ihren Augen?«

Er atmete kräftig aus und beugte sich ein wenig in ihre Richtung, wobei er seinen Blick in ihren versenkte. »Ein törichtes Kind. Eine Göre, die täppisch mit dem Spielzeug hantiert, das man ihr gegeben hat. Eine unerfahrene, unreife, unwissende Stümperin, das sind Sie. Sie forschen nicht, Sie flanieren nur am Himmel, also sind Sie auch keine Forscherin, sondern eine Spaziergängerin. Der Eintritt in die Welt der Astronomie erfolgt durch das Portal der Mathematik und der Naturgesetze, doch haben Sie jemals auch nur im Entferntesten in Erwägung gezogen, eine Planetenbahn oder die nächste Mondfinsternis zu errechnen? Sehen Sie in einem Astrolabium etwas anderes als ein schmückendes kupfernes Geheimnis mit hübschen Ornamenten? Können Sie einen Sextanten bedienen? Sind Sie willens, ein Teleskop anzufertigen, in Tagen und Wochen exakter, konzentrierter Arbeit? Haben Sie einen Himmelskörper – außer den Mond – je länger als zwanzig Atemzüge lang beobachtet? Studieren Sie die Werke von Kopernikus und Kepler? Die Antwort auf alle diese Fragen ist: nein. Nein, das alles interessiert Sie nicht. Stattdessen fliegen Sie mit dem Teleskop hin und her, vom Orion zur Kassiopeia, von der Kassiopeia zur Lyra, von der Lyra zum Mars … Sie beobachten kurz die Lichtkügelchen, wünschen ihnen eine gute Nacht – und weiter geht's. Manchmal schlagen Sie den Namen eines Sterns nach, aber nur, damit Sie wissen, wie Sie ihn ›anreden‹ müssen. Lachhaft! Mondkarten wollen Sie zeichnen, dabei haben Sie die elementarsten physikalischen Besonderheiten dieses Himmelskörpers noch nicht annähernd erfasst. Mit Mystik beschäftigen Sie sich, mit geheimnisvollen Kräften des Mondes, mit Astrologie. Einfach lächerlich.« Er holte tief Luft und fügte hinzu. »Astronomin, ja? Ihnen fehlt alles, was man zur Astronomie braucht. Ein Astronom forscht nach der Wahrheit, nach Fakten. Fakten, Elisabeth, nichts als Fakten. Nur auf Basis der Wissenschaft, der Physik, lässt sich die Herausforderung der Astronomie bewältigen. Sie hingegen ignorieren das einfach und pfuschen herum. Ihr Anspruch, eine Wissenschaftlerin zu sein, spottet der Realität.«

Hevelius hatte seine Analyse beendet, und als Elisabeth nichts erwiderte, ergänzte er: »Ich möchte Sie fortan nicht mehr auf der Warte haben. Es gibt anderes für Sie zu tun, die Brauerei, beispielsweise. Katharina war mir hierbei immer eine Stütze, Sie sollten ihr nacheifern. Auch Ihren Aufgaben als Frau des Stadtrats sollten Sie sich stärker als bisher widmen. Bin ich einmal abends nicht da, können Sie meinetwegen die kleinen Teleskope benutzen, das sollte für Ihre Spielereien ausreichen.«

Sie erwiderte auch daraufhin nichts. Kraftlos, als habe man sie niedergestreckt, saß sie auf dem Stuhl und starrte vor sich hin.

Hevelius hatte Hunger, aber er verzichtete darauf, seiner Frau heute Abend weiter Gesellschaft zu leisten. Bevor er ging, wandte er sich noch einmal zu ihr um.

Sie sah ihn an, als erwarte sie ein Wunder, eine Beschwichtigung.

Er aber war aufgeregt, nervös, verärgert. Sie tat ihm leid, er selbst jedoch tat sich noch mehr leid, und er beabsichtigte, auch den letzten Hoffnungsfunken in diesen Augen, diesem schwärmerischen Geist, zu zertreten. »Denken Sie bitte nicht, ich sei grausam«, sagte er. »Ich tue Ihnen nur einen Gefallen, denn ich befreie Sie von Illusionen. Es ist eine Wahrheit, meine Liebe, dass die Astronomie Sie so nötig hat wie ein Furunkel.«

12

Margarete Kurtz war eine Frau in den Dreißigern, mit einem kleinen Gesicht und den angstvollen Augen einer Spitzmaus. Als dritte Ehefrau des Stadtrats Kurtz schien sie eine schwere Bürde zu tragen, denn ihre beiden Vorgängerinnen waren jeweils bei einem Unfall ums Leben gekommen – die eine war aus einer fahrenden Kutsche gefallen, die andere von einem Fuhrwagen überrollt worden –, und nun glaubte die dritte Frau Kurtz, dass das Schicksal nur auf eine Unachtsamkeit von ihr wartete, um ein weiteres Mal zuzuschlagen. Während der Belagerung durch die Schweden damals hatte sie zwei Tage und Nächte neben den Ratten im Keller gelebt, aus Angst, eine Kanonenkugel könnte ihr Haus zerreißen. Nun, nach dem Ende dieses Krieges, fürchtete sie eine andere Gefahr.

»Unsere Gatten«, sagte sie während einer Teegesellschaft zu dritt im Hevelius-Haus, »sind arg unvorsichtig geworden. Die Tore gehören geschlossen oder zumindest stärker bewacht. Was, wenn die Türken eindringen?«

Romilda Berechtinger, Elisabeths zweiter Gast an diesem Nachmittag, antwortete: »Die Türken, meine Liebe, haben Krieg mit Österreich, nicht mit uns.«

»Polen liegt neben Österreich, liebe Romilda.«

»Zweifellos. Dennoch stehen die Türken vor Preßburg, und nicht in Polen, geschweige denn vor Danzig.«

»Es ist bekannt, liebe Romilda, dass Türken die Pest vor sich hertragen.«

»Die Ratten, mit denen du damals gelebt hast, tragen gewiss mehr Pest mit sich herum als die Muselmanen.«

»Liebe Romilda«, beharrte Margarete, »die Türken sind gefährliche, schmutzige Barbaren, und ich muss feststellen, dass du ebenso kurzsichtig bist wie unsere Ehemänner, wenn du die Gefahr einer türkischen Invasion in Europa nicht erkennst.«

Die beiden Damen blickten Elisabeth in Erwartung eines Schiedsspruches an. Sie hatte Margarete Kurtz und Romilda Berechtinger eingeladen, weil sie mit ihnen von allen standesgemäßen Damen der Danziger Gesellschaft noch am besten auskam. Sie redeten wenig über Pröbste, Gottesdienste und schickliches Benehmen, außerdem zogen sie nicht andauernd über Abwesende her. Elisabeth kam leidlich mit ihnen aus und mochte sie sogar ein bisschen, so wie man aus einem Keller voll sauren Weins denjenigen am liebsten mag, der am wenigsten sauer ist.

»Die Muselmanen haben das Astrolabium erfunden«, war alles, was sie zu diesem Thema zu sagen hatte, woraufhin die irritierten Damen die Bemerkung übergingen und weiterstritten, ob die türkische Invasion noch in dieser Nacht über die Welt hereinbrechen würde oder nicht.

Elisabeth lehnte sich indes zurück und wärmte die Hände an der heißen Tasse. Sie war heute nicht gesprächig. Der Herbst machte sie melancholisch. Über Danzig hatte sich eine dicke Nebelglocke gestülpt, und im Haus war es noch stiller geworden als sonst. Hevelius war vor einigen Tagen ins deutsche Reich gereist, um am mecklenburgischen Hof zu Schwerin und im kursächsischen Dresden Werbung für sein Bier zu betreiben. Sie vermisste ihn nicht, vermisste überhaupt niemanden.

Seit fast zwei Jahren schien alles stillzustehen. Die Sternbilder stiegen nachts nicht mehr auf, die Planeten kreuzten nicht mehr über das Firmament. Kein Mondlicht fiel auf die Erde. Der Himmel war schwarz, ohne Glut und Feuer, die Nacht war einfach nur Nacht und nicht wie früher Elisabeths Tag, und der Sonnenuntergang war nicht länger ihre eigentliche Morgenstunde. Es war, als ob sie schliefe und von nichts träumte, ein dunkler, tiefer Schlaf ohne Sinn.

Von dem Tag an, da Hevelius sie ein Furunkel genannt hatte, hatte sie die Sternenburg nicht mehr betreten. Es war ihr nicht verwehrt worden; sie hätte an den Abenden, an denen Hevelius nicht forschte, ohne weiteres auf die Sternenburg gehen und die kleinen Teleskope benutzen können. Sie verzichtete jedoch. Das Wort von den »Spielereien« war hängen geblieben und hätte ihr jede Freude mit den Instrumenten verdorben. Möglicherweise, sogar wahrscheinlich, hatte Hevelius Recht und sie taugte nicht für die Astronomie. Lieber einen Schlussstrich ziehen und das Scheitern anerkennen, als sich Hevelius' fortwährendem Spott auszusetzen. Sie hatte nun einmal einen Fehler begangen, einen schrecklichen Fehler, wegen dem sie für den Rest ihres Lebens leiden würde. Um Astronomin zu werden, hatte sie einen Astronomen geheiratet. Das war ihr Traum gewesen, doch nun stellte sie fest, dass für Träume die größte Gefahr besteht zu sterben, wenn sie verwirklicht werden.

Für eine schmale Spanne an Zeit, einige Wochen nur, war sie

Astronomin gewesen – jedenfalls hatte sie das geglaubt. Diese Zeit war nun tot, von Hevelius mitleidlos niedergestreckt und von ihr in der Nacht darauf beerdigt worden.

Sie hatte sich daraufhin – um *irgendetwas* zu tun – mit den Geschäften der Brauerei beschäftigt und sich schneller eingearbeitet als gedacht. Ihre Idee, das Hevelius-Bier zur Kostprobe an die Höfe Europas zu schicken, zündete wie eine trockene Lunte. Aus Dänemark, Hessen und Bremen gingen bereits nach wenigen Wochen bemerkenswerte Bestellungen ein, es folgten die Republik der Vereinigten Niederlande und das Herzogtum Jülich. Selbst der Hof in Stockholm orderte ein Dutzend Fässer. Und jene, die noch zögerten, wurden schriftlich überzeugt.

Hevelius lobte Elisabeth für ihre Kunst des Briefeschreibens, ihr Geschick, mit Worten zu jonglieren, etwas anzudeuten, ohne zu penetrant darauf hinzuweisen. Gerne setzte er seinen guten Namen unter diese Kunstwerke der Handelskorrespondenz und machte ihr immer häufiger Geschenke, wie man sie Frauen macht: Kleider, Möbel und Schmuck. Geschäftliche Erfolge teilte er neidlos mit ihr und konnte die ganze Abendtafel lang mit ihr darüber sprechen. Elisabeth war es zwar reichlich egal, ob Louis XIV. von Frankreich sich nun an Hevelius-Bier verschluckte oder an einem anderen, er jedoch bemerkte ihr Desinteresse nicht oder sah darüber hinweg.

Was Hevelius und sie hätte verbinden sollen, trennte sie nun: Über die Astronomie sprachen sie nicht mehr. Er vermied das Thema absichtlich, und Elisabeth hätte es wehgetan, von seinen Meisterleistungen zu hören, während ihr nur das Bier und der Damentee geblieben waren. Ein Damentee wie heute.

Sie hatte keine Ahnung, wie Margarete und Romilda es in wenigen Sätzen geschafft hatten, vom Türkensturm zur neuesten Mode zu kommen, aber plötzlich lag zwischen den Teetassen die Illustration einer Frau in einem unglaublichen Kleid.

»Habe ich von meinem Schneider«, erklärte Romilda. »Und der hat es von einem Schneider in Paris. Sagen Sie selbst, meine Lieben, ist das nicht ein Traum?«

Drei Augenpaare blickten auf ein loses, mantelartiges Gewand, das rostrot und cremefarben durchwirkt war, ellenlange Puffärmel hatte sowie eine bodenlange Schleppe. Die Haube war mit Schleifen und Spitzen verziert und inwändig mit Draht hochgetürmt worden, so dass sie eher einer Zuckerbäckerei glich denn einer Kopfbedeckung – Fontange, stand klein geschrieben daneben. Das Auffälligste und Verblüffendste an dem Ensemble war jedoch der Ausschnitt des Kleides. Bis zum Brustansatz ging das Dekolleté, das auf unbekannte Weise von unten gestützt wurde, was die Brust erheblich vergrößerte. Elisabeth, die sonst nie Interesse für Mode zeigte, ertappte sich dabei, wie sie das Kleid im Geiste anzog und damit vor dem Spiegel posierte.

»*Das* trägt man jetzt in Frankreich?«, fragte Margarete Kurtz staunend. »Sehr gewagt. Will sagen: unerhört gewagt.«

»Ich weiß.« Romilda lächelte. Sie war in Danzig für ihre freizügige Auffassung in Modedingen bekannt. Nicht nur, dass sie nie in einem Kleid mit Tellerkragen zu sehen war und das ungeschriebene Gebot, Schwarz oder Grau zu tragen, missachtete – sie trug Farben, von denen niemand gewusst hatte, dass sie überhaupt existieren. Außerdem benutzte sie Fächer, und auf einem von ihnen hatte man sogar das Motiv der nackt badenden Göttin Diana gesehen. Damit hatte sie vor einigen Jahren einen Skandal ausgelöst. Man verzieh ihr die Üppigkeit nicht, die ihrem Wesen entsprach, ihre verlangenden Blicke, die großen Brüste, den sinnlichen Gang, die aufgetürmte Frisur, bei der man sich wunderte, dass die Trägerin von ihr nicht erdrückt wurde.

»Aus Frankreich kommen derzeit die besten Dinge«, sagte Romilda. »Der junge König hat Geschmack. Er tanzt in der

Öffentlichkeit, trägt außergewöhnliche Kostüme, in denen er wie die Sonne strahlt, und gibt rauschende Feste. Ein riesiges Schloss wird gebaut – mir fällt gerade der Name nicht ein – und soll, so sagt man, ein Tempel des Genusses und der Lebensfreude werden. Schon eifern ihm die ersten Fürsten nach. In Turin, Venedig, Prag und an vielen anderen Orten setzt sich die französische Mode durch – und die französische Lebensart. Selbst in Krakau und Warschau. Vorbei der starre Trübsinn. Tja, meine Damen, wir leben in einer neuen Zeit mit neuen Möglichkeiten. Nutzen wir sie!«

»Und wie?«, fragte Margarete Kurtz.

»Indem wir dieses Kleid bestellen.«

Margarete schien wenig begeistert. »In diesem Kleid hole ich mir den Tod, so freizügig ist es.«

»Und Sie, meine Liebe?«, fragte Romilda kokett, an Elisabeth gewandt. »Sie sind so schweigsam heute. Lassen Sie mich auch im Stich, oder gehen Sie das Wagnis ein? Die Farben würden Ihnen ausgezeichnet stehen.«

Etwas lockte Elisabeth, Neues zu probieren. Aber eine andere Stimme war stärker. Kleider wie dieses kaufte man sich nicht, um damit durchs Haus zu laufen, in solchen Stoffen wollte man gesehen und bewundert werden. Ihr jedoch war diese Art von Bewunderung egal. Sie hatte sich noch nie lange mit ihrem Körper beschäftigen können, und es gab niemanden in ihrem Leben, dem sie gefallen wollte.

»Ich fürchte, es würde Hevelius nicht gefallen«, wiegelte sie ab.

»Du liebe Güte! Solche Rücksichtnahmen habe ich mir abgewöhnt«, sagte Romilda. »Mein Gatte fragt mich ja auch nicht, wie mir seine ...«

Der alte Jaroslaw kam in den Salon. »Verzeihung, gnädige Frau, aber ein Besucher verlangt, den Herrn Rat zu sprechen.«

Elisabeth seufzte. Sie hatte Kopfschmerzen, und auch Mar-

garete und Romilda hatten sie nicht aufheitern können. Leicht gereizt sagte sie: »Jaroslaw, du weißt doch, dass der gnädige Herr frühestens in drei Tagen wieder da sein wird.«
»Gewiss, gnädige Frau.«
»Also bitte, dann richte das dem Besucher aus.«
»Der Herr lässt sich nicht abweisen, gnädige Frau. Er möchte stattdessen die gnädige Frau sprechen.«
»Auch das noch«, murmelte sie. »Weißt du, worum es sich handelt?«
»Ich kann es mir nicht denken, gnädige Frau.«
Sie rieb sich die Schläfe. »Ich lasse bitten.«
Als Jaroslaw hinausgegangen war, sagte Margarete Kurtz: »Wie unvorsichtig von Ihnen, meine Liebe, den Fremden zu uns Damen hereinzubitten. Sie hätten ihn abweisen sollen. Man kann nie wissen.«
»Liebe Margarete«, erwiderte Elisabeth angespannt. »Wenn es ein Türke wäre, hätte Jaroslaw mir das bestimmt gemeldet.«
»Gnädige Frau«, sagte der Diener, »ich melde Fahnenführer Marek Janowicz.«
Unwillkürlich, halb erschreckt und halb benommen, erhob sich Elisabeth.
Romilda, die ihren ehemaligen Geliebten sofort wiedererkannte und nun zwischen Elisabeth und dem Offizier hin und her blickte, lächelte und sagte: »Ich bin sicher, das wird ein ganz entzückender Nachmittag.«

Über die Sternenburg wehte ein frischer Wind, aber er störte ihre Ruhe nicht, sondern ließ sie wie ein einsames, felsiges Eiland wirken. Grau und beinahe unheimlich hoben sich die Instrumente vor der Nacht ab, vor allem das große Teleskop, das im Dunkeln einem langen Drachenhals glich, mit der Stützkonstruktion als Körper und dem obersten Objektiv als Kopf. Vor seiner Abreise hatte Hevelius die Bücher und schweren Folianten in die Truhen geräumt, die Astrolabien eingewickelt und die Tische und Gerätschaften in Reih und Glied an der Wand aufstellen lassen, so als habe er zum Abschied eine Parade abnehmen wollen. Der Charme des großen Durcheinanders war verloren, und die Plattform der Sternenburg glich nun eher einer geräumigen Tanzfläche unter freiem Himmel als einem Ort wissenschaftlicher Betätigung.

Elisabeth betrat seit einundzwanzig Monaten zum ersten Mal wieder das Dach, dessentwegen sie ursprünglich in das Haus eingezogen war. Zudem war der Zweck ihres Kommens ein anderer, als sie sich das jemals hatte vorstellen können.

Stunden waren vergangen, seit Marek überraschend aufgetaucht war, Stunden, die Elisabeth mit ihm und den Damen im Salon verbracht hatte, bei Tee, Romildas entzückten Blicken, Margaretes endlosen Fragen über Mareks Abenteuer als Offizier und seine Begegnung mit einem Türken sowie ihrer eigenen Bemühung, die Fassung zu bewahren. Geduldig hatte Marek alle Fragen beantwortet, und Elisabeth hatte, für sie selbst überraschend, alles getan, um ein wenig gleichgültig zu wirken, ohne unhöflich zu sein. Sie hatte Tee nachgeschenkt, ein paar banale Zwischenfragen gestellt, ihm Auskunft über das Befinden ihrer Familie erteilt und zwischendurch lange geschwiegen, so als sei sie nicht im Mindesten an Marek interessiert. Kurz, sie hatte sich wie eine perfekte Danziger Stadtratsgattin verhalten.

Sogar als Romilda Berechtinger ihren berühmten Diana-Fächer hervorholte und sich mit diesem Abbild nackter Frauen Luft zufächelte – wobei sie sich so setzte, dass Marek den Fächer gut sehen konnte –, blieb Elisabeth äußerlich gelassen, bohrte sich allerdings heimlich den Stiel des Teelöffels in den Handballen.

Erst bei Einbruch der Dunkelheit verabschiedeten sich die Damen, Margarete Kurtz williger als Romilda, und Elisabeth sagte, noch in Anwesenheit der beiden: »Nun, Herr Janowicz, dann können Sie mir gleich in Ruhe berichten, welches Anliegen ich meinem Mann überbringen soll.«

Da im Haus überall Diener und Hausmädchen herumliefen, war ihr die Idee mit der Sternenburg gekommen. Dort war sie nun mit ihm allein.

Sie hatte sich gewünscht, ihn wiederzusehen, hundertmal seit ihrer Heirat, und zweimal hatte sie mit einem Brief in der Hand vor Luises Backstube gestanden. Dass sie nicht hineingegangen war, um ihn abzugeben, war weder dem Risiko, als verheiratete Frau eine Geheimkorrespondenz zu führen, noch irgendwelchen moralischen Bedenken zuzuschreiben. Hevelius hatte ihr die beiden Sehnsüchte ihres Lebens genommen, da war es nur gerecht, wenn sie sich eine zurückholte. Und die Wahrscheinlichkeit, dass Marek inzwischen geheiratet haben könnte, war bei einem Mann wie ihm gering. Was sie letztlich abhielt, war nicht Angst und nicht Gott, sondern das Gespür, dass kein Brief wiedergutmachen könnte, was sie getan hatte. Ihre Worte würden, gelesen oder ungelesen, in einem Lagerfeuer enden. Marek musste grundsätzlich bereit sein, ihr zu verzeihen, und wenn das der Fall war, würde er nach Danzig kommen. Kein Brief könnte das erzwingen. Aber falls Marek kam, dann liebte er sie noch.

Sie standen sich gegenüber, umgeben von der Ordnung und Disziplin des Johannes Hevelius, und sahen sich in die Augen.

»Du bist gekommen.« Ihr Tonfall war ruhig und sanft, und sie legte ein Lächeln hinein, als sie hinzufügte: »Sag mir, warum, Marek.«

In seinem Gesicht war nichts zu lesen. Er hatte sich unter Kontrolle, so als wirkten die letzten Stunden inmitten fremder Leute noch nach, wie eine Medizin vielleicht, ein Beruhigungsmittel, das erst langsam seinen Einfluss auf Körper und Geist verlor.

Er griff in eine Innentasche seiner Uniform und zog ein Papier hervor.

»Das ist für deinen Mann. Die polnische Armee möchte ihn beauftragen, ein neuartiges optisches Instrument zu entwickeln. Es geht um unsere Festungen. Während verschiedener Belagerungen durch die Schweden haben wir festgestellt, dass unsere Möglichkeiten, den Feind auszuspähen, unzureichend sind. Deinem Gatten ist bei der Art des zu entwickelnden Instruments freie Hand gegeben. Die Vergütung ist großzügig. Wir wissen« – hier schluckte er – »wie konkurrenzlos Johannes Hevelius ist.«

Sie ignorierte das Papier. »Weshalb, Marek?«, fragte sie ihn noch einmal. Ihre Stimme ließ keinen Zweifel daran, wie sehr sie sich freute, dass er da war.

»Ich bin immer noch Waffenmeister der Armee«, erklärte er ausweichend. »Es ist meine Aufgabe, solche Aufträge zu überbringen.«

Anscheinend war er noch zu stolz, um auf ihre Frage einzugehen. Nun, er war ein verletzter Mann und wollte sich ein wenig feiern lassen. Also nahm sie das Papier entgegen und überflog es flüchtig. »Das ist alles? Wegen dieses Papiers bist du von Krakau nach Danzig geritten? Hätte ein einfacher Bote nicht genügt?«, fragte sie mit einer Spur Koketterie

»Ich wollte mit deinem Gatten einiges wegen des Auftrags besprechen.«

»O bitte, Marek, lassen wir doch das Spielchen«, entfuhr es ihr.

Mareks zusammengepresste Lippen verliehen seinem ansonsten weichen Gesicht einen bitteren, harten Zug. »Was fällt dir eigentlich ein?«, schleuderte er ihr flüsternd entgegen. »Woher nimmst du das Recht, so mit mir zu reden? Wenn hier jemand etwas zu erklären hätte, dann bist du es. Doch wozu? Du hast vor langer Zeit Fakten geschaffen, mit denen ich leben muss – und mit denen ich seit Jahren lebe.«

»*Wir* leben«, warf sie ein.

»Ja, nur du konntest dir die Fakten aussuchen, ich nicht. Was glaubst du, wie mir zumute war, als ich von deiner Verlobung mit Hevelius hörte, keine zwei Tage, nachdem wir über unsere Heirat gesprochen hatten? Wir hatten uns umarmt, Elisabeth, ganz nah waren wir uns im Garten gewesen, so nah, wie sich zwei Menschen nur sein können. Ich habe keinen Hehl daraus gemacht, dass es vor dir noch andere Frauen gab, aber ich habe dir auch gesagt, dass du die Erste warst, mit der mich mehr verbunden hat als mit jeder anderen. Du warst etwas Besonderes in meinem Leben, Elisabeth. Ich hätte dir nie dasselbe angetan, was du mit mir gemacht hast.«

»Ich will dir ja erklären, wie ...«

»Nein.« Er winkte ab. »Du hast Recht, ich hätte den Brief durch einen Boten überbringen lassen können. Ja, ich wollte dich sehen, frag mich nicht, wieso, das weiß ich selbst nicht mehr. Aber auf keinen Fall wollte ich eine Erklärung oder das, was du dafür hältst.«

Da er seinen schneidenden Tonfall nicht änderte, fand sie es unangemessen, weiterhin wie eine Büßerin vor ihm zu stehen.

»Bitte, wenn du keine Erklärung willst, wirst du auch keine bekommen. Damit gibst du allerdings einen Vorteil aus der Hand, weißt du? Ich hatte nämlich vor, sinngemäß einen Kniefall zu absolvieren, um Entschuldigung zu bitten ... Canossa wäre nichts gegen das gewesen, was ich vorhatte.«

»Ich will kein Canossa.«

»Was willst du stattdessen?«

Er zögerte einen Moment, dann sagte er leise: »Einen Schlusspunkt setzen.«

Für eine Weile war nur der Wind zu hören. Er zog an ihren Haaren und blähte die Tücher, die über die Truhen und Tische geworfen waren.

Marek trat von Elisabeth zurück und schritt langsam hinaus

auf jenen Teil der Plattform, der unter freiem Himmel lag. Dort, beschienen vom Mond und den Elementen ausgesetzt, blieb er stehen. »Die Nacht, als wir uns zum letzten Mal gesehen haben, war die schönste Nacht meines Lebens. Eine Zeit lang habe ich geglaubt, dass ich diese erste und letzte Nacht in Erinnerung behalten will, wenn ich an uns denke. Aber das war falsch. Es hat zu wehgetan. Also wollte ich dich noch einmal wiedersehen. In dem Haus, wo alles angefangen hat, und in dem Haus, wo du es für dich zu Ende gebracht hast, wollte auch ich es zu Ende bringen, für mich. Ich wollte wissen, spüren, sehen, dass es nach sechs Jahren endlich und endgültig vorbei ist.«

»Und? Ist es vorbei?« Sie hielt den Umhang mit beiden Händen vor der Brust fest, damit er nicht fortgeweht wurde, und trat vor Marek.

Er nickte. »Ja.«

»Nein«, sagte sie.

»Das hast du nicht zu entscheiden.«

Sie lächelte. »Du aber auch nicht. Tun wir doch nicht so, als hätten wir immer alles in der Hand, was uns bewegt. Wir sind nicht die Puppenspieler unseres eigenen Schicksals.«

»Bis zu einem gewissen Grad schon. Und ich sage dir ...«

»Warum sich belügen, Marek? Wir wollen nicht, dass es zu Ende geht. Ich will es nicht, und du willst es auch nicht. Das ist ein Faktum, an dem wir nicht vorbeikommen.«

Er schien einen Augenblick lang über ihre Direktheit verwirrt und wich einen Schritt zurück. »Ich – ich kenne aber noch ein paar andere Fakten. Dass du mich verlassen hast, zum Beispiel.«

Sie blinzelte freundlich und trat einen Schritt vor. »Das habe ich nie getan.«

Er wich zurück. »Dass du verheiratet bist.«

Sie folgte ihm. »Bedauerlich, aber nicht mehr zu ändern.«

Er wich zurück. »Dass du ...«

»Wenn du noch einen Schritt zurückweichst«, sagte sie schmunzelnd, »ist es wirklich zu Ende, denn dann stößt du an die Brüstung und fällst womöglich hinunter.«

Sie trat so nahe an ihn heran, dass sein Körper sie vor dem Wind abschirmte, und sie entließ ihn nicht aus ihrem Blick.

»Marek, hast du nicht selbst einmal gesagt, dass wir Spieler sind und Hasardeure, Zauberer und Nachtfalter? Dass wir ein Leben führen wollen, von dem andere Menschen keine Ahnung haben? Ich sehe keinen Grund, dieses Leben aufzugeben. Wir kennen keinen Gott, waren das nicht deine Worte? Sollten wir den Himmel fürchten, Marek, denselben, über den ich in Gedanken jeden Tag fliege? Oder die Hölle, von der wir so gut wie nichts wissen? Ich habe noch keine Leiche zurückkommen sehen, die in der Hölle war.«

»Jetzt bewegst du dich aber auf einem schmalen Grat, Elisabeth.«

»Von dir habe ich gelernt, darauf zu gehen, ohne zu fallen. Du warst es doch, der damals von einer Frau zur anderen geflogen ist, der sich das zum Leben genommen hat, was er brauchte, ohne Rücksicht auf andere.«

»Ich war nie rücksichtslos.«

»Nein? Du hast nie mit Ehefrauen geschlafen? Mit Romilda, beispielsweise?« Sie bemerkte sein Staunen. »Es war nur eine Vermutung: Sie ist leichtlebig, du bist leichtlebig, und vorhin hat sie dich auf diese spezielle Weise angesehen. Denkst du, es verletzt mich, dass ihr miteinander geschlafen habt? Nein, es verletzt mich nicht. Aber ist dir der Gedanke gekommen, dass es Conrad Berechtinger verletzen könnte? Als du Lil ohne böse Gedanken Hoffnungen gemacht hast, was, glaubst du, hat das in ihr angerichtet? Und als du mir damals gestanden hast, du hättest nach unserem ersten Treffen mit einer anderen Frau geschlafen, da war das auch verletzend. So ist das nun einmal: Wir gehen durchs Leben und verletzen Menschen, meistens ohne Absicht, aber auch ohne befriedigende Alternative. Du bist da nicht anders, nur dass du dieses eine Mal derjenige warst, der verletzt wurde, und nun stellst du dich an wie ein Moralwächter.«

Ihr Gesicht bekam einen entschlossenen Ausdruck. Sie hatte ihm damals Unrecht getan, als sie ihn zugunsten der Sterne aufgegeben hatte, so wie er vorher anderen Menschen zugunsten seines Vergnügens Unrecht getan hatte. Es war seltsam, man sollte meinen, dass der Fehler des einen und der des anderen zwei Fehler ergeben würden, aber irgendwie hoben sie sich auf und wurden zu Nichts.

»Ich habe dir einmal gesagt, wir seien Schufte und gehörten deshalb zusammen. Dazu stehe ich. Ich für meinen Teil bin nicht bereit, mir alles nehmen zu lassen. Nenne es Vermessenheit, nenne es Arroganz, Gespür, Klugheit, Mut, Torheit – was du willst –, aber ich weiß, dass ich nicht geboren wurde, um Bier zu verkaufen. Ich will nicht eines Tages mit Bitterkeit auf mein liebloses Leben zurückblicken, weil ich meine Gefühle verleugnet habe. Alles, alles werde ich tun, um das zu verhindern. Ich liebe dich, Marek.«

»Das darfst du nicht.«

»Ich liebe dich bis in den Tod. Meine Heirat und deine Abwesenheit haben uns nicht getrennt. Du bist gekommen, weil du genauso darüber denkst.«

Sie küsste ihn. Ihre Hände klammerten sich an seine Uniform, und der Umhang fiel ihr von den Schultern. Dann spürte sie Mareks Arme an ihrem Körper, und seine Lippen erwiderten den Kuss, zaghaft zunächst, und dann so wie früher, als lägen keine Jahre und keine Ehe zwischen ihnen. Die Liebe presste ihre Körper aneinander, führte ihre Lippen, lenkte ihre Hände. Die Wärme und der Geruch ihrer ersten Liebesnacht waren wieder da.

Elisabeth zog Marek an der Hand mit sich und führte ihn bis

zu einem der kleineren Teleskope. »Ich will dir etwas zeigen. Stellst du das Teleskop bitte dort vorn auf. Vorsicht, es ist schwer. Ja, genau hier. Und nun warte einen Moment.« Sie richtete es auf den Dreiviertelmond aus. »Sieh bitte hindurch. Kannst du den großen dunklen Fleck ganz oben links erkennen, rund wie ein Ring?«

»Fast in Perfektion«, bestätigte er.

»Dieser Fleck ist das Erste, was man nach der Dunkelheit des Neumonds auf der Sichel erkennen kann«, erklärte sie. »Es ist ein Meer. Ich weiß nicht, wie Hevelius es genannt hat, aber ich werde meine eigene Mondkarte zeichnen, noch genauer und weitaus schöner als seine. Ich werde sie veröffentlichen, egal, wie lange es dauert, und dann wird dieser Mondfleck, der die Form eines Ringes hat, bis in alle Ewigkeit das ›Meer der ersten Nacht‹ heißen.«

»Das wird unser Meer sein«, sagte er. »Unser Ring.«

Sie nickte und fügte hinzu. »Unsere Nacht.«

Dritter Teil
Die Gärten der Luna

13

Elisabeth wusste später nicht mehr, wer von ihnen – Marek oder sie – auf die Idee mit der Geheimsprache gekommen war. Weil Elisabeth eine verheiratete Frau und noch dazu in einer Position war, die viele Blicke auf sich zog, mussten sie äußerst vorsichtig vorgehen, noch besonnener als früher, als Elisabeth im Koopman-Haus gelebt hatte. Mareks Cousine Luise Zolinsky wurde wieder als Mittlerin eingeschaltet, um Briefe in der Zeit auszutauschen, wenn Marek fern von Danzig war. Kam er hingegen nach Danzig zurück, mussten über den Schriftwechsel Treffpunkte vereinbart werden, die sowohl für sie als auch für ihn erreichbar waren und dennoch Schutz vor neugierigen Blicken boten. Zusätzlich war darauf Acht zu geben, dass Hevelius keinen Verdacht schöpfte, sowohl was die Tageszeit von Elisabeths Fernbleiben anging wie auch die Dauer.

Die größte Gefahr jedoch ging von den Briefen selbst aus. Sobald nur ein einziger in falsche Hände geriete, könnte das für sie und Marek dramatische Folgen haben. Als Ehebrecherin wäre sie auf jeden Fall gesellschaftlich geächtet, und Hevelius würde sich scheiden lassen. Sie wäre von der Gnade ihres Vaters und Hemmas abhängig, um wenigstens überleben zu können, und die Erforschung des Himmels wäre für sie endgültig unmöglich. Marek wiederum müsste mit einer Entlassung aus der Armee rechnen. Zwar drückte man beim Militär mehr als ein Auge zu, wenn es um Amouren ging, doch Hevelius war am polnischen Hof bekannt und geachtet, und der Offizier, der seinen Namen schändete, würde nichts zu lachen haben.

Und wie leicht konnte ein Brief entdeckt werden! Eine kurze Ablenkung, ein unbedachtes Liegenlassen auf dem Toilettentisch, ein Griff in Mareks Satteltasche – der Scherz von Kameraden, für die ein Liebesbrief ein gefundenes Fressen war, um sich zu amüsieren; eine ungeschickte Bewegung Luises in der Backstube und der Brief fiele aus ihrer Tasche, ohne dass sie es merkte. Der Gefahren waren viele, und nicht aller war Herr zu werden, auch bei sorgfältigster Planung und größter Wachsamkeit nicht.

Die Idee mit der Geheimsprache machte aus der Not eine Tugend, etwas, das ihr Spaß machte. Natürlich erfanden Elisabeth und Marek keine völlig neue Sprache, aber sie gaben Personen, Treffpunkten und manchen Gegenständen eine neue Bezeichnung. Elisabeth war die »Zauberin« und Marek der »Nachtfalter«, denn das waren sie ohnehin schon, und beide mochten ihren persönlichen Zweitnamen sehr. Luise wurde geschwind zum »Apotheker« gemacht. Der Treffpunkt in einem verlassenen Lagerhaus am Radunia-Kanal war »die Pyramide«, während der Schönwetterplatz in einem lichtdurchfluteten Birkenwäldchen nahe der Mottlau den gewaltigen Namen »Olymp« erhielt. Briefe nannte man »Konfitüren«, ein Treffen »Praline«, Danzig hieß »Käfig«, das Hevelius-Haus »Galeere« und Hevelius selbst »Verwalter«. Derart verklausuliert, würde jemand, der einen Brief entdeckte, niemals oder nur sehr schwer dahinterkommen, wer sich hinter dem Schreibenden verbarg, und selbst wenn, konnte dem Brief nicht entnommen werden, worüber darin gesprochen wurde.

So konnten einige Zeilen aus einem Brief Elisabeths lauten: »Nichts Neues von der Galeere. Die Zauberin hat sich beim Apotheker zwei Konfitüren abgeholt und sich riesig darüber gefreut. Sie sehnt sich nach einer Praline, denn vom Verwalter hat sie langsam genug. Wann wird der Nachtfalter wieder in den Käfig fliegen?«

Solche Briefe zu schreiben, war für Elisabeth etwas, auf das sie sich freuen konnte, ein spielerischer Tanz mit dem Mann, den sie wiedergefunden hatte.

Von dem Verwalter hingegen, sprich Hevelius, hatte Elisabeth in diesen Wochen und Monaten nach der Begegnung mit Marek tatsächlich genug. Alles an ihm begann sie zu stören: das Näseln, die korrekte Schrift, das akribische Tagesprogramm, die Perfektion, mit der er seine vielfältigen Aufgaben meisterte. Ihr fiel auf, dass dieser Mann schon immer alt gewesen sein musste, selbst mit zwanzig, dass er nie ein Junge gewesen war, spontan, frech, großmäulig oder verspielt. Und dann diese zahllosen Tabellen, mit denen er sich von früh bis spät umgab! Sie waren sein Leben, seine Bibel. Sobald eine von ihnen verschwand, geriet Hevelius – der sonst so beherrschte Mann – in Panik, suchte fünfmal, zehnmal alles durch, befragte die Dienerschaft, beschuldigte Jerzy und Piotr und sah Elisabeth an, als sei sie eine Verschwörerin. Früher waren ihr diese Gewohnheiten gleichgültig gewesen, allenfalls hatte sie sich insgeheim ein wenig darüber lustig gemacht. Jetzt reizten sie sie. Die Sorgfalt und Präzision ihres Gatten waren eine ständige Anklage gegen ihre Fantasie und Leidenschaft. Was verstand er denn schon von ihr, der nüchterne, nie lachende Rechner? War ihr Verhältnis zueinander vor Elisabeths Wiedersehen mit Marek zumindest distanziert gewesen, so wuchs jetzt zunehmend die Spannung zwischen ihnen.

So sehr Elisabeth sich auch zusammennahm, es war ihr unmöglich, kleine Spitzen zu unterdrücken. Die Enttäuschung, die sich in ihrem ersten Ehejahr aufgestaut hatte, machte sich Luft. Zu tief saß der Stachel von Hevelius' Beschimpfungen, der Stachel seines Verbots und ihre Degradierung von einer Sternenforscherin zu einer Bierhändlerin. Mochte er auch mit dem einen oder anderen Punkt Recht gehabt haben, so trug sie ihm die Art und Weise nach, wie er sie heruntergeputzt hatte, sowie sein offensichtliches Desinteresse, ihr die Dinge beizubringen, die sie brauchte, um irgendwann Astronomin werden zu können.

Die Erklärung dafür lag für Elisabeth auf der Hand: Er war eifersüchtig. Hevelius war nicht an einer Unterrichtung interessiert, weil er nicht wollte, dass jemand im Haus auch nur annähernd so viel vom Universum verstand wie er, schon gar nicht seine Ehefrau. Vielleicht hatte Katharina *zu wenig* von allem verstanden, was auch nicht gut war, denn wie sollte eine Unwissende ihn würdigen; doch bei ihr, Elisabeth, bestand die Gefahr, dass sie eines Tages *zu viel* verstand.

Auch in anderer Hinsicht war er eifersüchtig, und zwar auf jeden, der jünger und spontaner war als er. Anders als die stille, gutmütige Katharina, passte Elisabeth sich nur schwer in den Ablauf des Haushaltes ein. Sie stand zu unterschiedlichen Zeiten auf, absolvierte täglich eine andere Aufgabenfolge und krempelte alles, von der Küche bis zur Kontorei im Brauhaus, völlig um. Das Leben im Koopman-Haus hatte sie geprägt, und zwar dahingehend, dass sie nichts mehr hasste als immer gleiche Abläufe. Ein Tag ohne Veränderung war in ihren Augen ein trister Tag, und triste Tage waren verlorene Tage. Obwohl Hevelius ihre Unbeständigkeit ablehnte, schimmerte bisweilen ein feiner Neid bei ihm durch, so wie sich eine dunkle Fläche hinter einem hellen Tuch abzeichnet. Sie merkte es an Kleinigkeiten. Etwa wenn sie Stufen schneller nahm als er; wenn sie – was selten genug vorkam – herzlich lachte; wenn sie mit einem Angestellten der Brauerei scherzte; wenn sie sich mit einer Zofe sprachlich auf dieselbe Ebene begab und jenen verstehenden Blick austauschte, den nur junge Frauen beherrschen. In solchen Momenten mischte sich sein Unwille mit Eifersucht, weil er außen vor blieb. Seine klaren, grauen Augen bekamen einen herrschsüchtigen Ausdruck.

Eben diesen Ausdruck zeigte Hevelius, als er einige Wochen nach seiner Rückkehr ein Gespräch über Marek begann. »Ich hörte, dieser polnische Offizier war während meiner Reise hier.«

»Marek Janowicz«, sagte sie, ohne die Schreibarbeit einzustellen.

»Was hat er gewollt?«

Sie begann einen neuen Satz und zuckte mit den Schultern. »Mit Ihnen über einen Auftrag sprechen.«

»Welchen Auftrag?«

Sie blinzelte ihn an. »Ich habe nicht die geringste Ahnung.«

»Jaroslaw erzählte, er war mehrere Stunden hier. Warum ist er so lange geblieben, wenn ich nicht da war?«

Endlich gönnte sie ihm ein feines Grinsen. »Er war der Schwarm aller anwesenden Damen.« Sie zögerte einen Moment, bevor sie ergänzte: »Margarete und Romilda waren ganz entzückt von ihm.«

»Sie waren mit ihm auf der Sternwarte, meine Liebe?«

»Er wollte sie sehen. Die Sterne interessieren ihn.«

Hevelius straffte seinen gekrümmten Rücken. »So? Kaum zu glauben. Dieser Janowicz ist doch ...«

»Intelligent, wollten Sie das sagen? Unterhaltsam und intelligent.«

Die Augen ruhten wie Steine in seinem Gesicht. »Nein, leichtfertig war das Wort, das ich suchte.«

Sie passte sich seinem leblosen Blick an. »Es gibt schlimmere Untugenden als Leichtfertigkeit. Wenigstens ist sie ein bisschen lustig.«

»Sie reden schon wie er.«

»Es freut mich«, sagte sie, »dass Sie das bemerken.«

In diesen Tagen blühte Elisabeth auf, so als erwache sie aus einer Winterruhe, und Marek war der Grund dafür. Sie liebte das Geheimnis, das sie mit sich trug, und es amüsierte sie. Die Tage nahmen Farbe an, und der Nachthimmel rückte wieder näher.

Heimlich nahm sie astronomische Studien auf, von denen Hevelius vorerst nichts erfuhr. Sie wollte ihn nicht brauchen. Für nichts wollte sie ihm dankbar sein müssen. Statt also den Bierhandel zu überwachen, beschäftigte sie sich zunächst monatelang mit dem Astrolabium, das sie von der Sternenburg entwendete, und erlernte die Möglichkeiten, die das alte Instrument bot. Wann immer Hevelius abwesend war – und wenn es nur eine Stunde war –, errechnete sie mit dem Astrolabium die Positionen von Aldebaran, Sirius und Wega. Was Hevelius in wenigen Minuten geschafft hätte, dafür brauchte sie mehr als drei Wochen. Die wirklichen Positionen waren ja schon vor Jahrzehnten errechnet worden, doch ihre eigenen Ergebnisse stimmten nicht mit diesen überein, so dass sie Versuch um Versuch unternahm, bis sie auch nur in die Nähe von Keplers oder Brahes Berechnungen kam – und dann auch nur mit einigem Schummeln. Wenn sie irgendwann einmal darangehen wollte, andere, noch nicht kartografierte Sterne zu vermessen, musste sie besser werden. Wohl oder übel war eine Erweiterung ihres Wissens nötig, vor allem in Physik und Arithmetik.

Sie hasste das. Zahlenwerke flößten ihr eine ungeheure Ehrfurcht ein, ihnen gegenüber fühlte sie sich ohnmächtig und dumm. Nicht viel besser verstand sie Pythagoras und Euklid und deren Linien, diese tückischen Kreise, Quadrate und Dreiecke, die ihr wie kleine, bösartige Kobolde vorkamen, die sich einen Spaß mit ihr machten. Es gab Geheimnisse, die Elisabeth nicht faszinierten, das lernte sie in jenen Monaten, als endlose Formeln sie aus unendlich vielen Büchern anstarrten. Doch bei aller Abneigung gegen die Mathematik begriff sie, dass sie ein Tor war, ein verschlossenes, schweres Portal. Das Portal selbst interessierte nicht, aber sie musste es mit aller Anstrengung aufstoßen, damit sie an die dahinter liegenden Wunder kam.

Ähnlich verhielt es sich mit Latein. In dem protestantischen

Haushalt der Koopmans hatte es niemand für nötig gehalten, den Töchtern die Sprache des Papstes beizubringen, die auch die Sprache der Wissenschaft war. Beidem, dem Katholizismus und der Forschung, stand man höchst skeptisch gegenüber, und selbst wenn Elisabeth ein Junge gewesen wäre, wäre sie in dieser Sprache nie unterrichtet worden.

An zwei Nachmittagen in der Woche ließ sie wieder einmal Magister Dethmold kommen, der sowohl Mathematik wie auch Latein beherrschte. Natürlich war es ihm strengstens verboten, am Hauseingang zu klopfen, Elisabeth empfing ihn stets in den Geschäftsräumen der Brauerei, wohin Hevelius so gut wie nie kam. Zwischen dem benebelnden Geruch von gärendem Korn und dem Lärm rollender Fässer, der durch Fenster und Türen drang, ließ es sich nicht gut studieren, und so kam sie nur langsam voran. Andererseits lernte sie, sich auch unter schwierigsten Bedingungen zu konzentrieren und viel Geduld aufzubringen, zwei Eigenschaften, die ihr nicht in die Wiege gelegt waren.

Ein halbes Dutzend Mal war sie kurz davor aufzugeben, den gemeinen Kobolden, monströsen Formeln und den irrwitzigen Regeln der lateinischen Grammatik ein für alle Mal den Rücken zu kehren, doch drei Menschen hielten sie davon ab.

Zum einen ihre Mutter. Elisabeth musste oft an Anna denken, vor jeder Unterrichtsstunde, jedes Mal, wenn sie ein Buch aufschlug. Die Zahlen verloren dann ein wenig von ihrem Schrecken, so als gebiete ihnen die tote Mutter, die über Elisabeths Schulter schaute, die Gemeinheiten aufzugeben. Annas Traum war es gewesen, dass Elisabeth ihren Traum erfüllte, dass sie nicht auf- und nicht nachgab und niemandem erlaubte, ihn ihr wegzunehmen, schon gar nicht Kobolden. Sie wäre sich schäbig vorgekommen, hätte sie sich durch leblose Dinge unterkriegen lassen.

Zum zweiten verhinderte – ohne dass er es wusste – Hevelius die Kapitulation. Der Gedanke, er könne am Ende Recht behalten mit allem, was er über sie gesagt hatte, war ihr regelrecht zuwider. Auch wenn er nie von seinem Triumph erfahren hätte, von ihrem zweiten Scheitern sozusagen, so hätte doch zumindest sie es gewusst, und das war wenig besser. Latein, Geometrie und Arithmetik wurden so zu Symbolen dafür, dass sie nicht für immer eine Stümperin bliebe und niemals ein Furunkel gewesen war. Ihr Scheitern hätte das Gegenteil bedeutet.

Der dritte Mensch, für den sie beharrlich blieb, war Marek. Erst seit er in ihr Leben zurückgekehrt war, war auch das Leben selbst zurückgekehrt, denn von dem Gedanken, dass er da war, ging eine Wärme aus, die sie belebte. Mehr und mehr begriff sie, dass sie nur mit beiden glücklich sein konnte, mit dem Sternenhimmel und mit Marek, mit der Nacht und dem Tag, dem Mond und der Sonne. Nahm man ihr das eine oder andere, war es, als amputiere man das Glück, und sie war nicht bereit, jemals wieder eines der Glieder ihres Lebens herzugeben.

Marek lag ausgestreckt zwischen hohen Frühlingsblumen in der Vertiefung einer Wiese, so dass sein Körper in der Mitte durchhing. Er trug seine hellen, straffen Armeehosen und ein weißes Hemd, unter dem die Patina seiner leicht gebräunten Haut durchschimmerte. Die Arme hatte er hinter dem Kopf verschränkt, so dass man trotz der Kleidung die Konturen seines Körpers ahnen konnte.

Bei seinem Anblick wurde Elisabeth schmerzlich bewusst, dass sie ihn noch nie ausgezogen und frei gesehen hatte, weder auf der Sternenburg, wo sie sich vor dem Personal hatten in Acht nehmen müssen, noch damals im Garten, weil es dort zu dunkel gewesen war und sie ihn nicht wirklich hatte sehen können. Sie hatte seinen Körper stets nur gespürt, so wie er ihren gespürt hatte. Gleichsam blind hatten sie sich einander angenähert, diese beiden Körper, betastet, kennen und lieben gelernt. Gesehen hatten sie sich nie.

Elisabeth lächelte ihm zu, als sie über die Wiese am Ufer der Mottlau, dem »Olymp«, schritt und näher kam. Ein ganzer Winter lag zwischen ihrer Begegnung auf der Sternenburg und dem heutigen Tag, Monate, die von Konfitüren lebten, Briefen, verschlüsselten zärtlichen Worten und der Vorfreude auf Pralinen.

Als Marek sie sah, sprang er staunend auf. »Du siehst wunderbar aus«, sagte er.

Sie hatte sich jenes Kleid bestellt, das Romilda ihr auf einer Illustration gezeigt hatte. Rostrot stand ihr hervorragend, es changierte im Nachmittagslicht, und die Haube schien einer Zuckerbäckerei zu entstammen und nicht dem Atelier eines Danziger Schneiders. Das Dekolleté drückte ihre eher flachen Brüste dermaßen nach oben, dass sie meinte, sie müssten jeden Moment herausspringen.

»Danke sehr. Es ist unbequemer, als ich dachte, außerdem dauerte die Ankleide über eine Stunde. Vermutlich sitzt meine Zofe in diesem Moment heulend bei der Köchin und beschwert sich bitterlich. Und dieser ganze Aufwand nur, um es hier wieder auszuziehen.«

Marek lachte unbeschwert, was ihr guttat, denn Lachen war in ihrem Alltag so selten zu finden wie eine Rarität.

»Wir haben leider nur eine Stunde«, sagte sie und setzte sich neben ihn. »Ich habe dem Kutscher gesagt, hier spazieren gehen zu wollen, aber wenn ich zu lange fortbleibe, wird er misstrauisch.«

Er half ihr dabei, die Fontange abzusetzen, indem er die Schleife unter ihrem Kinn aufband. Dabei ließ er sie keinen Lidschlag lang aus den Augen.

»Sechzehn Konfitüren lang habe ich auf diesen Augenblick gewartet«, sagte er.

»Und ich einundzwanzig Konfitüren lang«, entgegnete sie lächelnd. »Ich bin die eifrigere Schreiberin von uns beiden.«

Ganz langsam, als erinnere er sich plötzlich an etwas, erstarb die Fröhlichkeit in seinem Gesicht. »Aber jetzt, wo es so weit ist ... Ich wünschte mir, wir müssten das nicht tun, ich meine, nicht auf diese Weise. Diese Zeit sollte hinter mir liegen. Alles, was wir beide tun – die Briefe, was wir darin schreiben, dieses Treffen – richtet sich gegen deinen Mann.«

»Ja«, bestätigte sie ohne Bedauern in der Stimme. »Es richtet sich gegen ihn. Dagegen lässt sich nichts machen. Die Alternative wäre zu verleugnen, was wir füreinander fühlen.«

»Es gibt noch andere Alternativen.« Er gab ihr einen Zettel, auf dem weitere Wörter für die Geheimschrift standen. Sie konnten sie ja nur während eines Treffens austauschen, da ansonsten die Gefahr bestand, dass der Brief mit der Entschlüsselung in die falschen Hände geriet. So lernte sie jeder auswendig und vernichtete den Zettel.

Sie las die Liste – meist Wörter, die mit seinem Alltag zu tun hatten und dafür sorgen würden, dass die Briefe, die Konfitüren, reichhaltiger würden und mehr erzählen konnten als bisher. Doch dann stieß sie auf ein Wort, das anders war: Marek nannte es »Lichtquelle«, und Lichtquelle bildete den Schlüssel zu »Scheidung«.

»Ich möchte dich ganz für mich haben«, sagte er, »nicht bloß zwei-, dreimal im Jahr sehen. Ich habe ein bisschen was gespart. Mit diesem Geld und meinem handwerklichen Geschick bauen wir dir ein Teleskop, so groß, wie du willst. Mein Vater ist Glasbläser, wie du weißt, er könnte uns bei der Herstellung der Linsen helfen.«

Sie ließ das Blatt fallen und sank ins Gras zurück. Tausende Staubteilchen wirbelten auf und tanzten im Licht.

»Hevelius wird einer Scheidung nicht zustimmen«, behauptete sie. »Er muss auf seinen guten Ruf achten.«

»Und was ist mit mir, mit *meinem* guten Ruf?«, rief er erregt.

Elisabeth musste jetzt gelassen bleiben und die Situation entschärfen. »Deinem guten Ruf?«, sagte sie schmunzelnd. »Vor nicht allzu langer Zeit hast du mir noch von der neuen, freien Epoche vorgeschwärmt, vom Aufbruch in ein Jahrhundert, das die Sünde nicht mehr kennt. Machen wir uns nichts vor, Marek, dein Ruf ist in einem schlimmeren Zustand als ein Toter.«
Er fühlte sich in der Rolle des Bittstellers sichtlich unwohl. »Wir sollen uns also mit dieser halben Liebe abfinden?«, fragte er gekränkt.
Sie räkelte sich auf dem Gras, und ihr Strecken und Dehnen ließ ihn seinen verletzten Stolz schnell vergessen. Jedenfalls erreichte sie ihr Ziel, nicht länger über diese »Lichtquelle« reden zu müssen, die ihr ganz und gar nicht behagte. Mareks Vorstellungen waren naiv. Er war ein faszinierender Träumer und Abenteurer und ein zärtlicher Mann, doch vom streng protestantischen Danzig, diesem »Käfig« mit seinen engen Regeln, und den Geldmitteln, die für die Astronomie nötig waren, hatte er nicht die geringste Ahnung. Seine Lichtquelle wäre in Wahrheit ein Irrlicht für sie, eben jene Amputation des Glücks, die sie nicht hinnehmen wollte. Die Liebe war für sie nicht alles.
Doch das würde, das durfte sie ihm nicht sagen.
Er verschränkte ihre Finger mit seinen und beugte sich über sie. Beide genossen es, dass er es war, der jetzt wieder Ton und Geschwindigkeit vorgab, dass er ihr Dekolleté aufschnürte, dass er sein Hemd abstreifte, sich mit beiden Armen abstützte und gleichsam auf sie legte wie eine warme Decke, dass er so nahe war wie damals im Garten, in ihrer ersten Nacht.
Sie wussten, sie durften körperlich nur bis zu einem bestimmten Punkt gehen, alles andere wäre riskant, geradezu leichtsinnig. Nie würden sie sich vollständig und vollkommen lieben, solange ihre Beziehung verboten blieb. Auf ewig würden sie zwei Schmetterlinge bleiben, die sich nur im Flug berührten.

»Schläfst du mit ihm?«, fragte er kurze Zeit später.
»Nicht, dass ich wüsste.«
»Wie lange, glaubst du, wird er sich das gefallen lassen?«
»Und wie lange«, erwiderte sie, »wirst du dir gefallen lassen, was zwischen uns nicht möglich ist?«
Ja, es war unbefriedigend zu lieben, ohne alles dafür einzusetzen – halb zu lieben, wie Marek es nannte. Diese elende Vorsicht, das Zurückschrecken vor der intimsten Berührung zwischen Mann und Frau wäre eine gefährliche Lücke, in die alles Mögliche eindringen und sie trennen konnte. Die allerletzte Verbindung war ihnen verwehrt. Ihr war klar, dass ein Teil von Marek nicht ihr gehören, sondern weiterhin bei anderen Frauen umherwandern würde. Ein furchtbarer Preis, aber einer, den zu bezahlen Elisabeth gerade noch in der Lage war.
»Wie lange?«, fragte sie noch einmal.
»Ich werde immer zu dir zurückkommen«, sagte er.

Elisabeth studierte und arbeitete achtzehn Monate lang verbissener denn je. Zu den Vorhersagen über die Bewegungen der Himmelskörper fügte sie nun auch noch das Herstellen von Instrumenten als Lernstoff hinzu. Marek hatte sie zum Abschied gefragt, was eigentlich aus seinem Auftrag für Hevelius geworden sei, jenen neuartigen Fernrohren für die Festungsbesatzungen – von denen Hevelius noch immer keine Ahnung hatte.
»Er ist in Arbeit«, hatte sie Marek geantwortet.
Also machte sie sich an die Arbeit.
Es wäre vermessen gewesen, ja aberwitzig, wenn sie versucht hätte, tatsächlich ein Instrument zu bauen und es Marek zu präsentieren. Mittlerweile war sie durchaus in der Lage, die Grenzen ihrer Fähigkeiten zu erkennen, auch wenn diese sich von Woche zu Woche verschoben. Ein Fernrohr bestand aus Dutzenden von Teilen, von denen die meisten speziell von Werkzeugmachern angefertigt werden mussten. Sie hätte prä-

zise Angaben zu machen, und zwar zu jedem einzelnen Teil, müsste Linsen in Auftrag geben, schleifen, feilen, alles zusammensetzen ... Und das, obwohl sie noch nie ein Instrument gebaut hatte. Nein, sie würde sich blamieren.

Doch ein Entwurf, eine Zeichnung für ein neuartiges Fernrohr, eines mit speziellen Fertigkeiten, lag innerhalb ihrer Möglichkeiten. Sie hatte schon eine Idee. Nun fehlte ihr noch das Wissen, diese Idee zu Papier zu bringen, sie sozusagen zu verkaufen.

Ihr Latein war nicht brillant, es reichte jedoch gerade so aus, um alte Anleitungen von Galilei zum Bau von Fernrohren zu studieren. Sie kam nur mühsam voran, denn sie verstand zu vieles nicht. Galilei benutzte Fachbegriffe, die ihr unbekannt waren und sie bei ihren Nachforschungen auf Seitenwege führten. Sie verzettelte sich und verlor die Übersicht. Kopfschmerzen plagten sie. Sie aß zu wenig und kam kaum noch aus dem Haus. Da sie die meiste Zeit in der Brauerei zubrachte, reizten sie der Lärm und die benebelnden Gerüche zusätzlich. Weniger denn je ertrug sie Hevelius' Kommentare, die er zu allem und jedem von sich gab.

»Möchten Sie sich vor dem Essen nicht umziehen, meine Liebe«, sagte er eines Abends.

»Wieso soll ich mich eigentlich jeden Abend umziehen?«, erwiderte sie. »Nur weil die Glocke sechs Uhr geschlagen hat und die Venus aufgegangen ist?«

»Geht es Ihnen nicht gut?«

»Wenn Sie jeden Abend sechs Schichten Kleidung ab- und wieder anlegen müssten, würde es Ihnen auch nicht gut gehen.«

»Sie sehen blass aus, meine Liebe.«

Sie trank einen unanständig großen Schluck Wein. »Sie auch«, erwiderte sie.

Er zog die Augenbrauen hoch. »Vielleicht sollten Sie weniger arbeiten.«

»Ich hasse es, wenn Sie sagen: Vielleicht *sollten* Sie. Das ist sprachliches Händetätscheln. Man bekommt den Eindruck, geistesschwach zu sein und geführt werden zu müssen.«

Hevelius räusperte sich. Betont freundlich sagte er: »Die Geschäfte gehen gut. Es schadet nicht, ein wenig kürzer zu treten.«

»Maßhalten, wie? Ihr Lieblingswort.«

»Es hat sich bewährt.«

»Das hat der Pranger auch. Deswegen muss man ihn nicht mögen. Sie sind wie ein Uhrwerk. Tick, tack, tick, tack, immer der gleiche Takt. Aber es gibt auch Menschen, die in einem anderen Takt leben.«

Er nickte. »Blasse und müde Menschen. Vielleicht sollten Sie …« Er unterbrach sich sofort, als er das Funkeln in ihren Augen bemerkte, und wechselte umgehend das Thema.

Wenige Tage später schwebte Mareks Geschenk wie ein rettender Engel ins Haus. Ein Bote der polnischen Armee überbrachte ihr ein mit Tüchern umwickeltes und verschnürtes Paket, dem eine Karte beilag, auf der lediglich N stand für: Nachtfalter. Ein Foliant kam zum Vorschein, noch keine zehn Jahre alt, der von einer gewissen Maria Cunitz verfasst worden war und die Herstellung astronomischer Instrumente zum Thema hatte. Die Sprache war deutsch, Cunitz selbst war offenbar Deutschpolin. Elisabeth hatte noch nie etwas von ihr gehört, und nun schlug ihr Herz höher, denn sie merkte, dass sie nicht die erste und einzige Frau war, die sich für die Sternkunde begeisterte – und nicht die erste, die das beschwerliche Handwerk des Instrumentenbaus zu erlernen hatte.

Diese Geste von Marek bedeutete so viel. Er musste neulich geahnt haben, was sie vorhatte, es ihr irgendwie angesehen haben. Und dann hatte er beschlossen, ihr zu helfen. Die Kosten für den Folianten mussten beträchtlich gewesen sein. Noch wichtiger war jedoch, dass er sie unterstützte, obwohl er wusste, dass die Astronomie der Grund dafür war, dass sie ihn nicht geheiratet hatte. Ihr Herz schäumte in dieser Stunde geradezu über vor Liebe für ihn, und sie musste sich erst einmal setzen und weinte.

Sie war nicht mehr allein. Maria Cunitz war bei ihr, Marek war bei ihr. Und sie hatte nicht vor, die beiden zu enttäuschen.

Mit diesen Anleitungen als Grundlage ging die Arbeit bedeutend schneller und einfacher voran. Cunitz schrieb verständlich, schnörkellos und in schönem Stil. Ihr Werk zu lesen war in jeder Hinsicht ein Gewinn.

Wenn es eine Maria Cunitz gab, dann gab es vermutlich noch andere Astrominnen, von denen Elisabeth und viele andere Menschen noch nie etwas gehört hatten. Neben all ihren Studien forschte sie mit Dethmolds Hilfe ein wenig in diese Richtung und wurde schnell fündig. Name auf Name tauchte aus dem Nebel der Astronomiegeschichte auf, mit Schicksalen wie sie unterschiedlicher nicht sein konnten: Hypatia von Alexandria, die im fünften Jahrhundert über die Sterne philosophierte und neue Weltbilder diskutierte, war von abergläubischen Bürgern gesteinigt worden; Hildegard von Bingen hingegen, die Prophetin des zwölften Jahrhunderts, die Visionen über außerirdische Wesen hatte, erklärte man zur Heiligen; Urania, die göttliche Muse der Sternenkunde, mit einem Diadem im Haar und dem Himmelsglobus in Händen, war die antike Beschützerin aller Astronomen und bis heute schmückende Illustration auf zahllosen Werken; und die Dänin Sophia Brahe, Tychos Schwester, die ihrem Bruder unermüdlich assistierte und höchstselbst Tausende von Berechnungen anstellte, war von der Menschheit fast vergessen worden. Es schien, als dürften nur Über-Frauen Erfolg als Wissenschaftlerin haben, also Göttinnen und Nonnen, während die gewöhnliche irdische Frau mit dem Unmut und der Ignoranz der Männer konfrontiert wurde.

Die Lektüre war für Elisabeth inspirierend und niederschmetternd zugleich; es waren Lehrstücke über Gnadenlosigkeit und Ungerechtigkeit, und manches Mal hatte sie beim Lesen das Gefühl, als blicke sie in ihre eigene Zukunft.

Der erhoffte Erfolg für das neuartige Fernrohr verscheuchte ihre trüben Gedanken rasch. Sie versuchte, sich in die Situation eines Kommandanten zu versetzen, dessen Festung oder Stadt belagert wurde. Den Danziger Mauerring nahm sie als Anschauungsobjekt, außerdem sprach sie mit gewöhnlichen Soldaten über ihre Erfahrungen mit Belagerern. Alle Überlegungen bündelnd, fertigte sie eine Skizze an, die sie zwei Wochen lang jeden Tag überarbeitete, bis sie absolut nichts mehr fand, was verbesserungswürdig gewesen wäre. Zwei Jahre nach Auftragserteilung und eineinhalb Jahre nach Beginn ihrer ernsthaften Studien war die Arbeit vollendet.

Eine Weile wartete sie noch ab, bevor sie am Weihnachtstag 1671 damit zu Hevelius ging. Im Grunde widerstrebte es ihr, sein Urteil einzuholen, ihn also erneut zum Richter über ihr Können zu machen. Doch er war der einzige Astronom, den sie kannte, und sie konnte es unmöglich riskieren, ohne jedwede Konsultation eines Fachmanns die Entwürfe an Marek zu schicken. Es war wie immer: Kein Weg führte an ihrem Gatten vorbei. Hevelius hatte die Macht, sie hinzuhalten, wie er es schon mit der Sammlung der Mondschriften gemacht hatte, sie zu entmutigen, mit abschätzigen Bemerkungen abzuspeisen und sie für ihre Eigenmächtigkeit zu kritisieren.

Doch was dann erfolgte, stellte alle Erwartungen in den Schatten.

»Das ist –« Hevelius suchte nach Worten, während er die Skizzen eine nach der anderen auf dem Tisch ausbreitete. Fünf

Zeichnungen reihten sich schließlich aneinander, jede betrachtete das Fernrohr aus einer anderen Perspektive. Natürlich erkannte er die beiden wichtigsten sofort, sie zeigten die Innenansicht des Instruments.

»Sie sehen also vor, dass das Fernrohr sich in Winkeln von fünfundvierzig oder neunzig Grad in der Mitte wendet, und im Innern bringen Sie Spiegel an, so dass der Betrachter quasi um die Ecke sieht?«

»Genauso dachte ich es mir«, antwortete sie vorsichtig.

»Ausgereift. Eine ausgereifte Idee. Noch etwas unhandlich vielleicht, und die Details fehlen, aber als Muster durchaus tauglich. Äußerst sorgfältige Zeichnungen!«

Hevelius bemerkte Elisabeths Aufatmen. Sie hatte wohl unter großer Anspannung gestanden, denn nun setzte sie sich, als käme sie von einer langen Reise zurück.

»Meisterhaft«, fügte er ganz bewusst hinzu. Er war immer schon der Meinung gewesen, dass Lob erhalten sollte, wem Lob gebühre, und diesen Entwurf eines neuartigen Instruments hätte er selbst nicht besser machen können – oder zumindest nur wenig besser. Um so etwas zustande zu bringen, hatte Elisabeth einiges von ihrer dilettantischen Flatterhaftigkeit ablegen müssen. Sie hatte sowohl die Herumstocherei im All wie auch die Sammlung der kindlichen Schriften über den Mond aufgegeben und sich dafür ernsthafter Beschäftigung zugewandt. Dafür zollte er ihr Respekt. Es galt, sie weiter zu ermutigen.

»Sie haben dafür viel studieren müssen, nicht wahr?«

Sie nickte, noch immer ein wenig benommen vor Erleichterung. »Latein, Geometrie ...«

»Arithmetik?«

»Auch.«

»Und Physik?«

»Ein wenig.«

»Astrometrie?«

»Ja.«

Er wippte auf den Füßen vor und zurück. »Ich habe nichts davon bemerkt«, sagte er mit einem amüsierten Lächeln – das jedoch im nächsten Moment erstarb. Der Gedanke, dass seine Frau etwas derart Beachtliches und Zeitraubendes tun konnte, ohne dass es ihm auffiel, behagte ihm irgendwie nicht.

»Und das alles neben Ihren sonstigen Aufgaben. Verblüffend!«

»Mein alter Lehrer, Magister Dethmold, hat mir geholfen.«

»Trotzdem«, beharrte er, »wie Sie es geschafft haben, das alles zu lernen, in nur einem Jahr, noch dazu heimlich ...« Er betonte das Wort ganz leicht, ließ es sich im Raum entfalten wie etwas Unheimliches, Verdächtiges.

Doch falls Elisabeth etwas von seinem Argwohn bemerkte, ließ sie es sich nicht anmerken. »Am Anfang war es schwer. Mit der Zeit ging es leichter. Ein wenig war es wie mit jener Uhr, die von Ihrem Kollegen Huygens konstruiert wurde, mit einem Pendel, das von seinem eigenen Schwung in Gang gehalten wird.«

Hevelius versuchte, ein entspanntes Gesicht zu machen, was ihm allerdings nur mühsam gelang. »Was für ein schöner Vergleich, wenngleich auch nicht ganz passend, wie Sie zugeben müssen. Huygens' Pendel schwingt für einen bestimmten Zweck, nämlich um etwas anzuzeigen, während der Zweck bei Ihnen im Verbergen von etwas lag.«

Seine Frau lächelte ihn selbstbewusst an. »Nicht der Zweck wurde verborgen, mein Lieber, sondern das Mittel. Der Zweck liegt vor Ihnen. Und zwar – um Ihre eigenen Worte zu gebrauchen – ausgereift und meisterhaft. Ich scheine also einiges richtig gemacht zu haben.«

»O ja«, bestätigte er und ließ seinen Unwillen, der zu nichts führte, fallen. »Mit diesen Entwürfen als Grundlage kann ich ein nützliches Instrument bauen, einige kleine Änderungen vorausgesetzt. Die Sternenburg hat einen toten Winkel, und zwar am nordwestlichen Horizont, wo die Aufbauten des überdachten Teils aufragen. Mit diesem neuen Teleskop lässt sich das Hindernis sozusagen »umblicken«. Unbedingt ein Gewinn für meine Arbeit. Dafür ist die Erfindung ja wohl auch von Ihnen gedacht, nicht wahr?«

»Nicht – ganz«, schränkte sie verlegen ein. »Die polnische Armee ist gewissermaßen der Auftraggeber der Arbeit. Sie will etwas, mit dem ihre Festungsbesatzungen leicht und sicher den Feind ausspähen. Das neue Teleskop sieht um Ecken, ohne dass Gefahr für den Betrachter besteht, erschossen zu werden.«

Ohne dass Hevelius genau verstand, warum, war diese zweite Enthüllung für ihn wie eine Ohrfeige. Mit einem einzigen Gedanken erfasste er die Umstände dieses Auftrags: Marek Janowiczs Besuch, damals, während seiner Abwesenheit, und Elisabeths Entscheidung, das Teleskop selbst zu bauen. Sie hatte ihn angelogen. Er hatte sie damals gefragt, was Janowicz gewollt habe, und sie hatte ihm vorgemacht, nichts von dem Auftrag zu wissen.

Aber sollte er ihr deswegen Vorwürfe machen? Ihre Absicht war gewesen, ihm etwas zu beweisen, und das war ihr gelungen. Eindrucksvoll gelungen, wie er zugeben musste.

Wieso verspürte er dann diesen leichten Schmerz?

»Ich arbeite nicht gerne für Militärs«, sagte er, wobei ihm klar war, dass das nicht der Grund war.

»*Ich* habe für Militärs gearbeitet.«

»Korrekt. Aber ohne mich wird dir der Bau dieses Dings nicht gelingen, so viel dürfte wohl klar sein.«

»Es ist keine aktive Waffe, sondern ein optisches Instrument, das der Verteidigung dient. Es hilft, Leben zu retten. Außerdem ist die Hälfte der Arbeit schon gemacht – sie nicht zu nutzen, wäre reine Verschwendung. Und nicht zuletzt haben Sie selbst gesagt, dass das neue Teleskop auch auf der Sternenburg gebraucht wird.«

Elisabeths Argumente waren stichhaltig, und stichhaltige Argumente übten auf ihn einen unwiderstehlichen Reiz aus. Ihm blieb gar nichts anderes übrig, als nachzugeben, wenn er nicht seine eigenen wissenschaftlichen Überzeugungen verraten wollte.

»Also gut«, sagte er, einen bitteren Geschmack auf der Zunge, den er mit reichlich Weihnachtspunsch hinunterspülte.
»Morgen fangen wir an.«
Noch nie hatte er sich so gezwungen gefühlt. Und noch nie hatte ihn etwas, das er nicht zu sehen und nicht einzuordnen vermochte, derart gedemütigt.

Als Elisabeth in dieser Nacht zu Bett ging, nahm sie ihren Triumph wie ein Nachthemd mit. Vielleicht war sie heute erstmals eine richtige Astronomin, zwar noch am Anfang stehend, jedoch von einem anderen Astronomen anerkannt. Alles Lernen und Tüfteln hatte sich ausgezahlt.

Dann spürte sie plötzlich die Hand ihres Gatten. Er berührte von hinten ihre Schulter, streichelte ihren Rücken, die Hüfte, den Oberschenkel und schob sich unter dem Nachthemd wieder aufwärts.

Elisabeth zuckte zusammen, hielt den Atem an.

Hevelius' Barthaare kitzelten ihren Nacken, doch sie verspürte nicht den geringsten Drang zu lachen.

»Elisabeth.«

Der Hauch seines Atems, der nach Wein roch, tat weh.

Sie antwortete nicht.

»O Elisabeth.«

Sie wusste, dass er wusste, dass sie noch nicht schlief.

»Mein Weib.«

Seine Zähne bissen sacht in ihr Ohrläppchen, tasteten sich bis zum Kinn vor, während sein Oberkörper sich langsam über ihren schob.

»Es wird Zeit, dass wir uns begehren.«
Nicht einmal seine umständliche Sprache amüsierte sie noch. Kurze, keuchende Laute entsprangen ihrer Kehle, ein trockenes Röcheln. Mit aufgerissenen Augen starrte sie durch das Halbdunkel nach oben.
Hevelius war der Schatten, der sich vor die Sonne schob und auf die Erde legte.

14

An einem frostigen Januarmorgen, wenige Tage nach Elisabeths sechsundzwanzigstem Geburtstag, als die Fensterscheiben der Häuser vollständig mit Eisblumen überzogen waren und die Erde zwei Fuß tief gefror, starb Cornelius Koopman. Er hatte sich schon beim Aufstehen nicht wohl gefühlt. Sein Diener hatte ihn zweimal wecken müssen, was zum letzten Mal vor sechzehn Jahren im Verlauf einer fiebrigen Erkältung geschehen war und danach nie wieder. Gewöhnlich erhob er sich beim ersten Wecken, so als ziehe jemand über ihm an Schnüren, wusch und kleidete sich in genau festgelegter Folge und betrat das triste Frühstückszimmer zum stets gleichen Zeitpunkt.

An diesem Morgen jedoch wollte er vom kalten Waschwasser nichts wissen, es ekelte ihn geradezu, und das Ankleiden dauerte unerhörte zwei Minuten länger als sonst, weil er die Reihenfolge durcheinanderbrachte und die Schuld dem arglosen Diener zuschob. Beim Blick auf die große Standuhr in der Halle ärgerte er sich, und die Farbe wich ihm aus dem Gesicht. Gerade als Hemma das Frühstückszimmer betrat, die sieben Schläge der Uhr im Hintergrund, fiel Cornelius um wie ein gefällter Baum. Er war tot, noch bevor sein Körper den Boden berührte.

Die Trauer im Hause Koopman hielt sich in Grenzen. Lil schlief sich am Morgen danach zum ersten Mal aus, was ihr sonst missgönnt gewesen war, und scheuchte Nore wieder aus dem Zimmer; Hemma holte ein paarmal das trockene Taschentuch hervor, das sie ebenso trocken wieder einsteckte, im Übrigen bestritt sie ihr normales Tagesprogramm; und die Dienerschaft unterhielt sich lauter und öfter als jemals zuvor. Im Kontor wiederum, wo bis gestern Grabesstille herrschen musste, lachten zwei Handelsagenten über einen Witz.

Elisabeth, die die Nachricht erst am Vormittag des nächsten Tages beim Frühstück erhielt, umklammerte die Tasse etwas fester als sonst, so dass die Wärme ihre Arme entlangzog bis in die Brust, in ihr Herz, vielleicht, um es wenigstens ein bisschen aufzutauen. Lange betrachtete sie die Eisblumen, ließ ihre Kindheit vorüberziehen – wobei sie mehr an ihre Mutter als an ihren Vater dachte –, kleidete sich in eine schwarze Robe und ging den Weg zum Elternhaus, und das alles, ohne ein Wort zu sprechen. Dort angekommen, grüßte sie die Tante mit einem kurzen Kopfnicken und verschwand gleich danach in Lils Zimmer. Die Schwestern unterhielten sich so lange und ungestört wie schon seit Ewigkeiten nicht mehr, und als Elisabeth wieder aufbrach, waren sowohl sie als auch Lil in einer Stimmung, die nicht ahnen ließ, dass erst wenige Stunden zuvor ihr Vater gestorben war.

Alle Veränderungen, die in den ersten Stunden nach Cornelius' Tod zu beobachten waren, schienen also eher positive Wirkungen zu haben, und noch vor der Beerdigung hatte sich stillschweigend der allgemeine Eindruck festgesetzt, der Herr des Hauses Koopman hinterlasse keine allzu große Lücke.

Aber noch im Tod machte er den Menschen das Leben schwer: Die Friedhofsarbeiter mühten sich zwei volle Tage lang mit dem Loch für ihn, der Pastor und die Trauergemeinde froren während der eilig zelebrierten Bestattung trotz unzähliger

Schichten Kleidung, und der Notar machte anschließend eine Enthüllung, mit der nun wirklich keiner gerechnet hatte.

Wie eine Blume, die sich mit ihren kurzen Wurzeln nicht gegen eine Übermacht von wuchernden Kräutern behaupten konnte und vorzeitig zu welken begann, so war auch das Handelshaus Koopman seit einigen Jahren im Niedergang begriffen gewesen. Größere Häuser und risikofreudige Glücksritter hatten Cornelius' Kontor nach und nach das Wasser abgegraben, seine Lebensadern durchtrennt. Zuerst war ein mutiger junger Danziger Kaufmann direkt zum russischen Zaren Alexei Michailowitsch vorgedrungen und hatte sich das Monopol auf den Pelz- und Lederhandel gesichert, das er anschließend teuer – zu teuer für Cornelius – an große Häuser weiterverkaufte. Bald darauf war der Holzhandel von einer schwedischen Handelsflotte übernommen worden, und zu guter Letzt verlegten mehrere Kaufleute aus dem Reich ihren Handelshafen für Glastransporte nach Russland von Danzig nach Königsberg. Cornelius, der dem Takt der neuen, schnelleren Zeit nicht folgen wollte, waren nur Brosamen geblieben, die anfangs gerade so die Kosten deckten, später dann nicht einmal mehr das.

Nun, im Jahr 1673, drei Tage nach Cornelius' Tod, eröffnete der Notar den Erben, dass unter Berücksichtigung aller Verbindlichkeiten ein dickes, hässliches Minus die Bücher verunzierte, das nur durch den Verkauf des Kontors und des Hauses ausgeglichen werden könne.

Der Schock darüber saß tief. Weniger bei Elisabeth, die ohnehin kaum noch etwas zu erwarten gehabt hatte, aber sehr wohl bei Hemma, die ihren Lebensabend in Gefahr sah, am meisten jedoch bei Lil. Als ledige Dame hatte sie die ebenso ledigen oder verwitweten männlichen Kondolenzbesucher mit ihrem Charme umgarnt, und zwar ziemlich jeden, der ihr halbwegs als Gatte geeignet schien: die Kaufleute Riebeisen und

Holt, den polnischen Grafen Gondecz, die jungen Brüder Michal und Krysztof Petriki aus einem alten Offiziersgeschlecht sowie einen in der Gegend berühmten Arzt. Von jedem dieser Herren erhielt sie Einladungen, die natürlich erst für die Zeit nach Ablauf der ersten vier Trauerwochen galten. In Tag- und Nachtträumen hatte sie sich daraufhin abwechselnd in der Villa Holt, in einem gräflichen Schloss, in dem unförmigen, riesigen Familienhaus der Petrikis und in dem kleinen, doch eleganten Stadthaus des Arztes leben sehen.

Nach Bekanntwerden des Ruins allerdings »bedauerte« man, so lauteten übereinstimmend die Formulierungen in den Absagebriefen. Die einen nahmen die Einladung zurück, weil sie einen überraschenden Besuch erhalten hätten, die anderen wegen Krankheit, dringenden Geschäftsangelegenheiten oder plötzlichen Reiseplänen. Der Einzige, der keine Ausrede benutzte, sondern einen guten Grund dafür hatte, die Einladung nicht aufrechtzuerhalten, war der Arzt – er verstarb.

Hatten Lil und Hemma zunächst noch geglaubt, der Verkauf von Kontor und Haus brächte einen kleinen Überschuss hervor, mit dem ein altes Häuschen oder wenigstens ein Anwesen außerhalb der Stadtmauern gemietet werden könnte, so musste am Ende sogar das Inventar verkauft werden, um wenigstens schuldenfrei zu sein, von einem Überschuss gar nicht zu reden.

Elisabeth führte die Verkaufsverhandlungen, weil sie wegen der Brauerei diejenige mit den größten Erfahrungen in dieser Hinsicht war. Also ging sie nach langer Zeit wieder durch das Haus, das sie mit so viel Freude verlassen hatte. Nichts hatte sich in den Jahren verändert, nicht ein einziges Stück, kein Lüster, keine Spitzendecke, kein noch so geringer Gegenstand hatte sich von der Stelle bewegt.

Nach und nach schwanden sie dahin, die Bilder mit den strengen Gesichtern der Ahnen, die alten Truhen mit noch älterem Zeug darin, die Tische und Stühle, die beim Hinaustragen knarzten, als müssten sie weinen, das ungeputzte, weil selten benutzte Silberbesteck, Annas Kleider ... Das Haus lichtete sich im wahrsten Sinne des Wortes. Das Trübe und Triste wich mit jedem Stoff und jedem Möbel, was die Tür passierte. Nach und nach hellten die Räume sich auf, sie griffen nach der Sonne und holten sie zu sich herein. Die Wände des Frühstückszimmers erstrahlten, die Dielen von Elisabeths Zimmer schimmerten im Abendrot. In diesen letzten Tagen der Auflösung kehrte ein Zauber zurück, der vor langer Zeit verbannt worden war.

Als Elisabeth Abschied von dem kahlen, kalten Elternhaus nahm, hielt sie sich besonders lange im Zimmer ihrer Mutter auf. Sie setzte sich auf den Sonnenfleck, der zu einer bestimmten Tageszeit in den Erker fiel, blickte sich nachdenklich um, schwieg bis in den Nachmittag hinein und wartete. Erst als die Träger kamen, um das vorletzte Möbelstück des Hauses abzuholen, Annas Spinett, verließ sie zusammen mit ihnen den Raum. Sie hatte das Instrument gekauft, um es immer in ihrer Nähe zu haben. Als es auf den Wagen geladen war, stand nur noch ein einziger Gegenstand verlassen in der Leere der Zimmerfluten, seltsam tot, obwohl er Geräusche von sich gab.

»Und jetzt noch die Uhr«, sagte einer der Träger zum anderen.

»Nein«, sagte Elisabeth, »die Uhr wird nicht aufgeladen.«

»Aber – Sie haben sie doch zusammen mit dem Spinett gekauft, gnädige Frau.«

»Ich habe sie gekauft, ja«, bestätigte Elisabeth und wandte sich von dem tickenden Gegenstand ab. »Bringen Sie das Ding auf die Schutthalde, und zerschlagen Sie es.«

Schon als das Haus halb leer geräumt war, hatte Elisabeth mit ihrem Gatten ein Thema besprochen, das ihr auf dem Herzen lag.

»Was«, fragte sie, »soll aus Lil und Hemma werden? Sie brauchen unsere Hilfe.«

»Ich hatte vor, ihnen eine kleine Pension auszusetzen, für eine Wohnung.«

»Ich möchte, dass Lil bei uns wohnt«, widersprach Elisabeth. »Sie wird bald neunundzwanzig und hat noch keinen Mann gefunden, obwohl sie sich das sehnlichst wünscht. In ihrem Alter wird es von Monat zu Monat schwieriger, denn es gibt jede Menge jüngerer Bräute. Wenn sie bei uns wohnt, sind ihre Aussichten bedeutend besser, denn dies ist ein respektables Haus, wo wohlhabende Leute ein und aus gehen. In einer kleinen Wohnung darf sie sich allenfalls Hoffnungen auf den Schustersohn machen.«

»Wäre das so schlimm?«

»Für Lil schon.« Elisabeth schluckte. »Nichts ist schlimmer als zertrümmerte Hoffnungen.«

»Offen gestanden mag ich Ihre Schwester nicht besonders.«

»Offen gestanden ist mir das egal«, gab sie zurück. Seit Hevelius mit ihr schlief, nahm sie sich ihm gegenüber mehr heraus, ganz so, als sei sie eine Mätresse, die sich mehr und mehr ihrer Macht bewusst wurde. Solange Hevelius der Wissenschaftler war, der Lehrer, so lange war sie seine höfliche, respektvolle und gelehrige Schülerin, die sich Handgriffe ebenso einprägte wie Rechenmodelle und astronomische Fachbegriffe. Doch sobald die Lehrstunden beendet waren und Hevelius zum Mann wurde, endete auch ihre Nachsicht mit ihm.

»Meinetwegen«, gab er nach, »das Haus ist groß genug, mögen sie also hier wohnen.«

»Hemma nicht«, korrigierte Elisabeth, »bloß Lil.«

»Das geht nicht!«

»Wieso?«

»Elisabeth, wie stellen Sie sich das denn vor? Ihre Tante hat seit vielen Jahren in Ihrem Elternhaus gelebt. Wenn ich Ihre

Schwester zu uns hole, Ihre Tante aber in ein Pensionat abschiebe, wird man in ganz Danzig darüber reden.«

»Mieten Sie ihr eine Wohnung, möglichst am anderen Ende der Stadt.«

»Sie ist alt und braucht Pflege.«

»Was sie braucht, ist ein gnädiger Gott.«

»Elisabeth!«

»Hemma ist ein falsches und bösartiges Weib.«

»Und ich bin ein angesehener Stadtrat. Ich kann es mir nicht leisten, in den Ruf eines Geizkragens oder Familienverächters zu kommen. Hemma ist Ihre Tante, also ist sie auch meine Tante. Entweder beide, Lil und Hemma, oder keine. Das ist mein letztes Wort.«

Elisabeth schlief noch eine Nacht darüber, dann ließ sie sich auf Hevelius' Bedingung ein, auch die alte Tante unter dem gleichen Dach wohnen zu lassen. Dabei ging es ihr ausschließlich um Lil, denn sie hatte noch immer das Gefühl, etwas an ihr gutmachen zu müssen, und außerdem gab es etwas, wofür sie Lil brauchte, weil sie ihr so nahe stand wie keine andere Frau.

Sie brauchte sie als Erzieherin des Kindes, das sie erwartete.

Lils Hände lagen behütet unter denen ihrer Schwester, als sie sich gegenübersaßen, und sie fühlte sich erbärmlich wie in ihrem ganzen Leben noch nicht.

Natürlich hatte sie gehofft, Elisabeth würde ihr anbieten, im Hevelius-Haus zu wohnen. Die Vorstellung, mit der alten, griesgrämigen Hemma in einem winzigen Verlies von Wohnung zu leben, jagte ihr mehr Angst ein als das Jüngste Gericht. Hätte Elisabeth sie einfach mit einer Pension abgespeist und damit zu einem Leben in äußerster Sparsamkeit und Verdrießlichkeit verurteilt, würde sie ihr das nie verziehen haben.

Trotzdem, als Bittstellerin hier zu sitzen, war unglaublich schwer für sie. Sie, Lil, war arm, und Elisabeth war reich. Sie hatte keinen Mann, Elisabeth den angesehensten der Stadt, sie keine Kinder, Elisabeth bekam bald ihr erstes Kind. An Lil klebte fortan zäh wie Leim der Name des Ruins – Koopman –, während Elisabeth längst zur Frau Stadtrat geworden war, zur Frau Brauereibesitzer, zur Frau Astronom. Wirtschaftlicher, politischer und wissenschaftlicher Ruhm erstrahlte wie Mondglanz über diesem Haus, wohingegen ihr eigenes Heim in Trümmern lag. Für die Danziger würde sie immer nur die Schwester der Hevelius sein, der Gast.

»Danke«, würgte sie hervor und zwang sich zu einem Lächeln.

»Das ist doch selbstverständlich, Lil. Du hättest dasselbe für mich getan.«

»Ja«, sagte Lil. Ihr fiel wieder ein, dass sie damals, als sie von einer Ehe mit Marek Janowicz geträumt hatte, ihrer Schwester dieselbe Position zugedacht hatte, die sie nun selbst einnehmen sollte, die der Erzieherin.

Bei diesem Gedanken stiegen ihr Tränen in die Augen.

»Nicht doch«, tröstete Elisabeth sie. »Nun wird ja alles gut. Sieh es doch mal so: Du bist aus diesem schrecklichen Gefängnis heraus. Sobald die Trauerzeit vorüber ist, gehen wir zum Schneider und bestellen dir ein paar Kleider nach französischer Mode. Sogar Romilda Berechtinger wird blass vor Neid werden, versprochen.«

Lil weinte. Tränen der Rührung und Dankbarkeit würden fortan zu ihrer Existenz gehören, ihrer Arbeit, bei der sie sich große Mühe geben müsste. Also fing sie damit besser heute als morgen an.

Sie sah Elisabeth in die Augen. »Das werde ich dir nie vergessen, Schwester. Dessen kannst du gewiss sein.«

In den Monaten ihrer Schwangerschaft strengte Elisabeth sich noch mehr an, eine Wissenschaftlerin zu werden, immer mit dem Ziel, der Welt irgendwann die größte, genaueste und schönste Mondkarte vorzulegen, die es je gegeben hatte. Ungewöhnlich groß müsste diese Karte sein, nicht von der Größe jener Karten, die in einen Folianten passen, auch nicht wie ein herkömmliches Gemälde, sondern von den Ausmaßen der raffaelitischen Fresken, hoch und breit wie eine Saalwand. Die Meere und Berge und Inseln und Buchten Lunas würden Namen erhalten, poetische Namen, die ihrem Aussehen oder ihrer Position entsprachen und manchmal eine doppelte Bedeutung hatten, wie das »Meer der ersten Nacht«, das insgeheim Marek gewidmet war. In Strömen sollten die Menschen eines fernen Tages an der Karte vorüberziehen, die vielleicht in der Royal Society in London hängen würde oder in dem eben erst vom französischen König in Auftrag gegebenen Observatorium. Den Mond zu entdecken, das war Elisabeths Aufgabe.

Doch dazu musste sie sich zunächst das Vertrauen des Gatten erwerben, endlich das große Teleskop benutzen zu dürfen, denn nur mit ihm würden die Täler und Flüsse gut zu erkennen sein. Hevelius schlug ihr zwar weit weniger Wünsche ab als früher, vielleicht, weil sie ihn mit dem Entwurf zum Polemoskop – so war das Winkelteleskop schließlich von ihm genannt worden – überrascht hatte, vielleicht aber auch nur, weil sie sein Kind in sich trug und er nicht wollte, dass sie sich aufregte. So ließ er sie beispielsweise sein neuestes tausendseitiges Werk, die *Cometographia*, studieren, in der er das Erscheinen von zweihundertfünfzig Schweifsternen seit frühesten Zeiten beschrieb. Es war noch nicht veröffentlicht worden, und Hevelius betrachtete es wohl als eine Auszeichnung, dass Elisabeth die Erste war, die es lesen durfte.

Allerdings wehrte er sich entschieden dagegen, dass sie auf der Sternenburg selbst Hand anlegte, diesmal mit der Begründung, ihr Zustand lasse körperliche Arbeit nicht zu, was auch die Benutzung des großen Teleskops einschließe.

Stattdessen übte er mit ihr den Gebrauch der Sextanten und anderer Winkelmessgeräte. Bald schon gab er ihr zunächst leichte, dann immer schwerere theoretische Aufgaben, Bahnberechnungen beispielsweise, und wachte über ihre Fortschritte bei der Vermessung von Gestirnen. Selbst die geringste Abweichung wurde von ihm nicht toleriert.

»Sie haben die Position von Castor im Sternbild Zwillinge mit sechs Bogenminuten zu wenig berechnet.«

»Was sind schon sechs Bogenminuten«, entgegnete sie. »Fast nichts.«

»Kepler entdeckte die Ellipse, weil er jede einzelne Bogenminute für wichtig nahm. Seiner Genauigkeit verdanken wir eine wissenschaftliche Revolution.«

Sie seufzte, ebenso einsichtig wie erschöpft. »Alles noch mal?«

Er nickte, beugte sich zu ihr hinunter und legte sanft seine Hand auf ihren Bauch.

»Aber heute nicht mehr, Elisabeth«, bat er sie mit einem besorgten Blick, dem sie an diesem einen Abend nicht widerstehen konnte.

Sie gönnte sich nur selten Ruhe. Sie spürte, dass sie noch immer keine wirkliche Wissenschaftlerin war, zu ungeduldig, zu fahrig agierte sie, zu schnell war sie bereit, kleine Divergenzen und Irregularitäten hinzunehmen und eigene Überlegungen und Berechnungen nicht auf ihre Richtigkeit zu überprüfen. Viele Aspekte der Astronomie bereiteten ihr weder Freude, noch riefen sie Spannung in ihr hervor. Das waren dann Arbeiten, die getan werden mussten und nicht getan werden wollten. Viel lieber richtete sie ihren Blick in die kalte nächtliche Tiefe des Universums, die nichts mit Zahlen und Formeln zu tun hatte, prägte sich die Anordnung der Sterne ein und gab sich gewagten Gefühlen und Spekulationen hin. Standen all diese Welten so still, wie es schien, oder täuschte der Eindruck? Waren sie bewohnt? Hatte jeder dieser Sterne eine Art Aufgabe, und wenn ja, welche war das?

Hevelius merkte, welchen Gedanken sie nachhing, und bekämpfte diese mit allen Mitteln. Sterne, Kometen, Planeten und Monde hatten in seinen Augen keine Aufgaben. Auch billigte er ihnen keinen Sinn zu, denn er fand, dass die Griechen, die Römer und das christliche Abendland zweitausend Jahre lang viel zu viel Sinn in den Himmelskörpern gesehen hatten und dass es nun an der Zeit wäre, sie für sinnfrei zu erklären, um den Blick für die wissenschaftlichen Tatsachen freizuräumen.

»Wir verändern eine Welt, Elisabeth, mit jeder Idee, die wir niederschreiben, jeder Zahl, die wir errechnen. Jede Theorie schafft vielleicht eine neue Wirklichkeit für die Menschheit. Natürlich verändern wir Wissenschaftler nicht tatsächlich die Wirklichkeit, wohl aber unsere Wahrnehmung von ihr, und das kommt auf dasselbe heraus. Daher ist uns eine große, eine fast politische Verantwortung gegeben, bedeutender noch als die Verantwortung von Königen.«

Es gab Tage, da glaubte sie, diesen ewigen Mahner, diesen Propheten der Vernunft zu hassen. Und es gab andere Tage, da entdeckte sie ganz neue Seiten an ihm, etwa wenn er ihr Bett vor dem Schlafengehen mit einem heißen Stein anwärmte oder am frühesten Morgen aufstand, um ihr persönlich das Frühstück zu bringen. Hevelius erwartete sein erstes Kind, und das kehrte den Menschen in ihm hervor. Es stellte sich die verdrehte Situation ein, dass Elisabeth den Ehemann, den sie lächerlich gefunden hatte, ein wenig schätzen lernte, während sie den Wissenschaftler, den sie zuvor bewunderte, manchmal am liebsten auf den Mond geschossen hätte.

So wurde Elisabeths »Zustand« Vorteil und Erschwernis zugleich. Einerseits trug Hevelius sie wegen der Schwangerschaft auf Händen und erfüllte ihr mehr Wünsche denn je, andererseits versagte er ihr mit der gleichen Begründung den größten wissenschaftlichen Wunsch überhaupt.

Elisabeth merkte nicht, dass sie keine persönliche Beziehung zu dem in ihr wachsenden Kind aufbaute, sondern es nur als Nutzen oder Nachteil betrachtete. Selbst als ihr Bauch runder wurde und das Kind zu spüren war, dachte sie seltsam wenig daran. Schon früh plante sie für die Zeit nach der Geburt voraus – Lil würde den Säugling beaufsichtigen, Hevelius einen Teil der Zeit bei ihm verbringen –, so dass sie alle Möglichkeiten haben würde, endlich ihre wissenschaftliche Arbeit wieder aufzunehmen. Beinahe acht Jahre waren vergangen, seit sie zum ersten Mal voller Interesse zum Firmament aufgeblickt hatte, und noch immer war sie dabei, die bestehenden Erkenntnisse über das Universum zu lernen, ohne jedoch selbst neue Erkenntnisse hinzuzufügen. Immer wieder waren ihre Pläne behindert oder verzögert worden, und nun fehlte nur noch ein kleiner Schritt. In wenigen Monaten, nach der Geburt, würde nichts mehr sie aufhalten.

Elisabeth wich jedem einzelnen Moment der Ruhe und Nachdenklichkeit geradezu panisch aus, und so richtete sie in den wenigen freien Stunden, die ihr blieben, das Haus neu ein. Schon seit Hemma eingezogen war, war es Elisabeths dringendes Bedürfnis gewesen, alles aufzuhellen. Nimmermüde machte sie sich nun an diese Arbeit. Die Stühle wurden gelb bezogen, die Tafel mit Silberlüstern bestückt, die Täfelung aufgehellt, der Bestand an Möbeln verringert und die düstere flämische Malerei durch französische und englische Landschaften ersetzt. Konnte Elisabeth ansonsten die Nacht kaum abwarten, liebte sie am Tage die Sonne im Haus, die sich in Stoffen, Kristallgläsern und Porzellan spiegelte. Alles, was nicht ganz Tag und nicht ganz Nacht war, verabscheute sie.

Als Hilfe zog sie absichtlich Romilda Berechtinger und Lil

heran. Für ihre Schwester war es wichtig, eine Freundin zu finden und überdies eine Aufgabe, die ihr Freude machte und sie ausfüllte, bis Elisabeths Kind geboren war. Und tatsächlich ging Elisabeths Rechnung auf. Die beiden Frauen, die sich bereits von früheren Begegnungen kannten, waren wie füreinander geschaffen, kauften Möbel und Stoffe ein, redeten ganze Nachmittage ohne Punkt und Komma und bildeten schon bald ein beinahe unzertrennliches Gespann.

Hemma jedoch ging mit jedem zusätzlichen Sonnenstrahl, der das Haus erhellte, ein wenig mehr ein wie eine schattenliebende Pflanze. Dazu kam, dass Lil sie kaum noch beachtete. Allein, den ganzen Tag in ihrem Zimmer sitzend, dieser tristen Insel des ewigen Zwielichts, lebte Hemma nur noch am Abend auf, wenn die Familie zusammen speiste. Ihre winzige, knochige Hand schob sich dann stets zu Lil hinüber und betastete die Nichte, als wolle sie sich vergewissern, dass es sie noch gab.

Natürlich traute sie sich nicht, etwas gegen Romilda Berechtinger zu sagen – obwohl es aus Hemmas Sicht genug zu sagen gegeben hätte. Romilda nahm auf ihrer Rangliste der skandalösesten Personen Danzigs Platz vier ein, nur übertroffen von Frauenzimmern mit wirklich eindeutigem Beruf. Nackte Badende auf Fächern und Dekolletés nach Mätressenart galten allerdings in ihren Augen als wenig besser, dazu kam noch Romildas Angewohnheit, ihre Umwelt nach Amouren und Skandalen abzusuchen und darüber amüsierte Bemerkungen zu machen. Dennoch wagte Hemma nicht ein Wort gegen sie zu sagen, weil – wie Elisabeth vermutete – sie fürchten musste, Lil endgültig gegen sich aufzubringen. Auch gegen den Hausherrn und seine Versuche, das alte Weltbild zu zerstören, das auch das Weltbild Luthers und Calvins gewesen war, bezog sie nicht Stellung, da man die Hand, die einen füttert, nicht beißt.

So blieb nur Elisabeth übrig. Hemma stichelte, wo es ging. Geschickt schlug sie die Kerbe in ein Thema, das auch Hevelius beschäftigte, nämlich Elisabeths Arbeit während der Schwangerschaft. Elisabeth benehme sich eigensinnig, ließ sie beim Tischgespräch verlauten, nehme zu wenig Rücksicht auf ihren Zustand. »So war sie schon früher. Was haben wir uns nicht für Sorgen gemacht! Sie war noch so jung, trotzdem unternahm sie heimliche nächtliche Ausflüge.«

Die Wörter »heimliche« und »Ausflüge« erweckten Hevelius' Interesse.

»Welcher Art waren diese Ausflüge?«

»In den Garten«, kam Elisabeth ihrer Tante zuvor. »Die Sterne beobachten. Ich habe sie schon früh geliebt.«

»Mag sein«, räumte Hemma ein. »Meine Ahnung war jedoch immer, dass sie noch etwas anderes liebte. Elisabeth ist eine anspruchsvolle Person, sie nimmt, so viel sie kann.«

»Ich habe Sterne beobachtet«, wiederholte Elisabeth, jedes Wort betonend.

»Gewiss, mein Kind. Wer bin ich, dass ich das bestreiten dürfte. Eine arme Witwe nur, ein Gast in diesem Haus. Und doch – in Anbetracht deines jugendlichen Alters und der Sorgen, die wir uns um dich machten, war dein Verhalten wenig rücksichtsvoll. Man könnte sogar sagen, dass deine Mutter am Ende daran gestorben ist.«

Elisabeths Kopf schwoll an. Sie hatte Hemma wochenlang, monatelang ertragen, hatte sich mit der gallenbitteren Miene und der frostigen Trostlosigkeit der ganzen Gestalt arrangiert. Nicht zuletzt deshalb hatte sie das Haus in ein Lichtmeer verwandelt, damit Hemma darin nur noch ein kleiner dunkler Fleck war, den man mit etwas gutem Willen übersehen konnte. Den Namen und das Schicksal ihrer Mutter aber von dieser Kindermörderin beleidigen zu lassen, war sie nicht bereit.

»An dir ist sie gestorben«, rief sie. »An deiner Kleinlichkeit, deinem Hass auf alles, was schön ist und Freude macht. Jedes

Licht hast du ihr genommen, jeden Grund zum Lachen zertreten. Wie ein Pestatem hat sich deine Gegenwart über alles gelegt, hat jeden erstickt. Wenn es so etwas wie eine Vorhölle gibt, dann war das Haus meiner Kindheit ein solcher Ort, und Gott sei gedankt, gibt es diesen Ort nicht mehr.«

Danach herrschte Schweigen. Hevelius und Lil blickten verlegen auf die Tafel, bis Hemma sich langsam erhob, ein Bild des Jammers. Sie zog die Häkelweste enger um ihre schmalen Schultern und schlurfte zur Tür.

»Das also ist der Dank für meine Sorge. Mir ging es einzig um das unschuldige Kind, das in dir heranwächst und das du mit deinem eigensinnigen Verhalten in Gefahr bringst. Ich bin ganz und gar unwichtig, wieso redest du immerzu über mich? Wenn du mich beleidigen willst, bitte, es steht dir frei, ich bin dir ausgeliefert, eine hilfsbedürftige Witwe, eine alte Frau, die nur noch den Tod und die Gnade Gottes erwartet. Ja, beschimpfe mich ruhig. Wenn du dich dadurch eines anderen besinnst und wieder an dein Kind denkst, soll es mir recht sein.«

Zwei entscheidende Dinge geschahen noch am gleichen Abend. Das Erste war, dass Hevelius ein Gespräch mit Elisabeth führte.

»Sie hätten Ihre Tante nicht derart kränken dürfen.«

»Ich höre wohl nicht recht! Sie hat mich gekränkt, indem sie mir den Tod meiner Mutter zugeschoben hat.«

»Sie haben sie einen Pestatem genannt.«

»Das bereue ich außerordentlich.«

»Wenigstens etwas.«

»Ich hätte sie eine Pockenblase nennen sollen.«

»Elisabeth! Sie reden unreif daher.«

»Nur meiner Schwester wegen erdulde ich dieses Weib, denn ich will Lil bei mir haben, und Sie haben verfügt, dass es die eine nicht ohne die andere gibt.«

»Ganz Unrecht hat Hemma nicht: Sie denken sehr viel an sich selbst und zu wenig an das Kind.«

»Es ist doch nicht zu fassen. Diese Frau kann seit fast zwanzig Jahren lügen und quälen und bleibt nicht nur straflos, sondern findet überdies immer wieder Männer, die auf sie hereinfallen.«

»Ich falle auf niemanden herein.«

Elisabeth glitt ein ironisches Lächeln über die Lippen. »Nein, natürlich nicht.«

»Ich jedenfalls«, beharrte er, »kenne niemanden, der mir je etwas vorgespielt hätte, ohne dass ich es bemerkte. Sie etwa?«

Die Antwort darauf lag ihr auf der Zunge. So weit hatte Hemma es bereits gebracht, dass Elisabeth derart erregt war, um sich und Marek beinahe zu verraten. Dieser Ehestreit war genau das, was Hemma bezweckt hatte.

»Ich beurteile die Menschen nicht nach ihrem Charakter«, sagte er, »denn auch liebenswürdige, gutherzige Menschen können irren. Ich beurteile Menschen grundsätzlich nicht, sondern das, was sie sagen, und zwar jeden Tag aufs Neue. Was Ihre Tante heute in Bezug auf Ihre Schwangerschaft gesagt hat, war vernünftig. Sie arbeiten zu viel. Sie überanstrengen sich. Und – Sie überanstrengen mein Kind.«

Sie korrigierte ihn nicht, obwohl es auch ihr Kind war. Tatsächlich sah sie es jedoch mehr als seines an.

»Daher«, fuhr er fort, »werden Sie vorläufig nur noch vormittags studieren und arbeiten.«

»Aber ...«

»Das ist mein letztes Wort in dieser Sache. Halten Sie sich bitte daran. Ich würde Ihnen ungern die Bücher und den Schlüssel zur Sternenburg wieder wegnehmen.«

Noch am selben Abend, schon im Nachthemd, ging Elisabeth zu Hemmas Zimmer und trat ein, ohne anzuklopfen, so wie die Tante es früher im Koopman-Haus gehalten hatte. An der Wand über dem Kopfkissen hing ein übergroßes schlichtes Holzkreuz, der einzige Luxus, den Hemma sich seit ihrem Einzug gegönnt hatte, und ihm gegenüber, beinahe wie ein Spiegel, die Darstellung der Kreuzigung auf einem flämischen Gemälde. Aus dem früheren Haushalt hatte sie außerdem einige wurmzerfressene Truhen mitgenommen sowie das schmale, knarrende Bett.

Auf diesem saß Hemma, ebenfalls im Nachthemd, die grauen Haare unter die Haube gestopft. Elisabeths strohblondes Haar dagegen fiel wie eine lange, glatte Wand über ihren Rücken.

»Du wirst das künftig unterlassen«, sagte Elisabeth ruhig, aber mit jener Deutlichkeit, die den Ernst hinter ihren Worten erahnen ließ.

»Ich verstehe nicht, was du meinst«, entgegnete Hemma und schüttelte das Kopfkissen auf.

»Hevelius ist nicht da, du kannst also getrost deine Maske fallen lassen. Du versuchst zu wiederholen, was du schon einmal getan hast, nämlich ein Haus deinem Willen zu unterwerfen. Wir beide wissen, wie geschickt du darin bist. Dir kommt es gelegen, dass Hevelius meinem Vater nicht unähnlich ist, zugegeben, das ist ein Vorteil für dich. Aber einen Unterschied zu damals gibt es, Tante Hemma, und den solltest du dir bewusst machen: Ich bin nicht Anna. Ich werde nicht dabei zusehen, wie du dir eine Macht anmaßt, die dir nicht zusteht.«

Hemma knetete weiter an dem Kopfkissen herum. »Ich weiß wirklich nicht, wovon du sprichst. Ich bin doch nur eine arme Witwe, ein Gast, der …«

»Ja«, rief Elisabeth und packte ihre Tante an beiden Schultern, so dass diese sie ansehen musste. »Genau das bist du. Ein Gast, eine arme Witwe, die froh sein darf, hier Obdach gefunden zu haben, ein Nichts, ein Niemand, eine alte, schwache Frau mit einem Gesicht wie Maria Magdalena und einem

Herzen wie Pontius Pilatus. Vergiss das nie, und nimm dich in Acht, Hemma, denn ich besitze nicht die Nachsicht meiner Mutter.«

Elisabeth ließ Hemma los und richtete sich auf. Eine seltsame Kälte, die sie nicht an sich kannte, bemächtigte sich ihrer Stimme. »Solltest du noch einmal versuchen, Hevelius zu beeinflussen oder mir auf andere Weise zu schaden, dann wirst du das bitter bereuen.«

In den Briefwechsel mit Marek gesellten sich neue Namen: Ihrer Tante hätte Elisabeth am liebsten den Schlüsselnamen »Zerberus«, Höllenhund, gegeben, doch war diese Bezeichnung zu offensichtlich und verräterisch für den Fall, dass einer der Briefe in Hevelius' Hände fallen sollte. Und wenn ein Name entschlüsselt würde, wären auch die anderen Namen leichter zu entschlüsseln. Also wurde Hemma zur »Bratpfanne« – ein Gegenstand, den Elisabeth ihrer Tante am liebsten übergezogen hätte.

Lil hingegen, die »Libelle«, wurde durchweg positiv erwähnt, und die Tatsache, dass sie und Marek einmal »zusammen« gewesen waren, spielte für Elisabeth keine Rolle mehr. Das war so viele Jahre her, und ihrer aller Lebenswelten hatten sich völlig verschoben, so dass sie kaum noch daran dachte. Lil und Marek, das waren zwei Menschen in ihrem Leben, die durch nichts außer durch sie selbst, Elisabeth, verbunden waren.

Nach wie vor schrieb sie ihrem Geliebten jede Woche wenigstens zweimal und erhielt ebenso viele »Konfitüren« zurück. Er war ihre Entspannung nach dem Studium, ihre Ablenkung. Nur wenn sie an ihn dachte, vergaß sie für einige Augenblicke das Universum, ansonsten war es allseits präsent, beim Essen, beim Ruhen, beim Tee mit Lil, Romilda Berechtinger und Margarete Kurtz, im Ehebett und auch im Schlaf. Sie fühlte sich durch diese Gedanken nicht belästigt, denn sie waren keine Dämonen oder Phantome, die sich in ihrem Kopf festsetzten und dort ihr Unwesen trieben. Im Gegenteil, sie gaben ihr Kraft, nahmen ihr Kraft und gaben sie erneut in ständigem Wechsel, ein natürlicher Kreislauf des Gebens und Nehmens. Wie die Planeten um die Sonne kreisten, gleichmäßig und gelassen, so kreisten Elisabeths Gedanken um den Mond und die Sterne.

Hätte es nicht so seltsam geklungen, würde sie Marek ihre Muse genannt haben. Wenn er ihr von seinem Leben berichtete, seinen Erlebnissen bei der Armee und den politischen Vorkommnissen in Krakau, war sie ganz bei ihm, und umgekehrt tat es ihr unsagbar gut, gefahrlos über die Bratpfanne lästern zu können, ohne dass gleich jemand empört »Elisabeth!« schrie, wie Hevelius es ständig tat, sobald sie sich einmal nicht moralisch einwandfrei ausdrückte, sondern sich – im Gegenteil – darüber amüsierte. Sie und Marek konnten sogar über eine Strecke von zehn Tagesreisen hinweg über die gleichen Dinge lachen, und Elisabeth konnte ihm alles anvertrauen, was sie bewegte und berührte.

Mit einer Ausnahme. Marek wusste noch immer nicht, dass sie schwanger war.

Er würde ihm heute eine Lektion erteilen, dachte Hevelius, als er den jungen Mann zur Tür hereinkommen sah. Er mochte ihn nicht. Dass er ein Offizier war, spielte dabei noch die geringste Rolle, wenngleich Hevelius auch anderen Offizieren kritisch gegenüberstand. Uniformen waren ihm von jeher ein Gräuel, er betrachtete sie mit der stillen Verachtung des Gelehrten. Doch bei Janowicz kam etwas hinzu, das über Geringschätzung hinausging, eine tief verwurzelte Antipathie gegen ihn als Mann. Hevelius verabscheute den jugendlichen Überschwang, das strahlende Lächeln, die fast kindliche Fröhlichkeit, gepaart mit einer neumodischen Dreistigkeit, die sich im gesamten Auftreten dieses Menschen widerspiegelten. Janowicz war die weithin sichtbare Verkörperung des Leichtsinns, der unbekümmerten Lebenslust, die nichts anderes kannte als das Glück.

Er hatte diesem Wort noch nie etwas abgewinnen können. Glück war blind. Glück war launisch. Glück war maskiert. Die Leute hetzten hinter dem Glück her, ohne zu wissen, wie es aussah, darum konnten es die wenigsten fangen. Hevelius war kein Moralapostel – religiös war er nur am Sonntagvormittag, in der übrigen Zeit konnte er sich als Wissenschaftler den Luxus des Glaubens nicht leisten –, aber er hatte etwas gegen Glücksritter vom Schlage dieses Janowicz. Immer auf der Suche nach Zerstreuung und nach Liebe, tapsten sie durch ihr Leben – wobei Liebe stets nur die Amorette meinte, die Liebelei, und Zerstreuung am ehesten in Abenteuern gefunden wurde.

Wie hatte Hemma ihm kürzlich ungefragt mitgeteilt: »Herr Hevelius, Sie arbeiten mit einem gewissen Marek Janowicz zusammen, wie ich hörte. Nicht, dass es mich etwas anginge, ich bin hier nur Gast, ich rede und handele nur zum Wohle des Hauses. Wenn Sie wollen, dass ich schweige, werde ich schweigen.«

Er hatte die Stirn in Falten gelegt, kaum dass er den Namen Janowicz gehört hatte. »Bitte, gnädige Frau, sprechen Sie.«

»Wie Sie wünschen. Der Herr Janowicz ist ein unbotmäßiger Mann, wenn Sie verstehen, was ich meine. Er hat meiner Nichte einst den Hof gemacht, daher kenne ich ihn gut und kann ihn einschätzen.«

»Den Hof gemacht? Elisabeth?«

»Er hat sich bei meinem Bruder vorgestellt, ihn regelrecht belagert, bis der gutherzige Cornelius nachgab und die Bewerbung in Betracht zog. Doch wie respektlos hat sich dieser junge Mann benommen, lächelte, lachte, kicherte, scherzte ... Jede Ernsthaftigkeit geht diesem Menschen ab. Er ist durch und

durch ein Stenz. Damit hatte sich seine Bemühung um meine Nichte natürlich für uns erledigt. Ich persönlich habe ihn aus dem Haus gejagt, und ich möchte keinem empfehlen, ihn wieder ins Haus zu lassen. Sie verstehen, Herr Hevelius?«
Er verstand.
»Aber bitte, sagen Sie Elisabeth nicht, dass ich mit Ihnen darüber gesprochen habe. Wir stehen nicht gut, wie Sie wissen. Sie würde meine familiäre Sorge nur als Bösartigkeit begreifen.«

Hevelius hatte nicht vor, Elisabeth etwas zu erzählen, stattdessen zog er weitere Erkundigungen über Marek Janowicz ein. Er kannte Mitglieder des polnischen Adels und der obersten Armeeführung, die ihm Stück für Stück ein Bild des Fahnenführers und Waffenmeisters Janowicz zusammensetzten. Am aufschlussreichsten jedoch waren vielleicht die Bemerkungen von Romilda Berechtinger, dieser freizügigen Person, die kein Blatt vor den Mund nahm.

»Marek Janowicz besitzt etwas, das ich Präsenz nenne, ein gewisses Auftreten, eine gewisse Mimik, jene Mischung aus Spiel und Ernst, die anzieht. Sogar Margarete Kurtz fing an, ihn zu mögen, als sie ihn damals in Ihrem Haus kennen lernte, und das, wo sie doch an nichts anderes als an Gefahren und Katastrophen denkt. Mir ging es ebenso mit ihm. Es wäre ein Wunder, wenn Ihre Frau anders darüber denken würde, mein lieber Herr Hevelius. Oh, das ist nicht gegen Sie gerichtet, gewiss nicht, Sie sind Ihr Ehemann, und wir Frauen verehren unsere Ehemänner. Aber Janowicz ist charmant, zweifellos unschlagbar charmant.«

Dieses Wort hatte es bis vor kurzem in Danzig nicht gegeben. Es war mit vielem anderen aus Frankreich herübergekommen, und Hevelius hatte es sofort abscheulich gefunden. Die Vorstellung, dass seine Frau mit jemandem, den Frauen charmant fanden, also einem Frauenheld, allein über Aufträge verhandelt hatte, dass sie ihn insgeheim vielleicht sogar bewunderte, machte ihn ärgerlich.

»Mein Bester, bitte treten Sie doch näher«, sagte Hevelius mit einer lässigen Handbewegung. Absichtlich näselte er mehr noch als sonst.

Alles war geplant. Er hatte, kaum dass ihm Marek Janowicz gemeldet worden war, Elisabeth rufen lassen. Sie würde jeden Moment eintreffen.

»Ihr Brief hat mich überrascht«, sagte Marek, »er klang geheimnisvoll. Was gibt es denn so Dringendes, weshalb ich den weiten Weg von Bromberg hierherreiten musste?«

»Reiten ist doch Ihr Beruf, dachte ich.«

Hevelius war stolz auf seine geschickte Attacke, was sich sogleich auf sein Mienenspiel übertrug.

»Nun überlegen Sie einmal, mein Bester, weshalb ich Sie wohl hergebeten haben könnte. Viele Möglichkeiten gibt es ja nicht, oder? Aber ich möchte nicht, dass Sie sich übermäßig anstrengen, und komme gleich zum Punkt. Folgen Sie mir.«

Er würdigte Marek Janowicz keines Blickes und ging in einen benachbarten Raum.

Von allen Zimmern des Hauses strahlte dieses die größte wissenschaftliche Bedeutung aus. Hier gab es Globen mit dem neuen Weltbild, unerhört schwere und überdimensionierte Buchbände, Zirkel und geometrische Lineale, eine Bronzebüste von Aristoteles, den gerahmten Briefwechsel mit Galileo Galilei und Dutzende Papierrollen mit Entwürfen und Zahlentabellen. Zwischen all diesen Symbolen der Gelehrsamkeit wirkte Hevelius wie ein Bestandteil des Ganzen, das letzte, wichtigste Stück eines Mosaiks, ohne das der Raum unvollständig war.

In einer Ecke stand eine Holzkiste, mit Stroh gepolstert, die das neu entwickelte Polemoskop enthielt. Das Fernrohr bog sich an seinem oberen Ende um neunzig Grad, so dass der Beobachter damit um die Ecke blicken konnte.

»Da haben Sie, was Sie wollten. Dieses Exemplar hier ist nur das Muster, neun weitere befinden sich am Lieferanteneingang. Für den Fall, dass Rechnen nicht Ihre Stärke ist: Das sind dann zehn Exemplare, und damit ist der Auftrag für die polnische Armee erfüllt.«

Hevelius stellte mit Befriedigung fest, dass Janowicz die Zähne zusammenbiss.

Er setzte noch einen drauf und sagte: »So schweigsam, mein Bester? Sind Sie eventuell nicht zufrieden? Bitte, begutachten Sie selbst meine Arbeit.«

Als Marek nicht sofort reagierte, nahm er dessen Hand und legte sie auf das Fernrohr. »Fühlen Sie die Qualität? Ich habe mich selbst übertroffen. Habe ich schon erwähnt, dass meine Frau sich intensiv an der Entwicklung des Rohres beteiligt hat? O ja, sie hat regen Anteil daran, mein Bester, mehr noch, sie *liebt* es. So viele Nächte haben wir gemeinsam daran gearbeitet.«

Die Kaminuhr tickte zehnmal, ohne dass einer von ihnen etwas sagte.

»Jemand wie Sie«, fuhr Hevelius fort, »versteht das natürlich nicht. Sie lächeln darüber, aber ich sage Ihnen, es gibt keine innigere Beziehung als zwischen einem Mann und einer Frau, die gemeinsam die Welt entdecken. Alles andere ist unwichtig. Alles andere ist – Mist.«

Als Elisabeth eintrat, standen Hevelius und Marek sich schweigend gegenüber. Verschiedener konnten zwei Männer nicht sein. Der eine grauhaarig, hager und etwas krumm, der andere standfest wie eine junge Statue, einer bärtig und stachelig, der andere glatt. Bewegte Hevelius sich in einer Welt aus Zahlen, so bewegte sich Marek in der Welt der Sinne; der Astronom war präzise und kontrolliert, der Lebemensch freigeistig und gelassen. Gemeinsam war ihnen nur der Blick, den sie sich zuwarfen.

Sie betrat den Raum nicht, sondern blieb an der Schwelle

stehen. »Oh«, sagte sie gedehnt. »Sie – Sie haben mir nicht gesagt, dass wir Besuch haben.«

Er ging auf sie zu. Mit ihrem gewölbten Bauch unter dem dunkelroten Kleid war sie eine imposante Erscheinung. »Keine Sorge, meine Liebe, Sie sehen wunderbar aus.« Entgegen seiner Gewohnheit im Beisein von Fremden gab er ihr einen Kuss auf die Wange. »Sie erinnern sich gewiss an Fahnenführer Janowicz. Kommen Sie, begrüßen Sie ihn.«

Er übte sanften Druck auf ihren Arm aus und zog sie mit sich. Er stand nun zwischen ihnen, beide abwechselnd im Blick.

»Guten Tag, Herr Fahnenführer«, sagte Elisabeth. Sie wirkte ungewöhnlich zurückhaltend und nickte dem Offizier nur zaghaft zu.

»Guten Tag, Frau Hevelius«, erwiderte Marek, der seine Verblüffung angesichts einer hochschwangeren Frau nicht völlig verbergen konnte.

»Sie scheinen überrascht«, sagte Hevelius. »Haben Sie noch nie eine werdende Mutter gesehen?«

»Doch – ich – es ist nur, weil Sie erwähnten, Ihre Frau habe am Polemoskop mitgearbeitet. In ihrem Zustand ist das mehr als beachtlich.«

»Ich sagte Ihnen doch, sie liebt ihre Arbeit und alles, was damit zusammenhängt.«

Hevelius grinste, aber ein bitterer Geschmack lag ihm auf der Zunge. Noch nie hatte er so viel Lust verspürt, einen anderen Menschen zu beleidigen.

»Ich habe dem guten Janowicz unser Polemoskop gezeigt, meine Liebe. Doch er schien damit ein wenig überfordert. Vielleicht können Sie ihm erklären, wie es funktioniert.«

»Das ist nicht nötig«, sagte Marek.

»Sieh an! Ihre Gegenwart hat ihn beflügelt, meine Liebe. Vorhin hat er kaum einen Ton herausgebracht, und ich glaubte schon, ich hätte mich unklar ausgedrückt.«

»Ich verstehe das Prinzip sehr wohl«, sagte Marek.
»Nun, wenn Sie das Prinzip verstehen, mein Bester, ist ja alles in Ordnung. Es ist ja auch sehr einfach. Es gibt jedoch immer wieder Menschen, die nicht damit zurechtkommen.«
»Reden wir noch immer über das Polemoskop oder schon über etwas anderes?«
»Worüber wohl sonst?«
»Ich wollte nur sichergehen.«
»Jetzt, wo wir das geklärt haben, möchten wir – meine Frau und ich – Sie nicht länger aufhalten. Da wir an weiteren Aufträgen der Armee nicht interessiert sind, werden wir uns vermutlich nicht wiedersehen, mein Bester. Leben Sie wohl. Wir wünschen Ihnen eine schnelle Reise.«
Marek blieb wie angewurzelt stehen.
»Mein Diener wird Sie hinausbegleiten«, sagte Hevelius.
»Ach ja, benutzen Sie doch bitte die Muskeln, von denen Sie ja ausreichend haben, und tragen Sie die Kiste zu den anderen am Lieferantenausgang. Sie können alles gleich mitnehmen. Guten Tag, Herr Fahnenführer, guten Tag.«
Hevelius war hochzufrieden mit seinem Auftritt. Sollte jemand diesen jungen Flegel noch einmal unschlagbar nennen!

»Er hat mich abgekanzelt wie einen dummen Jungen.«
»Wenn du dir das gefallen lässt ...«
»Was hätte ich denn tun sollen? Einen Streit vom Zaun brechen?«
»Hast du etwa Angst vor ihm? Einem alten Mann?«
Sie befanden sich auf dem »Olymp«, dem obersten Geschoss eines verlassenen Kornspeichers. Außer zwei Strohballen, die man irgendwann vergessen hatte, war der Speicher leer. Das Dach war dicht, und die Bretterwände hielten den Wind draußen, so dass die Lagerfläche eine neue Bedeutung als Treffpunkt für Elisabeth und Marek bekommen hatte.

»Alt mag er sein«, antwortete Marek, »aber er hat Beziehungen bis zum Königshof.«

»Die hast du auch.«

»Trotzdem: Es wäre ihm ein Leichtes, mich in Misskredit zu bringen, und das weiß er. Und er weiß, dass ich es weiß.«

»Wie wissend ihr Männer doch alle seid«, sagte Elisabeth ironisch. Sie legte den Mantel ab, den sie nur wegen der Kapuze angezogen hatte, unter der sie ihr Gesicht vor neugierigen Blicken verbarg.

Marek wirkte nervös und angespannt. »Diese Szene gestern kam nicht aus dem Nichts, Elisabeth, sie hat ihren Grund.«

Elisabeth winkte ab und setzte sich auf einen der runden Strohballen. »Ich hörte, Romilda Berechtinger hat ihn mit irgendeiner dummen Bemerkung über deinen Charme eifersüchtig gemacht – was immer sie damit gemeint hat.«

Marek stutzte. »Was heißt: Was immer sie damit gemeint hat? Bist du neuerdings anderer Meinung als sie?«

Elisabeth verdrehte die Augen. »Nun lege doch bitte nicht jedes Wort auf die Goldwaage. Du bist doch sonst nicht so eitel. Was ist denn mit dir los, um Himmels willen?«

Er setzte sich auf den anderen Strohballen und legte seine Hände vors Gesicht. Eine Weile sagte er nichts, obwohl Elisabeth merkte, dass die Worte ihm auf der Zunge lagen.

Ohne ihr in die Augen zu schauen, sagte er: »Du hast mir nichts von dem Kind erzählt, das du erwartest.«

»Ach, darum geht es.« Sie stand seufzend auf und ging zu dem einzigen kleinen Fenster auf der Stirnseite des Speichers. Die Sonne ließ Danzigs Dächer wie geschmolzene Bronze leuchten.

Er folgte ihr mit den Blicken. »Das hat mich ... Ich war jedenfalls überrascht.«

»Ich hätte es dir schon noch geschrieben.«

»Wann? Nach der Geburt?«

»Vielleicht schon vorher. Vielleicht auch später. Ich weiß es nicht.«
»Warum hast du gezögert?«
»Müssen wir jetzt darüber sprechen?«, fragte sie müde und gereizt.
»Ich sehe keinen Grund, warum nicht.«
»Ich war nicht verpflichtet, dir von dem Kind zu schreiben.«
»Verpflichtet! Nun redest du so nüchtern und kalkulierend wie dein Mann.«
»Seltsam«, erwiderte sie seufzend und ohne ihn anzusehen, »genau das Gleiche wirft Hevelius mir in Bezug auf dich vor.«
»Wie geht es jetzt weiter?«
»Nichts hat sich geändert. Es ist nicht dein Kind, Marek.«
Er schluckte. »Ich weiß«, sagte er leise, und einen Moment später: »Das ist es ja.«
Die Wut, die sie erfasste, traf Elisabeth unvorbereitet. Sie liebte Marek, liebte seine Worte, seinen Körper, sein Anderssein als all die Männer, die sie kennen gelernt hatte. Und seit einiger Zeit liebte sie ihn außerdem als Zugang zu einem weiteren Leben, so wie es hätte sein können. Manchmal träumte sie davon, mit ihm verheiratet zu sein, und ging gedanklich die Stationen ihres zweiten Lebens durch, so als ob sie es wirklich plane, als könne sie irgendwann einfach aufstehen, durch eine Tür gehen und an einem anderen Ort herauskommen und mit anderen Menschen weiterleben. Sie brauchte Marek wie keinen anderen Menschen, nicht nur, weil er der vielleicht wichtigste Mensch in ihrem Leben war, sondern auch, weil er eine Tür offen hielt, eine Tür in ihrem Kopf.

Doch in den Monaten, in denen sie getrennt waren, führte er ein Leben, von dem sie kaum Ahnung hatte. Gut, da waren die Briefe, aber in den Briefen stand bloß, was jeder von ihnen *wollte*, das darin stand: die unproblematischen Dinge, die Liebe, schöne Gedanken der Zauberin und des Nachtfalters, kleine Episoden des Alltags, Zeilen, die Freude machten und ein kleines Fenster zur Hoffnung offen ließen, nicht größer als jenes, vor dem Elisabeth gerade stand, aber groß genug für etwas Licht. Alles, was einen Schatten auf ihre Liebe warf, durfte nicht in den Briefen stehen. Was wusste sie schon von dem, was er ihr *nicht* schrieb. Alles war möglich. Sein Leben war für sie ein großer, leerer Raum, ein Speicher wie dieser, den sie mit Hoffnungen und Zweifeln füllte, von denen sie nicht wusste, ob sie etwas taugten.

Und nun saß er auf einem Strohballen und beschwerte sich, weil nicht alles so verlief, wie er es sich wünschte.

Sie löste sich vom Fenster und ging auf ihn zu. »Glaubst du, es ist einfach für mich, das Kind eines Mannes zu erwarten, den ich nicht liebe? Meinst du, es hat mir Freude bereitet, als er sich zu mir beugte, mich streichelte und mit Küssen bedeckte?«

»Ich will das nicht hören.«

Elisabeth stand vor ihm und sah auf ihn nieder. Sie zitterte. »Du willst es noch nicht einmal hören, ich musste es *fühlen*. Ich bin von uns beiden diejenige, die es erlebt hat, die Schuldgefühle hat gegenüber dem Kind in mir, weil ich bei aller Anstrengung nicht schaffe, es zu lieben, und gegenüber Hevelius, weil ich ihn in einem fort betrüge, und gegenüber dir, weil ich ständig meine, auch dich zu betrügen. In meinem Haus lebt eine Frau, die mich beim ersten Anzeichen eines Verdachts vernichten wird, sowie eine andere, die sich einbildet, eine gemeinsame Vergangenheit mit dir zu haben, und mit alledem werde ich fertig, während du in Krakau Offiziersbälle besuchst. Wenn jemand das Recht hat, auf einem Strohballen zu sitzen und eine bekümmerte Miene zu ziehen, dann bin ich das. Aber ich reiße mich zusammen und klammere mich an das Gute in meinem Leben, zu dem auch du gehörst, und dasselbe erwarte ich von dir.«

Aus der nahe gelegenen Katharinenkirche dröhnte der Klang

der schweren Glocken herüber. Eine Hochzeit wurde zelebriert.

Marek und sie waren jetzt auf Augenhöhe, gleichermaßen verletzt. »Verlieren wir uns, Zauberin?«

Sie antwortete nicht, obwohl sie die Antwort kannte. Wenn Liebe zerbrach, dann stets nur, weil sie brüchig war.

15

Das Mädchen hieß Marie, war ein Herbstkind und hatte die grauen, neutralen Augen ihres Vaters. Elisabeth hatte sich einen anderen Namen gewünscht – Tadea – und andere Augen, große, neugierige Augen, von denen sie glaubte, dass ihre eigenen damals nach der Geburt so ausgesehen hätten. Aber Hevelius hatte sich in jeder Hinsicht durchgesetzt. Marie war ungewöhnlich artig, so als folge sie einem von Hevelius erstellten Tagesplan. Sie schlief zwanzig Stunden am Tag und spuckte in der übrigen Zeit leise vor sich hin. Nur selten schrie sie aus Leibeskräften, meist beschränkte sie sich darauf, zu quengeln und ein wenig mit den Armen zu fuchteln.

Elisabeth tat in den Monaten nach der Geburt alles, was man von einer Mutter erwartete. Sie nahm die Tochter in den Arm, wiegte sie und legte sie in das Bett zurück, besuchte sie dreimal am Tag, sprach mit ihr, wenn sie wach war, und beobachtete sie, wenn sie schlief. Dabei bekam ihr Blick jedoch nicht den verträumten, innigen Ausdruck, den so viele Mütter an der Wiege haben. Sie verfolgte das Mienenspiel der Kleinen eher wie den Vorbeiflug eines Kometen, aufmerksam und interessiert und mit einer gewissen Faszination, dass es so etwas Wunderbares und Geheimnisvolles überhaupt gab. Außer der Erleichterung, die Geburt ohne Komplikationen überstanden und ein gesundes Kind zur Welt gebracht zu haben, hallte kein mütterliches Gefühl in ihr nach. Es entstand auch keines. Elisabeth betrachtete Marie mit der gleichen Distanz, mit der sie sie damals empfangen hatte, in jener Nacht, nachdem Hevelius ihr die niederen Weihen einer Laienastronomin zugebilligt hatte und dafür – der zeitliche Zusammenhang war ja wirklich mehr als auffällig – seine Belohnung einforderte. Marie trug daran keine Schuld, und Elisabeth gab ihr auch keine. Doch es fiel ihr ungeheuer schwer, dieses junge, reine Wesen gedanklich von Hevelius zu trennen, es als etwas von ihr selbst anzusehen, etwas, das sie erschaffen hatte.

Elisabeth besuchte gerne das Kinderzimmer, aber wenn Hevelius zufällig dort war und sie das rechtzeitig bemerkte, vermied sie es hineinzugehen. Selten verbrachten sie Stunden zu dritt. In Elisabeths Augen war das eine Konstellation, die einfach nicht zusammengehörte. Elisabeth und Hevelius, das war ein Paar für die Sternenburg oder vielleicht noch für die Abendtafel, nicht aber für die Elternschaft. Die einzigen Kinder, die ihnen gemeinsam sein sollten, dachte Elisabeth, das waren die Sterne.

Manchmal allerdings brachte Hevelius sein Töchterchen mit auf die Sternenburg und damit auch zu Elisabeth. Eingewickelt in dicke Decken lag Marie in seinen Armen und wurde von ihm herumgetragen, wobei er fast nie zu lächeln aufhörte. Hevelius zeigte ihr den Mond und die Sterne, und für kurze Zeit mischten sich dabei der Wissenschaftler und der Mensch zu etwas Ganzem. Maries Gegenwart wirkte auf ihn wie ein chemisches Element, das getrennte Substanzen verband. Sobald er sie jedoch ins Kinderzimmer gebracht hatte und auf die Sternenburg zurückgekehrt war, klang die Wirkung des Elements ab, und nach einer Stunde war er wieder ganz der Alte, der Herr der Zahlen.

Die meiste Zeit kümmerte sich Lil um Marie. Soweit Elisabeth das sehen konnte, machte Lil ihre Sache gut, gewissenhafter jedenfalls als alles, was sie zuvor in ihrem Leben getan hatte. Die Hebamme war – nach Elisabeths Einschätzung – von Lil etwas zu früh und zu unfreundlich entlassen worden, aber ansonsten benahm ihre Schwester sich tadellos. Sie hielt einen von ihr selbst erstellten Tagesplan ein, wusch und fütterte Marie und ging mit ihr vor dem geöffneten Fenster auf und ab. Auch Hevelius war mit ihr zufrieden und räumte gegenüber Elisabeth ein, dass er sich in Lil getäuscht habe, denn sie habe sich von einem flatterhaften zu einem verantwortungsbewussten Menschen gewandelt.

Eines Nachmittags im Spätsommer 1676, als Elisabeth mit Lil an der Wiege stand und gemeinsam mit ihr die Tochter in den Schlaf schaukelte, sah sie ihre Schwester plötzlich an und sagte: »Für mich ist es, als ob wir beide Maries Mütter wären.«

Lil lächelte. »Ja, so geht es mir auch.«

»Wer hätte gedacht«, fuhr Elisabeth fort, »dass alles so kommen würde: Du und ich vereint in einem Kinderzimmer, so nahe beisammen wie ehedem. Ich kann dir gar nicht sagen, wie viel mir das bedeutet.«

»Doch, du sagst es andauernd.«

»Nicht oft genug, so kommt es mir vor. Unserer Mutter würde das Herz aufgehen, könnte sie uns so zusammen sehen. Du und ich, wir haben viel zusammen durchgemacht, Lil, und alles in allem, wenn wir zurückschauen – wir hätten es schlimmer treffen können.«

»Ja«, sagte Lil.

»Wir hätten in einer engen Wohnung enden können, zu einem freudlosen Dasein mit Tante Hemma verdammt. Ich denke oft daran, wie viel Glück wir hatten. Du auch?«

»Natürlich.«

»Marie soll es besser haben. Sie soll in einem offenen Haus aufwachsen, in das ständig neue Gedanken hineinwehen und wo der glückliche Zufall bloß eine Zugabe ist, eine Sahnehaube und nichts, worauf sie angewiesen ist. Was das Leben mit ihr anstellt, darauf haben wir keinen Einfluss, aber sie soll sich wohl fühlen.«

»Ja, das soll sie.«

»Und du, Lil, fühlst auch du dich wohl?«

Lil war einen Augenblick lang von der Frage überrascht. »Oh, ich fühle mich hervorragend. Wie du schon gesagt hast, Schwesterlein, ich denke oft daran, wie anders es mir hätte ergehen können.«

Elisabeth ergriff Lils Hand. »Ich bin froh, dass du das sagst, denn weißt du: Ich brauche dich. Und Marie braucht dich noch mehr. Vielleicht kannst du ihr ja etwas geben, das ich ihr nicht geben kann, vielleicht werdet ihr beide eine Beziehung zueinander entwickeln, die ich nie haben werde. Mir würde das nichts ausmachen. Aber eines musst du mir versprechen, Lil ...«

Sie zog Lil etwas näher an sich heran und beugte sich zu ihr, so dass ihre beiden Körper eine Brücke über dem Kinderbett bildeten. »Lass Hemma nie allein mit der Kleinen. Nie, hörst du? Nicht einen Atemzug lang.«

Lils Augen weiteten sich. »Du meinst ...«

Elisabeth nickte bestimmt. »Wegen Frans, ja. Du warst dabei, als unsere Mutter sie beschuldigte, Frans geschüttelt zu haben, bis er halbtot war.«

»Eine Zeit lang habe ich auch daran geglaubt. Aber mittlerweile bin ich mir nicht mehr sicher. Unsere Mutter war durcheinander, Schwesterlein. Sie hat sich noch am selben Tag erhängt.«

»Nimm das nicht auf die leichte Schulter. Ich bitte dich um keinen anderen Gefallen als diesen: Lass Hemma nicht an Marie heran.«

»Ist ja schon gut, ich habe dich verstanden. Keine Sorge, die alte Hexe wird unserer Marie schon nichts antun, das verspreche ich dir.«

Als Elisabeth gegangen war, hörte Lil auf, das Mädchen zu schaukeln. Sie kramte zwei versteckte Stücke Kuchen hervor, setzte sich auf einen Stuhl und verschlang die delikate Süßigkeit binnen Minuten. Sie wusste, das sollte sie nicht tun, denn sie passte kaum noch in ihre Kleider hinein. Doch was blieb ihr sonst für ein Vergnügen?

Marie quengelte. Lil wischte die Krümel zusammen und ließ sie einen nach dem anderen in Maries geöffneten Mund fallen.

Lil schnitt ein Gesicht. »Marie soll es besser haben«, imitierte sie Elisabeths Tonfall. »Du und ich vereint in einem Kinderzimmer ... Wir hätten es schlimmer treffen können ... Ich denke oft daran, wie viel Glück wir hatten.«

Sie schob das Kinn vor. »Du, du hast Glück gehabt, nicht wir, nicht ich. Und was soll diese Frage, geht es dir gut? Wie geht es wohl einer Frau, der alles genommen wurde? Wie würde es dir gefallen, Schwesterlein, wenn du nach und nach alles verlieren würdest, was du hast?«

Lils Gesichtsausdruck veränderte sich, und sie fiel für Augenblicke in tiefe Nachdenklichkeit.

Wissenschaftlerin zu sein war weit schwieriger, als Elisabeth gedacht hatte, ähnlich einer Kutschfahrt in bergigem Gelände. Jedes Mal, wenn sie glaubte, der nächste Hügel sei der letzte, sah sie, oben angekommen, bereits den nächsten. Sie hatte Latein gelernt und Geometrie, Astrometrie und Arithmetik, hatte sich ein gutes physikalisches Grundwissen angeeignet, mindestens dreißig zufriedenstellende Positionsberechnungen an Himmelskörpern durchgeführt und bei alledem kein einziges Teleskop vor Wut getreten und keine der inbrünstig gehassten

Tabellen ins Feuer geworfen. Nun aber stand ihr die härteste Prüfung bevor, eine, auf die man sich nicht vorbereiten konnte, und ausgerechnet der Mond, den sie so sehr liebte, stellte sie auf diese Probe: Elisabeth musste den Berg der Geduld besteigen.

Den Mond zu erforschen, ihn zu zeichnen, gewissermaßen zu gestalten, war nichts, was man nebenher tun konnte. Alle Erhebungen und Vertiefungen des Trabanten waren mit dem Teleskop nur entlang des Terminators erkennbar, also dort, wo die Grenze zwischen dem schräg auftreffenden Sonnenlicht und dem im Dunkeln liegenden Bereich verlief. Dort nämlich warfen sich Schatten über die unebene Oberfläche, anhand derer Elisabeth die Konturen von Lunas Gesicht feststellen und beispielsweise die Höhe eines Berges bestimmen konnte. Da sich diese feine Licht-Schatten-Linie naturgemäß mit jedem Tag verschob – denn der Mond nahm ja beständig zu oder ab –, blieben ihr nur wenige Stunden, um zu sehen, zu verstehen und das Verstandene zu zeichnen. Alles, was ihr am »Mond der ersten Nacht« nach Neumond entging, konnte sie erst wieder vier Wochen später erforschen, und so war es mit jeder Nacht, der vierten Mondnacht, der neunten oder der zwölften. Da es unmöglich war – selbst bei besten Bedingungen –, alle Details eines Sektors in einer einzigen Nacht zu erfassen, entstand der Mond auf dem Papier nicht von links nach rechts oder umgekehrt, sondern wie ein Mosaik, dessen einzelne Teile nur langsam und nach und nach zusammenwuchsen.

Selten jedoch waren die Bedingungen optimal. Die meiste Zeit musste Elisabeth warten, und noch länger warten, und noch länger. Warten auf ein Loch in den Wolken, auch wenn dieses nur vier, fünf Atemzüge existierte. Und dann wieder Warten, eine halbe Stunde, zwei Stunden, sich irgendwie beschäftigen, die Müdigkeit überwinden, bevor das nächste

Wolkenloch sich auftat, mit etwas Glück für länger. Oft legte sie sich irgendwann entmutigt ins Bett, um etwas später aufzuwachen und vom Fenster aus erkennen zu müssen, dass die Wolken sich allesamt verzogen hatten. Verlorene Stunden, sie zogen an Elisabeths Geduldsfaden und spannten ihn zum Zerreißen.

Einmal, als Hevelius nicht da war, zerbrach eine Schraube an ihrem Teleskop, wodurch es unbeweglich wurde. Elisabeth suchte nach einem Ersatz, fand jedoch nichts. Also schickte sie sofort Jerzy zum Werkzeugmacher, doch der Junge kam unverrichteter Dinge zurück und meldete, der Werkzeugmacher habe bereits geschlafen. Sie verlor keine Zeit, warf sich einen Umhang über und eilte mitten in der Nacht durch halb Danzig. Vor dem Haus des Werkzeugmachers rief sie so lange nach ihm, bis die Nachbarschaft sich wütend aus den Fenstern beugte und sie beschimpfte. Doch sie ließ sich davon nicht abbringen; den Mond der siebten Nacht gab es nur einmal im Monat, und da sollte sie sich von einem kleinen Metallteil und einer Hand voll Schlafmützen aufhalten lassen! Schließlich gab der Handwerker nach und öffnete seine Tür. Da er die gesuchte Schraube nicht vorrätig hatte, versprach sie ihm das Hundertfache des Wertes, wenn er sie ihr sofort anfertigte. Und das tat er. Zurück auf der Sternenburg, versuchte sie das Teil einzudrehen, verlor es jedoch. Also kroch sie – weil Jerzy und Piotr kaum noch die Augen aufhalten konnten – auf dem Boden herum und suchte die Schraube. Als sie sie endlich fand und befestigte, zogen Wolken auf ...

Sie trat gegen das Fernrohr und verkroch sich schimpfend in ihr Bett.

Doch auch wenn das Wetter gut war und die Technik einwandfrei funktionierte, forderten Probleme sie heraus, meist innere Feinde. Die Konzentration, zum Beispiel. Eine Stunde lang einen winzigen Sektor zu beobachten, das hieß, sechzig endlose Minuten das entsetzlich langsame Strecken der Schatten beobachten, Punkte zählen, Linien verfolgen, Täler bemessen, die im Okular oft nur Millimeter groß sind, aber auf dem Mond natürlich Kilometern entsprachen. Hierbei ungenau zu sein, hätte bedeutet, am Ende ein völlig verzogenes Bildnis Lunas zu zeichnen, ähnlich der Spiegelung im Wasser eines Sees.

Doch etwas zu wissen und es in die Tat umzusetzen, war zweierlei, und Elisabeth musste sich erst an die nötige Akribie gewöhnen. Sie lag ihr nicht, sie mochte sie nicht. Sie erinnerte sie zu sehr an das Leben unter Hemma und Cornelius, an das immer gleiche Ticken der Uhr, an die genau abgezählten Schritte der Spaziergänge.

Doch ihr blieb keine Wahl. Jede Nachlässigkeit rächte sich, wie sich spätestens nach vier Wochen zeigte, wenn sie die gefundenen Ergebnisse überprüfte. Wo sie einen Berg gesehen hatte, war plötzlich nur noch Wüste zu erkennen, und wo das Ufer eines Meeres sich hingezogen hatte, ragte mit einem Mal eine Inselkette auf.

Dazu kamen körperliche Probleme. Die Augen entzündeten sich vor Anstrengung, der Rücken schmerzte vom Sitzen, die Arme vom Halten und Bewegen des großen Teleskops, die Finger vom Umklammern der Zeichenfeder …

Trotz allem hieß es für Elisabeth – weitermachen. Nacht für Nacht für Nacht, Woche um Woche, Monat um Monat. Lernen, sich anstrengen, geduldig bleiben.

Doch das Schlimmste, das Herzzerreißende dieser Arbeit waren weder die körperlichen Qualen noch die erforderliche Konzentration, weder die Missgeschicke noch das Warten, sondern der Verlust von Illusionen. Wissenschaftlerin zu sein, hieß nämlich auch, ungeliebte Wahrheiten den liebgewordenen Wunschbildern vorzuziehen, vor allem solchen, die man schon ein ganzes Leben mit sich herumtrug. Keine Nacht verging ohne eine neue Erkenntnis, die alte Vorstellungen – auch ihre

Vorstellungen – ein Stück weit veränderte, so als ob Rembrandt die mittelalterlichen Kuppelmalereien von Giotto nach und nach überpinselte. Mit jedem Geheimnis, das Elisabeth ihrer Freundin Luna entriss, nahm sie ihr einen Teil des alten Zaubers. Und das tat weh. Es war, als ginge damit auch ein Teil ihrer selbst für immer verloren.

Wie zum Ausgleich dafür machte sie den Mond zu einem Paradies, zumindest den Namen nach. Lunas Gärten waren reich und schön geformt. Elisabeth entdeckte einen Berg, von dem aus sich helles Gestein wie Strahlen in alle Richtungen zog, und nannte ihn »Das Auge der Nacht«; sie entdeckte inmitten des Nebelmeeres drei spitze Felsen, die »Inseln der ewigen Stille«, und zwischen den zerklüfteten »Fackelbergen« zog sich ein breites Flusstal, das Hevelius entgangen war und das Elisabeth den »Fluss der siebten Nacht« taufte. Sie zeichnete das wunderbare Halbrund der »Diadembucht«, die Umrisse des gewaltigen »Ozeans der Schätze« und das gelblich leuchtende »Safranmeer«. Langsam, sehr langsam, entstand ein Bild, und wenn sie es betrachtete, wusste sie, wofür sie all die Mühen auf sich nahm. Wie zufrieden sie war und wie sehr sie sich gleichzeitig quälte – nirgendwo, dachte sie, lagen diese Gefühle dichter beieinander als bei Wissenschaftlern.

Mareks Küsse bedeckten ihren ganzen Körper. Die Septemberluft war kühl, doch Mareks Hände, Bauch und Brust wärmten Elisabeth. Seine schwarzen Haare, auf die ein Sonnenstrahl fiel, schienen von tausend glitzernden Teilchen überzogen. Sie tanzten auch in der Luft des Speichers, wirbelten vom Boden auf, vom Stroh und von seinem Rücken und füllten selbst diesen schmalen Raum zwischen ihren Gesichtern.

Durch das geöffnete Fenster stießen Windböen herein, angenehm schmerzend durch ihre Kälte. Der Holzboden unter Elisabeth knarrte rhythmisch.

So weit waren sie noch nie gegangen.
Es nahm kein Ende und war doch nie genug.
Es war das Größte und Schönste, was es je zwischen ihnen gab.
Es war verboten, verbotener als alles zuvor. Sie brachen damit nicht nur die Regeln, die anderen ihnen gesetzt hatten, sie brachen zum ersten Mal auch ihre eigenen.
Und das alles wegen Marie.
Sie sah Marek seltener denn je. Das war zunächst nichts Besonderes. Auch früher waren sie schon ein halbes Jahr und mehr getrennt gewesen, Monate, in denen ihnen Briefe genügten, Konfitüren, immer mit der Gewissheit, aneinander zu denken und sich wiederzusehen.
Eben das aber hatte sich verändert. Anfangs waren Mareks Briefe seltener geworden, zweifellos, weil er noch immer verärgert war wegen Elisabeths Schwangerschaft. Er fühlte sich an den Rand gedrängt, ausgeschlossen, da es etwas zwischen Elisabeth und Hevelius gab, das er ihr nicht bieten konnte – und nicht durfte. Zwar hatte es auch vorher schon eine besondere Verbindung zwischen den Eheleuten gegeben – die Astronomie –, doch das war eine Wissenschaft, etwas Unsinnliches, das die Sphäre zwischen Marek und ihr, die von intimen Gefühlen beherrscht war, nicht störte.
Mit Marie änderte sich das. Marie war ein fleischgewordenes Symbol für etwas, das eigentlich in Mareks »Bereich« gehörte, in jenen Gefühlsraum, der nur ihr und ihm vorbehalten sein sollte: den der Liebe, der Leidenschaft, der Zärtlichkeit. Auch wenn Elisabeth beteuerte, keines dieser Gefühle empfunden zu haben, als Marie gezeugt worden war: Marie war unleugbar das Ergebnis großer Intimität. Das zu bestreiten, wäre pures Wunschdenken gewesen.
Elisabeth hatte nicht nachgelassen, Marek zu schreiben, hatte es jedoch zunächst vermieden, Marie zu erwähnen. Irgend-

wann hatte sie trotzdem damit angefangen. Zwar gab es kein vereinbartes Schlüsselwort für die Kleine – »Knospe« war allerdings leicht zu verstehen.

Von da an wurden auch Mareks Briefe wieder häufiger, ja, bald schrieb er sogar so rasch aufeinander wie nie zuvor. Manchmal holte Elisabeth fünf Briefe bei ihrem wöchentlichen Besuch in der Bäckerei von Luise Zolinsky ab. Und auch Mareks Stil wandelte sich. Er schrieb weniger von den Geschehnissen um ihn herum und mehr von seinen Gefühlen. Seine Zeilen wurden – Elisabeth fiel es schwer, ein Wort dafür zu finden – drängender, verlangender als früher, glücklicherweise aber nicht auf eine unangenehme Weise, sondern auf eine Art, die Elisabeth durchaus genoss.

Sein letzter Brief strotzte geradezu vor Ungeduld, und er teilte Elisabeth darin mit, dass er auf dem Weg »in den Käfig« sei, also nach Danzig, und dass er eine wunderbare Neuigkeit für sie habe. Worin sie bestand, verriet er nicht, aber seine Aufregung war derart groß, dass er erstmals den kleinen Fehler beging, sie direkt anzusprechen: »Der Nachtfalter ist auf dem Weg zu dir« – er hätte »zur Zauberin« schreiben müssen.

Die Begrüßung hier auf dem Olymp war kurz ausgefallen. Er war schon da gewesen, als sie den Speicher betrat, und begrüßte sie mit dem ihm eigenen Lächeln und einem langen, gefühlvollen Kuss. Der Ausdruck in seinen Augen und auf seinen Lippen ließ Elisabeths Herz schneller schlagen. Sie genoss es, als er sie, wortlos und immer noch lächelnd, auszog. Wenn Hevelius sie auszog – was selten passierte –, war es, als schäle er eine Zwiebel: sorgsam, Schicht um Schicht, befreite er sie vom Oberkleid, dem Unterkleid und dem Mieder, legte die Stoffe respektvoll zusammen und drapierte sie wie ein Dekorateur auf dem dafür vorgesehenen Kleiderständer. Marek hingegen achtete nur auf sie, und die nervöse Bewegung seines Adamsapfels verriet, dass er ebenso erregt war wie Elisabeth.

Und dann war es einfach passiert, das, was nie hätte passieren dürfen und doch immer schon unvermeidlich gewesen war. Nachdem sie bereits seit Jahren in Gedanken und mit dem Herzen vereint waren, folgten ihre Körper, so als würden sie sich ein lange vorenthaltenes Recht nehmen. Sie taten es mit reinem Gewissen, weil Körper, anders als Gedanken und Gefühle, kein Gewissen kannten.
Und alles um sie herum tanzte und wirbelte und strahlte.

Zur selben Stunde, ein paar hundert Meter entfernt, betrat Hemma das Kinderzimmer. Sie kam selten genug dazu, denn immerzu komplimentierte man sie hinaus, gerade so, als würde sie stinken, und zwar nicht nur aus dem Kinderzimmer, sondern aus allen möglichen Räumen. Außer an der Abendtafel sprach man wenig mit ihr, sogar Lil, ihr Liebling, die in diesem Moment eigentlich an der Wiege wachen müsste, jedoch nicht da war.

Hemma beugte sich über die Wiege und nahm das zerbrechliche Wesen in Augenschein. Sie hatte kleine Kinder noch nie gemocht und war insgeheim froh, keine bekommen zu haben. Als sie als Witwe in das Koopman-Haus gezogen war, waren Lil und Elisabeth bereits einige Jahre alt und konnten verstehen, was sie ihnen sagte. Darauf kam es an: dass man ihr zuhörte. Säuglinge hörten nicht zu. Sie machten, was sie wollten, schrien, obwohl man es ihnen verbot, quengelten, obwohl sie alles hatten, spuckten, gaben unanständige Geräusche von sich und waren überhaupt alles andere als anständig. Ihre unersättliche Gier bei gleichzeitigem Ignorieren aller Anwesenden verdienten nur Hemmas Abscheu.

Aber sie war kein Unmensch. Sie verstand, dass es diese Lebensphase nun einmal gab und dass man sie hinnehmen musste wie jede Prüfung Gottes. Darum hatte sie guten Willen gezeigt und der kleinen Marie eine Haube gestrickt, ein Geschenk zur Taufe. Kleine Mädchen, fand sie, konnten nicht früh genug an die Haube gewöhnt werden. Doch Hemma musste feststellen, dass Marie das Strickwerk von ihrem Kopf gezogen hatte; es lag zerknüllt in der Wiege, halb unter ihrem winzigen, zwei Jahre alten Körper verborgen.

»Unanständiges Kind«, schimpfte Hemma.

Sie nahm das Mädchen hoch und hielt es wie einen Bilderrahmen vor ihr Gesicht. Marie war nicht schwerer als eine volle Kaffeekanne, selbst Hemmas alte, dürre Arme konnten das Wesen mühelos tragen.

»Undankbares, unanständiges Kind.«

Sie schüttelte es kräftig und erwartete nun das bei Kleinkindern übliche Schreien, das sie so hasste. Frans hatte ständig geschrien, bei jedem Stoß, jedem Klaps, jeder erhobenen Stimme. Auch als er kein Säugling mehr war, sondern schon laufen und sprechen konnte. Er hatte geschrien, als sei das sein Lebenselixier. Er war ein grässliches Kind gewesen.

Doch nichts geschah, Marie blieb stumm.

Sie schüttelte Marie ein zweites Mal.

Das Mädchen nörgelte kurz und bildete ein bisschen Schaum vor dem Mund, das war schon alles.

Misstrauisch beäugte Hemma das Wesen. »Spuck mich an, und du wirst es bereuen«, sagte sie. »Wage es nicht.«

Marie dachte gar nicht daran zu spucken – im Gegenteil, sie schlief zwischen Hemmas dünnen Fingern ein.

Hemma hielt das Kind noch eine Weile hoch, dann legte sie es in die Wiege zurück. Mürrisch zog sie der schlafenden Marie die Haube über, band diese fest unter dem Kinn zusammen, und als sie fand, dass das noch nicht reichte, schnürte sie die Bänder wieder auf und zog sie noch enger, und dann noch etwas enger, so eng, dass ihre Hände zu zittern anfingen.

»Was machst du da?« Lil war gekommen und eilte neben das Bett. »Nimm die Hände da weg, was soll denn das? Du bringst das Kind mit deinem Geschnüre noch um.« Demonstrativ schnürte sie die Haube wieder auf und warf das Strickwerk in die Ecke. »Du hast dich nicht mit dem Kind zu beschäftigen, das ist meine Aufgabe.«

Hemma grinste. »Ha, du solltest dich hören! Deine Aufgabe! Dem Kind den Dreck vom Hintern wischen! Sich mit Grütze bespucken lassen! Eine Wiege schaukeln! Wahrhaft grandiose Aufgaben. Ist es das, was du immer wolltest: deiner kleinen Schwester hinterherräumen?«

»Ach, lass das. Was weißt denn schon du? Du hast hier drin nichts verloren.«

»Du auch nicht«, parierte Hemma. »Ich hatte mir Besseres für dich erhofft, als die Bälger anderer zu betreuen.«

»Ich weiß. Dass ich mit dir zusammen in einer muffigen Stube sitze, das hast du für mich erhofft. Vielen Dank! Da bin ich lieber hier. Wenigstens kann ich hier frei atmen.«

»Ja«, sagte Hemma beleidigt, »ich rieche es geradezu, wie frei du atmen kannst.«

Marie hatte mal wieder in die Windel gemacht, zum vierten Mal an diesem Tag, und Hemma schnitt eine Grimasse der Genugtuung.

»Du kommst mit dem Händewaschen nicht mehr nach, nicht wahr? Waschen, wischen, waschen. Und jetzt wieder wischen und dann waschen. Und das die nächsten zwei Jahre. Herzlichen Glückwunsch. Deine Hände werden bald aussehen wie ein Scheuerstein.«

»Das sagt gerade die Richtige.« Schlecht gelaunt begann Lil mit der Arbeit. Sie wickelte Maries Windel auf, steckte den Hintern in eine Schüssel kalten Wassers und wischte ihn sauber, trocknete und salbte ihn, warf das verschmutzte Tuch in einen Korb und holte ein neues hervor – und das alles unter den Blicken Tante Hemmas.

»Wenn man dich sieht, wie du mit dem Balg umgehst«, sagte Hemma grinsend, »könnte man meinen, du bereitest einen Hefekloß zu.«

»Was verstehst du schon davon?«

»Vom Kinderwickeln gar nichts. Von Hefeklößen allerhand.«

»Sieh mal an, Tante Hemma kann ja witzig sein. Elisabeth und Johannes sind mit meiner Arbeit zufrieden.«

Hemma zuckte mit den mageren Schultern. »Weil du ihnen etwas vorspielst«, konterte sie trocken. »Nun guck mich nicht an wie ein Huhn, wenn's donnert. Hast du ernsthaft geglaubt, ich würde dir dieses Getue abnehmen, deine ständige Dankbarkeit, deinen absurden Tanz um dieses Balg? Nicht so viel!«

Hemma schnippte lautlos mit den Fingern.

»Das ist nur eine Phase«, zischte Lil.

»Ja, und die dauert den Rest deines Lebens.«

Lil warf die unbenutzte Windel auf den Boden. »Du hast ja keine Ahnung, nicht die geringste. Das Kind ist mir doch egal, es ist nur meine Versicherung, dass ich in diesem Haus bleiben kann.«

»Und welchen Vorteil versprichst du dir davon?«

»Eines Tages Frau Hevelius zu werden.«

Hemma streckte die Hände zur Zimmerdecke. »Endlich«, rief sie, »wirst du vernünftig.«

Der Offiziersmantel bedeckte sie. Elisabeth zog den rauen Stoff fest an sich, nicht nur, weil ihr kalt wurde, sondern weil er nach Marek roch. Von draußen drang das Geräusch des normalen Danziger Lebens heran – Hufgeklapper, das Knarzen von Wagenrädern, die Rufe der Arbeiter, Bootsglocken –, doch das alles war irgendwie sehr weit weg. Es gab nur diesen Raum, diesen verlassenen Speicher, den »Olymp«, und so wie der tatsächliche Olymp das Zuhause der Götter war, so war dieser Olymp hier – so schmutzig er auch war – das Zuhause Elisabeths.

Die Teilchen hatten sich beruhigt, gemächlich wie Weihrauch zogen sie ihre Bahn durch die Stille der Nachmittagsluft. Diesen Augenblick festzuhalten war der einzige Wunsch, den sie hatte, und für die Dauer einiger Minuten war sie glücklich wie nie.

Marek kam mit einem Eimer in Händen die Treppe herauf. So wie Gott ihn geschaffen hatte, kniete er sich nieder und benetzte seinen ganzen Körper mit dem kalten Nass, wobei er prustete und sich schüttelte.

»Ah, tut das gut«, rief er.

Als er sie ansah, merkte sie, was er vorhatte, und zog den Mantel bis zur Nasenwurzel hoch. »Wehe dir«, rief sie.

»Was hast du denn?« Er lachte. »Ich mache doch gar nichts.«

»Dann bleibe dabei.«

»Kaltes Wasser ist sehr erfrischend.«

»Tee ist auch erfrischend. Wenn du mich erfrischen willst, bring mir eine Tasse Tee.«

»Du bist ganz schön verwöhnt.«

»Und du bist ganz schön verrückt.«

Sie lachten sich an. Marek gab sein Vorhaben auf, sie nass zu spritzen, und ging stattdessen zu seiner Reittasche. Er zog ein kleines Bündel hervor, hielt es mit der linken Hand hinter seinen Rücken, zog daraufhin noch etwas anderes hervor, das sie nicht sehen konnte, und verbarg es mit der Rechten. Dann kniete er sich neben Elisabeth.

»Das ist für dich«, sagte er und überreichte ihr das Bündel.

»Was ist das?«

Er machte ein geheimnisvolles Gesicht, und Elisabeth entfaltete langsam das Stoffbündel.

Zum Vorschein kamen Steine. Steine! Milchig leuchtende Steine, unförmig wie Feldspat.

Sie sah ihn ungläubig an. »Das ist – ungewöhnlich«, war das

Netteste, das ihr einfiel.«Gemeinhin schenkt man einer Frau geschliffene Perlen oder einen schönen Schal. Steine habe ich noch nie geschenkt bekommen.«

»Und du fragst dich gerade, ob ich in letzter Zeit vom Pferd gefallen bin und mir dabei am Kopf wehgetan habe.«

»Das kommt meinen Befürchtungen sehr nahe.«

»Also, dann werde ich dich beruhigen, Zauberin. Dieser Feldspat, den du da vor dir hast, wird von den einfachen Leuten in Litauen wegen seiner milchigen Farbe Mondstein genannt. Als ich das hörte, nahm ich mir eine Handvoll, um sie dir mitzubringen.«

Sie atmete gedehnt aus und berührte die Steine. »Für meine Sammlung, meinst du? Dass du daran gedacht hast ... Aber ich sammle nicht mehr, habe ich dir das nicht geschrieben?«

»Doch«, sagte er und verlor sein Lächeln. »Das hat dir dein Mann ausgeredet, nein, du brauchst es gar nicht abzustreiten. Er will aus dir ein weibliches Abbild seiner selbst machen, und da passt eine sinnliche, bizarre, magische Sammlung von allem, was mit dem Mond zu tun hat, nicht dazu. Soll er denken, was er will, er ist Wissenschaftler ...«

»Das bin ich ebenfalls.«

»Ja, aber nicht nur, du bist auch die Zauberin. Glaubst du denn, ich habe dich zufällig so genannt? Ein Teil von dir schwärmt, träumt, streift umher und akzeptiert, dass es Dinge gibt zwischen Himmel und Erde, die keine Wissenschaft erklären kann. Und du liebst diesen Teil von dir noch mehr, als ich ihn liebe. Das darfst du nicht alles verleugnen, Zauberin. Was du dem Mond durch deine Entdeckungen an Magie nimmst, musst du ihm an anderer Stelle wieder zurückgeben. Darum diese Steine. Sie sollen der Anstoß für dich sein, dich wieder auf die Suche zu machen, denn du bist eine Sucherin. Suche den Mond überall, nicht nur oben am Himmel, sondern auch am Wegesrand, in den Pflanzen, den Weisheiten der Bauern, den

Körpern der Menschen, in Sagen und Legenden, den Karten des Tarot ... Warum weinst du denn, Zauberin?«

»Weil« – sie wischte sich die Tränen ab, die aus dem Nichts gekommen waren – »weil ich so glücklich bin, dass einer mich versteht. Ohne dich wäre der Teil von mir, von dem du gesprochen hast, allein. Du erst gibst mir den Zauber, Marek.«
Nach diesen Worten stieg selbst ihm, der sich immer zu beherrschen versuchte, das Wasser in die Augen.

»Dann ist jetzt wohl die Zeit gekommen, dir das zu geben«, sagte er und überreichte ihr einen Strauß getrockneter, schon ein wenig zerfledderter Blumen. »Noch ein kurioses Geschenk: Mondviolen, haltbar gemacht.«

Sie lachte auf, er stimmte in ihr Lachen ein, und sie umarmten sich, umgeben von Attributen des Mondes.

»Jetzt fehlt nur noch die wunderbare Neuigkeit, von der ich dir geschrieben habe«, flüsterte er ihr ins Ohr, während seine Hände ihren Rücken streichelten. »Ich bin zum Hetman befördert worden, und ich habe alles dafür getan, versetzt zu werden. Irgendwann im nächsten Jahr werde ich der ständige Verbindungsoffizier zwischen dem königlichen Hof und dem Stadtrat von Danzig werden. Mein Dienstsitz wird hier sein, Elisabeth.«

»Ich kann dir helfen, dein Ziel zu erreichen«, sagte Hemma.
Lil hatte Marie gewickelt, sich die Hände gewaschen, und nun saß sie erschöpft neben der Tante. Die Gesellschaft des alten Weibes fehlte ihr gerade noch.

»Das schaffe ich auch ohne dich«, brummte Lil gereizt. »Ich weiß, was Männer wollen.«

»Aha. Und warum bist du dann nicht verheiratet?«

»Deinetwegen, damit du's weißt. Weil du Marek Janowicz vergrault hast.«

»Dafür solltest du mir dankbar sein.«

»Jetzt reicht's mir aber. Du machst mich ganz krank mit deinem Geschwätz, bei dem sowieso nichts herauskommt.«
»Von wegen, ich weiß etwas über Elisabeth ...«
»Ach, geh fort.«
»Lass mich doch ausreden, mir springt nicht die Pest aus dem Mund.«
»Würde mich aber nicht wundern.«
»Früher hast du nicht so mit mir geredet.«
»Früher war mein Leben auch noch voller Hoffnung.«
»Deswegen bin ich hier: um dir Hoffnung zu geben.«
»Du? Jeder Totengräber ist eine bessere Aufmunterung.«
»Elisabeth hat eine Liebschaft. Sie setzt Hevelius Hörner auf.«

Wenn Hemma sich vor ihren Augen nackt ausgezogen hätte, hätte Lil nicht verdutzter sein können. Was ihre Tante da erzählte, war der pure Unsinn. Wie sollte wohl Elisabeth, die unscheinbare Elisabeth, die Gelegenheit zu einer Liebschaft bekommen? Hevelius hatte sie nur zur Frau genommen, weil er genügsam war – wie seine erste Ehe mit der unsäglichen Katharina bewies. Aber sogar wenn jemand Elisabeth begehrt hätte – sie würde doch nie darauf eingehen. Lil erinnerte sich noch gut an das schüchterne Mädchen, das im Garten lieber den Mond angeglotzt hatte als einen schönen Mann.

»Da siehst du«, keifte Lil, »was für eine Zeitverschwendung es ist, dir zuzuhören. Du meinst, überall Sünden zu sehen und immer nur Sünden, auch dort, wo es sogar der Sünde zu langweilig wäre. Elisabeth und eine Liebschaft! Das ist doch einfach lächerlich!«

»Ich habe mit eigenen Augen gesehen, wie sie von der Bäckersmagd am Holzmarkt einen Stapel Briefe entgegengenommen hat und ihr im Gegenzug welche zusteckte.«

War die Tante senil geworden? »Elisabeth soll ... Mit der Bäckersmagd?«

Hemma kniff Augen und Lippen zusammen. »Seit wann ist dein Kopf aus Holz? Die Magd ist nur die Mittlerin, begreifst du das denn nicht?«

»Was du gesehen hast, war eine Einkaufsliste.«

»Und warum«, fragte Hemma, »ist dann das Einzige, was wir von der Bäckerei jemals geliefert bekommen haben, Apfeltaschen? Wozu Listen, wenn wir doch nur Apfeltaschen und immer wieder Apfeltaschen kriegen? Sogar das Brot kommt von einem anderen Bäcker.«

Dieses Argument leuchtete Lil ein. Ihr fiel ein, dass sie vor einigen Jahren mit Elisabeth in eben dieser Bäckerei am Holzmarkt gewesen war und dass dort der gleiche Vorgang stattgefunden hatte, von dem Hemma berichtete: ein Päckchen Papier, das entgegengenommen, und ein anderes, das überreicht wurde.

»Die Briefe«, schilderte Hemma, »waren mit einem blauen Band verschnürt, die von Elisabeth mit einem roten. Wenn das eine Einkaufsliste war, war es die schönste, die je geschrieben wurde. Ich sage dir, Elisabeth tauscht sich mit einem fremden Mann aus, so viel ist sicher, dafür lasse ich mich ans Kreuz schlagen.«

Hemma bekreuzigte sich und küsste das Kruzifix, das um ihren Hals hing.

»Sie ist verdorben, abgrundtief schlecht. Ich habe es immer gewusst, habe auf ihren Vater eingeredet, aber nein, er war zu weich. Nicht einmal ihr nächtlicher Ausflug in den Garten wurde angemessen bestraft, doch was kann schon aus einem jungen Ding werden, das sich bei Dunkelheit im Gestrüpp herumtreibt, sage mir das? Es musste so kommen. Forscherin will sie sein, schlimm genug! Sterne suchen! Den Mond zeichnen! Dabei ist sie nicht besser als eine Kurtisane. Jawohl, eine Hure ist sie.«

Marie fing an, unverständliche Töne von sich zu geben, und

Hemma streifte das Kind mit einem abfälligen Seitenblick. »Wer weiß, ob es von Hevelius ist, das Balg? Vielleicht ist es von *ihm*, dem anderen. O, das wird ein Strafgericht werden, sage ich dir ... Und was Elisabeths Verderben ist, das soll dir zum Glück werden, liebe Lil. Dir gebührt der Platz als Herrin dieses Hauses. Dann sind wir endlich ungestört. Wir standen uns immer so nahe, Lil, du warst mir wie eine Tochter. Ich habe dich beschützt, ich habe dich geleitet, ich war nahe bei dir. Ich will, dass es wieder so wird.«

Lil atmete kaum noch. Ihre Augen huschten hin und her, aber ihr Blick war nach innen gerichtet. »O ja, Tante, natürlich. Ich weiß doch, was ich dir zu verdanken habe. Verzeih bitte, was ich vorhin gesagt habe, daran ist dieses elende Leben schuld, diese Enttäuschungen.«

Hemmas Augen bekamen einen Ausdruck seliger Zufriedenheit, wie Lil ihn noch nie bei ihr gesehen hatte. Sie überwand sich und tätschelte die Hand der Alten.

»Hast du eine Idee, wie wir Elisabeths Schande beweisen können?«, fragte Lil.

»Dafür«, antwortete Hemma, »kenne ich nur einen Weg.«

Vierter Teil
Das Meer der dunklen Schatten

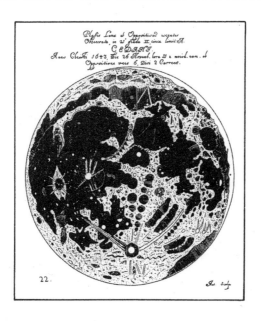

6

Es war ihm ein riesiges, mit nichts zu vergleichendes Vergnügen, dem Hause Hevelius einen offiziellen Besuch abzustatten. Das letzte Mal, als er hier war, hatte der Stadtrat ihn wie einen Lehrjungen behandelt, den man lobte, weil er bis zehn zählen konnte. Heute, im Oktober 1676, kam Marek als Hetman hierher, als hoher Offizier, der die ständige Verbindung zwischen dem königlichen Hof und dem Stadtrat des autonomen Danzig darstellte. Seine Berichte über die Vorgänge in der Handelsstadt würden wöchentlich per Eilkurier nach Krakau abgehen, wo sie unmittelbar König Jan III. Sobieski vorgelegt würden. Eine verantwortungsvolle Aufgabe, die nicht jedem zugetraut wurde. Man brauchte sowohl Kenntnisse über Danzig, ein aufmerksames Auge, ein gutes Rückgrat, um weitergehende Danziger Emanzipationsversuche einzudämmen, sowie diplomatisches Geschick. Marek musste sowohl die vornehme Sprache reicher Kaufleute beherrschen wie auch den rustikalen Ton des Königs, er musste Militär und Botschafter zugleich sein und beiden Parteien, Jan Sobieski und Hevelius, ein Vertrauter werden.

Letzteres passte Marek überhaupt nicht. Mit dem König hatte er kein Problem, im Gegenteil, Sobieski war früher einmal sein Vorgesetzter und Kriegskamerad gewesen. Aber sich bei Hevelius andienen ...

»So sieht man sich wieder«, sagte Marek und deutete eine Verbeugung an, die den Namen nicht wert war.

»Ich bin überrascht, Sie hier zu sehen, verehrter Janowicz«, erwiderte Hevelius kühl.

»Ich hatte Ihnen geschrieben, dass ich komme, verehrter Hevelius.«

Hevelius zuckte mit den Augenbrauen und näselte: »Ich hatte an meine Amtsräume im Rathaus gedacht.«

»Dort sind Sie selten anzutreffen, hörte ich.«

»Sie hätten mit meinem Sekretär eine Zusammenkunft ausmachen können.«

»Wozu sich lange mit Sekretären aufhalten, wenn es so viel schneller geht.«

»Diese Auffassung teile ich nicht.«

»Sie teilen wenig Auffassungen mit mir.«

»Ich teile *überhaupt* nichts mit Ihnen, Herr Hetman.«

Marek lächelte. »Wie geht es Ihrer charmanten Frau?«

Hevelius atmete tief ein. »Sie ist in keiner Weise charmant.«

»Nicht? Sie haben demnach keine hohe Meinung von ihr.«

»Was ich damit sagen will: Ich möchte nicht, dass Sie in diesem Ton von meiner Frau sprechen. So redet man in Paris und in Venedig und mittlerweile vielleicht auch in Krakau, aber wir hier schätzen das nicht. Sie werden sich bitte daran gewöhnen.«

Marek deutete eine Verbeugung an. »Wir bleiben in Verbindung, Herr Stadtrat.«

»Wenn Sie es wünschen.«

»O ja«, sagte Marek, »sogar sehr.«

Hevelius' Bitte kam für Elisabeth völlig überraschend. Bisher hatte er sie in Ruhe an der Mondkarte arbeiten lassen und war seinen eigenen Forschungen nachgegangen. Schon seit einigen Jahren stellte er einen Sternenatlas zusammen, der an Größe und Genauigkeit alles bisher Dagewesene übertreffen sollte. Es sollte seine Meisterarbeit werden, der Höhepunkt eines Lebens als Astronom. Für Jahrzehnte würde der Atlas das Maß der Dinge sein, an dem sich eine ganze Generation nachkommender Astronomen orientieren würde. Mehr als vierhundert Sterne des Firmaments hatte Hevelius bereits exakt vermessen und positioniert, doch aufgrund zahlreicher neuer Entdeckungen war abzusehen, dass die doppelte, dreifache oder gar vierfache Anzahl daraus würde: Arbeit für eine ganze Dekade, selbst bei einem jungen Menschen.

Und nun sollte sie ihn unterstützen. Es ging nicht darum, ihm Decken oder Tee zu bringen, ihn zu füttern und die Notizen für ihn zu schreiben, sondern um exakte Winkelmessungen mit dem Sextanten, damit die Sterne ihren richtigen Platz auf dem Atlas bekamen. Wenn Hevelius zu müde wurde, sollte sie für ihn weitermachen, wenn er verhindert war, für ihn einspringen. Er vertraute ihr damit das wichtigste Werk seiner Laufbahn an.

»Woher der plötzliche Sinneswandel?«, wollte sie wissen.

»Bisher haben Sie nur an das geglaubt, was Sie selbst erarbeitet haben. Außerdem habe ich noch meine Mondkarte zu zeichnen.«

»Sie ist gewiss bald fertig.«

»Schon, aber danach wollte ich sie modellieren und in Kupfer gießen lassen.«

»Sie möchten etwas schaffen, das für die Ewigkeit gemacht ist.«

Sie nickte. Manchmal war sie überrascht, dass dieser nüchterne Mensch die Fähigkeit besaß, in einen bestimmten Winkel ihres Herzens zu sehen.

»Mir geht es genauso«, sagte er. »Sie und ich, wir haben in unserer Kindheit und Jugend zu wenig erlebt und zu viel Zeit verschwendet. Ich musste mich mit Bier beschäftigen, Sie mit – mit gar nichts. Aber etwas bei Ihnen ist anders, Elisabeth. Sie sind jung. Sie werden ein Leben nach mir haben, ein langes, wie ich hoffe. Ihnen steht noch das ganze Jahrhundert zur Verfügung, mir nur noch ein paar …«

»Sagen Sie das nicht«, bat sie.
Er lächelte und sah sie an wie ein Vater die Lieblingstochter. »Ich brauche Sie«, sagte er und schenkte ihr eine Ausgabe seines eben erschienenen Werkes *Machina coelestis pars prior*, worin er ein Abbild von ihr verewigt hatte: Sie und er gemeinsam bei der Arbeit an einem großen Sextanten. Damit nicht genug, überreichte er ihr eine Büste der Urania, der Muse der Sternkunde.
»Diesen Globus mit Lichtkörpern zu füllen«, sagte er, »das ist der letzte Traum, den ich habe. Ich bitte Sie, mir dabei zu helfen. Bitte.«
Sie konnte nicht in seine Augen blicken, in denen bereits der Keim von Erschöpfung lag, und seine Bitte ablehnen.
Ihre Zeit als Furunkel war endgültig vorbei, von diesem Moment an war sie von ihrem Mann in den Schoß der Astronomie aufgenommen worden. Ihm bei seinem Sternenatlas helfen zu dürfen, kam einem Ritterschlag gleich, und das erfüllte sie mit Stolz.
Über seine Beweggründe konnte sie nur rätseln. Natürlich war er nicht mehr der Jüngste – Mitte sechzig –, und die Nächte machten ihm zu schaffen, doch seine ungeheure Disziplin hatte bisher die Nachteile des Alters ausgeglichen.
So erschöpft, wie er tat, war er nicht. War tatsächlich gewandeltes Vertrauen der Grund? Oder Eifersucht auf eine unbekannte, lauernde Gefahr, die ihm seine Frau zu stehlen drohte? Oder regten sich plötzlich Gefühle in ihm, die er bisher nicht gehabt hatte?
Konnte es sein, dass er sie – liebte? Voll und mit ganzem Herzen, mit Leidenschaft?
Darauf hatte in der Vergangenheit nichts hingedeutet. Er war ihr zweifellos sehr zugetan, sonst hätte er sie nicht zur Frau genommen, und sein Verlangen spürte sie gelegentlich im Ehebett. Aber alles war so kontrolliert, so überschaubar, so still –

schon allein sein ewiges Siezen! –, dass ihr nie der Gedanke gekommen war, Hevelius' Liebe könnte tiefer sein als ein Weiher, könnte ein Ozean sein.

Die Arbeit am Sternenatlas verlief parallel zu ihrer Arbeit an der – wie sie verschlüsselt hieß – »Nachbarin«, Frau Luna, dem Mond. Zu Anfang lernte sie von Hevelius, die Himmelskörper nach Planeten, Sonnen und Nebeln zu unterscheiden. Vor allem die Nebel faszinierten Elisabeth, diese gewaltigen Wolken, die um die Galaxie herumschwebten.

Hevelius lächelte ihr ständig zu, wenn er sie bei der Arbeit sah, und jedes Mal war es, als wolle er sie damit umarmen.

Für Elisabeth brach eine angenehme Zeit an. Es war, als würde sie durch einen Garten gehen und sich mal hierin und dorthin beugen, um Blumen zu pflücken. Marek war in Danzig, sie trafen sich beinahe jede Woche; Hevelius weihte sie in ein astronomisches Geheimnis nach dem anderen ein, und im gleichen, zunehmenden Maß, mit dem er sich auf sie verließ, stieg auch ihre Sympathie für ihn; Marie war gesund, Lil so beredsam und liebenswürdig wie noch nie, und selbst Hemma gab sich ungewohnt zahm. Alles fiel Elisabeth in jenen Wochen zu, die Liebe, der Respekt, der familiäre Friede – und die Sterne.

Der erste Stern, den sie mittels des großen Teleskops entdeckte, löste ein überwältigendes Gefühl in ihr aus. Er war nur ein winziges Licht, mit bloßem Auge unmöglich zu erkennen, so fern und so schwach, als würde er im nächsten Moment erlöschen wie ein pulsierendes Herz, das um sein Überleben kämpft. Elisabeth hatte noch nie einen Stern entdeckt und war misstrauisch. Das Flackern konnte Einbildung sein, hervorgerufen durch tränende Augen. Und auch das Teleskop konnte irren: So sehr man die Linsen auch schliff und putzte, zeigten sie trotzdem oftmals Farben, wo keine waren. Doch auch am nächsten Abend war das zarte Glänzen noch genau dort, wo sie es erkannt hatte, ebenso am übernächsten. Aber nirgendwo in den Folianten war es verzeichnet, auch nicht im fragmentarischen Sternenatlas ihres Mannes. Da erst wurde Elisabeth klar, was das bedeutete: Nie vorher hatte jemand dieses Licht erblickt, nicht Aristarchos, nicht Cleomedes, Ptolemaios, Kopernikus, Kepler, Harriot, Brahe, as-Sufi, Galilei, Riccioli, Castelli, Gaultier, Huygens, Cassini, Picard, Scheiner oder irgendjemand sonst. Zum ersten Mal in der abertausendjährigen Geschichte leuchtete dieser Stern für einen Menschen, für sie, Elisabeth. Es war, als würde der zerbrechliche Körper mit ihr sprechen.

Von da an pflückte sie »Äpfel« – wie die Sterne in den Briefen an Marek hießen. Sie entdeckte zahlreiche neue Gestirne, vermaß sie gemäß Hevelius' Wünschen mit dem Sextanten und trug sie – anfangs aufgeregt, später mit der Gefasstheit eines Gerichtsschreibers – in das Register ein, aus dem eines Tages der erste, umfassende Himmelsglobus entstehen sollte, welcher das alte Weltbild endgültig zertrümmern würde.

Das Streben nach Wahrheit verursachte eine ganz eigene Spannung, die Elisabeth nie vermutet hätte.

»Die Zauberin ist wegen der Geschenke, die der Nachtfalter ihr auf dem Olymp überreicht hat, vollständig begeistert. Die Arbeit an der Nachbarin hat sie wieder aufgenommen und bereits neue Aspekte zusammengetragen, die sie dem Nachtfalter bei nächster Gelegenheit erläutern wird. Er soll stärker als bisher einbezogen werden, denn er war und ist ihre Inspiration.«

Lil und Hemma richteten sich gleichzeitig auf. Die Ratlosigkeit stand ihnen ins Gesicht geschrieben.

Sie waren am Abend in Elisabeths Zimmer geschlichen, unmittelbar nach der Abendtafel, als das Ehepaar auf die Sternenburg gegangen war. Das Zimmer war natürlich verschlossen gewesen, aber Lil hatte sich den Schlüssel besorgt – und zwar direkt von ihrer Schwester. Frechheit war manchmal die unverdächtigste Methode, ein Ziel zu erreichen. Sie war, mitten in einer von Elisabeths komplizierten Winkelmessungen, auf die Plattform gegangen und hatte sie angesprochen.

»Marie möchte mit den Schnitzfiguren spielen«, hatte sie gesagt. »Du weißt schon, die Holztiere. Aber die Dinger sind in deinem Zimmer, erinnerst du dich, du hast sie gestern dort benutzt, als du Marie den Bauernhof gebaut hast.«

»Greif in meine Tasche, da ist er«, hatte Elisabeth gemurmelt, ohne das Instrument abzusetzen.

Lil und ihre Tante hatten alle Schubladen durchsucht, jedes Wäschestück angehoben, die Truhen geöffnet, die Garderobe abgetastet – doch nichts gefunden.

»Die Zeit hätten wir uns sparen können«, hatte Lil geflucht. »Falls Elisabeth Briefe ihres Liebhabers aufbewahrt, dann nicht dort, wo die Zofe sie finden könnte. Sie müssen irgendwo anders sein.«

»In einem anderen Raum, meinst du? Schlecht für uns, das Haus ist riesig.«

»Nein, so dumm ist sie nicht. Nur in diesem Zimmer hat sie die alleinige Kontrolle über alles. In anderen Räumen arbeiten Diener und putzen Mägde ohne Elisabeths Beisein, und auf der Sternwarte wuselt Hevelius herum. Außerdem verschließt sie ihr Zimmer. Das ist doch merkwürdig, oder?«

Lil überlegte, wo sie an Elisabeths Stelle etwas Prekäres verstecken würde. Vor vielen Jahren hatte ihr ein unreifes Kaufmannssöhnchen während einer Gesellschaft bei Romilda einen Brief zugesteckt. Das Zettelchen war nicht der Rede wert, aber es war der erste schriftliche Beweis von Verehrung, der ihr bis dahin zuteil geworden war, und darum hatte sie ihn aufheben wollen. Die ganze Nacht lang war sie von einer Ecke des Zimmers in die andere gelaufen, um ein sicheres Versteck dafür zu finden, bis sie schließlich auf eine lose Diele im Fußboden stieß, die sie anhob. Die Liebesbotschaft längst vergangener Tage musste wohl heute noch dort verborgen liegen und würde vielleicht niemals mehr das Licht der Welt erblicken.

»Was machst du da?«, fragte Hemma.

»Ich suche den Boden nach losen Dielen ab.«

Sie hatte noch nicht ausgesprochen, als es knackte. Ein paar geübte Handgriffe genügten – und ganze Stapel von Briefen kamen zum Vorschein. Es mussten zweihundert sein, wenn nicht mehr.

»Dieses Luder!«, sagte Hemma mit staunend aufgerissenem Mund. »Das muss schon über Jahre gehen, zählt man die alle zusammen.«

Lil nahm nur vier davon heraus. Auf keinen Fall durfte Elisabeth merken, dass Briefe fehlten. Sie legte das Dielenbrett zurück und verschloss den Raum, auch die Holzfiguren vergaß sie nicht. Danach brachte sie ihrer Schwester den Schlüssel zurück.

Dabei war etwas Seltsames geschehen.

»Hast du alles gefunden?«, hatte Elisabeth gefragt und sie direkt angesehen. Da war es Lil einen Moment lang kalt den Rücken hinuntergelaufen.

»Ja, alles«, hatte sie geantwortet und sich so schnell wie möglich entfernt.

Als sie in ihr eigenes Zimmer gegangen war, hatte Hemma schon alle vier Briefe auf dem Bett ausgebreitet und sich mit ihren schlechten Augen darüber gebeugt, als rieche sie daran.

»Unverständliches Zeug«, hatte sie mürrisch geurteilt. »Dies hier ist Elisabeths Entwurf für einen Brief, aber man versteht kein Wort.«

»Das ist die Sprache der Liebe«, hatte Lil geantwortet und war einen winzigen Moment lang auf Elisabeths Seite, und gegen das alte Weib.

»Wenn das die Sprache der Liebe ist, verstehe ich nicht, wieso alle einen solchen Tanz darum aufführen. Ist doch nur Unsinn.«

Lil hatte sie zur Seite geschoben. »Geh weg, zeig mal her.« Und dann hatten sie sich gemeinsam über die vier Exemplare gebeugt – und nicht das Geringste begriffen.

»Nachbarin?«, gewann Hemma als Erste von ihnen die Sprache wieder. »Was heißt, eine Zauberin arbeitet an der Nachbarin? Wie kann man denn an einer Nachbarin arbeiten? Und in diesem Brief hier steht etwas von Konfitüren, die man beim Apotheker bekommt. So etwas habe ich noch nie gehört. Pralinen, die glücklich machen. Libellen, Galeeren, Käfige, Nachtfalter, Bratpfannen … Sag selbst, wer immer ihr schreibt, ist doch nicht richtig im Kopf.«

Lil leckte sich über die Lippen. »Oder besonders schlau«, sagte sie. »Ich habe so etwas Ähnliches einmal in einem Roman gelesen. Das ist ein verschlüsselter Brief, Tante. Die unverständlichen Wörter stehen für andere. Wirklich gut gemacht.«

»Gut? Eine unglaubliche Betrügerei ist das, eine Ausschweifung sondergleichen. Dem müssen wir ein Ende machen.«

»So schnell geht das nicht. Anhand dieser Briefe lässt sich noch gar nichts beweisen. Oder willst du etwa zu Hevelius gehen und ihm ohne Erläuterung diesen Unfug vorlegen? Wir müssen erst herausfinden, welche Wörter hinter dem Schlüsselbegriff stehen. Dafür brauchen wir Zeit, aber ich denke, es wird machbar sein. Zunächst schreiben wir diese Briefe hier ab und bringen sie in einem günstigen Moment zurück. Und mit den anderen Briefen verfahren wir genauso. Sobald wir eine stattliche Anzahl gesammelt haben, untersuchen wir ihren Inhalt sehr sorgfältig auf Hinweise. Vielleicht fällt uns etwas auf, das …«

Hevelius stürzte, ohne anzuklopfen, zur Tür herein.

So etwas war noch nie vorgekommen. Erst zweimal in all den Jahren hatte er Lils Zimmer betreten, um ihr irgendetwas mitzuteilen, und beide Male höflich um Einlass gebeten. Sogar ein »herein« veranlasste ihn normalerweise nicht, die Tür selbst zu öffnen, sondern er wartete, bis man ihm öffnete.

Und nun das.

Er stand in Lils Zimmer und atmete schwer. Sein Blick haftete auf ihnen, die beide noch immer, umringt von Briefen, auf dem Bett saßen.

Lil erhob sich. »Johannes ... Was – was ist denn geschehen?«
»Elisabeth«, sagte er. »Sie hat ...«
Er schöpfte Atem.
»Sie hat mir soeben etwas gestanden.«
Nun erhob sich auch Hemma. »Von sich aus?«
»Ich hätte es sowieso bemerkt.«
»Wir wissen bereits davon«, sagte Hemma, woraufhin Lil sie anstieß.
»Seit wann?«
»Seit heute.«
Erneut stieß Lil ihre Tante an.

Hevelius ging auf Lil zu und nahm sie in den Arm, drückte sie und ließ sie nicht mehr los. »Ach, Lil«, sagte er, »ich bin ja so froh, dass Sie da sind. Mehr denn je braucht dieses Haus Sie jetzt.«

Lil wusste nicht, was sie sagen sollte. Vollständig überrumpelt von der Situation erwiderte sie die Umarmung und küsste ihn auf die Wange, länger und stärker, als sie das je getan hatte. Doch in ihrem Kopf ging es drunter und drüber. Weshalb hatte Elisabeth dieses Geständnis gemacht? Was bezweckte sie damit?

»Kommt ihr nach unten?«, fragte er sie und Hemma. »Es ist schon spät, ich weiß, aber ich dachte, wir könnten ein wenig zusammensitzen und reden. Bestimmt geht es euch genauso wie mir und ihr könnt sowieso nicht ans Schlafen denken.«

Lil wollte fragen, wo Elisabeth war, aber am Ende hätte sie

Hevelius damit vielleicht nur auf den Gedanken gebracht, dass sie jetzt eigentlich ihrer Schwester und nicht ihm Gesellschaft leisten sollte. Also schwieg sie und gab auch der Tante zu verstehen, endlich den Mund zu halten. Diesen Abend bei Hevelius zu sitzen, seine Hand zu halten, ihn zu trösten, ihm Recht zu geben, ihn zu beraten – das alles konnte schon der halbe Weg zum Traualtar sein.

Im Salon brannten die Kerzen der zwei Lüster und tauchten den gelb tapezierten Raum in die Farbe einer Morgendämmerung. Der alte Jaroslaw hielt ein Silbertablett mit drei Gläsern Amontillado und bot sie Lil, Hemma und Hevelius mit einer Verbeugung an.

Lil verstand nicht. »Das ist ja gerade so, als würden wir feiern«, sagte sie.

»Das *ist* eine Feier, meine Liebe«, erwiderte er.

Aus dem angrenzenden Raum kam Elisabeth herein. Sie trug ein neues, samtrotes Kleid mit Spitzen und einer changierenden Schleppe, die bis zum Boden reichte. In ihrer Hand glitzerte der Amontillado. Sie wirkte zwar – wie Lil bemerkte – nicht restlos glücklich, aber auch nicht unzufrieden.

»Ah, Sie sind schon umgezogen«, rief Hevelius und eilte ihr entgegen. Dann hob er das Glas. »Auf Elisabeth, meine liebe Frau und Gefährtin, die mein zweites Kind in sich trägt.«

»Es ist nicht von Hevelius. Es ist von dir.«

Elisabeth wusste seit zwei Tagen nicht, ob sie sich freuen oder sich selbst bemitleiden sollte, aber an Mareks Reaktion hatte für sie kein Zweifel bestanden. Er fiel vor ihr auf die Knie und küsste ihre Hände, ihren Bauch. Für ihn ging ein Traum in Erfüllung, und wenn sie es recht bedachte, hatte er an dem Tag, als sie miteinander geschlafen hatten, ganz sicher darauf gehofft, dass es Folgen haben würde. Er war fiebernd vor Erregung zu ihr gekommen, er hatte die Ketten auferlegter Vorsicht gesprengt – und sie hatte sich mitreißen lassen. Er durfte, ja, er musste sich freuen, alles andere hätte sie ihm nicht vergeben.

»Du weißt hoffentlich«, sagte sie, »dass das« – sie korrigierte sich – »dass unser gemeinsames Kind nichts ändern wird an den Dingen, so wie sie liegen.«

»Doch, alles ändert sich – für mich.«

»Das Kind wird bei Hevelius und mir aufwachsen.«

»Aber ich werde es doch sehen, oder?«

»Natürlich. So oft wie möglich.«

»Du bereust es doch nicht, ich meine das, was wir getan haben?«

»Nein«, sagte sie und spürte seine Beruhigung, sein Glück.

Bereuen war das falsche Wort. Elisabeth konnte jenen Nachmittag unmöglich bereuen, das hätte bedeutet, die Liebe zu Marek zu bereuen und alles in Frage zu stellen, das ganze Leben, das sie sich aufgebaut hatte. Nur wurde jetzt alles schwieriger und anstrengender und irgendwie unangenehm. Ihr Lügengebäude wuchs mit jedem Jahr, das verging, in die Höhe. Zuerst die Briefe, ja gut, das war wichtig und lustig, das hatte etwas Unbeschwertes. Dann die Treffen an geheimen Orten, für die sie ständig Ausreden und Schwindeleien erfinden musste. Und seit Marek in Danzig lebte, nahmen sowohl die Anzahl der vereinbarten Treffen zu wie auch die Anzahl der zufälligen Begegnungen. Kürzlich erst hatte sich die absurde Situation ergeben, dass sie gleichzeitig die Bäckerei am Holzmarkt betraten, um ihre Briefe abzuholen. Luise Zolinsky gackerte vor Belustigung wie ein gemästetes Huhn, und auch Marek hatte seinen Spaß, aber in Anbetracht anderer Kunden – die Elisabeth natürlich alle kannten und grüßten – war die Situation für sie alles andere als komisch. Und Romilda Berechtinger hatte es seit einiger Zeit darauf angelegt, Gesellschaften zu geben, zu denen sie Elisabeth und Marek gleichermaßen einlud, wobei sie immerzu das typische Romilda-Gesicht zeigte, mit dem sie ausdrückte, über alles im Bilde zu sein. Alle schienen sich prächtig zu amüsieren, Luise, Romilda, Marek, nur sie nicht, Elisabeth. Früher hätte sie bizarren Situationen etwas abgewinnen können, früher hätte sie sich bei einer fremden Gesellschaft unbefangen mit Marek unterhalten oder sich über eine ungeplante Begegnung bei Luise halb totgelacht.

Vielleicht wurde sie einfach zu alt oder die Forschung hatte sie verändert. Bewahrheiteten sich womöglich Mareks Befürchtungen, dass Hevelius sie schrittweise verformte, ganz einfach, indem er sie mehr und mehr zu einer akribischen Forscherin machte und sie dabei von ihrer anderen Natur, der spielerischen, schwärmerischen, verzauberten Elisabeth, entfernte?

Und nun das Kind. Es würde aus dem Lügengebäude einen Lügenturm, aus etwas im Grunde Aufrichtigem, nämlich ihrer Liebe, etwas Abgefeimtes, Durchtriebenes machen. Elisabeth ahnte, welche Gedanken Marek durch den Kopf gingen: Hevelius war alt, und er wurde schwächer, schon die Treppen zur Sternenburg machten ihm zu schaffen. Im Rathaus ließ er sich von verschiedenen Verpflichtungen befreien. Man brauchte nicht viel Fantasie, um diesen Zustand fünf Jahre weiterzudenken, und ganz gewiss würde Marek das in den nächsten Wochen tun – wenn er es nicht schon längst getan hatte. Marek spekulierte mit Siechtum und Tod von Elisabeths Mann. Durfte sie ihm das verübeln, bedachte man, dass Marek bald ein Vater sein würde, dessen Kind im Haus des Rivalen aufwachsen sollte. Er hatte das Ziel, dass dieses Kind irgendwann *sein* Kind würde und die Frau des anderen *seine* Frau. Nachvollziehbar waren solche Hoffnungen, in ihrer Konsequenz jedoch auch hässlich und egoistisch, und das eigentlich Erschreckende daran war, dass Elisabeth, wenn sie Marek ansah, dabei in einen Spiegel blickte.

Sie sah in ihm denselben Menschen, der sie selbst all die Jahre gewesen war.

Gesellschaften bei Romilda Berechtinger waren wie Torten mit Zuckerguss: Jeder betrachtete sie als Sünde, und keiner konnte ihnen widerstehen. Tausend Kerzen verbreiteten ein Licht, wie es sonst der Nachmittagssonne eigen ist, sanft und warm, und der Klang von Flöten, Violinen und Cembalos wehte durch die geschmackvoll und aufwändig eingerichteten Räume. Die Diener trugen Livreen und bewegten sich trotz ihren Tabletts mit der Geschmeidigkeit von Schwalben durch die Menge der Gäste. Die Gläser klirrten leise, das Gemurmel angeregter Unterhaltungen zog jeden, der neu dazukam, magisch an. Es wurden Liköre aus dem streng katholischen und von der Inquisition beherrschten Spanien gereicht, die Musik war die, die auch in Versailles gespielt wurde, der Wein war die Sorte, die auch vom Papst getrunken wurde, alles war verschwenderisch, alles unerhört verboten. Und gerade darum so angenehm für die Gäste. Sie konnten gefahrlos schwelgen, in Törtchen beißen, den Falerner in sich hineinstürzen und sich dabei den Mund über die Dekadenz der Gastgeberin zerreißen. *Ihr* Gewissen war rein, sie lehnten solche Üppigkeit selbstverständlich ab. Romilda hingegen war einmal mehr die gefallene Sünderin.

Doch das schien ihr nicht das Geringste auszumachen, stellte Elisabeth auch an diesem Abend fest. Im Gegenteil, Romilda schwamm wie ein Fisch in der verlogenen Freundschaft der Danziger. Über die Jahre hatte sie es geschafft, ihrem Leben das eigene Siegel aufzudrücken, und das war nicht wenig in einer Stadt, in der man immerzu darauf schielte, was wohl die anderen über einen dächten. Dabei war ihr der Charakter von Conrad Berechtinger, des Gatten, zugute gekommen, eines stillen Mannes, der irgendwann aufgegeben hatte, seine Frau beherrschen zu wollen, und der sich seither mit stoischer Gleichgültigkeit in sein Geschick fügte, ganz so, als sei er auf freiem, endlosem Feld und ohne Kopfbedeckung in einen Regenschauer geraten.

Elisabeth war schon mehrmals der Gedanke gekommen, ob Romilda – wie auch sie selbst – sich ihren Ehemann weder nach Zuneigung noch nach Vermögen ausgesucht hatte, sondern nach den Möglichkeiten eigener Entfaltung. Und womöglich war das nicht die einzige Gemeinsamkeit.

Sie, Elisabeth, war in der Vergangenheit immer wieder hierhergekommen. Die Gäste lagen ihr überhaupt nicht, aber Romilda zuzusehen, wie sie auf eine ganz bestimmte, wissende Art die Leute anlächelte, die hinter ihrem Rücken über sie redeten, wie sie sich höflich nach diesem oder jenem erkundigte, wie sie ihnen ein weiteres Kristallglas mit Wein in die Hand drückte, hatte für Elisabeth etwas Belustigendes gehabt – und etwas Achtunggebietendes. Denn natürlich wusste Romilda sehr gut, was und wie viel man über sie redete, doch sie erhob sich über das Geschwätz und war deshalb die eigentlich Überlegene in diesem seltsamen, unausgesprochenen Kampf, der auf Kanapees und hinter Teetassen ausgetragen wurde. Sie dabei zu beobachten, war für Elisabeth stets ein Erlebnis gewesen.

Aber heute Abend hatte sie keine Lust verspürt, die Einladung anzunehmen, und um ein Haar wäre sie zu Hause geblieben. Sie wollte weder Marek noch Romilda begegnen. In allem und allen sah sie seit einigen Wochen nur noch Lüge und Heuchelei. War Romildas vermeintliche Überlegenheit, mit der sie sich über die anderen erhob, diese gute Miene zum bösen Spiel, nicht ebenso eitel und arrogant wie das Geschwätz der anderen? War sie nicht ebenso eine Heuchlerin, weil sie die anderen übertrieben freundlich behandelte, obwohl sie nicht mehr Achtung vor ihnen hatte als vor einem Ballen Stroh? Und Marek, der Gefallen an jeder Heimlichkeit fand, und – mit ihr zusammen, wie sie zugeben musste – so ziemlich jeden betrog, den es in ihrem Leben gab? Waren sie wirklich besser als die anderen, nur weil sie sich besser amüsierten? Doch das alles war kein

Spiel mehr, das war Schicksal, und Schicksal zu spielen war nie ihre Absicht gewesen. Schon jetzt war eine Lösung, welcher Art auch immer, nicht möglich, ohne Menschen – Marie, Hevelius, Marek, Lil – zu verletzen, und bald schon käme ein Kind dazu, das Anspruch auf die Wahrheit hatte.

Diese Fragen gingen ihr nicht mehr aus dem Kopf, schlangen sich um alle anderen Gedanken herum und pressten ihnen den Atem ab, so dass Elisabeth sich auf nichts anderes mehr konzentrieren konnte. Seit Tagen litt die Arbeit darunter. Morgens verspürte sie keine Lust aufzustehen, und war sie aufgestanden, wollte sie am liebsten in ihrem Zimmer bleiben. Sie ließ sich das Frühstück bringen und manchmal sogar die Suppe zur Mittagszeit. Erst nachmittags ging sie lustlos in ihr Arbeitszimmer, um einige Beobachtungen ins Reine zu schreiben, oder in die Druckerei im Haus, um Drucklegungen auf Korrektheit zu überprüfen, wobei sie mehrmals Fehler übersah. Nur der späte Abend lockte noch ein kleines Gefühl von Neugier in ihr hervor. Dann stieg sie auf die Sternenburg und zeichnete an ihrer Mondkarte. Seit zwei Tagen und Nächten jedoch war der Himmel ein einziges Schafwollvlies, vom einen Horizont zum anderen, und vor die Wahl gestellt, ob sie sich der Folter in ihren eigenen Gedankenverliesen oder der Folter von Konversation aussetzte, hatte sie an diesem Abend Letzteres vorgezogen.

Hevelius war zu Hause geblieben, um die andauernde Bewölkung für einige Berechnungen zu nutzen, hatte sie aber darin bestärkt zu gehen. »Unterhalten Sie sich ein wenig, das muntert Sie auf«, hatte er gesagt. »Und morgen ruhen Sie sich den ganzen Tag aus. Ich sehe mittags bei Ihnen vorbei, wenn es recht ist.«

»Ich werde Ihnen sagen, wer alles da war.«

Seine Mundwinkel hatten gezuckt. »Nicht nötig.« Er hatte ihr einen Kuss auf die Stirn gegeben und war gebeugt in seine Studierstube gegangen.

Und nun bewegte sie sich ein wenig verloren durch die Schar der drei Dutzend Gäste, die sich über zwei große Salons und einige kleinere Räume und Flure verteilten. Ständig befürchtete sie, auf Marek zu treffen, nicht weil sie ihn nicht gerne gesehen hätte, sondern weil das diesem Abend erneut den Charakter eines Betruges gegeben hätte. Heute jedoch *wollte* sie Hevelius nicht betrügen, sie wollte eine harmlose Stunde inmitten schrecklicher Leute verbringen, so wie normale Danziger das nun einmal taten.

Daher war sie dankbar, dass Marek nicht zu sehen war. Romilda Berechtinger entdeckte sie schnell und führte sie in einen ruhigen Winkel abseits des schlimmsten Trubels.

»Haben Sie schon gehört? Ich werde bald nach Paris reisen«, erzählte Romilda ihr. Sie trug ein Kleid mit freizügigem Dekolleté und wedelte sich mit dem berüchtigten Diana-Fächer Luft zu. »Und zwar allein, Conrad bleibt hier, Frankreich ist nichts für ihn, zu vergnügt, zu leichte Gedanken, zu modisch. Paris ist die Zukunft, und Conrad fühlt sich in der Vergangenheit wohler. Natürlich wird das meinem Ruf als gefallene Sünderin die Krone aufsetzen, aber das kümmert mich nicht. Und für Conrad ist es viel besser so. Er hat eine Weile seine Ruhe vor dem Geschwätz – wenigstens kann er sich das einbilden.«

»Wie lange bleiben Sie fort?«, fragte Elisabeth.

Romildas Hand tänzelte durch die Luft wie schnell aufsteigender Rauch. »Ein Jahr, zwei Jahre, wer weiß. So lange es dauert, um den muffigen Geruch Danzigs zu verlieren. Ich kann diese Menschen hier nicht mehr sehen. Und wie steht es mit Ihnen, meine Liebe? Ist Ihnen nicht auch manchmal nach einem Ausbruch zu Mute?«

Elisabeth brach jede Nacht aus, immer wenn sie durch das Fernrohr blickte, Sterne suchte oder die Berge des Mondes zeichnete. Dann war sie weit, weit weg von allen irdischen Dingen.

Doch das war ihr ureigenes Motiv, das niemanden etwas anging. »Mein Mittelpunkt ist hier«, entgegnete Elisabeth stattdessen. »Alle meine Liebsten sind um mich herum.«

»Mehr denn je, ich weiß«, sagte Romilda und schaute sie mit ihrem allwissenden Blick an. »Sie sehen ein wenig blass aus, Elisabeth, es geht Ihnen nicht gut.«

»Zu wenig frische Luft vielleicht. Sie wissen ja, die Arbeit am Mond, am Atlas, und dann die Schwangerschaft ...«

»Nein, nein, das ist es nicht. Sie wirken auf mich wie jemand, der sich windet – seit Wochen, übrigens –, und meistens windet man sich, wenn man sich verfangen hat. Welchen Namen hat das Netz? Liebe?«

»Sie irren sich.«

»Angst? Irrtum?«

»Sie irren sich«, wiederholte Elisabeth, weil ihr nichts anderes einfiel.

»Worin? Dass Sie einen Liebhaber haben?«

Elisabeth starrte sie nur an. Das Gespräch nahm eine Wendung, mit der sie nicht gerechnet hatte. »Wie – wie können Sie so etwas sagen?«

»Ich bin nur noch eine Woche in der Stadt und dann für lange Zeit fort, vergessen Sie das nicht. Wenn ich die Dinge jetzt nicht anspreche, liegen Sie mir jahrelang im Bauch wie ein Erzquader. Übrigens habe ich Marek Janowicz für heute Abend nicht eingeladen, damit wir ungestört sind.«

»Es steht Ihnen jederzeit frei, einzuladen wen Sie ...«

Romilda unterbrach sie. »Ganz Danzig hat sich über Ihre Schwangerschaft gefreut, Elisabeth. Ich nicht. Den Grund kennen Sie.«

»Nein.«

»Also schön, meine Liebe, wie Sie wollen, dann eben ganz von Anfang an. Ich kann mich gut in Ihre Lage versetzen, denn ob Sie es wahrhaben wollen oder nicht, wir sind uns ähnlich.

Das ist Ihnen auch schon aufgefallen, wie? Darum wusste ich auch – vermutlich schneller als Sie selbst – über Sie und Marek Janowicz Bescheid, keine Details, aber die groben Umrisse konnte ich mir gut vorstellen. Er ist Ihr Liebhaber geworden, das konnte ich spüren, fragen Sie mich nicht, wie. Es war Ihnen und ihm anzusehen, Elisabeth, natürlich nur von jemandem wie mir. Ich habe mich mit Ihnen gefreut, und in letzter Zeit sogar ein wenig mitgespielt, indem ich Sie und Marek zusammenbrachte, wann immer es mir möglich war. Dann bemerkte ich, dass Sie sich weniger darüber freuen als ich. Etwas hat sich also geändert, nicht wahr? Irgendetwas ist passiert mit Ihnen, in Ihnen ... Ich habe keine Ahnung, von wem Ihr Kind ist, von dem einen oder dem anderen Mann, aber das spielt auch keine Rolle, denn in jedem Fall befinden Sie sich in einer schwierigen Lage.«

Elisabeth hatte sich wieder gefangen und auf die neue Situation eingestellt. Romilda war keine Feindin, sagte sie sich, keine Hemma, die alles Schöne aus der Welt schaffen wollte. Dennoch spürte Elisabeth eine wachsende Abneigung gegen Romilda, weil sie offenbar seit Jahren Bescheid wusste und ihrerseits ihr Spiel mit Marek und ihr getrieben hatte. Sie hatte im Gespräch mit Hevelius Marek absichtlich als Charmeur bezeichnet, der alle Frauen – auch Elisabeth – bezauberte; sie hatte Marek und sie hier zusammengebracht, beobachtet und sich köstlich dabei unterhalten. Sie hatte gespielt, mit den Spielern gespielt, mit Hevelius, Marek und ihr, nicht in böser Absicht, sondern weil sie es raffiniert fand und lustig – etwas, das Elisabeth nur allzu gut kannte.

»Sie müssen eine Entscheidung treffen«, fuhr Romilda fort, »eine Entscheidung, welches Leben Sie wollen, denn einfach so weitermachen, glauben Sie mir, das geht nicht.«

»Wieso?« Elisabeth winkte einen der ausnahmslos jungen und gut aussehenden Diener herbei, nahm ein Glas Wein und sah dem Diener nach. »Bei Ihnen geht es doch auch, wenn ich es recht betrachte.«

Romilda prostete Elisabeth zu. »Touché, wie man in Frankreich sagt. Sie haben Recht, ich lebe meine Leidenschaften seit mehr als zwanzig Jahren und komme gut damit zurecht. Und Sie haben außerdem Recht, wenn Sie andeuten, dass Musik, Falerner und schöne Kleider nicht meine einzigen Leidenschaften sind.«

»Jetzt werden Sie auch sogleich Marek zu unseren Gemeinsamkeiten zählen, nicht wahr?«, sagte Elisabeth patzig.

»Du liebe Zeit, meine paar Nächte mit Marek sind so lange her, dass es schon prähistorisch ist. Wenn Sie denken, dass ich aus Eifersucht spreche, liegen Sie vollkommen falsch. Der Unterschied zwischen Ihnen und mir ist, dass Sie, Elisabeth, für dieses Doppelleben nicht gemacht sind. Und wissen Sie, warum? *Sie* lieben, *ich* lasse lieben. Sie sind in gewisser Weise treu – der Wissenschaft und dem Liebhaber –, wohingegen ich nur meiner Lebensweise treu bin, und das ist keine wirkliche Treue. Der Konflikt zwischen Marek und Johannes, Ihnen und Johannes, Marek und den Kindern und so weiter wird Sie in die Knie zwingen. Es hat schon angefangen, und es wird nur schlimmer werden, Elisabeth, mit jedem Jahr, das Sie warten.«

Romilda, das musste Elisabeth eingestehen, besaß jene seltsame Form von Weisheit, die in einem schillernden, abenteuerlichen, mit allen Wassern gewaschenen Gewand daherkam und gemeinhin Lebenserfahrung genannt wurde. Romilda verstand. Sie kannte keine Vorurteile, weil sie selbst ein lebendes Vorurteil war, ein Opfer des Jahrhunderts und Danzigs. In hundert, zweihundert oder dreihundert Jahren wäre sie vielleicht eine Heldin geworden.

»Sie sagen mir nichts, was ich nicht schon weiß«, entgegnete Elisabeth.

»Und?«

»Ich brauche Zeit.«
»Die haben Sie nicht.«
»Wieso?«
»Es gibt Menschen, die Ihnen Übles wollen, Elisabeth.«
»Ich stehe mitten unter ihnen.«
»Die Leute hier? Die meine ich nicht. Solche Menschen sind widerwärtig, aber ungefährlich, kleine, schwarze, immerzu mit Pflicht und Arbeit beschäftigte Ameisen. Sie laufen einem gelegentlich über den Teller und verderben den Appetit, mehr nicht.«

Zwei ältere Frauen schlenderten vorbei und grüßten mit verkniffenem Mund und einem wenig herzlichen Kopfnicken. »Oh, wie nett«, flötete Romilda ihnen zu und schirmte sich sogleich mit dem Fächer ab.

»Ich spreche von den Menschen in Ihrer nächsten Umgebung«, flüsterte sie. »Ist Ihnen bekannt, dass Lil mir die Freundschaft aufgekündigt hat? Ja, sie meidet meine Gegenwart, grüßt mich nicht einmal mehr, wenn wir uns zufällig begegnen.«

»Haben Sie sich mit ihr gestritten?«

Romilda verneinte. »Sie weicht mir aus, das ist alles. Ich vermute dahinter den Einfluss Ihrer Tante.«

»Hemma? Lil kann Hemma so wenig ausstehen wie ich.«

»Nun, wenn Sie es sagen. In letzter Zeit kommen mir jedoch Gerüchte zu Ohren, dass Lil schlecht über Sie spricht, Elisabeth. Sie seien eine gleichgültige Mutter, heißt es, und dass Sie Marie grob vernachlässigen würden, ja, Sie hätten sogar einen Widerwillen gegen Ihre Tochter.«

Elisabeth war immer wieder überrascht von der Boshaftigkeit des Geredes unglücklicher Menschen. »Sie wissen doch selbst, was auf Danziger Gerüchte zu geben ist.«

Romilda nickte. »Ich glaube kein Wort davon, meine Liebe, denn ich besitze mittlerweile die Fähigkeit, die einen Gerüchte von den anderen zu unterscheiden. Dass Lil solche Reden verbreitet, *das* allerdings glaube ich. Gleichzeitig lobt Sie Ihren Gatten, hütet seine Kinder ... Sie ist neidisch, Elisabeth, und krank vor Verbitterung. Sobald sie ein Mittel in die Hand bekommt, Ihnen zu schaden, wird sie es ohne Zögern einsetzen. Und Ihren Gatten wird sie ...«

»Das geht jetzt wirklich zu weit«, unterbrach Elisabeth mit mühsam zurückgehaltener Empörung. »Ich habe mir Ihre Meinung zu vielen Dingen angehört, die mich betreffen, aber dass Sie nun über meine Familie herziehen ...«

»Welchen Nutzen sollte ich davon haben? In wenigen Tagen bin ich weit fort von Ihnen und allem, was hier geschieht. Aber ich mag Sie, Elisabeth, vielleicht weil Sie ein wenig wie ich sind, ein besseres Ich, wenn Sie so wollen, weil Sie ein ausgeprägtes Gewissen haben. Vielleicht war es ja Ihr Gewissen, das Sie blind gemacht hat für die Umtriebe Ihrer Schwester.«

»Für Lil lege ich meine Hand ins Feuer – was ich von keinem anderen hier behaupten kann. Auch von Ihnen nicht.« Elisabeth wandte sich zum Gehen. »Dieses Gespräch war ein Fehler. Hierherzukommen war ein Fehler.«

Romildas Stimme holte sie noch einmal ein.

»Leben Sie wohl, meine Liebe. Alles Gute.«

In einer kleinen Gasse unweit von Romildas Haus atmete Marek die neblige, salzige Luft der See ein. Ein frischer Nordwind fegte durch die Straßen und brachte Regen mit, Regen von der Art, wie er ihn am liebsten hatte, mit dünnen Tropfen und gelegentlich an- und dann wieder abschwellend. Dieser Melodie konnte er stundenlang zuhören, sie beruhigte ihn.

Er lehnte an einer Hauswand, spürte die vom Backstein ausstrahlende Kälte wie einen Atemzug und wartete. Er wartete darauf, dass sich Elisabeths Kutsche im nassen, speckig glänzenden Pflaster spiegelte. Dann würde er, vom Kutscher unbemerkt, aufspringen und sich zu ihr setzen. Er wollte sie einfach nur sehen, ein paar Worte sagen und hören, sie zum Lächeln bringen, sie dazu bringen, ihn mit diesem verträumten Blick anzusehen, der die Festigkeit dahinter ahnen ließ, ohne sie in den Vordergrund zu rücken. Mehr brauchte es in letzter Zeit nicht, seit er wusste, dass sie die Mutter seines Kindes werden würde. Alles andere stellte er sich einfach vor. Er stellte sich vor, sie wäre seine Frau und seine Aufgabe sei es, ihr die Zeit so angenehm wie möglich zu machen.

Die Mutter seines Kindes ... Sein Kind ... Seine Frau ... Alles das sagte er jeden Tag ein Dutzend Mal vor sich hin wie etwas Kommendes, wie Weihnachten oder den Namen eines lange erwarteten Menschen. Es gab kurze Momente, Momente wie den jetzigen, in denen er tatsächlich nicht mehr wusste, in welchem Leben er sich gerade befand, im wirklichen oder in dem seiner Wünsche, so nah kamen diese Leben sich in seinem Kopf. Er sagte sich, dass beide Leben gleich real waren, und verglich sie mit Erde und Sonne. Wie Elisabeth und fast alle Astronomen glaubhaft versicherten, drehte die Erde sich um die Sonne, aber für ihn und alle anderen Menschen sah es nach wie vor so aus, als sei es umgekehrt. Wenn er die Sonne über den Horizont steigen sah, konnte er sich nur schwer vorstellen, dass nicht sie sich bewegte, sondern der Planet, auf dem er stand. Für ihn stimmte beides, das eine, weil alle Fakten es belegten, das andere, weil alle Sinne und Wahrnehmungen etwas anderes sagten. Elisabeth, er und das Kind waren eine Familie, auch wenn eine Handvoll Umstände dagegen sprachen.

Einer dieser Umstände war, dass er Elisabeth auflauern musste, um sie zu sehen, und ein weiterer, dass er sie an diesem Abend nicht mehr sehen sollte. Die Kutsche kam nicht, vermutlich weil sie einen anderen Weg genommen hatte. Marek verharrte bis zum Morgengrauen an der kalten, feuchten Hauswand, und erst als es aufhörte zu regnen, ging er.

17

Jeremi wurde gleichsam im Meer der dunklen Schatten geboren. Als Elisabeth im März 1678 an diesem unförmigen, von monströsen Klüften umrandeten Mondmeer zeichnete, setzten ihre Wehen ein, und noch in derselben Nacht kam ihr Sohn ohne Komplikationen zur Welt. Seine Augen waren dunkel, und er war in allem das genaue Gegenteil von Marie, denn er schrie und wehrte sich, wenn ihn jemand anders in den Armen hielt als Elisabeth. Sobald sie ihn berührte, schwieg er, so als wolle er zuhören.

Sie schrieb Marek von ihm, dem »Glühwürmchen«, wie sie zuvor mit ihm ausgemacht hatte. Marek lebte keine zehn Steinwürfe entfernt, trotzdem war es ihm natürlich unmöglich, Jeremi jetzt schon zu sehen. Nachdem Elisabeth das Kindbett verlassen hatte, beschrieb sie den Sohn bis ins Detail wie eine Landschaft mit ihren Farben und Falten und allen Geräuschen. Sie sah Mareks Gesicht vor sich, wenn er den Brief las, sah die Zärtlichkeit des Vaters, aber auch die Ungeduld, mit der er sein Los ertrug. Er antwortete inoffiziell mit einem einzigen Wort: Liebe. Offiziell sandte er eine Gratulation und einen Strauß Mondviolen. Elisabeth schlief gerade, als der offizielle Gruß des Herrn Hetman Janowicz per Bote überbracht wurde. Hevelius las den Begleitbrief, drehte die Blumen verächtlich in der Hand, sagte: »Veilchen«, und warf sie samt dem Gruß in eine Tonne. Elisabeth gegenüber erwähnte er die Glückwünsche des Hetmans nicht.

»Wir tragen Jeremi auf der Sternenburg spazieren«, schlug Hevelius fast jeden Abend vor und lief die ganze Zeit neben Elisabeth her, streichelte den Knaben und redete mit ihm. »Mein Sohn«, nannte er ihn unentwegt, und dabei leuchteten seine dankbaren Augen abwechselnd Jeremi und Elisabeth an. Kaum nahm er ihn jedoch auf den Arm, begann Jeremi aus Leibeskräften zu schreien.

»Das wird sich legen«, sagte Elisabeth.

Hevelius störte sich nicht an dem Geschrei. Jeremi war wie ein Lebenselixier für ihn, das ihn sich noch einmal jung fühlen ließ. Er erhöhte sein Arbeitspensum, ging bevorzugt zu Fuß ins Rathaus und genoss unterwegs die Gratulationen der Bürger. Seine Gebrechen verschwanden oder besserten sich. Zwei Empfänge wurden zu Hause gegeben, die Dienerschaft erhielt eine Gratifikation, und hätte Elisabeth ihm das Projekt nicht ausgeredet, hätte Hevelius ein Feuerwerk von der Sternenburg abgeschossen. Stärker noch als die Geburt Maries vor einigen Jahren, veränderte die von Jeremi, dem Sohn, sein Leben und gab ihm neuen Schwung und neue Bedeutung.

Hätte Elisabeth ihm in dieser Situation die Wahrheit gestehen sollen? Hätte sie zu ihm gehen sollen und sagen, Jeremi ist nicht dein Sohn, er ist von Marek, der seit vielen Jahren mein Liebhaber ist?

Manchmal erschien ihr das als der einzig gerade Weg. Doch auch gerade Wege führten in den Abgrund, oft sogar noch schneller als die kurvigen.

Die Übereinstimmung war unverkennbar, nicht zu leugnen und ganz bestimmt nicht zufällig. Nach unendlich vielen Diebstählen, nach endlosem Kopieren, Tüfteln und Auswerten begriffen Hemma und Lil, wer der »Nachtfalter« war.

Vor Wochen bereits war es Lil gelungen, hinter einen anderen Schlüsselbegriff zu kommen, den zur »Bratpfanne«. Hemma war empört gewesen, als die Wahrheit offensichtlich wurde.

»Bratpfanne«, hatte sie vor sich hin gemurmelt. »Bratpfanne, so eine Unverschämtheit. Nun sag, Lil, womit habe ich diesen Namen verdient?«

Lil hatte in das kleine, runde, zerfurchte Gesicht geblickt. »Das ist mir völlig – schleierhaft.« Sie hatte »verständlich« oder »gleichgültig« sagen wollen, es sich aber im letzten Moment anders überlegt, schließlich war Hemma bei der Enträtselung der Briefe unverzichtbar. Das Gedächtnis der Tante erwies sich als phänomenal, im Gegensatz zu Lils eigenem, in dem die gleichförmigen Tage, Wochen und Jahre zu einem einzigen Brei verschwammen, aus dem nur ein paar Brocken verklumpte Grütze herausragten.

So hatte Hemma sich beispielsweise erinnert, dass sie sich kurz nach dem Einzug ins Hevelius-Haus bei der Köchin über die Üppigkeit der Abendtafel beschwert hatte, und in einem Brief stand: »Es wundert den Nachtfalter nicht, was die Zauberin von der Bratpfanne schreibt. Man könnte der Bratpfanne ein trockenes Brot geben und sie würde sich noch darüber beschweren, dass die Rinde allein es auch getan hätte.«

In dieser Art fanden sich mehrere Hinweise auf die Bratpfanne, die alle auf Hemma deuteten. Außerdem wurde deutlich, dass der Nachtfalter Hemma kannte.

»Der junge Carol Fleszky, drei Häuser weiter«, mutmaßte die Tante. »Er ist ein Geck.«

»Aus den Briefen geht hervor, dass Elisabeth mit dem anderen schon vor ihrer Hochzeit liiert war.«

»Ekelhaft, so etwas.«

Lil verdrehte die Augen. »Da war Carol Fleszky *zehn Jahre* alt.«

Hemmas Mundwinkel verzogen sich vor Entsetzen. »Ekelhaft«, sagte sie noch einmal.

»Er ist nicht der gesuchte Liebhaber«, erwiderte Lil und verdrehte neuerlich die Augen.

»Nein?«

»Nein. Im Übrigen muss der Nachtfalter weit herumkommen. Er war schon in Krakau, Torun, Poznan, Zarnow, Warschau, Wilna ... Er schreibt über Flüsse und Berge und Kirchen und Wälder.«

»Ein Kaufmann also.«

»Davon gibt es in Danzig so viele wie Strohhalme in einem Schober.«

»Irgendwo müssen wir anfangen«, sagte Hemma. »Alexander Wiczlicka.«

Hemma ging daran, die männliche Einwohnerschaft Danzigs unter Generalverdacht zu stellen. Einen Namen nach dem anderen warf sie in die Arena, zerfleischte ihn und fällte erst danach das Urteil. Ihr anfängliches Interesse an diesem seltsamen Spiel steigerte sich zur Begeisterung, wobei sie weniger darauf aus zu sein schien, Elisabeths Schuld zu untermauern als die des Liebhabers. Hemma suchte nach der Sünde. Elisabeth stand als Sünderin bereits fest, jetzt musste der andere Unhold ausfindig gemacht und zur Strecke gebracht werden. Die kleine verschrumpelte Frau entwickelte im Laufe der nächsten Tage das Durchhaltevermögen eines Leichtmatrosen und die kalte Raserei eines Inquisitors. Sie gab keine Ruhe. Nachts saß sie neben der Kerze im Bett und las und grübelte, fand neue potentielle Delinquenten und verwarf sie wieder. Wenn Lil am nächsten Morgen mit ihr zusammentraf, war ein halbes Dutzend weiterer Namen durch den Folterkeller von Hemmas Kopf gegangen und konnte ausgeschlossen werden. Verdächtig blieben in ihren Augen ein fünfzigjähriger Pelzhändler, der früher selbst auf die Jagd gegangen war und von einem widerspenstigen Wiesel das linke Auge ausgekratzt bekommen hatte; ferner ein junger, Gedichte schreibender Baron, der sieben Strophen brauchte, um einen einzigen Schlag seines Herzens zu beschreiben; und ein äußerst attraktiver Kommandant der Stadtwache, der früher im polnischen Heer gedient hatte und dessen unglaubliche Brustbehaarung Lil, die Jungfer, in geheimen Gedanken oft gekrault hatte.

Vielleicht war es dieser Kommandant – und der damit einhergehende Exkurs ins Militärische –, der Hemma plötzlich auf den Gedanken gebracht hatte: »Marek Janowicz.«

Lil war zunächst sprachlos gewesen. Dieser Verdacht war absurd. »Vor dir ist wirklich keiner sicher. Marek hat sich um *mich* bemüht.«

»Eine ist für ihn wie die andere.«

»Barer Unfug, Tante. Marek, mein Marek, war ein vergnügter, lebenslustiger Mensch, das hast du damals selbst gesagt.«

»Und weiter?«

Lil hatte eine ungeduldige Geste gemacht und die Augen aufgerissen. »Was sollte Marek mit *Elisabeth* anfangen?«

Hemma hatte mit den Briefen gewedelt. »Schreiben. Ein Abenteuer leben. Sich in eine verbotene Beziehung begeben. Mit der Sünde spielen. Alles, was fidele Personen nun einmal machen.«

Lil hatte sich wütend ins Bett gelegt, Hemmas Namen verfluchend. Im Raum nebenan hatte der Säugling geschrien, der ihr anvertraut war, aber sie hatte nur Gedanken für eines. Marek und Elisabeth ... Das würde ja bedeutet haben, dass er Elisabeth *ihr* vorgezogen hätte. Sie war nicht bereit, so etwas Groteskes zu Ende zu denken.

Aber dann, mitten in der Nacht – Jeremi schrie erneut –, war sie aufgestanden und hatte sich die Briefe ein weiteres Mal durchgelesen. Ohne Frage, der Nachtfalter war ein Mann mit zwei Seiten. An manchen Tagen war er beschwingt wie eine Opernmelodie, ein Drehen und Springen, voller Witz, voller Vorfreude auf »Pralinen« und den »Olymp«; an anderen dagegen verträumt und versonnen. Schon diese Namen: Zauberin, Nachtfalter. Und wie er die Landschaften beschrieb, durch die er zog, ein Schwärmer wie Elisabeth war er. Sie versuchte sich vorzustellen, dass Marek diese Briefe geschrieben hatte, und bei einigen gelang es ihr tatsächlich.

Und dann war da dieser Bruch in den letzten Briefen, jene,

die obenauf gelegen hatten. Es schien, als sei der Nachtfalter nun in Elisabeths Nähe, denn er schrieb von Dingen, die auf Danzig passten, und von Begegnungen mit ihr, die nur stattfinden konnten, wenn er sich länger in der Stadt aufhielt – so wie Marek.

Ein einziger Satz gab schließlich den Ausschlag. Er war bisher überlesen worden, denn zwischen all den vielen Konfitüren, Apothekern, Knospen und Nachbarinnen nahm er sich unscheinbar aus, und außerdem enthielt er einen Hinweis, den nur Lil verstehen konnte: »Heute hat die Libelle überraschend den Nachtfalter besucht; sie war voller Hoffnung und voller Verzweiflung. Sie wollte etwas zurückholen, das sie niemals besessen hat.«

Das war Lil. Sie war das gewesen. Hoffend, verzweifelt war sie damals zu Marek gegangen. Das Dasein hatte sie krank gemacht. Eine Kinderfrau. Eine Jungfer. Stehen gelassen wie ein Gänseblümchen am Wegesrand. Bettelarm. Marek war unverheiratet, war Hetman, war plötzlich vor Ort, zum Greifen nahe, und kein Vater war da, der etwas verbot, nur eine modrige Tante, auf die es nicht mehr ankam. Sie hatte diese Gelegenheit nicht ungenutzt lassen können. Aber erst, als sie ihm gegenübergestanden hatte, hatte sie ihn wieder geliebt – oder besser, geliebt wie noch nie. Sie hatte ihn nicht mehr nur gewollt, damit er sie aus ihrem Dasein heraushole, sondern weil ihr Herz und ihr ganzer Körper diesen Menschen begehrte, den Menschen, der ihr gegenüber als Einziger jemals so etwas wie Zärtlichkeit ausgedrückt hatte.

»Ich verzeihe dir alles«, hatte sie begonnen, »wenn es überhaupt etwas zum Verzeihen gibt. Ich war jung und enthusiastisch. Kannst du mich wenigstens ein bisschen verstehen?«

Er hatte sie verstanden, und das hatte ihr den Mut zu mehr gegeben. »Du und ich, wir sind noch immer unverheiratet. Wagen wir doch einen neuen Anfang, ganz unverbindlich.«

Sie hatte angedeutet, für einen Kuss zur Verfügung zu stehen, doch Marek hatte sich nicht bewegt. Stattdessen hatte er Entschuldigungen und Beschwichtigungen gemurmelt.

»Nun gut, lassen wir das Heiraten«, war ihr Angebot gewesen. »Dann eben ein paar Nächte für unser Vergnügen.« Sie hatte ihn unbedingt besitzen, umklammern, festhalten wollen, für ein paar Stunden nur. Ihm, nur ihm konnte es gelingen, sie für ein paar Stunden wieder jung zu machen, zu der zu machen, die sie gewesen war, als er sie erstmals küsste.

Doch er wand sich weiterhin vor Verlegenheit.

»Gut, eine Nacht, eine einzige, kurze Nacht. Niemand erfährt davon.«

Schließlich hatte er sie deutlich zurückgewiesen.

Und nun kannte sie den Grund für seine Zurückweisung, die Erklärung für ihre Jungfernschaft, für die Armut, für die Demütigungen. Und sie wusste, wem sie das alles zu verdanken hatte.

Lils Brust drohte zu zerreißen. Ihr Körper krümmte sich auf dem Bett wie bei einem gewaltigen Schmerz, wölbte sich, sackte in sich zusammen. Die Beine gespreizt und die Finger in die Matratze gekrallt, stieß sie lautlos einen Schrei aus, der ihr heiß die Kehle heraufstieg.

Nebenan schrie Jeremi für sie, laut und drängend. Er quälte sie fast jede Nacht, denn was sie auch unternahm, er gab keine Ruhe.

Sie öffnete die Verbindungstür, die zu Jeremis Zimmer führte, hielt den Kerzenhalter neben das Gesicht des zappelnden Knaben und blickte auf ihn nieder.

Dunkle Augen, dachte sie. Er hat Mareks Augen. Er wird schwarze Haare bekommen, Mareks polnische Haare. Nichts an dem Säugling erinnerte an Hevelius. Jeremi war Mareks Sohn, *sein* Sohn.

Noch immer schrie er. Vorwurfsvoll blickte er zu ihr auf. Er wollte, dass sie Elisabeth von der Sternenburg holte, wie jede Nacht zwei- oder sogar dreimal. Nur von ihr ließ er sich beruhigen, anfassen, pflegen. Alles, was Lil tat, war ihm nicht gut genug.

Aber heute unternahm sie nichts. Sollte er schreien. Niemand würde ihn hören. Die Eltern betrieben Wissenschaft, das Personal schlief weit entfernt, und Hemma war sowieso halb taub.

Sie sah ihm beim Schreien zu, wie er den Mund aufriss, wie der Kopf rot anschwoll, wie die Hände durch das Halbdunkel fuchtelten und nach Hilfe suchten.

Lil bemerkte erst jetzt das Kopfkissen in ihrer Hand. Hinter sich herschleifend, hatte sie es von ihrem Bett mitgebracht, ohne darüber nachzudenken.

Vielleicht, weil sie sich nach Stille sehnte. Seltsam, dass sie während ihrer Jugend viele Jahre lang unter der Stille ihres Elternhauses gelitten hatte und sie sich diese Stille heute zurückwünschte. In einem Haus mit zwei Kindern war es nie still, und Jeremis Zimmer war die Hölle.

Sie, Lil, lebte Tür an Tür mit dieser Hölle.

In aller Ruhe stellte sie die Kerze ab und hob das Kissen langsam über die Wiege, wo es eine Weile wie eine düstere Wolke schwebte.

Sie stellte sich vor, wie eine einzige Bewegung genügen würde, um dem Geschrei ein Ende zu setzen, ein beherztes Durchdrücken der Ellenbogen, und dann warten. Der kleine Körper würde sich wölben, so wie sich ihrer vor wenigen Augenblicken gewölbt hatte, und Jeremis Schreie würden in seiner Kehle ersticken, wie ihr Schrei erstickt war, der Schrei, der ihren ganzen Zorn über die Vernichtung *ihres* Lebens entladen hätte.

Und dann würde es still sein.

Sie senkte das Kissen und spürte, wie der Knabe mit den winzigen Händen dagegentrommelte, so wie er stets gegen alles trommelte, das nicht seiner Mutter ähnelte. Noch schwebte das Kissen, noch berührte es nicht sein Gesicht.

Lil warf das Kissen in eine Ecke.

»Beim Leib des Satans«, rief sie und wusste nicht, ob sie ihre Wut verfluchte – oder ihre Feigheit.

Fluchtartig verließ sie den Raum, so als könne sie damit alle schlechten Gefühle hinter sich lassen. Doch sie verfolgten sie wie Dämonen, die Treppe hinunter, die Gänge entlang, durch die Salons. Sie fürchtete sich vor ihnen, fürchtete sich, eingeholt und gepackt zu werden. Keine Tür und keine Wand konnte sie vor den Dämonen schützen, sie durchdrangen alles, zerfraßen alles, trieben ihre Opfer in den Wahnsinn.

Sie riss eine Kellertür auf und eilte die steilen Stufen hinab. Als sie fast schon unten war, stolperte sie und stürzte. Es war stockdunkel, aber sie spürte den Staub an ihren Händen. Am anderen Ende der Treppe, ganz oben, knarrte die Kellertür, fiel ins Schloss und schickte einen letzten Windzug, einen Atem, zu ihr hinunter,

Lil stöhnte. Ihr Knie pochte, stärker jedoch war der Schmerz in ihrem Kopf. Die Nähe der Dämonen war jetzt unmittelbar spürbar.

Außer einem fernen Lichtpunkt sah sie nichts. Sie raffte sich auf und lief auf dieses Licht zu wie auf einen Retter. Vereinzelte eiskalte Tropfen von der Kellerdecke stachen ihr wie winzige Pfeile in die Kopfhaut.

Das Licht kam vom Mond und fiel durch ein kleines, vergittertes Fenster auf ein Fass Wein. Lil blickte über die Schultern in die Dunkelheit, dann berührte sie das Fass wie einen Liebhaber. Sie entfernte den Pfropfen und schöpfte die samtene rote Flüssigkeit mit der hohlen Hand. Wie eine Verdurstende trank sie gegen die Dämonen an. Wenn sie nur schnell genug betrunken sein würde ...

Doch gegen die Dämonen konnte auch der Wein nichts ausrichten. Zorn, Erbitterung, Raserei, Ohnmacht und Hass holten sie ein, ja, es war, als würden sie sogar ein Bestandteil des Weines sein und langsam ihre Kehle hinunterrieseln. Das Böse floss durch ihre Adern.

Sie kauerte neben dem Fass, aus dem sich noch immer wie aus einer Quelle ein feiner Strahl Flüssigkeit ergoss. Sie dachte nicht mehr nach, ihre Gedanken standen still; sie weinte, schwitzte, und aus ihrem halb geöffneten Mund tropfte Speichel. Der Wein durchtränkte ihr Nachthemd, er war überall, er klebte an ihr, und sie fühlte sich so schmutzig wie in ihrem ganzen Leben noch nicht.

Langsam jedoch breitete sich in ihrem Innern ein neues Gefühl aus, und es war erstaunlich wohltuend, so als würde Balsam durch ihre Brust in den Bauch fließen. Es nahm ihr den Schmerz und den Schmutz, indem es ihn aufsaugte wie ein dicker Stoff, der sie ausfüllte.

Sie wusste nicht, wie lange sie auf dem Boden gesessen hatte, als sie endlich aufstand. Der Wein hatte zwischenzeitlich in einer Vertiefung einen kleinen See gebildet, durch den sie watete. Als sie den Keller verließ und in das Mondlicht der Halle eintauchte, stellte sie fest, dass sie über und über befleckt war, die Hände schwarz, das Nachthemd feucht und zerrissen, am Fuß aus einer Schürfwunde blutend – ein Bild des Elends und der Verzweiflung. Dieses Bild entsprach ihr nicht mehr, es mochte vor einer Stunde gestimmt haben, jetzt war sie eine andere.

So konnte sie nicht bleiben. In ihrem Zimmer wusch sie sich mit dem Wasser, das für die Morgentoilette bestimmt war, trocknete ihre Haare, frisierte sie geschickt wie für eine Hochzeit und zog ein raffiniertes, etwas gewagtes weißes Nachthemd über, das sie vor einem Jahr bestellt, bisher aber nur einmal zur Anprobe angehabt hatte. Ein paar Tropfen eines Pariser Parfüms verströmten den Duft von wilden Rosen. Sie schlüpfte in die Sandalen und begutachtete sich im Spiegel, wobei sie den Kopf hin und her bewegte, eine vorwitzige Locke an ihren Platz schob und sich schließlich zufrieden zulächelte. Ein feiner Musselin, den sie sich über den Kopf warf, diente ihr als Schleier.

Tief durchatmend wie jemand, der sich auf den Tag freut, betrat sie erneut das Kinderzimmer ihres Neffen. Jeremi war verstummt, müde geworden durch das vergebliche Schreien, aber rote Kreise um die Augen zeugten von einem langen Kampf.

Für einen flüchtigen Augenblick fühlte Lil sich eins mit dem Knaben, der nie das bekommen sollte, was ihm zustand.

Sie hob den leichten Körper aus der Wiege.

Jeremi sah sie an. Er wollte schreien.

Und dann schüttelte sie ihn. Sie schüttelte ihn wieder und wieder.

Der Mond hing in einem blauschwarzen Raum, eine fast volle Silberscheibe umgeben von einem strahlenden Hof. Die Bauern sagten, dass ein solcher Hof schlechtes Wetter bringe, und tatsächlich hatte Elisabeth festgestellt, dass sie Recht hatten, jedoch nicht herausgefunden, was die Ursache dieses Phänomens war. Zumindest war es ein Indiz, dass es das »Mysterium lunaricum« gab, das Geheimnis des Mondes, dem sie mit ihrer Sammlung von Aufzeichnungen über lunare Kräfte auf der Spur war.

Doch heute Nacht war sie keine »Zauberin«, sondern ganz und gar Astronomin. Ihre Mondkarte befand sich kurz vor dem Abschluss. Ein letztes Meer am äußersten Rand des zunehmenden Mondes musste gezeichnet werden, und es war so groß, dass es in die dunkle Seite des Trabanten, die man nie zu Gesicht bekommen würde, hinüberglitt: Das Meer der letzten Nacht.

Auf der anderen Seite der Plattform hustete Hevelius. Er versteckte den Auswurf in einem Taschentuch, das er hastig in einer Tasche seines Mantels verschwinden ließ, und blickte verstohlen zu ihr hinüber. Sie tat so, als habe sie nichts gesehen, und täuschte vor, sich Notizen zu machen. Gleich darauf richtete er den Oktanten wieder aus, um einen weiteren Stern für immer vom Himmel auf den Atlas zu holen.

Elisabeth ließ den Zeichenstift sinken und runzelte die Stirn. Die gesundheitlichen Gebrechen ihres Mannes standen in Kontrast zu der guten Laune, die er seit Jeremis Geburt verbreitete. Er war übermütig geworden und hatte in einer lauwarmen Nacht ohne Mantel oder Umhang gearbeitet. Seither kämpfte er mit Husten und gelegentlichen Fieberattacken, die er als »Erregung« abtat. Weniger denn je gönnte er sich Ruhe, obwohl er sie gerade jetzt am meisten gebraucht hätte. Er schien überhaupt nicht mehr zu schlafen. Wenn sie die Sternenburg verließ, blieb er noch, und wann immer sie sie betrat, war er bei der Arbeit. In bewölkten Nächten traf sie ihn mitten in der Nacht in seiner Studierstube an, umgeben von unterschiedlich hohen Stapeln mit Berechnungen, alle mit der Stirnseite exakt in die gleiche Richtung ausgerichtet, wie Tarotkarten. Er trug eine Nachtmütze und ein Leinenhemd, saß totengleich auf dem Stuhl, ein wenig eingesackt, die Augen starr auf ein Papier gerichtet, der ganze Mann fast völlig bewegungslos bis auf die Hand, die immerzu schrieb und schrieb und schrieb, so als laufe sie dem Tod davon.

Sobald er sie sah, kämpfte er um ein Leuchten in seinen Augen, wie bei nassem Stroh, das man zum Brennen kriegen will.

»Meine Liebe«, sagte er dann in einem Ton, der genau das meinte, was er sagte. Die Floskel von früher war zu einer Liebeserklärung geworden. Sie war tatsächlich seine Liebe.

Und was war er für sie?

Früher hatte sie sich das nicht vorstellen können und wollen, aber Hevelius und sie hatten mehr gemeinsam als ein bloßes

Interesse und einige handwerkliche astronomische Fähigkeiten. Sie verbrachten Nächte zusammen – nicht wie andere Ehepaare im Bett, sondern auf der Sternenburg –, Nächte, in denen sie kaum miteinander sprachen, obwohl sie viele Stunden lang Seite an Seite arbeiteten, und doch gab es in dieser Zeit so etwas wie Sprache zwischen ihnen. Sie fühlten sich wohl dort oben, sie fixierten, zeichneten, rechneten, das Papier raschelte, das Teleskop knarrte, eine Teetasse schickte ein kurzes Klingen über die Plattform, oder ein Windstoß fegte über ihre Köpfe hinweg, eine Tür fiel zu – dann sahen sie einander kurz an und arbeiteten weiter. Es hatte Jahre und viele Tiefen gebraucht, um diese stille Teilnahme an der Arbeit des anderen hervorzubringen, dieses wortlose Verstehen, und gewissermaßen war das, was sie nächtens auf der Sternenburg taten, auch eine Form von Liebe, nicht weniger wert als leidenschaftliche Umarmungen oder Küsse, nur eben anders, etwas Eigenes. Sie bewegten sich in derselben Dunkelheit und beteten dieselben Lichter an, also waren sie alle Nachtfalter, nicht nur Marek, sondern auch Hevelius und Elisabeth. Sie drei und die Kinder waren eine Familie, eine bizarre, wunderliche, grandiose Familie.

Vielleicht, dachte sie und versuchte, sich an die Zeit zu erinnern, als sie fünfzehn gewesen war, hatte sie sich genau das immer gewünscht, zwei Männer, zwei Kinder, zwei Leben, eine Liebe – weit und abenteuerlich wie der Ozean, eine Liebe – verschlossen wie ein Waldsee.

Sie ging zu Hevelius, der unermüdlich Notizen machte, und berührte ihn zwischen den Schulterblättern. Zwischen Tintenfass und seinem Körper stand ein Teller mit abgenagten Lammknochen, die blau überzogen waren von den Tropfen, die sich gelegentlich von der Feder lösten. Elisabeth nahm den Teller weg.

»Wir hören für heute auf, was meinen Sie? Lassen Sie uns bei

Jeremi und bei Marie vorbeisehen, und dann legen wir uns schlafen.«

Sein Lächeln war so gebrechlich wie alles an ihm. »Ich muss meine Ergebnisse überprüfen.«

»Das können Sie ebenso gut morgen Abend tun.«

»Sie verstehen nicht, ich überprüfe die Ergebnisse alter Berechnungen.«

Ein kurzer Verdacht keimte in ihr auf. »Etwa *meine* Berechnungen?«

»Ihre wie meine«, sagte er. »Alle. Ich habe einen Brief der Royal Society in London bekommen. Sie bezweifeln die Richtigkeit unserer Messungen.«

»Wie können sie das, wo Sie die Ergebnisse noch gar nicht veröffentlicht haben?«

»Sie haben mein letztes Werk studiert, *Machina coelestis*, Sie wissen schon ...«

Sie nickte. Er hatte darin seine Instrumente gezeichnet, vor allem die Winkelmesser, ihren Bau bis ins Detail erklärt und die Arbeitsweise beschrieben. Es war das Werk, das auf dem Deckblatt sie und Hevelius gemeinsam bei der Arbeit darstellte, sein schönstes Zeichen der Dankbarkeit und sogar Verehrung.

»Sie glauben«, fuhr er mit brüchiger Stimme fort, »dass meine Winkelmessinstrumente altmodisch und weniger genau sind als ihre Teleskope. Alle Welt setzt nur noch auf Teleskope, als ob sie erwarteten, eines Tages hindurchzuschauen und den Allmächtigen zu sehen. Ich habe nichts gegen Teleskope, aber um einen Atlas zu erstellen, eignen sich die Sextanten und Oktanten eher. Davon wollen die Londoner Herren leider nichts wissen.«

»Sie stören sich weniger an den Oktanten«, sagte sie säuerlich, »als an mir und meiner Beteiligung. Sie haben gesehen, dass ich Sie unterstütze, mit Ihnen vermesse und dergleichen, und nun ziehen sie alles in Zweifel.«

»Das mag noch dazukommen. Man ist Frauen in der Wissenschaft nicht gewöhnt, und die Londoner sind eben ...«

»... Narren«, ergänzte sie. »Hochmütige Narren.«

»Den Hochmut können sie sich leisten.«

»Nicht einmal die Titanen konnten das, denn durch ihren Hochmut kamen sie zu Fall. Lassen Sie, wir ignorieren die Society.«

»Unmöglich. Es sind Wissenschaftler, meinetwegen närrische Wissenschaftler, aber Kollegen ignoriert man nicht, Elisabeth, das ist würdelos. Ich habe einer Prüfung zugestimmt. Sie schicken jemanden nach Danzig, der meine Ergebnisse mit ihren vergleicht. Ich und der Prüfer, wir werden Seite an Seite stehen und einige Probemessungen machen, jeder von uns mit seinen Mitteln, und dann werden wir sehen ...«

Seine Stimme zitterte.

»Verstehen Sie, Elisabeth, wenn ich – diese Prüfung nicht bestehe, wenn ich nicht exakt genug gearbeitet habe ...«

»Ich kenne niemanden«, sagte Elisabeth und legte ihre Hände auf Hevelius' Schultern, »der exakter als Sie arbeitet.«

»... dann werden sie«, fuhr er erregt fort, »meine gesamte Arbeit in Frage stellen, alles, wofür ich ... gelebt habe. Der Sternenatlas wäre nicht mehr den ... den Zeichenstift wert, mit dem er verfasst würde. Jahre der Aufopferung ... umsonst. Wenn ich mich blamiere ... Gibt es etwas ... etwas Furchtbareres? Können ... Sie sich vorstellen, wie ich ...«

Er war nicht wiederzuerkennen. So aufgelöst hatte sie ihn, den Gesammelten, noch nie gesehen. »Bitte, beruhige dich«, sagte sie und rüttelte ihn sanft an den Schultern. Sie hatte ihn noch nie geduzt, weil er von sich aus nie damit angefangen hatte, aber jetzt kam ihr diese persönliche Anrede ganz von allein, ohne nachzudenken, über die Lippen. »Bitte setz dich, ich lass dir einen Likör bringen.«

In diesem Moment öffnete sich mit einem Ächzen die Tür zur

Sternenburg. Lil kam näher, ihre Schritte waren wie zögernde Worte, sie verbreiteten Beklemmung und auch Neugier. Ihr fahles, wallendes Nachthemd, halb Seide und halb Tuch, reflektierte das Mondlicht.

»Lil?«, sagte Elisabeth. Sie hielt noch immer die Schultern ihres erschöpften, verzweifelten Gatten fest, fixierte aber Lil wie einen zu vermessenden Stern. Sie blinzelte nicht einmal.

Ihre Schwester antwortete nicht.

»Lil?«, wiederholte Elisabeth. »Was ist mit dir?«

18

Neues Leben entstand millionenfach in diesen Tagen des Frühlings 1679. Winzige, hellgrüne Knospen wuchsen aus den Bäumen, das Gras grünte, und von Süden her trafen Vögel ein, die ihre Nester bauten. Das Licht am Himmel bekam eine andere, eine sattere Farbe. Überall um Elisabeth herum schälte sich die Lebendigkeit aus dem winterlichen Gewand.

Nur in ihr war es dunkel. Sie hatte bisher nur jene Dunkelheit kennen gelernt, in der die Zikaden laut wurden und die Wega leuchtete. Was sie jetzt spürte, war eine andere Nacht, die Nacht der Seele. Sie war wütend und neidisch auf die Fröhlichkeit der Natur und empfand sie wie einen persönlichen Angriff. Ihr Leben hatte sich verändert und würde nie wieder dasselbe sein wie zuvor. Da draußen spielten Kinder auf dem Pflaster, schickten gellende Schreie durch die Luft, und alles war wie in jedem Frühjahr. Auch die Sterne standen am selben Ort, starr wie Götter. Schon einmal, nach dem Tod Katharinas, war sie eine Minute lang zornig auf diese Gefährten gewesen, die kein Mitleid kannten. Der Unterschied zu heute war, dass Elisabeths Zorn kälter war und sich länger hielt.

Jeremi war tot und beerdigt. Sie war dabei gewesen, als der Probst die Worte gesprochen hatte, Worte, die für die »anteilnehmenden« Danziger nur den Stoff für Gespräche darüber boten, ob die Predigt gut war und welcher Satz ausgetauscht gehörte. Elisabeth hatte von der Predigt nichts mitbekommen. Sie hatte seltsamerweise die ganze Zeit über an nichts anderes denken können als an Lil, wie sie auf die Sternenburg gekommen war, blass und vornehm und verstört, und gesagt hatte, Jeremi liege tot in seiner Wiege. Ihr war kein Vorwurf zu machen. Jeremi war mitten in der Nacht erstickt, vielleicht an seinem Speichel, und als Lil gemerkt hatte, dass er ungewöhnlich still ist, war sie zu ihm gegangen, hatte auf seine Brust geklopft, hatte sein Herz massiert, doch es war zu spät gewesen. Lil trug keine Schuld.

Trotzdem kehrten Elisabeths Gedanken – und nachts die Träume – immer wieder zu diesem entsetzlichen, gespenstischen Augenblick zurück, der vor ihr ablief wie eine Szene in einer Tragödie. Sie sah sich selbst, sah Hevelius und sah Lil, und sie hörte die Worte aus dem Mund ihrer Schwester: Er ist tot.

Er war tot. War er in dem Moment gestorben, als sie daran dachte, dass sie alle eine merkwürdige, bizarre Familie sind, nur verbunden durch sie, Elisabeth, selbst?

Von nun an waren sie auch noch durch Trauer verbunden, und wenn es irgendeinen Sinn in diesem sinnlosen Tod geben sollte, dann den, dass sie, Hevelius und Marek sich nie so nahe waren wie jetzt. Die Männer ahnten es nicht, aber Jeremis Tod machte sie zu Gefährten. Beide litten. Den einen, Hevelius, hatte eine immense Schwäche niedergeworfen, eine unbeschreibliche körperliche Erschöpfung, die ihn buchstäblich lähmte. Marek dagegen weinte und betrank sich. Der erdverbundene Soldat behalf sich mit irdischen Mitteln und kippte unermüdlich Wein in sich hinein.

Elisabeth war ein Mal in den letzten Wochen zu ihm gegangen, auf den »Olymp« – diese Namen flößten ihr mittlerweile Schauder ein, so wie Inschriften auf Ruinen einer vergangenen, fortgewehten Zeit. Sie hatte zuerst nicht kommen wollen, denn zu ihrer eigenen Trauer musste sie zusätzlich mit der von Hevelius fertig werden und sich nun noch eine weitere aufbürden. Aber so wie sie in den guten Jahren von den Vorteilen ihrer beiden Leben profitiert und ihren Durst aus zwei Quellen gestillt hatte, so musste sie jetzt auch die doppelte Last tragen.

Sie hatte Marek zwischen Krügen und mit Stroh umwickelten Feldflaschen angetroffen. Die meisten waren umgestürzt, versiegte Quellen, die keinen Trost mehr spendeten, da kam sie gerade recht. Er lehnte seinen Kopf gegen ihre Brust, und so blieben sie einen Mittag lang, ohne ein Wort zu sprechen.

Niemand sagte etwas, nirgendwo. Über das Hevelius-Haus legte sich ein Leichentuch aus Sprachlosigkeit. Nur Hemma blühte gemeinsam mit dem Frühling auf – indem sie ihn aussperrte. Sie verhängte die Fenster mit Trauerflor und kleidete sich schwärzer denn je. Die Räume lagen im Dämmerlicht der Tage, und Hemma hätte sich wie in alten Zeiten fühlen können, wenn nicht die Musik gewesen wäre.

Elisabeth entdeckte das Spinett wieder. Jahrelang hatte es in einem trüben Zimmerwinkel gestanden, beerdigt unter feinstem Linnen. Tatsächlich sah es im ersten Moment wie ein Sarg aus, voll mit toter, lange nicht gespielter Musik. Als sie den Deckel hob, ergriff eine Spinne die Flucht. Die Klänge erklangen staubig, morbide, aber etwas an ihnen war beruhigend, so als könnten sie schöne Erinnerungen bewahren. Nach wenigen Takten wurde das Spinett Elisabeths Freund. Sie verließ kaum noch das Zimmer, allenfalls, um Hevelius, der im Bett lag, zu besuchen. Im Übrigen wurde er von Lil umsorgt.

»Es macht dir doch nichts aus«, fragte Lil, »wenn ich ihm Gesellschaft leiste.«

Elisabeth war das nur recht. Sie wollte ihre Ruhe haben.

Wenn es je einen günstigen Zeitpunkt gegeben hat, dachte Lil, dann war es dieser.

Hevelius fraß ihr sozusagen aus der Hand. Er schluckte jede Brühe, die sie ihm einflößte, und zwar jene auf dem Teller ebenso wie jene andere, die sie ihm über die Ohren eingab.

»Zu all dem Unglück«, sagte sie ihm, »kommen jetzt noch diese bitterbösen Gerüchte über Elisabeth. Wie, Sie haben nicht davon gehört? Es ist eine Schande, dermaßen grässlich über eine trauernde Mutter zu reden, ich vermute Romilda dahinter, sie hat damals schon gemein über meine Schwester geredet, darum habe ich auch den Kontakt zu Romilda abgebrochen. Ich weiß, sie ist jetzt in Paris, aber sie hat hier noch Freundinnen, und denen schreibt sie natürlich Briefe. Sie ist so infam, ihre Spekulationen nicht selbst vorzutragen, sondern heizt die Gerüchte von weither an. Lächerlich, Elisabeth der Untreue zu verdächtigen. Hoppla, Johannes, jetzt haben Sie sich verschluckt.«

Hevelius wischte sich die Suppe vom Kinn, und noch bevor er etwas fragen konnte, erzählte Lil weiter.

»Man hätte sie angeblich gesehen, wie sie in fremde Häuser schleicht. Nun, auch wenn das stimmen sollte, dafür gibt es selbstverständlich einen guten, über jeden Zweifel erhabenen Grund. Seien Sie unbesorgt, Johannes, ich habe es mir zur Aufgabe gemacht, die Beschuldigungen zu entkräften.«

Sie war in den letzten Wochen mit dem Gegenteil beschäftigt gewesen. Nun musste sie nur noch ein einziges Mal an die Briefe herankommen, nämlich um sie für immer aus dem Versteck unter der Diele ans Licht zu holen, und mit ihnen die Wahrheit. Leider verließ Elisabeth ihr Zimmer fast überhaupt nicht mehr, aber bevor Lil ihre Schwester beschuldigte, musste sie sichergehen, dass sie die Beweise mittlerweile nicht verbrannt hatte, möglicherweise aus Kummer über Jeremis Tod.

»Wie kann ich zusehen«, rief sie Johannes zu und schöpfte einen vollen Löffel Brühe, »wie den liebsten Menschen, die ich auf der Welt habe, solches Unrecht angetan wird! Ihr habt mich aufgenommen, als es mir schlecht ging. Ihr seid meine Familie. Ich schulde euch meine ganze Kraft, vor allem jetzt, da ihr keine übrig habt. O Johannes, wenn ich Ihnen nur verständlich machen könnte, wie zu Hause ich mich hier fühle.«

An einem Nachmittag, als Elisabeth wieder einmal am Spinett saß, bemerkte sie nicht, wie sich hinter ihr die Tür öffnete und jemand auf leisen Sohlen näher kam. Sie war in die Melodie und in die hypnotischen Bewegungen ihrer Finger vertieft, die es schafften, sie abzulenken. Auf der Sternenburg war sie schon seit zwei Monaten nicht gewesen, und jedes Mal, wenn sie an ihren einstigen Lieblingsort dachte, glitten ihre Gedanken wieder in jene Nacht zurück ... Darum dachte sie möglichst wenig an die Sternenburg und an die Sterne. Zwischen den Noten und den vier Wänden ihres Zimmers fühlte sie sich behütet.

Plötzlich zupfte jemand an ihrem Ärmel. Sie stellte ihr Spiel ein und blickte zur Seite.

Marie stand neben ihr. Die Sonne fiel auf ihre goldblonden Locken und machte feinste Härchen auf der Gesichtshaut sichtbar. Sie hatte volle, gesunde Backen bekommen, und in ihren runden Augen lag ein Flehen, dass es Elisabeth mitten ins Herz stach.

»Mama«, sagte Marie bloß. Mehr nicht, mehr traute die Sechsjährige sich nicht. Das Schweigen war zu einem schweren Bestandteil des Hauses geworden, den man nicht so einfach beiseite schob.

Elisabeth sah nicht nur Marie, ihr Kind, sie sah auch sich selbst dort stehen, in einem Zimmer, in einem Erker, in den die Nachmittagssonne fiel, den Blick auf eine traurige Mutter gerichtet, und sie fühlte die Verlassenheit von damals, die Ohnmacht angesichts des Zerfalls eines geliebten Menschen.

Marie brauchte nicht zu weinen und nicht mit Worten zu bitten, sie brauchte nur dort stehen, um Elisabeth begreiflich zu machen, dass sie, Marie, wie dieses kleine Mädchen von damals war.

Elisabeth schloss ihre Tochter in die Arme und hielt sie fest, als wolle sie sie nie wieder loslassen. Sie hielt sie fest wie eine Retterin.

Die Post mehrerer Monate hatte sich angesammelt. Das meiste waren Kondolenzschreiben, aber es befanden sich auch kostbar versiegelte Umschläge darunter, die andere Inhalte versprachen. Boten waren gekommen mit Briefen aus ganz Europa, Korrespondenz von Huygens aus Paris, Hooke aus London, Grimaldi aus Bologna ... Dutzende Blätter voller neuer Erkenntnisse und schöner Gedanken, Tausende Zeilen, geschrieben für einen Schreibtisch, an dem seit acht Wochen keiner mehr gesessen hatte, aufgehäuft zu sanften, weißen Pergamenthügeln, die einen Duft von Wohlstand aussandten.

Elisabeth machte sich mit einem Seufzer an die Arbeit. Die ersten Schritte zurück waren schwer, denn ein Teil von ihr fühlte sich miserabel dabei weiterzumachen, als sei nichts gewesen. Sie sortierte die Danziger Post rasch aus, denn was lag ihr an Beileid, das keines war, und sie überflog die Korrespondenzen der Astronomen zügig und ohne Interesse. Diese Männer waren Kollegen von Hevelius, nicht von ihr. In der Wissenschaft war sie einsam. Eine Frau in der Astronomie war für die Herren immer noch wie ein exotisches Reptil, eine Echse, die man im Auge behalten musste, damit sie keinen Unfug trieb, und die man notfalls zertreten würde. Elisabeth war es müde, ihnen nachzulaufen und etwas zu beweisen, aber sie wusste, dass Hevelius anders darüber dachte. Daher öffnete sie pflichtschuldig alle Briefe, um ihm die wichtigsten später vorzulesen.

Sie brach ein Siegel der Royal Society auf. Die königlichen Astronomen Robert Hooke und John Flamsteed kündigten darin einen Besucher an, der die Prüfung aller Berechnungen vornehmen und am Ende entscheiden sollte, ob der angestrebte Sternenatlas den Segen der Wissenschaft erhalten würde.

»Du meine Güte«, flüsterte Elisabeth, als sie sah, für wann der Besucher aus England avisiert war. Er konnte jeden Tag eintreffen, ja, er könnte in diesem Moment mit der Kutsche auf dem Weg vom Hafen zum Haus sein, aussteigen und mit dem Knauf seines Stockes an die Tür klopfen. Ihr war das beinahe egal, trotzdem kam ihr ein Gedanke, wie sie diesen Besuch zu etwas Gutem verwenden konnte.

Im Zustand künstlicher Aufgeregtheit ging sie zu Hevelius. Lil war gerade bei ihm und zog, kaum dass sie Elisabeth sah, ihre Hand zurück, die Hevelius' Hand gehalten hatte.

»Guten Morgen«, sagte Elisabeth hastig. »Hier, Hevelius, sehen Sie sich das an. Das hatten wir völlig vergessen.«

Er richtete sich mühsam auf. »Ach«, sagte er, »die Society. Wir schicken ihn fort und lassen die Ergebnisse ein andermal überprüfen.«

Sie wusste, dass es ein andermal nicht geben würde. Hevelius war wie ein Wasserrad, das, einmal angehalten, nicht wieder von allein in Bewegung kam.

»Dann gehe *ich* mit dem Prüfer alles durch.«

Seine Pupillen gerieten in panische Bewegung. »Wie war das?«

»Ich bringe noch heute die Instrumente wieder in Gang, sie sind monatelang nicht gewartet worden, standen nur herum, haben sich verzogen, was weiß ich. Sie müssen justiert werden. Und dann gehe ich die Papiere durch, ordne die Notizen ...«

»Sie ordnen?«, fragte er und richtete sich weiter auf. »Da könnte ich gleich einen Gewittersturm mit der Ordnung beauftragen. Und die Instrumente rühren Sie nicht an. Sie haben keine Hand dafür, machen alles kaputt ... Sie fuchteln zu viel herum, Elisabeth, das haben Sie immer schon getan.«

»Schön, ich fuchtele. Aber was soll ich machen? Sie liegen hier und ...«

»Ich liege hier? Ich liege schon nicht mehr, ich sitze. Lil, sagen Sie mir, liege ich oder sitze ich.«

»Sie sitzen«, sagte Lil.

»Sehen Sie, Elisabeth, ich sitze. Und nun stehe ich. Ich will nicht, dass Sie alles durcheinanderbringen.«

»Gut, ich rühre nichts an.«

Ein wenig mürrisch läutete er nach Jaroslaw, um sich Wasser zum Waschen bringen zu lassen, und Lil und Elisabeth verließen den Raum.

»Es war die einzige Möglichkeit, ihn wieder auf die Beine zu bringen«, sagte Elisabeth und zwinkerte ihrer Schwester zu. Sie fühlte sich elend dabei, Fröhlichkeit zu zeigen, aber wenn es ihr nicht ergehen sollte wie Anna, ihrer Mutter, dann musste sie ab heute einen Feldzug gegen ihr Innerstes führen, jeden verbleibenden Tag ihres Lebens von Neuem. Sie musste sich verstellen, nicht um andere zu täuschen, sondern um sich selbst zu täuschen.

Und sie musste einen Teil von sich mit aller Kraft unterdrücken.

»Du hast die Wahl: Du kannst aufstehen und sagen: Ein schönes Kapitel meines Lebens ist beendet, jetzt fange ich ein anderes an, und es liegt an mir selbst, ob es etwas taugt. Oder du kannst ein Säufer werden und daran zugrunde gehen. Das ist leicht, dazu braucht man weder Intelligenz noch Kraft noch Mut; man lässt sich einfach treiben wie ein auf das Meer hinausgeworfener Zapfen und zerfällt Stück für Stück.«

Marek sah Elisabeth dabei zu, wie sie einen Ast in die anrollenden Wogen schleuderte. Noch bevor er aufschlug, zerbrach er und wurde vergessen.

Das Meer war aufgewühlt an diesem Morgen, die Kiefern

bogen sich unter den Windböen. In der Ferne suchten zwei zerlumpte Jungen nach Bernstein oder Muscheln, irgendetwas, das Geld oder ein Essen einbrachte. Sonst war niemand zu sehen.

Elisabeth war zu einer Zeit zu ihm gekommen, in der selbst Soldaten nur aufstanden, wenn sie auf einem Feldzug waren. Es hatte keinen Brief von ihr gegeben, keine Ankündigung. Sie war bei ihm erschienen, so einfach war das. Er hatte fast nichts angehabt, denn er schlief immer nackt, selbst bei Kälte, falls er ein Dach über dem Kopf hatte. Da sie zum ersten Mal in seine Wohnung gekommen war, hatte sie sich umgesehen, nur sehr kurz allerdings, wie eine Wirtin, die feststellen wollte, ob der Mieter zum Auszug auch nichts stahl. Obwohl keine Weinkrüge herumstanden, die ihr eine Geschichte von gestern Abend erzählt hätten, konnte ihr der kalte, säuerliche Geruch von Gekeltertem nicht entgangen sein.

»Ich möchte mit dir ans Meer reiten«, hatte sie gesagt. Sie waren noch nie gemeinsam am Meer gewesen, immer nur in Speichern, Scheunen und hohem Gras wie Hermeline, die ihr ganzes Leben auf der Hut sein mussten. Einmal mit ihr auf freier Fläche zu stehen, dicht an dicht, war seit langem sein Wunsch gewesen.

Jetzt verstand er, warum sie ihm diesen Wunsch ausgerechnet heute erfüllte: um sich das Gewissen leichter zu machen. Heute war der Tag, an dem sie sich von ihm trennte.

»Du bist hart geworden«, sagte er und sah einer Welle dabei zu, wie sie donnernd am Ufer aufschlug. »Er, er hat dich hart gemacht, der Wissenschaftler ...« Er war drauf und dran, eine Kanonade übler Beschimpfungen zu beginnen, aber der Kloß in seinem Hals war zu groß. Marek blickte auf den Sand unter seinen Füßen.

»Ich weiß nicht«, antwortete sie, wobei der Wind die Worte mit sich riss. »War ich nicht schon damals hart, als du und ich uns wiederfanden und nicht mehr losließen? War das nicht auch Härte, und zwar Hevelius gegenüber? Die hast du natürlich gerne hingenommen. Aber was bringen uns Vorwürfe, Marek? Sie ändern nichts. In einem hast du Recht: Ich bin Hevelius ähnlicher geworden, nicht weil er mein menschliches Vorbild wäre, sondern weil ich die Unordnung in meinem Leben nicht länger ertrage. Romilda hat es mir gesagt, doch ich wollte es nicht wahrhaben. Ich bin nicht dafür gemacht, eine Spielerin zu sein, Marek. Es hat eine Zeit dafür gegeben, doch sie ist unwiederbringlich vorbei, spätestens seit« – sie zögerte kurz – »Jeremis Tod. Verdeckte Karten, Irreführung, List – das kommt mir alles plötzlich so schmierig und gemein vor, und manchmal denke ich, dass Jeremi noch leben würde, wenn … Das ist Unsinn, ich weiß, denn ohne dich und mich wäre Jeremi nie geboren worden. Trotzdem, ich – es übersteigt meine Kraft, weiterzuleben wie vorher.«

Er versuchte, sie zu küssen. »Zauberin …«

»Nein«, sagte sie, »nein, keine Zauberin, Marek. Zauberinnen habe ich mir in meiner Kindheit immer als Wesen vorgestellt, die Gutes tun. Sie mühen sich nicht, sie trauern nicht, sie haben kein Ziel, sondern fliegen über den Himmel und verteilen das Glück. An keinem Tag meines Lebens war ich in diesem Sinn eine Zauberin, denn wenn ich gezaubert habe, dann immer nur für mich. Aber vielleicht kann ich künftig ein bisschen so werden, wie Zauberinnen sein sollten.«

Der Wind schlug ihnen entgegen und zog an der Kleidung, und das Meer hob und senkte sich in mächtiger Dünung.

Ihre Hand streichelte über seine unrasierte Wange. »Und du …«, sagte sie, kam aber nicht weiter.

Wie bei Marek vorhin brach ihre Stimme, und sie blickte zu Boden. Das strohblonde Haar flatterte ihr über das Gesicht. Er hatte sie nie schöner erlebt als jetzt, da sie um ihn trauerte wie eine Witwe. Ja, sie war seine Witwe.

Er hob ihr Kinn wieder an. »Irgendwann ... vielleicht?«
Sie antwortete nicht.
Eine Welle spülte den zerbrochenen Ast, den sie ins Meer geworfen hatte, zu ihren Füßen ans Ufer.

»Mein Name ist Halley. Edmond Halley.«
Der Mann lüpfte höflich den Hut und verbeugte sich, wobei die Locken seiner enormen King-Charles-Perücke über die Schulter nach vorn rutschten. Er war knapp über zwanzig Jahre alt – was ungeheuer jung war für einen Astronomen –, und sein Gesicht hatte etwas ebenso Zerbrechliches wie Spitzes, wie ein Stück abgeplatztes Porzellan. Trotz seiner Jugend war Mister Halley kein unbeschriebenes Blatt. Er hatte ein Jahr auf der englischen Insel Sankt Helena im Atlantik verbracht und dort mit Teleskopen den Südhimmel studiert, über den man bis dahin noch wenig gewusst hatte. Außerdem galt er als »Kometenjäger«, einer, der den Nachthimmel nach beweglichen Objekten absuchte.
Hevelius bot ihm ein Glas Amontillado an, aber Mister Halley trank nicht.
»Dann möchten Sie vielleicht die Sternenburg sehen?«, fragte Hevelius. »Ich darf in aller Bescheidenheit sagen, dass sie zu den am besten ausgestatteten Observatorien der Welt zählt.«
»Später gerne«, sagte Mister Halley. »Zunächst interessieren mich Ihre Unterlagen bezüglich der Messergebnisse.«
Elisabeth hätte nicht gedacht, dass sie einmal auf einen Menschen treffen würde, der noch korrekter, noch ordentlicher, noch zeremonieller war als ihr Mann – und Hevelius sicher auch nicht. Man hätte meinen können, dass die beiden Herren sich auf der Stelle verstehen würden, doch das Gegenteil war der Fall. Halley nörgelte an Winzigkeiten herum, wie beispielsweise unleserlichen Zahlen – vielleicht zehn von zehntausend – oder einem Teefleck im Sternbild Luchs. Umgekehrt verzieh

Hevelius ihm nicht, dass er ganze zwei Tage damit verbrachte, die Unterlagen durchzugehen, bevor er sich die Sternenburg zeigen ließ. Für die Druckerei zeigte der Engländer überhaupt kein Interesse. »Später gerne«, wurde zu seiner Standardantwort.

»Mister Später-gerne wird heute freundlicherweise mit dem Aufbau seines Teleskops beginnen«, sagte Hevelius eines Morgens sarkastisch zu ihr, als Elisabeth mit Marie spielte. Hevelius lief auf und ab, staunend verfolgt von Maries Kulleraugen. »Und wissen Sie, wie lange er zu bleiben gedenkt? Einen Monat! Ist doch ungeheuerlich! Er will eine ›aussagekräftige Stichprobe‹, wie er es nennt. Von wegen Stichprobe! Er dreht jeden Kiesel einzeln um, bis er ein bisschen Schmutz findet.«

Elisabeth hatte sich Zurückhaltung verordnet, solange Edmond Halley im Haus war. Sie war sich ziemlich sicher, dass die Zweifel an Hevelius' Arbeit nicht allein seinen konservativen Messmethoden zuzuschreiben waren, sondern auch ihrer gleichberechtigten Mitarbeit. Würde sie sich neben den Engländer auf die Sternenburg stellen und Messungen mit dem Oktanten vornehmen, könnte er das als Provokation auffassen und am Ende schlechte Noten ausstellen. Für Hevelius, der die Royal Society noch immer als den Olymp der Wissenschaft ansah, wäre das ein schwerer Schlag, und in seinem gebrechlichen Zustand konnten Schläge schlimme Folgen haben. Daher mied sie Halley, wo es ging, und traf meist nur zu den Mahlzeiten mit ihm zusammen, bei denen sie über London, Danzig und englisches Essen sprachen. Eine ganze Woche lang war sie eine brave Astronomengattin, unauffällig wie ein Hausgeist: Kam Halley aus einer Tür, verschwand sie durch eine andere. Mehr als einen Luftzug im Vorbeigehen bekam er von ihr nicht zu spüren.

Doch dann, am Abend des neunten Juni, erlitt Hevelius in seinem Arbeitszimmer überraschend einen schweren Zusammenbruch, und alles änderte sich von einem Tag zum anderen.

Manchmal, dachte Hevelius, kam die Wahrheit in einem mächtigen, lauten Schub daher wie aus einem Kanonenrohr. Und manchmal, so wie heute, lag sie still und sanft vor einem, von der Abendsonne beschienen und mit einer Schleife verziert, so als wolle sie lächeln.

Er verschüttete die Hälfte des Wassers, bevor er endlich trinken konnte. Es rann in einem kleinen Bach über die Maserung der Tischplatte und näherte sich Millimeter um Millimeter der Burg aus gebündelten Briefen.

Es war nicht so, dass er völlig überrumpelt worden wäre von dem, was Lil und Hemma ihm erzählt hatten, denn er war in Bezug auf seine Frau nie frei von Misstrauen gewesen. Sie liebte ihn nicht, jedenfalls nicht auf die Weise, die jungen Frauen gemeinhin eigen war, und er kannte sie gut genug, um zu wissen, dass ihm nicht jede Facette ihres Wesens bekannt war. Aber es hatte nie einen konkreten Anhaltspunkt für Untreue gegeben, und so hatte das Misstrauen sich im Laufe der Jahre in den Hintergrund verzogen. Dort war es stets geblieben, ein Schemen nur noch, der sich gelegentlich bewegte und ein wenig Aufmerksamkeit auf sich zog und dann für Jahre wieder erstarrte. Das Misstrauen wurde zu so etwas wie einem unliebsamen Verwandten, von dem man weiß, dass es ihn gibt, ohne die ganze Zeit an ihn zu denken.

Und dann, eines Tages, stand dieser Verwandte vor der Tür.

Anders als Lil, die außer sich gewesen war, und als Hemma, die ständig wiederholt hatte, so etwas habe sie immer schon kommen sehen, hatte Hevelius die Situation mit Ernst und Würde getragen. Die Arme auf dem Schreibtisch liegend, hatte er sich kaum gerührt, und erst, als Lil nahe einer Ohnmacht war, hatte er sich von seinem Stuhl erhoben und sie in den Arm genommen und getröstet. Ja, *er* hatte *sie* getröstet, obwohl sie nur etwas aus ihrer Vergangenheit verloren hatte, während er kurz davor stand, seine Zukunft einzubüßen.

»Oh, wie *konnte* sie nur, meine eigene Schwester. Das tut weh, Johannes, es tut unsagbar weh. Dieser Verrat. Und dann auch noch Janowicz!«

Dieser Name schaffte es, Hevelius zusammenzucken zu lassen, selbst jetzt, wo Lil längst auf ihrem Zimmer war und von Hemma umsorgt wurde. Janowicz war stets das Ziel seines Misstrauens gewesen, nicht konkret, nicht fassbar, aber so präsent wie ein Geruch. Es hatte Tage gegeben – Tage der Schwäche, die er hasste –, an denen er wie jener Janowicz hatte sein wollen, mit Uniform und Säbel und Ross, jedes Jahr an einem anderen Ort, trinken, bis man umfällt, derbe Witze an Lagerfeuern erzählen, mit Mägden im Heu schlafen, sich die Zeit mit Sport vertreiben, Karten spielen und Geld verlieren, die Nacht zum Vergnügen machen, pfeifend über Wiesen laufen, schlechten Kaffee trinken, Stiefel putzen, von Vorgesetzten angeschrien werden, über die man sich später lustig macht, Kameraden haben, wirkliche Kameraden, die wie Brüder sind ... Dinge, die er nie hatte, nicht als Kind und später schon gar nicht. Er hatte Bücher und Instrumente, ein Arbeitszimmer und eine Aufgabe, alles das für ein Ziel. Ziele waren wichtig und gut, waren Felsen in einem Leben, aber Felsen spendeten keine Wärme. Ein Abend mit Freunden beim Kartenspiel, ja sogar ein derber Witz, über den man gemeinsam lacht, schenkten Wärme. Er war dazu erzogen worden, Wärme zu verachten, doch gleichzeitig sehnte er sich danach.

Wenn er zurückblickte, dann waren Katharina und Elisabeth und Marie und Jeremi die vier Pfeiler seines Lebens, die ihm irdisches Glück bedeuteten oder bedeutet hatten, und nun schien es, als ob nur noch Marie übrig bliebe.

Das verschüttete Wasser hatte die Briefe erreicht und wurde von ihnen aufgesogen.

Konfitüren, dachte er, und seine Mundwinkel zuckten. Eine Bäckerin als Bote – an manchen Umschlägen meinte er Spuren von Teig zu sehen. Eine Zauberin und ein Nachtfalter, eine Astronomin und ein Offizier – das war alles so fantastisch und gleichzeitig so wahr, als stünde es in einem gut geschriebenen Roman. Es war unglaubliche, atmende Wirklichkeit.

Er nahm einen der Briefe, irgendeinen, und entfaltete ihn. Das Papier zitterte in seiner Hand, die Schrift verschwamm, doch er erkannte auch so, dass er Worte wie diese nicht verstand. Er beherrschte fünf Sprachen – die Sprache der Leidenschaft gehörte nicht dazu. Dieses Umflattern, dieser Spaß, dieses unkontrollierte, körperliche Begehren gegen jede Regel und Moral waren ihm fremd. Mit der Leidenschaft ging es ihm wie mit der Wärme: Er konnte sie sich nur wünschen, jedoch nicht leben.

Es klopfte.

»Ja, bitte.«

Edmond Halley machte ein paar Schritte in den Raum, seine modischen Schuhe klackten auf dem Dielenboden. »Mister Hevelius«, sagte er, »ich würde jetzt gerne die ersten vergleichenden Messungen vornehmen. Ich dachte, ich wähle mit Ihrer Zustimmung das Sternbild Pfeil als Einstieg. Wären Sie so freundlich, meine Teleskopmessung zu überwachen? Danach überwache ich Ihre Oktantenmessung.«

Hevelius ließ den Brief fallen, ohne ihn gelesen zu haben. Und dann kippte er bäuchlings auf die Tischplatte, mitten hinein in die Bündel von Briefen.

»Schlag«, flüsterte der Arzt, obwohl ein Stockwerk und ein halbes Dutzend Türen ihn vom Kranken trennten. Er war so daran gewöhnt, schlechte Nachrichten zu überbringen, dass er es anscheinend für besser hielt, sie leise auszusprechen, so als könne er dadurch ihre Wirkung mildern.

»Wird er – wieder gesund?«, fragte Elisabeth.

»Völlig wohl nicht. Etwas wird zurückbleiben. Sein linker

Arm ist derzeit gelähmt, möglich, dass er es bleibt. Und der Atem wird ihm künftig schneller ausgehen. In diesem Haus mit den vielen Treppen zu leben, das wird ihm Schwierigkeiten bereiten.«

Elisabeth setzte sich und stützte ihre beiden Arme auf das Polster. Es war ihre Schuld, sie hatte Hevelius dahin gebracht, wo er jetzt war. Er hatte die Briefe gefunden, der Himmel wusste wie, aber das war jetzt auch nicht wichtig. Sie hätte sie nie aufheben dürfen, und nach Jeremis Geburt war sie beinahe so weit gewesen, sie zu verbrennen, doch nach seinem Tod und der Trennung von Marek bildeten sie die letzte Brücke zu einer Vergangenheit, von der sie ein Stück festhalten wollte. Doch selbst das spielte keine Rolle mehr. Sie waren nun einmal nicht vernichtet worden, und das Leben ließ sich nicht abwischen wie eine Schiefertafel und neu schreiben.

Was würde jetzt geschehen? Wie ginge es weiter? Wie sollte sie Hevelius gegenübertreten?

Elisabeth wünschte, Romilda wäre da. Vielleicht hätte sie Ratschläge zu geben, vielleicht die passenden Worte vorzuschlagen, mit denen sie, Elisabeth, erklären könnte ... Doch wozu? Hevelius war kein Dummkopf und kein Hampelmann wie Conrad Berechtinger, der sich beschwatzen lassen würde.

Sie blickte zu Lil und Hemma, die abseits an der Wand standen, dicht aneinandergedrängt wie zwei Teile eines Ganzen. Noch nie, dachte Elisabeth, hatten die beiden sich so ähnlich gesehen. In Lils Gesicht zeichneten sich die gleichen Falten an den gleichen Stellen ab wie bei der Tante, und ihre Augen hatten etwas seltsam Kaltes. Wortlos verfolgte das Paar das weitere Gespräch.

»Er hat darum gebeten, allein zu bleiben«, wisperte der Arzt so leise, dass einige Silben untergingen. »Außer seinem Diener möchte er niemanden sehen, auch gnädige Frau nicht.«

Sie nickte. Alles andere hätte sie auch überrascht.

»Er bittet Sie jedoch, mit dem englischen Besucher zusammenzuarbeiten.«

»*Das* hat er gesagt?« Sie hatte das erste Wort zu laut betont, und der Arzt kniff die Augen zusammen, als habe er mit einem faulen Zahn auf etwas Saures gebissen.

»Das hat er gesagt«, wiederholte er mustergültig leise. »Sie wüssten schon, gnädige Frau, was zu tun sei.«

Damit hatte sie nicht gerechnet. Das war ein ungeheurer Vertrauensbeweis, gleichsam ein Ritterschlag. Gab er ihr damit die Gelegenheit, etwas wiedergutzumachen? War er bereit, ihr zu verzeihen?

»Ach ja«, fuhr der Arzt fort, »er bittet auch darum, nach dem Advokaten zu schicken. Er hat etwas Dringendes mit ihm zu besprechen.«

Elisabeth beobachtete ihn eine Weile von der Tür aus, ohne von ihm bemerkt zu werden. Bei Edmond Halley stimmte jede Bewegung. Er setzte Schrauben ein, er richtete die Visierhilfe aus, er beugte sich nach einem Tuch und wischte damit Objektiv und Okular ab, legte alles wieder dorthin zurück, von wo er es genommen hatte, und das, als gehöre ihm alle Zeit der Welt. Er hatte die großväterliche Perücke abgelegt und damit einen Teil seiner Jugend wiedergewonnen, und der Gehrock war sorgfältig über eine Stuhllehne gelegt. Sein weißes Rüschenhemd zeigte an Rücken und Oberarmen nasse Flecken.

Die Nacht war heiß. Scharen von Faltern schwirrten um die vier Fackeln, die an jeder Ecke der Plattform angebracht waren, und das Zischen ihrer hauchdünnen Flügel, wenn sie der Hitze zu nahe kamen, durchbrach unangenehm die Stille.

Als sie näher kam und Halley sie sah, wunderte er sich keinen Augenblick. Er schien mit ihr gerechnet zu haben.

»Darf ich fragen, gnädige Frau, wie das Befinden Ihres Gatten ist?«

Seine umständliche, zeremonielle Ausdrucksweise hatte an diesem Abend etwas Beruhigendes für Elisabeth, etwas, woran sie sich festhalten konnte wie an einer alten Tradition.

»Er ist angeschlagen«, antwortete sie, »aber er wird sich wieder erholen.«

Halley senkte den Blick. »Bitte, zögern Sie nicht, sagen Sie mir, was ich tun kann.«

»Nur Ihre Arbeit, Mister Halley. Alles soll vonstattengehen, wie Sie es vorhatten.«

»Ich habe mir überlegt … Vielleicht war mein Auftreten Ihrem Mann gegenüber zu grob. Ich hörte, Sie beide hätten kürzlich einen Verlust erlitten. Ihr Sohn … Möglicherweise hätte ich weniger … oder mehr …«

»Sie machen sich Sorgen, dass Sie eine Mitschuld an dem Zusammenbruch trifft? Ich kann Sie beruhigen, Sie haben nichts damit zu tun.«

Er hob wieder den Blick und sah sie an. Die Erleichterung war ihm anzumerken. »Mister Hooke und Mister Flamsteed, meine Mentoren, haben mir vor der Abreise gesagt, ich müsse pragmatisch, kleinlich und gewichtig auftreten und unter allen Umständen jeden Anschein von persönlichen Gefühlen vermeiden.«

»Mister Flamsteed und Mister Hooke müssen sehr überzeugend gewesen sein, denn Sie haben Ihre Rolle vorzüglich gespielt.«

»O ja«, seufzte er, »sie *sind* überzeugend.« Er drehte an seinem Fernrohr herum, und Elisabeth nahm das als Aufforderung, zum wissenschaftlichen Teil der Nacht überzugehen.

»Sternbild Pfeil, bitte«, sagte er nur, und sowohl sein Fernrohr wie auch Elisabeths Oktant drehten sich zeitgleich in dieselbe Himmelsrichtung.

Eine Weile sprachen sie nicht. Jeder war mit der Messung beschäftigt, und jeder wollte so exakt wie möglich sein. Daher überprüften sie ihre Ergebnisse doppelt, bevor sie sie notierten und zum nächsten Stern im Sternbild Pfeil übergingen.

Die Himmelskuppel hatte sich schon halb über ihnen gedreht, als Halley, ohne die Arbeit zu unterbrechen, sagte: »Man spricht in London von Ihnen.«

Auch sie unterbrach die Arbeit nicht. »*Von* mir oder *über* mich.«

Er antwortete nach einem kurzen Zögern: »Es gefiel ihnen nicht, dass Mister Hevelius Sie als Astronomin dargestellt und in Kupfer verewigt hat, noch dazu in einem Werk, das mehr als jedes andere ein Handbuch des astronomischen Handwerks geworden ist.«

»Mit *ihnen* meinen Sie ...«

»Flamsteed und Hooke.«

»Flamsteed und Hooke, wer sonst«, wiederholte sie murmelnd.

»Hooke schäumte vor Wut, sagt man«, berichtete Halley weiter.

»Das ist ungesund«, erwiderte sie trocken und brachte den Engländer damit zum ersten Mal zum Lachen. Sie sah ihn nicht, weil sie noch immer den Oktanten ausrichtete. Sein junges, freches Lachen, auch wenn es nur kurz war, tat ihr gut. Es war wie eine kollegiale Verbrüderung. Außer mit Hevelius hatte sie noch mit keinem anderen Astronomen zusammengearbeitet, auch pflegte sie keine wissenschaftliche Korrespondenz. So kam sie sich ausgerechnet in einer Nacht, in der man ihre Fähigkeiten auf den Prüfstand stellte, als Gleiche unter Gleichen vor.

»Man meint«, fuhr er nach einer Weile fort, »Sie würden sich hinter den Fertigkeiten ihres Gatten verstecken. Man meint, Sie wären ohne ihn nicht in der Lage, Wissenschaft zu betreiben. Man meint, sie sonnten sich lediglich im Glanz seines ...«

»Mister Halley«, unterbrach sie ihn und ließ vom Oktanten ab.
»Oh, das ist nicht meine Meinung«, sagte er, »gewiss nicht.«
»Mister Halley«, wiederholte sie.
»Ja?« Er klang ein wenig verunsichert, wie üblich bei dreiundzwanzigjährigen Männern, die von einer deutlich älteren Frau fixiert wurden.
»Bitte, kommen Sie mit.«
Sie führte ihn in ihren Arbeitsraum, wo ihm als Erstes die Büste der Urania auffiel, die sie ein wenig respektlos mit einem zarten Schleier umwickelt hatte, wie ihn Salome bei ihrem berüchtigten Tanz getragen haben mochte.
»Das ist es nicht, was ich Ihnen zeigen will. Kommen Sie, helfen Sie mir bitte.«
Aus einer großen Truhe holten sie die zusammengerollte und sorgfältig umwickelte Mondkarte hervor. Als sie auf dem Boden vor ihnen lag, rief Halley: »Beim Bart des Galilei! Sie ist so groß wie ein Billardtisch!«
»Wenn Sie es sagen. Wie gefällt sie Ihnen?«
Er beugte sich über sie. Sein Finger zog Linien nach und imitierte Berge und Täler mit einem leichten Heben und Senken der Hand. Nach einem ersten Überblick studierte er die Zeichnung konzentriert von West nach Ost, vom Meer der ersten Nacht und den Inseln der ewigen Stille, über die Fackelberge, die Diadembucht, das Safranmeer …
»Sie ist einmalig«, sagte er und konnte den Blick nicht mehr von ihr losreißen. »So genau ist der Mond noch nie gezeichnet worden. Ist das Ihr Werk, ganz allein Ihres? Warum haben Sie sie noch nicht veröffentlicht?«
»Etwa unter meinem Namen? Die Royal Society würde sie noch nicht einmal zur Kenntnis nehmen.«
Er biss sich auf die Lippe und seufzte: »Und wenn Sie – mit dem Einverständnis von Mister Hevelius …«

»O nein«, sagte sie. »*Ich* habe sie gezeichnet, und wenn ich sie nicht unter meinem Namen veröffentlichen kann, ohne dafür nur Spott zu ernten, bleibt sie in dieser Truhe.«

»Aber ...«

»Bis sie verrottet«, fügte sie ärgerlich hinzu.

»Ein Jammer. Sie würde gut in die Eingangshalle des eben fertiggestellten Observatoriums in Greenwich passen. Aber Mister Flamsteed würde nie – das Werk einer – Sie wissen schon – nie, niemals würde er das.«

»Dann soll Mister Flamsteed eben auf veraltete Karten zurückgreifen – oder eine eigene zeichnen. Diese jedenfalls kriegt er nur mit meinem Namen.«

»Ich verstehe Sie«, sagte Halley und sah hilflos dabei zu, wie Elisabeth die Karte wieder einrollte. »Aber bedenken Sie, dass Sie der Wissenschaft verpflichtet sind. Es ist Ihre heilige Aufgabe, anderen Astronomen Ihre Entdeckungen kundzutun. Sie haben Gebirge mit einer noch nie dagewesenen Feinheit gezeichnet, haben winzige Seen entdeckt ... Wer weiß, wann sich wieder jemand der Mühe einer mehrjährigen Arbeit an einer Mondkarte unterziehen wird. Noch in hundert Jahren könnte man sie als Grundlage weiterer Forschungen hernehmen.«

»Nur unter meinem Namen oder gar nicht.«

»Verstehen Sie doch, Sie müssen als Erstes an die Astronomie denken und erst danach an sich, sonst sind Sie keine Wissenschaftlerin.«

»Das ist beleidigend.«

»Das ist die Wahrheit, und je eher Sie sie akzeptieren, desto besser.«

»Desto besser für Sie und Mister Flamsteed.«

»Für die Wissenschaft. Es geht nicht um Sie oder um mich, um meine oder Ihre Wünsche und Hoffnungen und Eitelkeiten. Nur um das, was bleibt, geht es, um den ewigen Fortschritt, um die Erkenntnis, den verbotenen Apfel. Wenn ...«

Die Truhe fiel mit lautem Poltern zu.
»Unter meinem Namen oder gar nicht!«

19

Hevelius lag mit offenen Augen im Bett und starrte an die Zimmerdecke, wo der Faden einer hässlichen grauen Spinnwebe unruhig tanzte. Etwas anderes als starren ließ man ihn nicht tun. Der Arzt mit der Stimme eines Windhauchs hatte ihm verboten zu lesen, damit er sich nicht aufregte. Dabei hatte Hevelius sich noch nie über Bücher aufgeregt, während das Nichtstun allerlei quälende Gedanken in seinen leeren, unbeschäftigten Kopf spülte.

Tatsächlich war es besser so. Er musste sich quälen. Ein Arzt hätte gesagt, er müsse das Fieber ausschwitzen. Die Dinge mussten geordnet und sortiert werden, doch warum fiel ihm das dieses Mal so schwer. Selbst bei Katharina, die er mehr als Elisabeth geliebt hatte, war nie so ein emotionales Durcheinander entstanden wie das der letzten zehn Tage. Der Grund dafür war, dass Katharina für ihn stets die Ehefrau gewesen war, das und nichts anderes. Sie hatte sich wie eine Ehefrau um das Haus gekümmert, hatte ihm die Alltagssorgen vom Leib gehalten, hatte ihm, wenn er krank war, Suppe gekocht und den Schneider ins Haus bestellt, wenn sie meinte, seine Garderobe vertrage eine Auffrischung. Sie hatte ihn verehrt und umsorgt, und es war leicht gewesen, diese Frau zu lieben.

Elisabeth tat das alles nicht. Sie kümmerte sich nicht um seine Garderobe oder um Leute, die ihm die Zeit stahlen. Weder erfand sie Ausreden für ihn, noch nahm sie ihm die Arbeit in der Brauerei ab. Sie tat ein wenig hier und da, aber das befreite ihn kaum von den zahlreichen Ärgernissen des Alltags. Elisabeth als Ehefrau zu lieben, war, wie gegen einen Strom zu schwimmen: harte Arbeit. Darum kam sie gegen Katharina nicht an.

Aber was für eine Gefährtin der Nacht war sie! Elisabeths Zauber – er verbannte das Wort sogleich aus seinem Vokabularium – Elisabeths Stärke lag in ihrer Rolle als Astronomin. Ein Witz, wenn er sich das recht überlegte, denn er hatte gerade das einst verhindern wollen. Und nun schätzte und liebte er sie gerade deswegen. Er fragte sich, wie er früher so viele Jahre und Jahrzehnte allein dort oben auf dem Dach hatte verbringen können, um nur gelegentlich von Katharina besucht zu werden. Ja, er war allein gewesen. Keine Briefe von Galilei oder Riccioli hatten daran etwas ändern können, und selbst wenn sie vor Ort gewesen wären, hätte er nicht die gleiche Zufriedenheit verspürt wie mit dieser Frau, die buchstäblich an seiner Seite stand: Elisabeth. Nur Frau und Mann vermochten so innig zusammenzuarbeiten. Wenn er am späten Abend die Treppe zur Sternenburg erklomm und die Geräusche ihrer Arbeit hörte, wurden ihm die Beine wieder leichter, und sah er einen Lichtstreifen unter der Tür zu ihrem Arbeitszimmer, huschte ein Lächeln über seine Lippen und das Herz schlug ihm höher.

War das alles weg? Würden die Beine künftig schwer bleiben, und würde das Herz die nächsten Jahre immerzu gleichmäßig schlagen, bis es eines Tages oder Nachts stehen bliebe? Könnte er Elisabeth je wieder in die Augen sehen?

Er wusste es nicht. Die wirklich wichtigen Dinge blieben ungewiss, während die unwichtigen längst gesiegelte Fakten waren. Der Advokat riet ihm zur Scheidung und hatte bereits ein Schriftstück verfasst. Der Arzt mit der Fistelstimme riet ihm dazu, die Astronomie aufzugeben, und hinterließ eine Anleitung zum Gebrauch von vier verschiedenen Arzneien. Advokaten und Ärzte konnten sagen, was sie wollten. Worauf es ankam, war, was *er* wollte, und im Bett mit einer tanzenden Spinnwebe über ihm würde er das nie herausfinden.

Er schlug die Decke zur Seite und legte sich den dunkelblauen Morgenrock mit dem Schafwollkragen über die Schultern. Er hatte ihn vor einem Jahr von Elisabeth geschenkt bekommen und fand, er sah darin aus wie ein König.

»Genau darum habe ich ihn anfertigen lassen«, hörte er sie noch heute sagen. Damals hatte sie gelacht. Hatte sie ihn *aus*gelacht oder *an*gelacht? Nur eine Silbe Unterschied und doch die ganze Welt.

Ich kann es nicht, dachte er plötzlich.

Er konnte nicht länger mit ihr zusammenleben. Nicht wegen der Briefe, sie gaben nicht den Ausschlag. Er hatte sie nicht gelesen, aber nach allem, was Lil erzählt hatte, stellte er sie sich ein wenig albern und kokett vor, ganz nach Art der französischen Mode, ein Briefchen hier, ein Zettelchen dort, Kosenamen und Tändelei. Er selbst hätte solche Briefe nie geschrieben, darum betrachtete er sie auch nicht als Konkurrenz. Ebenso die Zeit, die Elisabeth mit Janowicz verbracht hatte, machte ihm, Hevelius, nicht sonderlich zu schaffen. Das war Ehebruch, hätte der Advokat jetzt gesagt und Recht gehabt. Aber Ehebruch war nur ein Wort, kein Gefühl, und wenngleich ihm diese heimlichen Treffen wehtaten, verletzten sie ihn weniger als erwartet.

Was Hevelius wirklich zu schaffen machte, war die Zeit, die Elisabeth mit ihm, ihrem Mann, verbracht hatte. Der Gedanke, sie könnte sich in dieser Zeit nach Janowicz gesehnt haben, war ihm unerträglich. Hatte sie Hevelius geküsst und dabei Vergleiche zu Janowiczs Küssen gezogen? Hatte sie mit ihm getafelt und sich die ganze Zeit über gewünscht, der andere Mann säße mit ihr am Tisch? War ihr Herz schon vor zehn Jahren aus diesem Haus ausgezogen und nur ihr Verstand zurückgeblieben? Und wieder die Frage: Hatte sie ihn aus- oder angelacht?

Tausend Ungewissheiten, die schlimmer waren als alles andere; sie würden wie Schädlinge an ihm nagen und ihn schließlich zu Fall bringen, wenn er sie nicht grausam bekämpfte.

»Mister Hevelius!«

Edmond Halley hatte ihn als Erster entdeckt und ging ihm ein paar Schritte auf der Plattform entgegen. »Es ist eine Freude und Erleichterung, Sie wieder auf den Beinen zu sehen. Guten Abend, Mister Hevelius. Es geht Ihnen also besser? Wir sind gerade dabei, die letzten Messungen vorzunehmen. Noch ein, zwei Nächte, dann sind wir fertig.«

Halleys Blick ging zwischen dem Ehepaar hin und her. »Vielleicht ist dieser Moment günstig für das, was ich zu sagen habe: Ohne voreilig zu sein, darf ich Ihnen verkünden, dass meine Berechnungen mit den Ihren übereinstimmen.«

Hevelius sah über die Schulter des schmächtigen Engländers hinweg zu seiner Frau. Der Blick, den sie tauschten, schwankte zwischen Stolz und Ermattung wie nach einer langen, beschwerlichen Reise.

»Ich bedaure sehr«, fuhr Halley an Elisabeth gewandt fort, »dass man Ihnen so viel Misstrauen entgegengebracht hat. Sie sind eine gewissenhafte Forscherin, und ich bin stolz, Sie zur Kollegin zu haben.«

Elisabeth lächelte ihn an und dankte ihm, aber Hevelius bemerkte, dass dieser Erfolg sie nicht froh machte. Im Vergleich zu der Freude, die sie hätte empfinden können, wirkte sie sogar traurig.

Nach einem weiteren Blick von Elisabeth zu Hevelius begriff Halley. »Ich werde zur Feier des Tages Tee holen gehen. Oder nein«, korrigierte er nach einem weiteren Blick auf Hevelius' Mienenspiel. »Vielleicht gehe ich noch aus, in eine Taverne, ein Hevelius-Bier trinken. Ich bin schon sehr gespannt, ob es mit unserem englischen Bier mithalten kann. Gute Nacht, Misses Hevelius, gute Nacht, Mister Hevelius. Und noch einmal, meinen Glückwunsch. Ihr Himmelsglobus wird, sobald er fertiggestellt ist, ein Triumph der Wissenschaft werden.«

Hevelius wartete, bis Halley gegangen und das Klacken seiner Schuhe auf der Treppe nicht mehr zu hören war.

»Er hat sich verändert«, sagte Hevelius in die Stille hinein. »Die Arbeit mit Ihnen verändert Menschen.«

»Edmond Halley ist ein Astronom mit Zukunft«, antwortete sie sachlich, »und das weiß er. Glücklicherweise macht ihn das nicht arrogant. Er hat versucht, mir meine Mondkarte abzuschwatzen, aber ansonsten kamen wir prächtig miteinander aus. Wir haben viel geredet, ich habe ihm von meinem Leben erzählt.«

»Eine Art weltlicher Beichte?«

Sie knetete ihre Hände. »Ein wenig, ja. Ich habe ihm von Hemma erzählt – er kann sie auch nicht leiden, das verbindet uns.«

Er hatte ihr bisher verschwiegen, wer ihre Briefe gestohlen hatte. Vielleicht vermutete sie Hemma hinter all dem, aber niemals Lil. Sollte er es ihr sagen? Wozu wäre das gut?

»Wissen Sie, ich mag Halley«, fuhr sie fort. »Ich mag die Art, wie er seine jugendliche Unsicherheit kaschiert, ohne sie gänzlich zu überdecken. Und ich mag seine Unvoreingenommenheit. Es wird nicht leicht für ihn werden, mit diesen ehrlichen Ergebnissen vor Flamsteed zu treten. Man hat anderes von ihm erwartet. Aber er fechtet es durch.«

»Es ist also geschafft.«

»Ja«, sagte sie, »ab heute bin ich auch für die Welt eine Wissenschaftlerin.«

Beide wussten, dass die unverfänglichen Themen damit erschöpft waren. Es wäre nicht auszuhalten gewesen, wie zwei Katzen umeinanderzuschleichen und auf einen Angriff zu warten. Seit er von Janowicz und den Briefen erfahren hatte, sahen sie sich zum ersten Mal, und er musste jetzt einfach Fragen stellen. Er wollte es, und sie wollte es auch. Beide wollten sie es hinter sich bringen.

Hevelius setzte sich auf einen Mauervorsprung der Balustrade und suchte einen Anfang. Irgendwo in der Ferne läutete eine Feuerglocke, weil ein kleiner Brand ausgebrochen war, doch außer einem winzigen Punkt im dunklen Häusermeer war nichts zu sehen.

»Ich möchte wissen, ob Sie mich nur der Astronomie wegen geheiratet haben.«

Sie setzte sich neben ihn, nicht zu dicht, und antwortete: »Die Astronomie war der Hauptgrund gewesen.«

Ihre schnelle, offene Antwort erstaunte ihn. Auch an Elisabeth waren offenbar die letzten beiden Wochen nicht spurlos vorübergegangen. Sie hatte nachgedacht.

»Aber wenn Sie einen anderen Charakter gehabt hätten«, fügte sie hinzu, »einen wie Tante Hemma, beispielsweise, hätte ich Sie nicht zum Mann nehmen wollen. Ich wusste tief in mir, Sie sind ein anständiger Mensch.«

»Woher?«

»Katharina. Von einem schlechten Menschen hätte sie nicht liebevoll gesprochen.«

»Sie haben sie ausgenutzt, oder?«

»Ja«, sagte Elisabeth, »ich habe sie gemocht und ausgenutzt.«

»Dass Sie sie gemocht haben, macht es nicht besser.«

»Nein, natürlich nicht. Ehrlicher wäre es gewesen, sie auszunutzen und nicht zu mögen. So war ich unehrlich, aber wenigstens nicht kaltherzig. Als sie starb, habe ich zum ersten Mal in meinem Leben die Sterne gehasst.«

Er nickte. »Weil Sie der Sterne wegen zur Betrügerin wurden. Weil Sie ihnen so nahe sein wollten, dass Sie dafür allen Anstand verloren haben.«

Es entstand eine Pause.

»Wieso er?«, fragte Hevelius.
»Wir sehen uns nicht mehr. Wir haben uns getrennt.«
»Trotzdem: Wieso er?«
»Sie wollen das nicht hören.«
»Doch.«
»Ich glaube, Sie wissen es längst.«
»Sprechen Sie es aus.«
»Ich könnte Ihnen eine lange Liste seiner Eigenschaften geben, aber was wäre damit erklärt?«
»Ausflüchte. Alles Ausflüchte.«
»Ich kann frommes Getue nicht ausstehen, und er ist nicht fromm. Ich mag fröhliche Menschen, Menschen, die mich zum Träumen bringen, und Disziplin, Sitte, Selbstbeherrschung, Ordnung, Genauigkeit, Systematik, Logik und so weiter bringen mich nun einmal nicht zum Träumen.«
»Haben Sie ihn von Anfang an geliebt?«
»Ja.«
»Lieben Sie ihn immer noch, obwohl Sie ihn nicht mehr sehen?
»Ja.«
Wieder brachte ihn ihr Mut, den er selbst provoziert hatte, zum Staunen. Es lag vielleicht an der Finsternis, in der man sich verbergen konnte wie hinter einer Maske. Oft hatte er hier oben gestanden, nur wenige Schritte von dem Platz entfernt, wo er jetzt saß, und Elisabeth dabei zugesehen, wie sie hantierte. Unzählbare Male hatte er zu ihr gehen und einfach »Ich liebe dich« sagen wollen. Was ihm sonst so fern gelegen hätte wie der Jupiter, war ihm dann ganz nah, und er konnte geradezu spüren, wie die Worte sich auf seine Zunge legten und miteinander verschmolzen. Aber diese verdammte anerzogene Distanz sogar geliebten Menschen gegenüber war stärker gewesen. Nur bei Marie konnte er sich manchmal gehen lassen.

»Marie?«, fragte er, und bei diesem Namen begann seine Stimme zu zittern. Bitte, flehte er Elisabeth still an, bitte nimm mir nicht mein Kind.

Sie nickte. »Unsere Tochter.«

Eine Woge der Dankbarkeit erfasste Hevelius. »Und …« Elisabeth senkte den Kopf.

»Er nicht«, flüsterte sie.

Hevelius erhob sich. Er hatte genug gehört. Ihm schwindelte von so viel Wahrheit. Er gewann eine Tochter und verlor einen Sohn, und das alles in der Zeit eines einzigen Atemzuges. Mehr vertrug er nicht. Er wusste jetzt alles.

Alles? Nein, da war noch etwas …

Diese letzte Frage machte ihm mehr Angst als alle anderen.

»Haben Sie mich jemals … Gab es Augenblicke, in denen Sie mich …«

»Viele«, sagte sie, »und mit jedem Jahr mehr. Ich kann mir ein Leben ohne Sie und Marie und ohne dieses Haus nicht mehr vorstellen. Ihnen muss es wie Wahnsinn erscheinen nach allem, was ich zuvor gesagt habe, doch es stimmt.«

Ja, es war Wahnsinn, dachte er und verließ Elisabeth ohne ein weiteres Wort.

Die ganze Welt schien wahnsinnig geworden. Die seit Wochen anhaltende Hitze lockte aus den Menschen die Lust zur Lüge und die gewohnheitsmäßige Zurückhaltung heraus, und die Wahrheit trat zutage, weil man zu erschöpft war, um sie weiter zu verdecken. Auch er war erschöpft von der Hitze, vom Schlag, von den Geständnissen. Geständnisse zu hören strengte mehr an, als sie zu machen, denn während der eine sich leichter fühlte, schleppte der andere nun die Frage mit sich herum, wie damit umzugehen sei.

Es dauerte eine Ewigkeit, bis Hevelius im Salon angekommen war. Dort wartete bereits Lil mit einem scheußlich stinkenden Tee auf ihn. Er schwankte zwischen Rührung und Abscheu wegen ihrer Versuche, wie Katharina sein zu wollen. Sie war nicht wie Katharina, keine der Koopmans war das, aber während Elisabeth es nie versucht hatte, dies vorzutäuschen, spielte Lil permanent Theater. Er kannte ihre – womöglich gut gemeinten – Motive nicht, daher hatte er nie etwas gesagt, aber heute Abend war er ihre Schaustellung leid.

»Stellen Sie den Tee dort ab«, sagte Hevelius. »Und dann lassen Sie mich allein.«

»Du brauchst jemanden, der dir gut zuspricht«, sagte sie und zeigte ein gezwungenes Lächeln. »Du brauchst jemanden, der dir eine Zukunft zeigt.«

»Möglich«, sagte er und bemerkte unangenehm, dass sie ihn plötzlich duzte. »Aber dieser Jemand sind nicht Sie.«

Vor Schreck fiel ihr die Tasse aus der Hand, und die dunkelgrüne Flüssigkeit sammelte sich in einer Vertiefung des Bodens wie ein toter See.

Sie sank auf die Knie. »Verzeih, Johannes, ich kümmere mich darum.«

Mit dem Saum ihres Nachtkleides wischte sie in der Pfütze herum.

»Ich mache das Missgeschick wieder gut.«

»Das ist doch jetzt völlig unwichtig.«

»Ich werde nach einem Hausdiener läuten.«

»Bitte, lassen Sie das.«

»Aber so kann es doch nicht bleiben. Und einen neuen Tee brauchst du auch.«

»Lil ...«

»Was du da eben gesagt hast ... Du bist müde, nicht wahr? Du hast mit Elisabeth gesprochen, und jetzt geht dir allerhand durch den Kopf. Du sollst wissen, Johannes, dass du dich auf mich verlassen kannst. Meine Loyalität gehört dir. Ich bin nicht länger eine Koopman, ich bin eine Hevelius. Kannst du mich nicht einfach als eine Hevelius ansehen? Lass mich in deiner

Nähe bleiben, Johannes, und du wirst sehen, ich werde dich nicht enttäuschen. Ich bin die Tochter eines Kaufmanns, ich kann die Geschäfte der Brauerei führen, aber wenn es dir lieber ist, kümmere ich mich stärker um das Haus und ...«
»Bitte, gehen Sie jetzt.«
»Ich werde gehen und dir Wasser bringen.«
»Nein.«
»Im Keller gibt es kühlen Wein ...«
Er ging an Lil vorbei aus dem Salon. Sie folgte ihm, aber er beachtete sie nicht. Lil war in diesem Moment ganz und gar unwichtig, er konnte sich jetzt nicht mit ihren Ängsten beschäftigen, da er selbst den Kopf davon voll hatte.

Er stieß die Tür zu seinem Arbeitszimmer auf. Die Luft roch nach Staub. Jaroslaw hatte gewiss jeden Tag gelüftet, aber das war nicht dasselbe, wie wenn ein lebender, atmender Mensch dort jeden Tag mehrere Stunden zubrachte. Ein Raum, der nicht benutzt wurde, verlor seine Lebendigkeit.

Ansonsten war alles noch wie an dem Tag, als er hier zusammengebrochen war, sogar die Briefe – Janowiczs Briefe – lagen unverändert auf dem Schreibtisch.

Die Schweißtropfen liefen Hevelius wie Tränen über das Gesicht. Er war zu schnell gelaufen, und er fühlte das Blut durch die kleinen Äderchen an den Schläfen pulsieren. Er ächzte und stützte sich auf der Tischplatte ab.

Wäre es nicht eine Ironie, dachte er, wenn ich an derselben Stelle noch einmal zusammenbrechen würde, diesmal endgültig?

»Johannes!«, rief Lil und fasste ihn unbeholfen an irgendwelchen Stellen seines Körpers an, mal hier und mal da, ohne etwas zu bewirken.

»Johannes, geht es dir gut?«

Er fand, das war die dümmste Frage, die man ihm je gestellt hatte.

»Machen Sie Feuer«, bat er Lil knapp.

Sie war so verwirrt und um die Aufrechterhaltung ihrer Fassade bemüht, dass sie den Irrsinn dieser Bitte nicht hinterfragte: ein Kaminfeuer in einem heißen Sommer!

Als es brannte, zögerte er keinen Augenblick und warf die Briefe ins Feuer, ein Päckchen nach dem anderen. Er würde nie wissen, was genau in ihnen stand, und er würde auch nie nachfragen.

»Was tust du?«, fragte Lil.

Die Dummheit ihrer Fragen begann ihn zu ärgern. »Man sollte meinen, das ist offensichtlich.«

»Die Briefe sind dein Beweis. Du wirfst Beweise weg.«

Auch Beweis war nur ein Wort, ebenso wie Ehebruch – es drückte nichts aus.

»Mir wäre es lieber, ich hätte Ihre Beweise nie gesehen.«

»Sie belegen immerhin die Wahrheit. Ich habe viel auf mich genommen, um dir die Wahrheit zu zeigen.«

»Aber sie macht mich krank, diese Wahrheit, die Sie angeschleppt haben wie eine Krankheit.«

»Du bist ungerecht.«

»Wieso«, fragte er mit letzter Geduld, »gehen Sie nicht in Ihr Zimmer und lassen mich in Ruhe?«

In ihr brannte ein Feuer. Ihr ganzer Leib stand in Flammen, zusätzlich angefacht vom Wein. Sie hatte sich unten im Keller das Kleid vom Leib gerissen und ihre Brüste geknetet. Alt waren sie geworden, zusammen mit ihr, alt und jüngferlich. Sie standen nicht mehr so straff wie früher, denn ihnen fehlte schon viel zu lange die Leidenschaft, und nun begannen sie zu welken wie zwei vom Saft abgeschnittene Blumen. Hastig hatte sie die Augen geschlossen und noch mehr Wein getrunken.

Sie brauchte Liebe, jetzt! Sie brauchte den Griff fester Hände auf ihrem Rücken, das Aufbäumen von Körpern, Lippen, die ihren Nabel berührten, begehrende Worte, schmeichelnde Worte, halb geschlossene Lider, Geräusche von Lust ... Sie brauchte einen Namen, der ihr gehörte, und sei es nur für eine Nacht.

Während sie durch das Haus taumelte, hatte sie das Gefühl zu verbrennen. Sie stieß kurze, stöhnende Laute aus, die aber irgendwie nicht zu ihr gehörten, so als kämen sie von einer Fremden. An ihrem linken Fuß zog sie das zerfetzte Kleid hinter sich her, das sich um ihren Knöchel gewickelt hatte.

Sie stieß die Tür auf und schloss sie wieder hinter sich. Er hatte sie nicht gehört. Sein leises Schnarchen erfüllte ebenso das Zimmer wie der bittere Geruch von Bier.

Das letzte Licht eines Kerzenstummels neben seinem Bett wies ihr den Weg.

Sie schlug die Bettdecke zurück.

Edmond Halley war ohne Nachthemd zu Bett gegangen. Nackt lag sein Körper vor ihr. Ein paar Leberflecke auf der Brust, das war alles, was den gleichmäßigen, bleichen Schimmer der Haut unterbrach.

Mit der Zunge benetzte sie ihre Lippen und beugte sich über ihn.

Halley erwachte bei der ersten Berührung.

»Ah«, schrie er und winkelte die Beine an wie ein kleiner Junge, der sich fürchtet.« »Was tun Sie da? Wer sind Sie? Fräulein – Koopman?«

Schon diese Anrede brachte sie in Rage. Sie hasste alles, was mit dem Namen Koopman verbunden war.

Sie ignorierte seine Abwehr und legte sich auf ihn. »Ich liebe dich«, sagte Lil, »ich begehre dich. Du bist jung und schön. Du bist wie ...«

Aber Halley entwickelte eine Kraft, die man in seinen schmächtigen Armen nicht vermutete, und stieß sie zur Seite, dann lief er zur Tür und riss sie auf. Die Silhouette seines nackten Körpers zeichnete sich im Rahmen ab.

»Gehen Sie«, sagte er.

»Du begehrst mich«, rief sie.

»Gehen Sie«, wiederholte er, »sonst muss ich gehen.«

Sie stieg aus dem Bett. »Sag es. Du willst mich, so sag es doch.« Sie streckte die Hände nach seiner flachen Brust aus, aber er schlug sie weg wie lästige Fliegen.

»Wenn Sie jetzt gehen, werde ich niemandem etwas davon erzählen. Ich reise morgen ab, meine Arbeit ist sowieso fast getan, und auf den Rest kommt es nicht an.«

»Sprich mir nicht von deiner Arbeit, sie interessiert mich nicht. Dich will ich, nicht dein Gerede.«

»Unfassbar«, sagte er.

»Was ist unfassbar?«

»Dass Sie die Schwester von Elisabeth Hevelius sein sollen.«

Sie gab ihm eine Ohrfeige. »Du hast ja keine Ahnung! Sie betrügt Hevelius mit einem anderen Mann, ich habe es ihm bewiesen. Meine Tante kann es bezeugen. Sie hasst Elisabeth und hatte den ersten Verdacht. Ich war ja so blind. Aber das ist vorbei. Wir haben Hevelius die Liebesbriefe gebracht, aber was tut der Narr, er verbrennt sie!«

»Er wird seine Gründe haben.«

»Gründe! Herrgott, sie geht mit fremden Männern ins Bett.«

»Das liegt ja wohl in der Familie.«

Sie gab ihm erneut eine Ohrfeige. »Sie hat sich alles genommen, was mir zustand, zusätzlich zu dem, was sie ohnehin bekommen hätte. Musste sie mir den Mann nehmen, den ich wollte? Sie macht sich nichts aus ihrem hohen Rang, warum wird sie die Frau eines Stadtrats und nicht ich? Geld ist ihr völlig egal, und doch hat sie welches und ich keines. Ist das etwa gerecht?«

»Vielleicht hätten Sie mehr Erfolg, wenn Sie ihn anderen weniger missgönnen würden.«

Lil holte zu einer dritten Ohrfeige aus, aber Halley fing ihre Hand ab. Ein kurzer Zweikampf entbrannte, den sie verlor. Halley schob Lil aus dem Zimmer, warf die Tür hinter ihr zu und legte den Riegel vor.

Ihre Fäuste hämmerten noch einige Male gegen das Holz, aber sie bat nicht darum, dass er öffnete. Sie bat um nichts. Nie hatte sie bitten müssen. Damals, im Sommergarten, an ihren Geburtstagen, da war die Welt noch schön gewesen, und die Zukunft hatte wie ein schwerer Goldsack in ihren Händen gelegen. Heute war die Zukunft aufgebraucht, ausgegeben, geraubt von Cornelius, Hemma und Elisabeth. Sie hatte keine Zukunft vor sich, an der ihr etwas lag. Darum sollten auch die anderen keine Zukunft mehr haben.

Der lange, dunkle Korridor lag wie der Eingang zur Hölle vor ihr. Bereitwillig tauchte sie in ihn ein.

Die Diener bemerkten das Feuer als Erste. Die ständige Zugluft in dem großen Haus wehte den Rauch in ihren Seitentrakt, und die Älteren unter ihnen, die den Gestank brennender Möbel und Stoffe kannten, schlugen sofort Alarm. Bis auf einen liefen sie alle sofort ins Freie. Jerzy, einer der Gehilfen von der Sternenburg, rannte so schnell er konnte quer durch die Gänge und Treppenhäuser. Er trug nur ein Tuch, das er eilig um die Hüften gewickelt hatte, und seine Augen waren noch verklebt von der Nacht.

Ungestüm drang er in Elisabeths Zimmer ein. »Gnädige Frau, stehen Sie auf!« Er rüttelte an ihr. »Es brennt!«

Sie fuhr hoch. »Marie!«, sagte sie. Marie schlief zwei Räume weiter.

»Ich hole sie«, rief Jerzy und war schon verschwunden.

Elisabeth wollte ihm nachlaufen, doch sie stolperte über eine Kante, die sie in der Dunkelheit übersehen hatte, und fiel bäuchlings auf den Boden. Sie hustete, der Rauch drang in ihre

Lungen. Das Feuer war weit weg, man sah es nicht, man hörte es nicht, und doch wand es sich um einen wie eine Fessel. Nur der Gedanke an ihre Tochter gab ihr die Kraft aufzustehen. Doch als sie bei Maries Zimmer ankam, war Jerzy schon mit ihr weg.

Hevelius, dachte sie. Halley. Lil.

Hevelius war nicht in seinem Zimmer, Lils Bett war sogar unbenutzt.

Da kam ihr auch schon Halley entgegen.

»Ich weiß nicht, wo die anderen sind«, brachte sie mit letzter Kraft hervor.

Auch Halleys Stimme versagte. Er deutete in Richtung der Eingangshalle, stützte Elisabeth und zog sie mit sich.

Sie gelangten ohne Schwierigkeiten auf die Straße, wo sie beide zu Boden sanken und tief die frische Luft einatmeten. Leute kamen herbeigelaufen und schleppten sie auf die andere Seite der Straße, und jemand warf Elisabeth einen leichten Mantel mit Kapuze über, nicht, weil die Luft so kalt gewesen wäre, sondern weil ihr Nachthemd nicht der richtige Aufzug für die Straße war.

Die Feuerglocke läutete unentwegt, Scharen von Menschen drängten sich um die Sternenburg.

Jerzy kam, Marie auf dem Arm, und ihm folgte Hevelius. Elisabeth küsste und umarmte zuerst ihre Tochter, dann ihren Mann und schließlich den jungen Retter.

»Wo ist Lil?«, fragte sie, und Jerzy meinte, er habe sie irgendwo hier draußen gesehen.

»Sie hatte fast nichts an, das gnädige Fräulein Lil«, sagte er mit schamrotem Kopf. »Und sie« – er stockte – »sie lachte. So ein Lachen habe ich noch nie gehört. Dann ist sie weggelaufen. Ich wollte sie festhalten, aber ich hatte doch Marie auf dem Arm.«

Hevelius nahm Elisabeth beiseite. Er war blass, und um seine Augen lag ein grauer Schatten. »Ihre Schwester war es, die mir vor einigen Wochen die Briefe gegeben hat.«

Noch immer läutete die Feuerglocke, die Menschen riefen durcheinander, und nun so etwas! Sie fühlte sich überfordert, aber mechanisch fragte sie: »Warum haben Sie mir das nicht früher gesagt?«

»Ich glaubte, sie handelte in wohlmeinender Absicht, und ich wollte sie nicht in Schwierigkeiten bringen.«

»Und wieso erfahre ich das gerade *jetzt*.«

»Weil ich denke, dass sie das Feuer gelegt hat.«

»Niemals!«

»Ich habe die Briefe heute vor Lils Augen verbrannt. Sie war sehr zornig. Ich könnte mir denken ...«

Ein lauter Knall unterbrach dieses Gespräch. Eine Fensterscheibe barst. Flammen schlugen aus dem Fenster, die ganze Sternenburg brannte.

Von diesem Moment an starrte sie hinauf, dorthin, wo die Plattform im Qualm verborgen lag. Vor siebzehn Jahren hatte sie sie zum ersten Mal betreten und seither einen unendlichen Ozean voll Schätzen entdeckt. Als sie mit dieser Arbeit begonnen hatte, war die Erde noch das Universum gewesen, und die flimmernden Lichter dort oben waren selbst für sie nichts anderes als ein Versprechen. Erst nach und nach hatte die Unendlichkeit Gestalt angenommen, wenn auch nicht immer so, wie sie sich gewünscht hatte. Sternbilder wie Orion oder Wagen hatten sie hoffen lassen, dass es einen Zusammenhang zwischen den Lichtern gäbe, eine Art Sprache oder wenigstens eine übergeordnete Bedeutung, so wie bei einer Anreihung von Hieroglyphen, die noch niemand verstand, die jedoch eines Tages entschlüsselt würde. Es war unangenehm gewesen zu erkennen, dass allen Naturerscheinungen die Gesetze der Physik zugrunde lagen und dass sich zwischen den Sternen des Orion gewaltige leere Räume erstreckten, beunruhigend in ihrem Ausmaß. Das Universum war kalt, und das bisschen Geflimmer waren bebende, feuerspuckende Welten. Nie hätte sie gedacht, dass das All der Erde glich: Es war Hebamme und Totengräber zugleich, es erschuf und zerstörte mit unerhörter Leidenschaftslosigkeit.

Und doch war es schön, das All, wie alles, was weit genug weg ist. Sie brauchte nur den Blick in die schwarze Tiefe zu richten, und sofort war sie wieder bereit gewesen, alle Enttäuschungen zu verzeihen und zu vergessen.

Bilder tauchten vor ihr auf: der erste Blick mit dem Fernrohr zum Mond, die Entdeckung des Meeres der ersten Nacht, Marek und sie beim Wiedersehen nach Jahren, Hevelius, der für einen kurzen Blick auf sie seine Arbeit unterbrach, das endlose Summen der Käfer, zuckende Kerzen, Wolken, die zum Greifen nah über den Himmel zogen, das winzige Glühen des ersten, von ihr entdeckten Sterns ...

An einem der Fenster tauchte Hemma auf. Keinen Atemzug lang hatte sie an die Tante gedacht, niemand hatte das. Elisabeth empfand nicht mehr für Hemma als für ein Relikt einer wenig geschätzten Epoche. Sie hatte nie ein gutes Wort von ihr gehört, nie eine sanfte Berührung von ihr erhalten, sondern immer nur erbitterte Strenge erfahren. Sie wünschte ihr nicht direkt den Tod, aber sie war ihrem Schicksal gegenüber gleichgültig.

Hemma musste vergeblich versucht haben, über einen der oberen Korridore in einen anderen Gebäudeteil zu gelangen, und nun kam sie nicht weiter.

»Ein Laken«, schrie einer der Helfer, »jemand soll schnell ein Betttuch bringen!«

Doch es war zu spät. Hemma stürzte herab. Ein brennendes Bündel aus Kleidern, Unterkleidern, Haube und Haaren schlug auf den Boden auf, nur wenige Schritte von Elisabeth entfernt.

Elisabeth wankte. Sie verschränkte die Arme vor der Brust, ihre Knie wurden weich, und sie konnte sich gerade noch auf einem Kutschrad abstützen. Den Oberkörper vorgebeugt, holte sie tief Luft. Die Tränen drohten sie zu ersticken, und in das Entsetzen über den brennenden Leichnam mischte sich, ohne dass sie es wollte, eine Spur von Trauer. Selbst die hässlichen Dinge und wenig geliebten Menschen gehörten zu einem Leben, und waren sie fort, ging ein Stück des Ganzen verloren.

Edmond Halley nahm ihre Hand. Er verstand sie. Die Mondkarte, der Himmelsglobus, das alles wurde zu Asche. Zehn Jahre verbrannten auf einem Scheiterhaufen, der aus Missgunst, Rache und – ja, auch aus Liebe gebaut war.

»Das Haus stürzt ein«, schrie jemand und löste damit eine Panik aus. Die Kette der Helfer fiel auseinander, der letzte Rest von Ordnung in der Straße schwand dahin. Alle Neugierigen, die sich weit vorgewagt hatten, kannten kein Halten mehr, stießen einander zu Boden, stiegen über die Gestrauchelten hinweg. Die Pferde einer soeben eingetroffenen Feuerwache gingen mitsamt des Pumpwagens durch, der wiederum mit einer Kutsche kollidierte. Mit einem Knall zerbarst das gewaltige Wasserfass, dessen Inhalt sich über das Pflaster ergoss und sogar noch ihre Schuhe benetzte sowie ein Buch, das neben ihnen lag.

Halley hob es auf. Es war ein frühes Buch von Galilei. Da niemand von ihnen Bücher aus dem Haus getragen hatte – und das Buch mit ziemlicher Sicherheit keinem der Leute auf der Straße gehörte – musste es wohl …

Elisabeth und Halley verstanden und sahen nach oben.

Das Haus stürzte nicht ein. Was von oben herunterfiel, waren keine Steine, keine Gebäudeteile, sondern Bücher, Schriften, lose Blätter. Ein Band nach dem anderen regnete vom Himmel. Jemand versuchte zu retten, was noch zu retten war, Bruchstücke eines Lebenswerks. Jemand dort oben riskierte sein Leben für Bücher, für Zeichnungen von Sternenkonstellationen, Berechnungen von Planetenbahnen, für Sonnenfeuer und Mondmeere.

Aber wer würde so etwas Irrsinniges tun, außer vielleicht Hevelius, Halley oder sie selbst?

»Nein, großer Gott«, flüsterte Elisabeth.

Sie lief ins Haus, die Rufe von Halley und Hevelius hinter sich lassend.

Der Trakt, in dem die Brauerei untergebracht war, war noch nicht vom Feuer betroffen. Hier gab es Aufgänge, die fast frei von Rauch waren. Nur wenige Schwaden krochen die Treppen hinauf.

Elisabeth überholte die Schwaden. Zuerst schaffte sie zwei oder sogar drei Stufen auf einmal, ihre Kraft ließ jedoch nach, und am Ende nahm sie die Hände zu Hilfe, um vorwärtszukriechen. Von hier aus war das Observatorium nur über Umwege zu erreichen, doch es war möglich. Glücklicherweise waren die Türen unverschlossen. Einmal im obersten Geschoss angelangt, kam sie rasch voran.

Der nicht überdachte Teil der Plattform war vollständig umschlossen von Qualm, der an allen Seiten aufstieg. Aber im überdachten Teil hing der quälende Rauch nur schwach wie Dunst in der Luft.

»Bist du wahnsinnig!«, rief sie, als sie Marek in Truhen wühlend entdeckte. Er trug seine Armeehosen, aber kein Hemd, und sein Haar war völlig zerzaust. Wie die halbe Stadt, war er wohl ebenso von der Feuerglocke aus dem Schlaf gerissen worden und sofort hergekommen. Mit dem Unterschied, dass er sich mitten in die Hölle wagte.

»Was tust du denn da?«

Marek sah sie nur kurz an. Er war zu sehr damit beschäftigt, schwere Folianten hervorzukramen. »Heb dein Nachtkleid hoch«, sagte er. »Mach eine Schürze.«

Kaum hatte sie das Nachthemd gehoben, als schon die ersten Bücher in ihren Schoß fielen.

»Es ist keine Zeit mehr«, sagte sie panisch. Ihr lag viel an den Büchern, aber wenn sie Feuer spürte, reagierte sie nicht anders als ein Pferd. Sie wollte weg. Er dagegen war nicht wiederzuerkennen, er wirkte entschlossen wie ein Berserker.

Sein Blick streifte umher, suchte nach Dingen, die noch gerettet werden konnten, ganz so, als seien es seine Dinge, als ginge es um sein Lebenswerk.

»Die Mondkarte«, rief er. »Wo ist sie?«

In gewisser Weise war es auch seine Mondkarte, denn er hatte sie beständig ermuntert, daran zu arbeiten. Sie verschwieg ihm, dass sie unten in ihrem Arbeitszimmer lag, denn er wäre so verrückt gewesen, dem Feuer in die Arme zu rennen.

»Sie ist verbrannt«, log sie. Aber war etwas eine Lüge, wenn man der Wahrheit bloß ein paar Atemzüge voraus war? Die Mondkarte würde verbrennen. Sie würden einige Bücher retten, ein paar kleine Zeichnungen, aber das meiste wäre verloren.

Marek lud rasch einige der kleineren Instrumente auf einen Lastenaufzug, der schon vor vielen Jahren an der Außenwand angebracht worden war, um sperrige und schwere Teile von der Straße auf die Sternenburg zu hieven. Es war eine verzweifelte Rettung einiger weniger Gegenstände.

Er warf ihr einen Blick zu, der so voll Qual und Hilflosigkeit war, dass sie für einen kurzen Moment das Feuer vergaß. Er nickte ihr zu. Nun blieb ihnen nur noch die Flucht.

Sie liefen den Weg zurück, den Elisabeth gekommen war. Der Treppenaufgang war deutlich verqualmter als noch vor kurzem, aber jeder andere Weg wäre der sichere Tod gewesen. Sie halfen und stützten sich gegenseitig. Marek presste ihr ein nasses Tuch vor den Mund, durch das sie leichter atmen konnte, und wenn ihm die Knie einknickten, hielt er sich an ihrer Schulter fest.

Als sie unten ankamen, warfen sie sich hustend zu Boden, und mit ihnen ergoss sich ein kleiner Strom geretteten Wissens und Erkenntnis auf das Pflaster.

Zum zweiten Mal in dieser Nacht halfen Elisabeth fremde Leute auf die Beine. Als sie sich nach Marek umsah, war er fort, und wären nicht die Bücher gewesen, über die die Leute achtlos trampelten, hätte man meinen können, sie habe das alles nur geträumt.

Fünfter Teil
Das Meer der letzten Nacht

20

Drei Tage nach dem Brand ging Elisabeth erstmals wieder durch das Haus, das seit fast siebzehn Jahren ihre Heimat war. Man hatte sie vor schwelenden Balken und lockeren Steinen gewarnt, die sich lösen könnten, und so passte sie genau auf, wohin sie trat. Es wäre absurd gewesen, wenn sie einer Feuersbrunst entkam, nur um dann vom Gebälk erschlagen zu werden.

Es gab keine Ordnung mehr, kaum noch etwas, woran sie sich orientieren konnte. Möbel waren zu Klumpen geworden, Leuchter zu Scherben, Teppiche zu Schlacke. Die Stiefel, die sie trug, würde sie wegwerfen, denn sie waren schon nach wenigen Schritten von einer grünschwarzen Paste überzogen. Manche Zimmerdecken waren durchgebrochen, und man sah bis zum Lüster im Raum darüber. Amseln und Meisen flogen zum einen Fenster hinein und zum anderen wieder hinaus, zwischendurch machten sie auf einem Steinhaufen Halt, der einmal zur Küche gehört hatte, und pickten auf hartem Kuchen herum, der ursprünglich nicht für sie gemacht worden war. Etwas entfernt spielten Kinder Verstecken in den Ruinen eines Lebens.

Am Vormittag, bevor sie zu dieser traurigen Besichtigung gegangen war, hatte sie Edmond Halley zum Hafen gebracht, und er hatte etwas sehr Schönes und zugleich Schmerzhaftes gesagt: »Sie wissen, man nennt mich einen Kometenjäger. Ich spüre sie auf, verfolge ihre Bahn und fange sie gewissermaßen ein, wenn ich sie enttarne und ihnen zum Ruhme meines Königs Namen gebe. Ich habe es immer als Kompliment aufgefasst, so betitelt zu werden, und darum sage ich Ihnen, Elisabeth Hevelius, Sie sind eine Sternjägerin. Unsere Jagd ist unblutig und dient einem höheren Ziel: diese Welt eines Tages zu verstehen. Unser Baustein, den wir beitragen, ist winzig. Aber wir tun, was wir können.«

»Sternjägerin.« Sie hatte sich das Wort auf der Zunge zergehen lassen. »Das Jagen schreibt man gewöhnlich Männern zu. Wir Frauen sind Sammlerinnen.«

»Eben«, sagte er, »genau deshalb werde ich nach London berichten, dass Sie jagen. Das wird die Herren mächtig ärgern, und da Sie wegen Ihres Geschlechts sowieso nicht in die Royal Society aufgenommen werden, kann Ihnen nichts passieren.«

Sie hatte ihn freundlich angelächelt, und er hatte wortlos seinen Hut gehoben und sich tiefer verbeugt, als es der Höflichkeit gemäß nötig gewesen wäre.

»Leben Sie wohl, Mister Halley. Ich werde Sie vermissen.«

Sie hatte in ihm einen Freund gewonnen, den ersten Kollegen, dem sie Briefe von Astronomin zu Astronom schreiben würde. Doch wie viel anderes hatte sie verloren. War es nicht zynisch, dass sie genau in dem Moment, wo man ihr zubilligte, eine Wissenschaftlerin zu sein, alles verloren hatte, was sie für diese Wissenschaft brauchte? Sie war eine Jägerin ohne Pfeil und Bogen. Die Druckerei war ein Steinbruch, fast alle Drucke und Apparate waren zerstört; die Teleskope waren unbrauchbar, die Arbeitsräume praktisch nicht mehr vorhanden, die Wände schwarz und brüchig, und in der Bibliothek gab es nur noch die Einbände, während sämtliche Buchseiten sich aufgelöst hatten, so als hätten gefräßige Würmer ein Jahrtausend lang Zeit gehabt, sie zu verspeisen. Kataloge, Karten, Berechnungen, Tagebücher, Korrespondenzen, Manuskripte – verschlungen und verzehrt. Nichts war übrig außer Buchumschläge mit Titeln, die keine Substanz mehr hatten.

Dabei war sie sogar noch glimpflich weggekommen, hatte sie doch »bloß« ein und ein halbes Jahrzehnt harter Arbeit eingebüßt – Mondkarte und Himmelsglobus. Hevelius war seit mehr als fünfzig Jahren Astronom, und alles, was er je erarbeitet hatte, war in einer einzigen Nacht verbrannt. Nun wohnten sie in einem provisorischen Gästequartier im Rathaus. Sie standen buchstäblich vor dem Nichts. Wieder hatten sie etwas gemeinsam.

Wie durch ein Wunder war das Spinett fast unversehrt geblieben. Es stand merkwürdigerweise neben der Tür zur Küche, nachdem es ein Stockwerk tief gefallen war. Elisabeth wischte die winzigen Inseln aus Asche und Mörtel weg und begann zu spielen. Die eleganten Klänge hatten in dieser von Hitze und Sommerfliegen beherrschten Trümmerlandschaft etwas Gespenstisches, aber erst hier und jetzt vermochte Elisabeth ein wenig von der Traurigkeit, die in ihr steckte, herauszulassen.

Wäre sie nicht so stur gewesen, überlegte sie, die Mondkarte unbedingt und nur unter ihrem eigenen Namen veröffentlichen zu wollen, hinge sie jetzt vielleicht in Paris oder London und wäre nicht verbrannt. Halley hatte ihr am Hafen keine Vorhaltungen deswegen gemacht, aber sie beide wussten natürlich, dass es sich so verhielt, und sein Schweigen war lediglich Taktgefühl und Rücksichtnahme. »Sie sind zuerst der Wissenschaft verpflichtet, und erst danach sich selber«, hatte er ihr einmal gesagt, und jetzt verstand sie, was das bedeutete. Die Mondkarte war unwiederbringlich verloren, es würde wohl Jahrzehnte dauern, bis wieder jemand ein so großes und genaues Abbild Lunas zeichnen würde, Jahrzehnte, die der Forschung fehlten. Ein Schritt für die Menschheit, der hätte gemacht werden können, war nicht gemacht worden.

Die Hand, die sich plötzlich von hinten auf ihre Schulter legte, erschreckte sie nicht. So leicht erschreckte man sie nicht mehr nach allem, was passiert war.

»Ist es dir recht, wenn ich mich zu dir setze?«, fragte Marek.

»Ja, aber gib Acht, dass du keinen Dreck machst«, sagte sie und zwang sich zu einem Lächeln.

Er setzte sich auf einen umgestülpten Wasserkessel aus Gusseisen, der die Katastrophe überlebt hatte und den es noch geben würde, wenn sie alle längst tot waren. »Du hast deinen Humor behalten, das ist gut«, sagte er, um sie aufzumuntern.

»Humor und Verzweiflung lassen sich manchmal nur schwer auseinanderhalten, weißt du?«

»Lass die Verzweiflung raus. Weine! Schreie! Schlag mich, wenn du willst.«

»Dazu habe ich nicht die Kraft.«

»Das Angebot mache ich dir nur ein Mal.«

»Du bist lieb, aber deine blutige Nase hülfe mir auch nicht weiter. Außerdem: Warum sollte ich denjenigen schlagen, der sein Leben für etwas riskiert hat, das mir kostbar war? Du wolltest meine Mondkarte retten.«

»Als ich das Feuer entdeckte, dachte ich nur an dich und lief los. Erst als ich sah, dass du in Sicherheit warst, dachte ich an deine Sternenburg.«

Ihre Sternenburg! Marek, der sie wegen dieser Sternenburg verloren hatte, hatte nicht gezögert zu versuchen, sie zu retten.

»Wir sind ein seltsames Paar, du und ich«, sagte sie zärtlich. »Wir verpassen uns, finden uns, quälen und lieben einander auf alle erdenklichen Weisen, und doch entdecken wir uns immer wieder aufs Neue. Ich habe nie begriffen, dass auch Menschen ein Kosmos sind, erst durch dich wird es mir klar.«

Er blickte verlegen zu Boden und rückte näher an Elisabeth heran. »Ich habe das von Lil gehört«, sagte er leise. Seine Stimme konnte die Sanftheit einer Feder annehmen, wenn er wollte.

Sie unterbrach ihr Spiel auf dem Spinett. Lil war am Tag nach der Katastrophe von Bauern jenseits der Stadtmauern aus der Mottlau gefischt worden. Elisabeth und Hevelius hatten

Piotr geschickt, um festzustellen, ob es sich tatsächlich um Lil handelte. Elisabeth wollte diese arme Seele, die zugleich ihre Peinigerin gewesen war, nicht sehen. Sie musste schlimm ausgesehen haben, denn der junge Gehilfe kam völlig verstört zurück, und sie hatten ihm daraufhin Geld gegeben und ihn für eine Woche beurlaubt. Gestern dann war Lil, gemeinsam mit Hemma, im Familiengrab der Koopmans beigesetzt worden. Nun war von allen, die einst das dunkle Haus der Kindheit bewohnt hatten, nur noch sie, Elisabeth, übrig.

»Ich weiß natürlich nicht«, fuhr er fort, »was bei euch vorgefallen ist, aber ich habe mir meinen Reim darauf gemacht.«

Sie nickte und nahm die unterbrochene Melodie wieder auf.

»Zum Schluss hat sie mich gehasst, Marek, und ich habe es nicht bemerkt. Sie war einsam und verbittert. Jeremi ...«

»Was hat Jeremi damit zu tun?«, fragte er erschreckt.

»Ich habe mir überlegt, dass sie ... Immerhin hat sie das Haus angezündet, wer weiß, ob sie nicht auch ...«

Er presste seine geschlossenen Fäuste auf die Augen, und als er sie wieder sinken ließ, waren seine Augen gerötet.

Erneut brach sie das Spiel ab. »Wir werden es nie erfahren, Marek, es macht keinen Sinn, darüber nachzudenken, und es macht auch keinen Sinn, sich auszumalen, was gewesen wäre, wenn. Wir haben uns schon genug mit Dingen zu quälen, die wir wissen, als uns darüber den Kopf zu zerbrechen, was wir nicht wissen. Ich habe die Familie meiner Kindheit verloren, meine Ziele, mein Haus, jeden einzelnen Gegenstand. Marie ist verstört, Hevelius ist krank ... Es ging ihm vorher schon nicht gut, aber jetzt kommt es mir vor, als würde er nur noch wie ein Spatz atmen. Er hatte von uns erfahren, kurz vor dem Brand, und wir hatten eine Aussprache. Wir standen kurz vor einer Trennung, aber darüber redet er jetzt überhaupt nicht mehr. Es ist unheimlich. Mir wäre es lieber, er würde mir Vorwürfe machen.«

»Du musst dich sofort wieder an die Arbeit machen«, sagte Marek besorgt.

»Von welcher Arbeit sprichst du?« Sie griff in einen Aschehaufen, der früher sonst was gewesen war, und rief: »Es ist nichts mehr da, womit und wofür ich arbeiten könnte. Ich habe ja noch nicht einmal ein eigenes Dach über dem Kopf. Wir schlafen in den Gästeräumen des Rathauses.«

Die Asche rieselte durch ihre Finger.

»Dennoch«, beharrte er.

»Dennoch was?«, fragte sie.

»Dennoch musst du wieder arbeiten.«

»Du hast mir wohl nicht zugehört. Da ist nichts, was ich arbeiten könnte.«

»Du stehst mittendrin.«

»Ich bin kein Maurer, Marek.«

»Nein, aber du kannst welche beauftragen.«

»Alles, was wir besaßen, steckte in der Sternenburg und in der Brauerei. Beides ist zerstört. Lil hat erreicht, was sie wollte: Wir haben kein Geld, so einfach ist das«

»Dann besorge es«, sagte er, jedes Wort betonend.

»Besorgen! Du hast leicht reden! Sitzt auf einem verbeulten Wasserkessel, der so ziemlich das Einzige darstellt, was wir noch besitzen, und sagst, wir sollen Geld besorgen.«

»Sicher werdet ihr Kredite bekommen.«

»Das kann dauern.«

»Dein Mann hat ein Gehalt als Stadtrat.«

»Ein Tropfen auf den heißen Stein.«

»Du bist pessimistisch.«

»Entschuldige, ich habe soeben drei Viertel meiner Existenz verloren, da darf man pessimistisch sein.«

»Dann, verflucht, bringe diese Phase so schnell wie möglich hinter dich.«

Geräuschvoll schlug sie den Deckel des Spinetts zu und funkelte Marek an. »Was ich jetzt brauchen könnte, ist ein wenig Anteilnahme.«

»Was du brauchst, ist ein Tritt.«

»Freue dich doch, anstatt mir Vorhaltungen zu machen. Nun bin ich keine Wissenschaftlerin mehr, das hast du doch immer gewollt. Du warst eifersüchtig auf meine Existenz als Astronomin, Männer sind immer eifersüchtig. Gegenseitig habt ihr euch mit eurer Eifersucht bekämpft, du und Hevelius.«

»Ja«, sagte er schulterzuckend. »Und du hast unsere Eifersucht hübsch für dich genutzt, um zu bekommen, was du willst.«

Sie wusste, dass er Recht hatte, und presste die Lippen zusammen, bevor sie rief: »Geh weg, ich will dich nicht mehr sehen.«

»Tut mir Leid, ich rühre mich nicht von der Stelle.«

Sie stand zornig auf und stapfte durch die Trümmer davon. Bei jedem Schritt knirschten die Splitter unter ihren Stiefeln.

Marek hielt sie am Arm fest und wirbelte sie herum.

»Lass mich los«, schrie sie, »auf der Stelle.«

Als er noch fester zugriff, schlug sie ihn mit der freien Hand, wieder und wieder und wieder, und mit jedem Mal steigerte sich ihre Wut, und ihre Lust an den Schlägen stieg, und sie trommelte auf seine Brust ein, riss ihm einen glänzenden Orden von der Uniform, schlug ihn wieder, und auch als er sie losließ, nutzte sie die Gelegenheit nicht, um wegzulaufen, sondern sie schlug ihn weiter. Die Raserei erfasste ihren ganzen Körper und riss sie mit sich. Sie hasste Marek, sie hasste seine Arroganz, seine Leichtigkeit. Und in ihrer Empörung warf sie ihm all das vor.

»Du bist der dümmste, hirnverbrannteste Schwachkopf, der mir je untergekommen ist. Du besitzt nicht das geringste Rückgrat, sonst hättest du mich längst zurückgeholt. Soldat willst du sein und weißt nicht, zu kämpfen. Eine lächerliche Opernfigur bist du mit deinen Orden, deinen Sprüchen und deinem – deinem abgetragenen Charme. Frauen ins Bett kriegen ist das Einzige, das du je beherrscht hast. Nie hast du irgendetwas begriffen, nicht das Geringste. Du Schönling! Du Muskelprotz! Du – du ...«

Aus seiner Nase floss ein schmales rotes Rinnsal, die Lippe war aufgeplatzt, und an seiner Wange zog sich ein halbrunder Kratzer wie eine Planetenbahn bis zum Kinn. So stand er vor ihr und sagte nichts.

Sie sahen sich an. Und dann legte sie ihre Wange an seine, mischte ihre Tränen mit seinem Blut.

Er lächelte, und das brachte Elisabeth kurz zum Lachen. Sie pressten sich aneinander wie zwei verlorene Kinder im Wald.

»Sie schlafen wohl nie, was?«

Hevelius' schlechte Laune kam, zusammen mit ihm und einem Schub abgestandener Luft aus seinem Zimmer herein. Man konnte den Raum noch so oft lüften, er war einfach zu klein, und die Herbstsonne, die den ganzen Tag über auf das Dach schien, tat ein Übriges. Jetzt in der Nacht war es ein bisschen kühler, aber nicht weniger muffig. Für Hevelius, der immer in großen Räumen mit hohen Decken gelebt hatte, war das Gästequartier im Rathaus unerträglich.

»Nein, nie«, antwortete sie, »ich schlafe niemals. Wissen Sie nicht mehr, ich bin Astronomin.«

Er roch nach den Salben, mit denen sie ihn am Abend eingerieben hatte.

»Was schreiben Sie da?«

»Einen Bittbrief. Er ist schrecklich. Diese Sprache liegt mir nicht. Das ist noch schlimmer als damals, als ich Ihr Bier anpreisen musste.«

»Es hat uns gut ernährt«, mäkelte er.

»Das tut es jetzt nicht mehr. Darum schreibe ich an den

französischen König. Sie haben ihm mehrere Ihrer frühen Werke gewidmet, jetzt kann er sich mal revanchieren. Und hier, das ist ein Brief an Charles II. von England. Dieser dort geht zu Leopold von Österreich, der darunter zum Kurfürsten von Brandenburg, und Schweden kommt heute Nacht auch noch dran. Mir schwindelt schon von den vielen gekrönten Häuptern.«

»Was soll das nützen?«

»Wir bauen die Sternenburg wieder auf.«

Die Kerze knisterte in die Stille hinein. Schwach und blass blickte Hevelius auf Elisabeth herunter.

»Warum tust du das?«

Sie war überrascht. Er hatte sie noch nie geduzt, nicht ein einziges Mal. Hatte er sich eben nur versprochen? Sie wollte antworten, aber er fiel ihr ins Wort.

»Tu es nicht, weil du meinst, du müsstest es für *mich* tun. Ich will keine Last sein, verstehst du? Auch kein Steinbruch für Gewissensbisse. Ich bin kein Astronom mehr, ich habe nicht mehr die Kraft. Das ist vorbei, es wird nie wieder wie früher werden. Sieh das ein und richte dich danach.«

»Gut«, sagte sie nach einigem Zögern, riss sich von seinem traurigen Blick los und beugte sich wieder über das spärlich beleuchtete Papier.

»Das war nicht böse gemeint, Elisabeth.«

»Ich fasse es auch nicht so auf.«

»Warum schreibst du weiter? Ich sagte doch ...«

»Für mich«, unterbrach sie ihn. »Ich tue es ganz allein für mich. Nur noch für mich. Ich bin Egoistin aus Gewohnheit, und etwas für mich zu tun, ist das größte Vergnügen, das ich habe.«

Ein paar Falten der Skepsis vertieften sich auf seiner Stirn. »Das ist doch nicht wahr.«

»Doch«, sagte sie, »ab jetzt ist es wahr.«

Der Wiederaufbau der Sternenburg wurde unabhängig von dem, was Hevelius sagte oder wünschte, zur Gemeinschaftsleistung. Hevelius' Name klang dem Sonnenkönig noch im Ohr, und er steuerte einen großzügigen Betrag bei. Elisabeths neue Freundschaft zu Edmond Halley, der das Anliegen der »Madam Starhunter«, der Frau Sternjägerin, mehrmals in Westminster vorbrachte, verhalf ihr zu einem Salär des englischen Monarchen. Und Mareks gute Beziehungen zum polnischen Hof in Krakau schließlich brachten den Rest der benötigten Summe ein. Auf diese Weise war jeder von ihnen – Johannes, Marek und Elisabeth – gewollt oder ungewollt, öffentlich oder heimlich, zum Teilhaber des Aufbaus geworden. Es war, als würde ein langes Band sie immer noch schicksalhaft zusammenhalten.

Je höher und sichtbarer sich die Sternenburg aus der Asche erhob, umso größer wurde auch das Interesse von Hevelius daran. Noch immer hielt er sich zurück und tat so, als ob das alles ihn nichts anginge, doch Elisabeth brauchte nur ein wenig Überarbeitung vorzuschützen, schon bot er ihr seine Hilfe an. Er war zu gebrechlich, um die Arbeiten überwachen zu können, stattdessen empfing er regelmäßig den Architekten und bestellte neue Instrumente für die künftige Sternwarte – eines davon bei Halley. Das lenkte ihn ab, und so blieb er zumindest geistig rege und gewann neues Zutrauen.

Bevor die Fernrohre und Oktanten eintrafen, war an eine intensive astronomische Arbeit nicht zu denken, aber ein paar Vorbereitungen waren schon möglich. Die Sextanten und Astrolabien, die Marek während des Brandes gerettet hatte, wurden dabei von unschätzbarem Wert. Mit ihnen konnte Elisabeth die gut sichtbaren Sterne des Firmaments, für die sie keine Visierhilfe brauchte, neu vermessen. Die Fenster des Rathauses, in dem sie noch immer wohnten, erwiesen sich dabei jedoch als untauglich, und darum nahm Elisabeth gerne die

Einladung von Conrad Berechtinger an, in seinem Haus zu wohnen. Über eine Luke gelangte man auf ein kleines Flachdach, das hervorragend als Provisorium diente. Zudem störten sie niemanden, denn der alte Conrad reiste zu Romilda nach Paris, die ihren dortigen Aufenthalt scheinbar ins Endlose ausdehnte.

Mehr als einen symbolischen Anfang konnte Elisabeth jedoch nicht machen. Der Wiederaufbau, der kränkelnde Hevelius, die kleine Marie und die vielen Einkäufe, die erledigt werden mussten, wenn man alles neu anschaffen musste, ließen ihr nur wenig Zeit für die Wissenschaft. Nach einem halben Jahr hatte sie gerade einmal fünfundvierzig Sterne vermessen – viel zu wenig für einen Atlas. Fünfundvierzig Sterne auf einem Himmelsglobus hätten ausgesehen wie verspritzte Sahne.

»Es wird fünfzehn Jahre dauern«, sagte Hevelius ihr eines Morgens, als sie mit der Vermessung von Nummer sechsundvierzig fertig geworden war und müde vom Dach der Berechtingers kam.

»Sieben«, erwiderte sie gähnend.

»Sieben Jahrzehnte vielleicht. Wie alt willst du werden? Hundert?«

»Sieben Jahre«, entgegnete sie lustlos, »höchstens zehn.«

»Wie willst du das schaffen? Und nebenbei noch den Aufbau und die Gestaltung des Hauses.«

»Sieben«, wiederholte sie.

»Dabei gehst du vor die Hunde, und das weißt du.«

Sie antwortete nicht. Untätig zu bleiben, *dabei* würde sie vor die Hunde gehen, das hatte Marek richtig erkannt. Auch Johannes wusste das, nur war er um ihre Gesundheit besorgt, weil er sie noch immer zuerst als Ehefrau ansah, also als Lebensgefährtin, und erst nachrangig als Wissenschaftlerin. Im Grunde genommen war seine Skepsis in Bezug auf Elisabeths Anstrengungen seine Art, ihr zu verzeihen und zu sagen, dass er sie liebte und brauchte – dies alles einfach auszusprechen, auf diesen Gedanken wäre er nie gekommen.

»Glaube bloß nicht, ich würde dir helfen«, sagte er stattdessen. Mit dem Alter wurde er trotziger, aber schließlich half er natürlich doch, und zwar nicht wenig.

Über die Briefe und alles, was damit zusammenhing, wurde nicht wieder gesprochen. Das Leben von Elisabeth und Hevelius und Marek zerfiel in zwei Teile: das Leben vor dem Brand und das Leben nach dem Brand, und die beiden Teile berührten sich nur an wenigen Stellen. Keiner von ihnen war noch der Mensch, der er vor zwei, drei, vier Jahren gewesen war. Hevelius erholte sich nicht mehr. Viermal versuchte er, eine Linse für ein neues Teleskop zu schleifen, und viermal ging es schief oder er musste die Schleifarbeiten wegen eines Schwächeanfalls abbrechen. Auch bemühte er sich nicht, eine neue Bibliothek anzusammeln, obwohl ihm viele Gelehrte aus ganz Europa Bücher schickten. Er wusste, die Bibliothek würde nicht wieder das werden, was sie einmal gewesen war, und eine halbe Sache zu beginnen, dafür war er nicht gelassen genug. Allerdings überprüfte er jede einzelne von Elisabeths Berechnungen und machte sie auf Fehler aufmerksam. Was ihm jedoch völlig fehlte, war die Begeisterung. Früher war sie – bei aller Sachlichkeit – immer zu spüren gewesen, sei es im Arbeitspensum, sei es in seiner Konzentration während der Arbeit. Als der Abschluss des Baus der neuen Sternenburg bevorstand, war ihm zwar die Erleichterung anzumerken, wieder in sein Haus einziehen zu können, aber mehr um der Bequemlichkeit als um der Forschung willen. Er lebte ganz und gar im zweiten Teil seines Lebens, dem Leben im Alter, dem Leben nach dem Brand.

Das ging so weit, dass er Marek zur Neueinweihung der Sternenburg einlud, so als sei nichts gewesen. Zur Begrüßung sprach er ihm vor den übrigen Gästen einen Dank für die großzügige Spende des polnischen Königs aus. Später wechselte er sogar noch zwei, drei private Sätze mit ihm, nichts Besonderes, nur ein paar Worte über die geplante Erweiterung des Danziger Hafens, aber so unbefangen hatte Elisabeth die beiden Männer noch nie zusammen gesehen. Marek verstand, ohne dass Elisabeth es ihm hätte erklären müssen, dass sie in dieser Phase ihres Lebens für ihren Mann und ihr Kind da sein würde. Und Hevelius, den dieser Entschluss Elisabeths beruhigte, arrangierte sich mit Marek, so wie man sich mit einem Schnupfen arrangiert.

Romildas Hände tauchten tief in das Gebirge aus Geschenkpaketen ein. Grüne, rote, blaue, elfenbeinfarbene Kartons in allen Formen purzelten durcheinander wie die Bauklötze eines Kinderspiels, bis sie endlich das gefunden zu haben glaubte, wonach sie suchte.

»Hier müsste er drin sein. Sie werden begeistert sein, liebe Elisabeth. Ein etwas gewagtes Geschenk, aber sie werden sofort verstehen, welcher Gedanke dahinter steckt. An Symbolkraft nicht zu überbieten. Als ich ihn bei diesem entzückenden Händler sah, wusste ich sofort, dass er Ihnen gehören müsse. Nun öffnen Sie doch! Sie werden Augen machen. Die Anspielung ist unübertrefflich.«

Elisabeth nahm den Deckel des Paketes ab. Zum Vorschein kam – eine Blockflöte.

Elisabeth zog die Augenbrauen hoch: »Diese Anspielung ist tatsächlich unübertrefflich«, sagte sie.

»Mon Dieu«, rief Romilda, »das war der falsche Karton. Die Flöte ist für Marie gedacht, in Paris ist die Flöte bei höheren Töchtern sehr in Mode. Ja, wo mag er bloß sein?«

Erneut begann ihre Suche nach dem geheimnisvollen Gegenstand, dem angeblichen Symbol für Elisabeths Zukunft.

Elisabeth seufzte in sich hinein. Das war nun schon das dritte Mal, dass sie den falschen Karton öffnete. Zuerst war es ein

Seidenschal gewesen, danach eine Porzellanpfeife für Johannes.

In das nächste Paket spähte Romilda hinein, bevor sie es weitergab. »Hier nun, das ist das Richtige.«

Elisabeth hielt einen Fächer in Händen, der die badende Diana darstellte. Er war fast völlig schwarz, bis auf die milchig leuchtende Haut der Göttin sowie des Jünglings, der sie heimlich beobachtete.

»Nun«, fragte Romilda erwartungsfroh, »was sagen Sie?«

»Er gleicht dem, den Sie seit Jahren benutzen. Er ist sehr hübsch.«

»Du liebe Zeit, hübsch, nun ja, natürlich ist er hübsch. Aber er ist so passend, so sinnreich, und das in doppelter Hinsicht.«

»Inwiefern?«

Romilda verdrehte die Augen. »Meine Liebe, ich muss Ihnen sagen, dass Sie in der Zeit meiner Abwesenheit Ihrem Gatten ähnlicher geworden sind. Und das meine ich nicht als Kompliment.«

Sie warf einen argwöhnischen Blick zur geschlossenen Flügeltür, hinter der sich Johannes und Conrad Berechtinger unterhielten. Dann fuhr sie fort: »Zunächst einmal ist die hier abgebildete Diana die römische Göttin der Jagd, nicht wahr? Nun, und da Sie jetzt zur Sternjägerin avanciert sind ...«

»Woher wissen Sie das?«

»Meine Liebe, in Paris weiß das jeder, der mit Wissenschaften zu tun hat, und in unseren Salon kamen selbstverständlich auch Astronomen und andere Naturwissenschaftler. Monsieur Huygens beispielsweise sagte ...«

»Sie kennen Christian Huygens, den Entdecker der Saturnmonde?«

»Ich sagte doch, die bürgerliche Elite von Paris besuchte unseren bescheidenen Salon – und trank unseren Champagner«, fügte sie hinzu. »Paris ist eine teure Stadt, wenngleich ungeheuer amourös. Womit ich auch schon zur zweiten symbolträchtigen Bedeutung des Motivs komme.«

»Warten Sie, Romilda, nicht so schnell. Wollen Sie damit sagen, dass mein Name in *Paris* bekannt ist? Und ernst genommen wird?«

Romilda nickte. »Die Sternjägerin ist dort zum geflügelten Wort für eine gewisse ambitionierte Forscherin aus Danzig geworden, die es sich zur Aufgabe gemacht hat, den umfangreichsten Sternenatlas der Astronomiegeschichte herauszubringen. Wie der Name entstanden ist, weiß ich auch nicht.«

Halley natürlich, dachte Elisabeth und lächelte. Er hatte den Namen geprägt und schickte ihn nun mit seinen Briefen in die Welt hinaus. Es war tröstlich, neidlose Menschen wie Marek oder Edmond Halley um sich zu haben, die sie ständig ermunterten, das große Werk endlich in Angriff zu nehmen. Monate waren verstrichen, aber mehr als weitere neunzehn Sterne hatte sie nicht vermessen können. Wenn es in dieser Geschwindigkeit weiterging, würde Hevelius mit seinen geschätzten sieben Jahrzehnten gar nicht so falsch liegen. Andererseits war das Haus noch nicht fertig eingerichtet, Maries zehnter Geburtstag musste vorbereitet werden, Hevelius sollte einen Rollstuhl bekommen, Rechnungen waren zu begleichen ... Immer war etwas anderes zu erledigen, und Hevelius hatte mit dem Aufbau der Brauerei genug zu tun.

Zweifellos hätte ein Mann es sich leisten können, die Dinge aufzuschieben oder unvollendet zu lassen, ohne dass es seinem Ruf geschadet hätte, aber einer Frau, einem »Fremdkörper« in der Astronomie, gestattete man dergleichen nicht. Sie hörte schon die Altklugen, die »gleich wussten, dass das nichts werden könne«, sie sah das überhebliche Lächeln eines Mister Flamsteed, der immer schon der Meinung gewesen war, dass eine Mutter gefälligst ihr Kind zu füttern und eine Ehefrau den Tee zu kochen habe, anstatt sich an Arbeiten zu wagen, für die

»ein Mann doch wesentlich besser geeignet« war. Ein angefangener Sternenatlas und eine verbrannte Mondkarte: Man würde ihr kein Wort glauben und sie für alle Zeiten als Hochstaplerin der Astronomie in die Bücher schreiben.

»Um nun endlich auf die zweite Bedeutung des Fächers zu kommen«, drängte Romilda und warf einen weiteren, vorsichtigen Blick auf die immer noch geschlossene Tür. »Wir brauchen nicht lange herumzureden, dass uns das Abbild eines jungen Mannes und einer jungen Frau, die beide nackt sind, an etwas erinnert, und zwar ...«

»Ich weiß, worauf Sie hinauswollen.«

»Wie steht es zwischen Ihnen und Marek Janowicz?«

»Wir sind nicht mehr ... Ich will sagen, wir ... Seit unserem letzten Gespräch, Romilda, ist viel passiert.«

Romilda nickte. Sie war über Jeremis Tod, die Brandkatastrophe und Lils Selbstmord im Bilde, aber sie war nicht der Mensch, der sich mit düsteren Ereignissen aufhielt. Die Trauer war für sie eine Krankheit wie die Pocken, der man am besten auswich.

»Ich verstehe schon. Sie haben sich getrennt.«

»Ja, schon vor dem Brand. Ich muss mich wohl bei Ihnen entschuldigen. Ihre damalige Einschätzung war ganz richtig, und zwar sowohl was Marek und mich, als auch was Lil betraf.«

Romilda machte eine gleichgültige Geste. Die Vergangenheit interessierte sie nicht besonders, sie sah immer nach vorn.

»Und, wie verhält Marek sich?«, fragte sie neugierig.

Elisabeth konnte sich ein schwärmerisches Lächeln nicht verkneifen. »Marek ist auf meiner Seite, er macht mir Mut. Er hat sogar – aber bitte, das ist ein Geheimnis –, er hat sogar im letzten Augenblick noch Bücher und anderes von der brennenden Sternenburg gerettet. Seither ist er so etwas wie ein stiller Begleiter geworden.«

»Ein Schattenliebhaber also.«

Elisabeth fand, dass sich aus Romildas Mund alles gewöhnlich anhörte, auch die Liebe, so als würde man über verschiedene Sorten Fisch sprechen.

»Nein«, widersprach sie entschieden, »eher wie ein guter Freund.«

Romildas wissendes Lächeln breitete sich über ihr Gesicht aus, und sie lehnte sich entspannt in die Polster zurück. »Meine Liebe, ein ehemaliger Liebhaber wird nie zum Freund. Wenn er in Ihrer Nähe bleibt, ihnen gute Ratschläge gibt, sie aufheitert und dergleichen, dann nur, weil er auf sie wartet. Er hält sich im Hintergrund wie ein Schauspieler, dessen Auftritt noch nicht gekommen ist und der den anderen beim Agieren zusieht. Aber er kennt seinen Text und weiß, dass seine große Szene noch bevorsteht.«

Romilda ignorierte Elisabeths beharrliches Kopfschütteln. »Und Sie, meine Liebe, wissen das ganz genau.«

21

Hevelius spürte den Winter nahen, den Winter des Lebens. Die Hände und Füße waren ihm fast immer taub, seine Augen waren trüb, und die Knochen brachen ihm wie Halme im tiefsten Januar. Zuerst das linke Handgelenk, dann ein Bein, zuletzt eine Rippe. Die Kälte fuhr ihm durch den ganzen Körper. Mit Mühe hatte er eine Lungenentzündung überstanden, doch wozu? Nur, damit er jetzt mit einer Decke über den Knien am Kaminfeuer saß und von der Dienerschaft Häppchen gereicht bekam wie ein Küken im Schwalbennest. Er war eine Belastung, das machte ihn reizbar, und seine Reizbarkeit machte ihn wiederum zu einer noch größeren Belastung. Er war der Dienerschaft unerträglich geworden, das wusste er, und trotzdem konnte er sich nicht beherrschen. Auch das war neu: Er verlor die Kontrolle über seine Gefühle. Sie entglitt in einen Schlund in seinem Innern und nahm auch Teile seiner Erinnerungen mit sich: Namen, Erkenntnisse, Wissen. Was einst mühsam erarbeitet worden und dann fest verankert gewesen war, riss sich bruchstückhaft los und verschwand. An die Stelle dieser Lücken trat das Nichts, eine weiße, gefrorene Fläche.

»Hetman Marek Janowicz«, meldete ein Diener.

»Ich lasse bitten.«

Er hatte ihn herbestellt, ohne Elisabeths Wissen. Obwohl Frauen über erstaunliche Kraft und Weitsicht verfügten, weit mehr als viele Männer, gab es Dinge, die sie besser nicht erfuhren. Sie wussten ohnehin genug, da durfte es schon ein paar Geheimnisse zwischen Männern geben.

»Verzeihen Sie, dass ich sitzen bleibe«, rief er dem Eintretenden entgegen.

Zwar war Marek Janowicz bereits Anfang vierzig und hatte grau meliertes Haar sowie eine Gesichtshaut, die an sorgfältig gegerbtes Leder erinnerte, doch den elastischen Schritt eines Jünglings hatte er nicht verloren. Als er sich geschmeidig vor Hevelius verbeugte, hätte jeder Einfaltspinsel begriffen, dass der eine Mann die Zukunft war und der andere die Vergangenheit.

Hevelius konnte ein wenig Bitterkeit nicht unterdrücken, wie immer, wenn er Janowicz begegnete, aber er spülte sie mit Kräutertee hinunter und schaffte es, ihn so unbefangen anzusehen wie eine Schraube, die er an eine wichtige Stelle zu platzieren gedachte.

»Sind wir unter uns?«, fragte Marek.

Hevelius nickte zur Bestätigung. »Die Sicht heute Nacht ist gut, meine künftige Witwe arbeitet auf dem Dach.« Er wartete kurz die Reaktion seines Gegenübers ab und fügte dann mild lächelnd hinzu: »Ich freue mich, dass Sie mir nicht widersprechen. Was meinen baldigen Tod angeht, überschlagen sich nämlich alle darin, mich zu widerlegen, allen voran Elisabeth. Sie wird regelrecht zornig, wenn ich davon spreche.«

»Haben Sie etwas anderes erwartet?«

»Von ihr oder von Ihnen?« Er zuckte mit den Schultern. »Nein und nein. Sie ist zu gut, um mir nicht zu widersprechen, und Sie sind zu erfreut, um es zu tun.«

»Ich bin nicht erfreut.«

»Nein? Schade, ich hätte gerne ein bisschen Glück hinterlassen, wenn ich gehe.«

Sie sahen sich in die Augen, aber nicht wie Duellanten, sondern wie zwei, die ein Geheimnis teilten.

»Elisabeth«, sagte Hevelius und kam damit zum Thema, »ist ehrgeizig. Das war sie schon immer, aber früher war sie nur für sich selbst ehrgeizig, und jetzt ist sie es zusätzlich für mich. Sie will den Sternenatlas vollenden, möglichst vor meinem Tod. Das ist Wahnsinn, aber nur halb so schlimm, weil ich nicht mehr lange genug lebe, als dass sie sich mit diesem Verhalten schaden könnte. Doch sollte der Wahnsinn nach meinem Tod weitergehen ... Sie verstehen, worum ich sie bitte?«

Marek nickte. »Ja.«

»Elisabeth hat bald niemanden mehr, der Einfluss auf sie hat. Ihre Schwester ist tot, Marie noch sehr jung, und Romilda mag zwar in mancherlei Hinsicht eine Ratgeberin sein, aber nicht in Sachen Astronomie und allem, was damit zusammenhängt. Wenn jemand auf Elisabeth aufpassen kann, dann nur Sie, Janowicz.«

Hevelius trank einen großen Schluck Kräutertee. »Was immer Sie tun müssen, um Elisabeth vor sich selbst zu schützen – tun Sie es. Ich billige jedes Mittel.«

»Jedes?«, fragte Marek, und Hevelius entging nicht der wache Blick. »Ich müsste ihr sehr nahe sein, um ...«

»Ausdrücklich jedes«, unterbrach er und schluckte zwei weitere Mund voll bitteren Tees hinunter. »Versprechen Sie mir, für Elisabeth da zu sein.«

Marek erhob sich, Offiziere erhoben sich seltsamerweise immer, wenn sie etwas versprachen. »Ich verspreche es.«

Hevelius gab ihm die Hand – noch nie hatte er ihm die Hand gegeben, sie fühlte sich fest an und rau und kalt, so ganz anders als seine eigene, aber auch irgendwie vertrauenswürdig.

»Und jetzt entschuldigen Sie mich bitte, ich bin sehr müde.«

»Auf Wiedersehen«, sagte Marek.

Hevelius nickte. »Leben Sie wohl, Marek Janowicz.«

Gleich danach war nur noch das Knistern des Kaminfeuers zu hören, und der Raum schien ein wenig dunkler geworden zu sein.

Ulkig, dachte Hevelius, diese Aussprache lag seit Jahrzehnten in der Luft, und nun hatte sie gerade einmal ein paar Sätze gedauert. Er konnte Mareks Gegenwart einfach nicht lange ertragen. Außerdem gingen Hevelius heute Abend wieder die Gefühle durch, und er hätte nicht gewusst, ob er Marek Janowicz gegen das Bein getreten hätte oder ob er ihm vor Rührung um den Hals gefallen wäre. Alles Notwendige war besprochen worden. Er hatte das Menschenmögliche für Elisabeth getan, und er hatte jetzt das Gefühl, die Dinge, die nach seinem Tod passierten, mitbestimmt zu haben – auch wenn sie ohnehin geschähen wären.

Er seufzte erleichtert und verspürte Lust, Elisabeth auf der Sternenburg zu besuchen. Zweimal wöchentlich trugen die Diener ihn mitsamt dem schweren Rollstuhl hinauf, doch das waren angemeldete Visiten. Seine Frau zu überraschen, aus eigener Kraft zu ihr zu gelangen, noch einmal vor ihr zu stehen und zu zeigen: Ich bin dein Mann, ich bin der Herr dieses Hauses und nicht der sieche Greis, für den ihr mich zu Recht haltet – das war es, was ihn jetzt anspornte.

Darum ignorierte er die kleine Glocke, die golden im Widerschein des Feuers glänzte. Früher war sie das Symbol seiner Autorität gewesen, heute war sie das Symbol seiner Ohnmacht, und ihr gebieterischer Klang war ein Hohn.

Er rollte mit dem Stuhl bis zur Treppe, die in das erste Stockwerk führte, stand mühsam auf, stützte sich auf dem Geländer ab und nahm alle Kraft zusammen, um sich Stufe um Stufe nach oben zu wuchten. Dass er so langsam dabei vorankam, tat mehr weh als das mörderische Ziehen in seinen Beinen. Andere Leute aßen einen Teller Suppe in der Zeit, die er benötigte, um drei Stufen zu schaffen. Als er nach einer Ewigkeit die erste Treppe hinter sich gelassen hatte, war er bereits zu Tode erschöpft.

Die zweite Treppe war steiler als die erste, ein unüberwindliches Hindernis für einen Mann seines Zustandes. Er hätte jetzt umkehren oder wenigstens einen Diener rufen sollen, aber beides hätte eine Kapitulation bedeutet.

Marek Janowicz, dachte er, wird schon sehr bald zwei Stufen auf einmal nehmen, wenn er diese Treppe hinaufläuft, und diese Vorstellung gab ihm noch einmal Kraft. Mit seinen dünnen Armen zog er sich weiter und weiter, selbst als seine Beine zu zwei wütend pulsierenden Klumpen Fleisch wurden.

Im zweiten Stockwerk angekommen, tastete er sich die Flure entlang bis zu Elisabeths Arbeitszimmer, wo er hoffte, einen Lichtstreifen an der Türschwelle zu sehen, jenes stille Licht der Geborgenheit, das er seit zwanzig Jahren so sehr liebte. Doch die Schwelle war so dunkel wie alles um ihn herum.

Einer der Diener bemerkte ihn.

»Herr, ich habe Euch schon gesucht. Warum habt Ihr mich nicht gerufen? Wo wollt Ihr hin? Ich werde ...«

»Geh«, sagte Hevelius, »geh weg.«

»Ich könnte doch ...«

»Verschwinden sollst du, dummer Kerl«, fauchte er ihn an.

»Wehe, du sagst jemandem, dass ich hier bin, dann warst du die längste Zeit in diesem Haus.«

Der Diener wich entmutigt zurück und tauchte in das Dunkel ein, aus dem er gekommen war.

Hevelius hatte Glück, dass er nur noch solche Grünschnäbel ohne Courage als Bedienstete hatte. Jaroslaw hätte sich einen Kehricht um die Flüche seines Herrn geschert und Elisabeth zur Unterstützung gerufen, aber der treue Jaroslaw war ihm schon vor zwei Jahren dorthin vorausgegangen, wohin es Hevelius bald verschlagen würde.

Am Aufgang zur Sternenburg angelangt, trugen ihn seine Beine nicht mehr, und er musste sich auf den untersten Absatz setzen. Die Steintreppe war kalt, und von oben wehte ein eisiger Wind.

Er rutschte sitzend höher und höher und half nur noch mit den Armen nach. Die Beine zog er hinter sich her wie Ballast.

Zuerst wurden seine Fingerkuppen eiskalt, dann die Hände, schließlich spürte er seinen Rücken nicht mehr. Zehn, zwölf Stufen trennten ihn noch von der Tür, die er aufstoßen wollte, um Elisabeth zu sehen. Sie würde den Sextanten in Händen halten und einen jener Sterne vermessen, die am Ufer des kosmischen Ozeans schwebten, in unbeschreiblicher Kälte. Elisabeth, würde er rufen, sie würde sich nach ihm umwenden und ihn anlächeln, auf ihre selbstsichere, manchmal vorwitzige Art, und ihre Stimme würde seine müde Seele erhellen.

Deutlich sah er ihn vor sich: ein Lichtstreifen. Da war es, das Licht, nach dem er sich so gesehnt hatte und dessen ruhige Gleichmäßigkeit tief in ihn drang und ihn beruhigte. Endlich war er angekommen.

Hevelius war für Marek stets ein Krämer gewesen, langweilig wie ein Mühlrad und ebenso knorrig. Solche Menschen waren alterslos, mit zwanzig Jahren nicht anders als mit siebzig, und deswegen konnte man sich irgendwie nicht vorstellen, dass sie noch eine verborgene Seite haben könnten. Aber in seinen letzten Stunden hatte der Alte es geschafft, ihn, Marek, zu verblüffen. Ihn zu sich zu holen, um ihm Elisabeth anzuvertrauen, so viel Mut hätte Marek im umgekehrten Fall nicht besessen. Und wie viel Leidenschaft musste in einem Menschen stecken, der sich todkrank auf allen vieren zu seiner Frau schleppte und zu dem Platz, wo er sein halbes Leben verbracht hatte! Hevelius hatte es nicht ganz geschafft – Elisabeth hatte ihn morgens an der Tür zur Sternenburg aufgefunden. Doch diese Demonstration von Liebe war eindrucksvoller als alle Briefe, die Marek je geschrieben hatte. Am Grab zog er seinen Hut vor diesem Mann.

Noch vor nicht allzu langer Zeit hatte er von den Jahren geträumt, in denen nur sie und er übrig waren. Er wollte Elisabeth zurückgewinnen und ein neues Leben anfangen, das Leben, das sie schon vor zwei Jahrzehnten hätten beginnen sollen. Danzig spielte in diesen Träumen keine Rolle, stattdessen ein Landhaus mit einem Garten, in dem ein Teleskop stand, dazu ein paar Pferde, mit denen sie jeden Tag ausreiten würden. Marek hatte geglaubt, diesen Traum verwirklichen zu können, ja, er war fest davon überzeugt gewesen und wurde zuletzt sogar von Hevelius selbst dazu ermuntert.

Doch tote Helden waren schwer zu besiegen, und Hevelius wurde sehr schnell zum Held. Ganz Danzig und halb Polen trauerte, König Jan Sobieski setzte Elisabeth eine großzügige Rente aus, sie wurde sogar geadelt, und ihr wurde ein Landgut zugesprochen. Mehr als dreißig Astronomen, sieben Universitäten, vier Observatorien, sechs Landesfürsten und drei Monarchen schickten Kondolenzbriefe. Augenfälliger konnte der Respekt vor einer Lebensleistung nicht ausfallen, als dass alle Welt sich auf einem Schreibtisch zusammenfand und in Trauerbekundungen überbot. Elisabeth war nicht der Mensch, der sich von so viel vergänglichem Schein, der morgen schon vergessen sein würde, blenden ließ, aber Marek erkannte in ihrem Blick, als sie die Briefe durchsah, dass sie ganz ihrer Meinung war: Hevelius war ein großer Wissenschaftler gewesen, und auch sie war in erster Linie eine Astronomin, eine Erbin.

Marek verstand sehr schnell, warum Hevelius ihm ein Versprechen abgenommen hatte. Elisabeth hatte schon oft in ihrem Leben hart gearbeitet, aber noch nie so hart wie nach dem Tod ihres Gatten. Sie verdoppelte ihre Anstrengungen, den Sternenatlas zusammenzustellen. Wenn er sie besuchte, fand er sie mit müden Augen vor. Sie kämpfte mit Schmerzen in ihrem Rücken. Zweimal bekam sie fiebrige Erkältungen, von denen sie sich glücklicherweise überraschend schnell erholte. Unter der Oberfläche ihrer Begeisterung erkannte Marek Müdigkeit, doch es war zwecklos, sie darauf anzusprechen.

»Ich habe eine Aufgabe zu erfüllen, Marek.«

»Meinetwegen. Aber lass dir Zeit. Du hast sie.«

»Ich möchte es hinter mich bringen. Ich möchte die Sicherheit haben, dass die Arbeit meines Lebens nicht vergebens war.«

Alles, was sie geschafft hatte, war vom Feuer aufgefressen worden. Das war Jahre her, doch nun bekam sie panische Angst zu sterben, ohne etwas zu hinterlassen.

»Du hast Marie«, wandte er ein. »Ist das nichts?«

»Ohne Marie wäre es nicht auszuhalten«, sagte sie leise. »Sie ist der halbe Kosmos – und doch, wenn eine große Idee erst einmal entstanden ist, ist es unmöglich, sie nicht in die Welt zu setzen. Die Himmelskugel, der Sternenatlas, sie sind wie Kinder für mich. Verstehst du das?«

Er verstand, dass sie etwas brauchte, um den Weg, den sie vor zwanzig Jahren eingeschlagen hatte, zu rechtfertigen. Sie konnte sich nicht ohne ein Werk, ein Opus, von der Astronomie trennen.

»Nach dem Brand musste ich dich dazu zwingen, wieder zu

arbeiten, und heute versuche ich, dir das Gegenteil einzureden. Verrückt, nicht?«

»Wir sind unberechenbar, Marek, wie Kometen. Darum kreuzen sich unsere Wege zu selten.«

»Und werden sie sich kreuzen, wenn es fertig ist, das Opus?«

»Fischst du wieder nach Versprechen?«, fragte sie lächelnd.

»Versprechen sind der Nektar, an dem ich mich labe.«

»Ist dir das nicht zu wenig?«

»Versprechen sind alles, was ich habe. Ich bin Soldat, ich bin genügsam, ich komme schon damit durch.«

Sie versprach, nach Vollendung des Atlasses mit der Astronomie aufzuhören. Es wäre unsinnig gewesen, weiter auf Elisabeth einzureden, damit sie langsamer arbeitete; sie tat ja doch, was sie wollte, und ein Spatz in der Hand war besser als gar nichts.

Marek richtete sich in der neuen Lage ein wie ein Feldherr, der auf den Verlauf einer Schlacht reagierte. Wenn Elisabeth die Arbeit nicht aufgeben wollte, musste man ihr die Arbeit eben so leicht wie möglich machen. Er besorgte ihr einen Sekretär, der sich um die Korrespondenz kümmerte, schickte ihr einmal in der Woche einen Arzt vorbei, redete ihr aus, eine neue Druckerei im Haus einzurichten, und bestellte mit ihrer Erlaubnis einen Geschäftsführer für die Brauerei.

Als er dabei war, eine Hausdame zu finden, trat Marie an ihn heran. Er war ihr nach Hevelius' Tod möglichst aus dem Weg gegangen – vorher hatte er sie ohnehin kaum gesehen. In ihrer Gegenwart fühlte er sich unbehaglich, weil ihre Augen die des Vaters waren und Marek immerzu das Gefühl hatte, Hevelius beobachte ihn, wie er im Haus ein und aus ging. Dabei war sie ihm nicht unsympathisch: Sie war etwa in dem Alter, in dem Elisabeth gewesen war, als er sie kennen lernte, doch sie ähnelte in ihrer ehrlichen Bescheidenheit und sanften Stille weder ihrer Mutter noch Lil. Es stellte sich heraus, dass sie sich nichts sehnlicher wünschte, als ihre Mutter zu entlasten und Verantwortung für den Haushalt zu übernehmen. Als sie ihn dann noch fragte, ob sie – also Marek, Elisabeth und Marie – nicht zusammen zu einer Gesellschaft gehen wollten, auf der eine Sängerin Opernarien darbot, war seine Befangenheit dem Mädchen gegenüber vergessen. Sie vermisste ihren Vater, und sie war einsam, obwohl Elisabeth jeden Tag mit ihr speiste und manchmal einen Spaziergang machte. Auch durfte Marie einladen, wen sie wollte, doch sie vertraute Marek an, dass sie sich mit den meisten Altersgenossinnen nicht verstand. Am liebsten las sie ernsthafte Romane oder spielte auf dem Spinett.

»Darum auch der Opernabend, wie?«, fragte er. »Du bist musikalisch.«

»Zumindest wäre ich es gerne.«

»Deine Mutter wird sich freuen, das zu hören.«

»Bitte sagen Sie ihr nichts. Ihr geht so viel anderes im Kopf herum.«

»Das meint sie nicht persönlich. Sie liebt dich sehr.«

»Ich weiß, und das genügt mir. Sie, Herr Janowicz, und ich, wir müssen uns beide hintanstellen. Das macht uns zu Partnern, nicht wahr? Ich würde mich freuen, Ihnen gelegentlich etwas vorspielen zu dürfen.«

Der Verdacht beschlich ihn, dass Marie in ihm etwas mehr sehen könnte als den Hausonkel. Mädchen in ihrem Alter schwärmten wie neu geschlüpfte Schmetterlinge.

»Dir muss klar sein, Marie, dass ich dich nicht ... Ich meine, du bist eine sehr nette junge Frau, aber ich ...«

Sie kicherte; er hatte sie noch nie kichern hören. »Sie denken, ich bin von Ihnen hingerissen? Zu komisch, Herr Janowicz. Wie könnte das sein? Sie sind doch schon so alt!«

Sie rief das letzte Wort aus, als sei es ein hässliches Tier, das ihr über den Weg lief.

In den Tagen nach diesem Gespräch machte Marek sich seine Gedanken. Ja, er war alt geworden, ohne es zu bemerken.

Seltsamerweise hatte er sich und Elisabeth stets jung gesehen, weil die Erinnerungen an diese Zeit ihm nahe waren: die Gesellschaft bei Hevelius, die Nacht im Garten, der erste Brief ... Auch seine Briefe waren jung gewesen, aber sie waren ebenso verbrannt und verloren wie die Träume, die sich nie erfüllen würden.

Aber war das denn so schlimm? Er stellte fest, dass er sich in seinem jetzigen Leben sehr wohl fühlte: Elisabeth vier-, fünfmal in der Woche besuchen, eine Stunde mit ihr auf der Sternenburg verbringen, zusammen essen, viel reden, ihr Haar berühren, ihre Wangen streicheln ... Jeder Kuss war etwas Besonderes, gerade weil er selten war. Und Elisabeths Augen, so müde sie manchmal auch waren, berührten ihn genauso wie früher, als sie noch Funken sprühten.

Erstaunt stellte Marek in den nächsten Monaten fest, dass ihre Leben sich vermischten, das von Hevelius, Elisabeth und ihm. Marek nahm einen wichtigen Platz im Leben Elisabeths ein, er gehörte schon bald zum Haus, und Marie verbrachte gerne Zeit mit ihm wie mit einem Vater. So gesehen hatte Marek triumphiert. Umgekehrt jedoch führte er ein Leben, wie Hevelius es jahrelang mit Elisabeth geführt hatte: ruhig, wenig abenteuerlich und ohne große Gesten und Worte, allerdings verbunden mit sehr viel Vertrauen und Liebe. Auf eine merkwürdige Weise hatte Elisabeth sie beide bekommen, Marek und Hevelius – und das ohne jeden Betrug.

22

Prodomus Astronomiae und *Firmamentum*: Elisabeths Qual und Leidenschaft von Tausenden von Nächten hatte jetzt einen Namen bekommen. Der Himmelsglobus war so groß, dass sich

Elisabeths Fingerspitzen eben noch berührten, als sie ihn umarmte. Er sah aus wie ein riesiger dunkelblauer Opal, in der oberen Hälfte übersät mit weißen Sprenkeln, von denen jeder eine Welt darstellte, und an manchen Stellen verbunden mit Linien, die die Sternbilder bezeichneten. Viele neue befanden sich darunter, solche, die erst von ihr – oder früher schon von Hevelius – entdeckt und benannt worden waren: die Eidechse, der Luchs, der Kleine Löwe, der Sextant, Zerberus, Antinous und – wie sich das für eine Jägerin gehörte – das Sternbild Jagdhunde. Insgesamt elf neue Konstellationen und genau eintausendfünfhundertfünfundvierzig Sterne waren von ihr verzeichnet und vermessen worden.

Der Globus war zu schön, um wissenschaftliche Bedeutung zu haben. Er war für sie allein gemacht, eine Perle, die wie ein Schmuck in ihrem Schlafgemach aufbewahrt würde. Ihm beigegeben waren die eigentlichen Sensationen, der Atlas, in dem die Konstellationen exakt verzeichnet und vergrößert dargestellt waren, sowie der Sternenkatalog, der die genauen Messergebnisse zu jedem einzelnen Stern auflistete.

Das Echo war gewaltig. Elisabeth erhielt Glückwünsche aus Frankreich, England, Deutschland und Italien; eine jesuitische Universität gratulierte ebenso wie das Observatorium bei Paris, und sogar Mister Flamsteed ließ sich zu einem höflichen Brief herab. Halleys aufrichtige Zeilen freuten sie noch am meisten. Er schrieb:

Verehrte Kollegin und Sternjägerin,
ich kann Ihnen gar nicht sagen, wie sehr mich freut, dass Sie die große Arbeit zum Ende gebracht haben. Als Ihr Freund bin ich gerührt, als Wissenschaftler dankbar. Ist Ihnen bewusst, dass Ihr Sternenkatalog achtmal umfangreicher ist als der zuletzt publizierte? Ich wünschte, Sie könnten die Aufregung mitbekommen, die Sie damit in London ausge-

löst haben. Man ist aufseiten der Royal Society gezwungen, das Werk als bedeutend einzustufen.

Liebe Freundin, ich weiß, wie viel Überwindung es Sie gekostet haben muss, Atlas und Katalog unter dem Namen Ihres verstorbenen Gatten zu publizieren und sich selbst lediglich als helfende Hand in den Hintergrund zu rücken. Aber Sie haben richtig gehandelt. Ohne diese Konzession wäre Ihre Arbeit vergeblich gewesen: London zumindest hätte die Werke schlecht geredet, und ich befürchte, in Frankreich und Italien wäre es Ihnen nicht anders ergangen.

Sie haben einen Maßstab gesetzt.
Ihr
Edmond Halley

Sie hatte tatsächlich lange mit sich gerungen, Hevelius als alleinigen Verfasser zu benennen, obwohl er es nicht war. Den größten Teil der Arbeit hatte sie geleistet, zumal nach der Brandkatastrophe. Aber Atlas, Katalog und Globus sollten auch einen Schlussstrich setzen, und hätte sie die Werke als ihre eigenen herausgegeben, wäre es zu jahrelangen Auseinandersetzungen mit der Royal Society und anderen Wissenschaftlern gekommen. Immer schon war es übel für sie ausgegangen, wenn sie mit dem Kopf durch die Wand wollte. Wenn sie schon alt wurde, dann wollte sie wenigstens auch ein bisschen weise werden. Was spielte es für eine Rolle, was die Welt dachte. Die Menschen, auf die es ankam, kannten die Wahrheit: Marek, Marie, Halley – und Hevelius. Er wäre gewiss stolz auf sie gewesen.

Auf der Sternenburg feierte sie den Erfolg im engen Kreis. Jerzy und Piotr waren da, die beiden Gehilfen mitsamt ihren üppigen, schwarzhaarigen Frauen; Romilda Berechtinger in einer monumentalen Witwentracht, da Conrad vor vier Monaten gestorben war; Margarete Kurtz, die sich immerzu an irgendetwas festhielt, weil sie fürchtete, vom Dach zu fallen; der zu einem Männchen mit Stock verkümmerte Magister Dethmold, der ihr Latein im Katalog überprüft hatte; Marie natürlich, die mit ihren teichstillen Augen und der Geschmeidigkeit ihres jungen Körpers einfach bezaubernd war; und schließlich Marek, zwanglos, ohne Uniform, mit offenem Hemd, so als käme er von der Sommerwiese, wo sie sich einmal geliebt hatten. Sie hatte alle um sich, die sie liebte und mochte, und Jeremi und Hevelius und ihre Mutter Anna waren in ihrem Herzen dabei.

»Ich habe alles erreicht«, sagte sie zu Romilda, und ihr Blick ging von Marie zu Marek und dem Globus. »Ich wüsste nicht, wie ich noch glücklicher werden könnte. Und trotzdem bin ich ein bisschen traurig. Verstehen Sie das?«

Romilda seufzte: »Wir Menschen sind seltsame Wesen, ich eingeschlossen. Ich habe Conrad nie geliebt, nicht einen einzigen Tag. Aber seit er tot ist, weiß ich nichts mehr mit mir anzufangen. Ist das nicht dumm?«

Marie und Marek kamen hinzu; er brachte Elisabeth ein mit Champagner gefülltes Kristallglas, zwinkerte ihr zu und sagte: »Bevor Jerzy und Piotr alles weggetrunken haben.«

Marie sagte: »Marek und ich haben beschlossen, dass wir uns jetzt, wo deine Arbeit getan ist, Mama, eine Belohnung von dir verdient haben. Jeder von uns hat einen Wunsch frei.«

»Ich habe keine Einwände.«

»Gut, ich wünsche mir einen Empfang in unserem Haus, zu dem wir eine Opernsängerin einladen. Sie soll Lieder und Arien singen. Ich habe darüber gelesen. So etwas soll angeblich ein unvergessliches Erlebnis sein.«

Elisabeth lächelte, kramte umständlich und geheimnisvoll in ihrem Kleid herum und zog einen Brief hervor. »Madame Kugler, eine Sängerin aus Dresden, kommt kommende Woche zu uns und ist einige Tage unser Gast. Sie wird singen, was immer du wünschst.«

Marie blinzelte verdutzt. »Wie – wie hast du von meinem Wunsch wissen können?«

»Ich bin eine Zauberin«, sagte Elisabeth und lächelte. Romilda nahm Marie beiseite, um wichtige Dinge mit ihr zu besprechen: »Mein Kind, wir müssen uns über dein Kleid unterhalten, das du zu diesem Empfang tragen wirst. Die halbe Danziger Gesellschaft wird erscheinen – samt ihren Söhnen. Du glaubst gar nicht, wie viel man dabei verkehrt machen kann. Ich könnte dir Dinge erzählen ...«

Marek und Elisabeth standen nahe beieinander an der Brüstung.

»Du hast Marie eine große Freude gemacht«, sagte er leise.

»Ohne dich hätte ich nichts von ihren Wünschen erfahren. Ich war viel zu beschäftigt. Dabei lag es auf der Hand, dass sie sich für Musik interessiert, so wie meine Mutter und deren Mutter. Ich scheine eine Ausnahme zu sein.«

Er küsste sie auf die Stirn. »Und was für eine.«

Sie atmete tief den Abend ein, der sich über sie senkte. »Ist das nicht herrlich? Als ich so alt war wie Marie, hat man nur über Theologie diskutiert, heute redet man über Sterne, über Opern, Malerei und die Gesetze der Natur. Die Wissenschaft und die Kunst haben den Glauben abgelöst. Und das ist erst der Anfang, Marek. Was wir bis jetzt entdeckt haben, sind ein paar Kiesel und hübsche Muscheln am Strand, während der große Ozean der Wahrheit noch unerforscht vor uns liegt.«

»Gut, dass du nicht schwimmen kannst.«

Sie lachte und drückte sich an ihn. »Keine Sorge. Ich habe meinen Teil an Kieseln aufgehoben. Und weil ich das Zaubern nicht verlernt habe, errate ich auch, welchen Wunsch du an mich hast: zwölf Wochen auf dem Land. Nur du und ich, sobald der Frühling kommt.«

»Das klingt wirklich, als wäre es mein Wunsch.«

»Endlose Wiesen um das Haus, ein Reitstall, der Geruch von

Pferden, Wälder – ich weiß, was dich glücklich macht. Und was mich angeht: Ich habe immer davon geträumt, mehrere Leben zu haben, und jenes, das uns bevorsteht, ist so ein zweites Leben.«

Die Vorstellung, sich nie wieder trennen zu müssen, für immer vereint zu sein, umgab sie mit der gleichen Kraft, die das Universum immer auf sie ausgestrahlt hatte. Ab und zu würde sie noch durch die Teleskope in den unermesslichen Nachthimmel blicken, doch jeden Tag würde sie Mareks Haut spüren. Er würde wieder in ihr sein. Sie hatte Glück, das Leben meinte es gut mit ihr, denn es hatte ihr zwei Leidenschaften geschenkt, zwei Leben.

Elisabeth schauderte unter einer plötzlichen Kälte und musste husten.

Marek runzelte die Stirn. »Komm«, sagte er. »Es ist kühl und dunkel geworden, wir gehen ins Haus. Hier draußen holen wir uns den Tod.«

Elisabeth blickte noch einmal nach oben zu ihren nächtlichen Gefährten. War es der Champagner, dass die Lichter tanzten? Sie tanzten wie zum Abschied.

»Weißt du«, sagte sie, »ich habe die Sterne zu sehr geliebt, um die Nacht zu fürchten.«

Nachwort

Elisabeth Hevelius, geboren 1647, ist neben Sophia Brahe und Maria Cunitz eine der ersten Astronominnen der modernen Geschichte. Anders als es gerne – auch heute noch – dargestellt wird, haben diese Frauen nicht einfach bloß ihren Ehemännern, Brüdern oder Vätern assistiert, also ihnen Instrumente gereicht, Tabellen ins Reine geschrieben oder Brote geschmiert. Sie haben stattdessen tatkräftig und oft gleichberechtigt mitgearbeitet, ja, manchmal haben sie sogar die Federführung übernommen.

Genauso verhielt es sich bei Elisabeth und Johannes Hevelius. Die Geschichte dieses Ehepaares ist die Geschichte einer Emanzipation – die bei Elisabeth schon am Tag der Hochzeit begann. Man darf der Sechzehnjährigen unterstellen, dass der Heirat mit einem Zweiundfünfzigjährigen keine rasende Liebe zugrunde lag, zumindest nicht ihrerseits. Elisabeth träumte schon als kleines Kind von den Sternen, und der einzige Weg für sie, Astronomin zu werden, bestand darin, einen Astronomen zu heiraten – Raffinesse ist eben auch Teil einer Emanzipation. Nach und nach arbeitete sie sich in das Tätigkeitsfeld ihres Gatten ein, wurde unentbehrlich, und als Johannes in seinen letzten Lebensjahren krank wurde und schließlich starb, war sie es, die den größten Teil des Sternenatlasses schuf. Der Respekt vor ihrem längst verstorbenen Mann und vor allem die Tatsache, dass Werke von Astronominnen als Werke zweiten oder dritten Ranges galten, wird sie bewogen haben, Johannes Hevelius als den Verfasser zu bezeichnen. Diese Großmut ist vielleicht der letzte Schritt zur Emanzipation, denn er drückt aus, dass man der Anerkennung einer engstirnigen Welt nicht bedarf. Elisabeth stand am Ende über diesen Kleinlichkeiten. Sie schwebte – bildlich gesprochen – bereits in den Sternen.

Wie in meinen Büchern gute Tradition, möchte ich auch diesmal den Lesern in groben Skizzen erzählen, welche Fakten und Figuren meines Romans historisch belegt sind und welche fiktiv.

Man weiß leider viel zu wenig über Elisabeths Kindheit, aber aus dem, was vom Danzig des siebzehnten Jahrhunderts überliefert ist, kann man sich vorstellen, wie dort eine typische Erziehung aussah. Hemma und Cornelius, obwohl erfunden, sind Abbilder des damals vorherrschenden Calvinismus: streng, kunstfeindlich, schlicht im Äußeren, sparsam mit warmherzigen Gefühlen und bisweilen fanatisch im Hass auf alles, was mit Sinnlichkeit und Schönheit zu tun hat. Auch Anna und Lil sind fiktiv. Sie stehen für jene Menschen, die versuchten, aus dieser allzu freudlosen Welt auszubrechen – und dabei scheiterten, indem sie von dieser Welt vernichtet wurden oder sich ihr ergaben.

Wer Marek mochte, wird enttäuscht sein, zu erfahren, dass auch er von mir erschaffen wurde. Ein männlich-sinnlicher Widerpart zu dem nüchternen Johannes Hevelius war für mich unverzichtbar. Einen codierten Briefwechsel hat es allerdings tatsächlich gegeben: Zwei Zeitgenossen Elisabeths, der polnische General (und spätere König) Jan Sobieski und seine Frau Marysienka, tauschten sich gerne auf diese Weise aus, und einige ihrer Schlüsselbegriffe habe ich original übernommen, beispielsweise »Konfitüre« und »Bratpfanne«.

Johannes Hevelius (1611–1687) ist natürlich eine historische Person (es finden sich auch die Schreibweisen Hevel, Hewelke, Havelke u.v.m.). Wie im Roman, so war er auch in Wirklichkeit der Sohn eines reichen Bierbrauers. Er wurde Mitglied der Bierbrauerzunft und schließlich Zunftmeister. Vielleicht fand er über das Mathematikstudium Gefallen an der Astronomie, jedenfalls errichtete er auf dem Dach der Wirtschaftsgebäude sein Observatorium, erforschte u. a. Mond, Saturn, Merkur sowie das Phänomen der Kometen und korrespondierte eifrig mit Wissenschaftlern in ganz Europa.

Katharina Hevelius ist ebenfalls historisch belegt. Im Gegensatz zu Elisabeth mischte sich die erste Gattin des Astronomen überhaupt nicht in dessen Arbeit ein und kümmerte sich ganz um Haushalt und Brauerei. Es gibt keinen Beweis dafür, dass Katharina und Elisabeth sich kannten, aber Danzig war eine überschaubare Stadt, und natürlich verkehrte die Kaufmannsklasse miteinander. Hevelius dürfte die Bekanntschaft mit Elisabeth noch vor dem Tod seiner Frau gemacht haben.

Nicht erfunden sind die meisten Ereignisse, die im Buch eine mehr oder minder große Rolle spielen: Der Schwedenkrieg, die Erfindung des Polemoskops, der frühe Tod von Elisabeths Sohn, der Besuch Edmond Halleys, der verheerende Brand der Sternenburg sowie die Spenden mehrerer Könige zum Wiederaufbau – um nur einige Beispiele zu nennen – sind historisch belegt. Natürlich sind oft nur die Fakten an sich überliefert, nicht aber die Umstände, und so war ich frei darin, Umstände zu erschaffen. So kann zwischen 1663 und 1679 unmöglich auseinandergehalten werden, wer von beiden, Elisabeth oder Johannes, in welchen Anteilen für bestimmte Erfindungen, Erkenntnisse oder Schriften verantwortlich ist – dafür war die Arbeit der beiden zu sehr verschmolzen. Einzelne Ereignisse, wie beispielsweise der Krieg zwischen Polen und Schweden, sind von mir zeitlich leicht verlagert worden, und Halley war zum Zeitpunkt des Feuers vermutlich schon wieder auf dem Weg nach London.

Der Großteil von Elisabeths Schaffen wurde in der Nacht

vom 26. auf den 27. September 1679 von der Feuersbrunst zerstört, und man kann nur ahnen, welche Werke dadurch für immer verloren gingen. Man weiß jedoch, dass Elisabeth sich unter anderem intensiv mit dem Mond beschäftigt hat. Da die Mondkarte ihres Gatten zwar ein Fortschritt in der Erforschung des Trabanten darstellte, aber in Sachen Detailtreue und Originalität der Namensgebung nicht das Optimum war, kann man sich gut vorstellen, dass eine von ihr entworfene Mondkarte diese Mängel beheben wollte. Letztendlich hat sich aber die Namensgebung von Gianbattista Riccioli durchgesetzt, einem Zeitgenossen Elisabeths. Ihm verdanken wir also z. B. »Das Meer der Fruchtbarkeit« oder das »Regenmeer«.

Dieses fehlende Wissen, womit *genau* sich Elisabeth in ihren ersten Jahren als Wissenschaftlerin beschäftigt hat, mache ich durch Schilderungen von den Mühen und Höhen der Arbeit einer Astronomin wieder wett: Den kleinen Zwischenfall mit der verlorenen Schraube, die mühsam neu angefertigt werden musste, ist zum Beispiel belegt. Er passierte einer anderen Astronomin, Maria Mitchell (1818–1889), und wurde von der Autorin Renate Ries im Buch »Sternenflug und Sonnenfeuer« sehr schön geschildert. Solche ärgerlichen Malheure einzubauen, die zum Alltag aller Astronominnen und Astronomen gehörten, war mir wichtig. Zu den Ärgernissen gehörte auch der beständige Kampf gegen Aberglaube und Unwissenheit (manche überlegten tatsächlich, mit Hilfe von Engeln auf den Mond zu gelangen). Wissenschaftlerin sein bedeutete eben nicht nur Freude und Emanzipation, sondern auch körperliche und psychische Anstrengung sowie ungeheure Geduld.

Elisabeth Hevelius starb 1693, drei Jahre nach Veröffentlichung des großen Sternenatlasses. Ihre Gesundheit hatte unter der jahrzehntelangen, kräftezehrenden Arbeit zu stark gelitten.

Danksagung

Ich danke jenen Autorinnen und Autoren, deren Werke mir Anregung waren: Charlotte Kerner, Renate Ries und Claudia Eberhard-Metzger (»Sternenflug und Sonnenfeuer«); Richard Panek (»Das Auge Gottes«); Carl Sagan (»Unser Kosmos«); Jürgen Hamel (»Geschichte der Astronomie: von den Anfängen bis zur Gegenwart«); Jürgen Dahl (»Der Tag des Astronomen ist die Nacht: von der Vergeblichkeit der Himmels-Erforschung«); Gerda Hagenau (»Jan Sobieski: der Retter Wiens«), Jean Lacroux und Christian Legrand (»Der Kosmos Mondführer: Mondbeobachtung für Einsteiger«), John North (»Viewegs Geschichte der Astronomie und Kosmologie); Gerald North (»Den Mond beobachten«), Eva Maaser (»Die Astronomin«) sowie allen Autoren des Magazins GEO Special, Ausgabe DER MOND, darin vor allem Ariel Hauptmeier. Hilfreich war auch die Website der »Sternenfreunde Oberaargau«, die Websites www.mondatlas.de und www.mond.de sowie das Internet-Lexikon Wikipedia.

Ferner danke ich all jenen, die mir auf die eine oder andere Weise geholfen haben, dieses Buch zu schreiben: Petra Hermanns, René Schwarzer, Michael Paul, Maria Dürig, Ilse Wagner, Lothar Ruske sowie der Autorin Belinda Rodik.

Mein besonderer Dank geht an Frau Ursula Smend, die so freundlich war, mir Material aus ihrem Vortrag über die Kulturgeschichte des Mondes zur Verfügung zu stellen.

blanvalet

Künstlerinnen bei Blanvalet

Im Schatten des Genies – das Leben
der Schwester Mozarts erstmals in einem
opulenten historischen Roman!

36480

www.blanvalet-verlag.de

blanvalet

Historische Romane bei Blanvalet

Lassen sie sich von großartig erzählten und detailgenau recherchierten Romanen in die Vergangenheit entführen!

36174

36182

36129

35966

www.blanvalet-verlag.de